마이
페어리
레이딩

Ⅱ

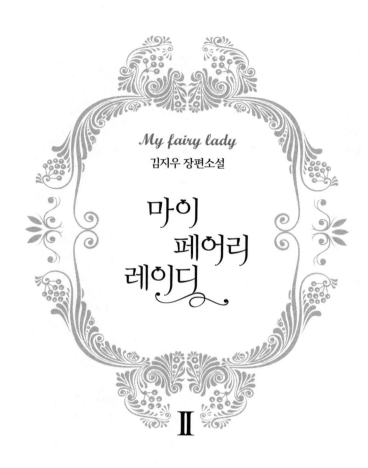

My fairy lady

김지우 장편소설

마이
페어리
레이딩

II

가하epic

마이 페어리 레이디 2

지은이 김지우
펴낸이 이형기
펴낸곳 도서출판 가하

초판인쇄 2017년 1월 1일
초판발행 2017년 1월 6일
출판등록 2008년 10월 15일 제 318-2008-00100호

주소 서울 영등포구 양평로 67, 1209 (당산동5가, 한강포스빌)
전화 02-2631-2846
팩스 02-2631-1846

www.ixbook.co.kr

ISBN 979-11-300-1275-9 04810
ISBN 979-11-300-1273-5 04810(세트)

값 12,000원

결혼해주세요

로이드는 반짝 눈을 떴다.

그는 깨어나자마자 제일 먼저 자신의 몸을 살폈다. 털로 뒤덮인 앞발을 확인한 그는 조금 시무룩해졌다. 인간의 모습으로 돌아와 기뻤던 것도 잠깐, 조금만 방심하면 도로 여우가 된다는 것을 알았다. 특히 잠이 들면 백이면 백, 여우로 변했다.

'대체 어쩌다가 이렇게 된 거지?'

로이드는 솜뭉치 같은 앞발을 휙휙 저었다. 분명 얼마 전까진 평범한 인간으로 살았던 그였다. 자다가 깨면 여우가 되는 병이라니, 들어본 적도 없었다.

그때 옆에서 "……으응." 하고 뒤척이는 소리가 나더니 몸이 휙 끌려갔다. 폭신한 가슴에 꼭 끌어안긴 로이드는 저도 모르게 꼬리를 팔랑팔랑 움직였다. 아란에게서 나는 몽글몽글하고 따스한 냄새에 기분이 절로 좋아졌다.

'크흑, 예뻐!'

잠든 아란의 얼굴을 들여다본 로이드가 감격에 몸서리쳤다. 원래도 예뻤지만, 요즘의 아란은 정말 눈이 부실 정도였다. 그게 수 컷 여우의 애처가 본능이라는 것을 모르는 로이드는 날이 갈수록 예뻐지는 약혼녀에게 감동하고 말았다.

'내 거야, 내 거!'

아란에게 비비적거리며 자신의 냄새를 묻히던 로이드가 움찔했 다.

'헛, 내가 지금 무슨 짓을?'

놀란 로이드는 황급히 아란의 품을 빠져나왔다. 진짜 짐승처럼 냄새를 묻히다니, 창피해서 살 수가 없었다. 그는 앞발을 콱콱 깨 물며 정신을 차리려고 애썼다.

"……백작님?"

허전함을 느낀 아란이 옆자리를 더듬거리며 로이드를 찾았다. 얼른 그녀에게 다가간 로이드는 내뻗은 손에 몸을 비비적거렸다. 희미하게 미소 지은 아란이 다시 잠들었다. 로이드는 부드러운 눈 으로 그녀를 바라보았다.

'내 짝이야.'

여우의 본능이 속삭였다. 로이드는 거기 동의하듯 꼬리를 흔들 었다. 그는 아란이 잠에서 깰 때까지 그녀의 얼굴을 들여다보았다.

저택으로 돌아오자 혼인식 날짜가 바로 코앞으로 다가와 있었 다. 하지만 로이드는 그동안 아무런 준비도 하지 못했다. 부상으로 앓다가 일어나자마자 귀왕에게 납치당했으니, 당연한 일이었다. 결국, 로이드가 실종된 동안 다른 사람들이 발로 뛰며 준비할 수밖에 없었다. 혼인식 준비로 신나게 갈린 제임스는 그사이 반쪽이 되어 있었다.

"왕께서 갑자기 피로연 규모를 늘리겠다고 하셔서, 진짜 죽을 것 같습니다. 가뜩이나 날짜도 촉박해 죽겠는데 아직 담당 요리사도 정해지지 않았고요. 어떻게든 해주세요!"

그는 식당까지 쫓아와 불평을 토해냈다. 로이드가 의아하게 물었다.

"요리사가 왜? 왕궁의 요리사 아니면 내 요리사가 진행하면 되는 거 아닌가?"

"이게 다 백작님 때문이잖아요! '라샤펠'의 빈센트에게 결투권을 주셨다면서요!"

"뭐?"

로이드는 얼른 알아듣지 못하고 되물었다. 한숨을 쉰 제임스가 차근차근 설명했다.

사연인즉슨 이랬다. 로이드가 실종된 동안 '라샤펠'의 요리사 빈센트가 저택의 주방장인 쟝에게 결투를 신청했다. 누가 더 피로연의 요리사로 어울리는지 겨뤄보자는 것이었다. 혼인식에 내놓을 요리를 구상 중이던 쟝은 차갑게 분노했다.

「애송이가 감히 황녀님의 요리사인 내게 도전하다니. 좋다. 가볍게 짓눌러주지.」

「비겁하게 도망칠 줄 알았는데. 받아들이다니 제법 용감하군요. 하지만 거기까지입니다. 황녀님의 요리사라는 영광은 이제 제가 받아 가겠습니다.」

「까불지 마라. 애송이. 연륜과 실력은 결코 뛰어넘을 수 없다는 것을 보여주겠다.」

「기대하겠습니다.」

두 요리사는 멋대로 대결장소와 날짜까지 정한 후에 특훈에 돌입했다. 결국, 둘 중 하나가 승리할 때까지는 피로연 요리고 뭐고 하나도 정할 수 없는 상황이었다. 로이드는 그제야 예전의 약속을 기억해냈다.

"아, 맞아. 빈센트에게 쟝과 대결할 기회를 준다고 했었지."

"그게 왜 지금입니까! 네?"

"굳이 지금 하라는 건 아니었어. 아란이 초콜릿을 너무 맛있게 먹는 바람에 어쩔 수가 없었다고."

로이드가 조금 변명하듯 말했다. 빈센트 덕분에 아란이 초콜릿을 좋아한다는 것을 알게 된 그는 초콜릿 공수용 배를 한 척 구매했다. 제임스가 단일품목 투자는 위험하다고 반대했지만, 일이 잘 풀리려고 했는지 카카오 음료 열풍이 불었다. 초콜릿이 사랑의 묘약이라는 소문이 퍼지면서 귀부인들의 수요가 대폭 증가한 것이다. 덕분에 대박을 맞은 로이드는 과일나무 공수용 배도 한 척 더 사들였다.

"……황녀님 때문이라면 어쩔 수 없지만요."

제임스가 어쩔 수 없다는 듯이 꼬리를 내렸다. 암암리에 저택의 서열은 아란을 중심으로 재편성되고 있었다. 아란과 만남이 잦은 주방장과 정원사의 권력이 늘어난 것이 그 증거였다. 벌써부터 공 처가 기질을 드러내는 로이드 때문이었다.

"어쨌든 오늘은 어디 도망갈 생각하지 마세요. 가봉하고, 결제하 고, 초대인원 확인하는 것만으로도 시간이 촉박합니다. 잠잘 시간 도 부족할 정도라고요!"

"내 마누라는 아란인데 네가 왜 잔소리야?"

투덜거린 로이드가 시종이 썰어준 송아지 고기를 입에 넣었다. 그의 인상이 미묘하게 찌푸려졌다. 그것을 눈치챈 제임스가 걱정 스럽게 말했다.

"입에 안 맞으십니까?"

"그럭저럭 괜찮아."

심드렁하게 말한 로이드가 입에 든 것을 억지로 씹어 삼켰다. 너 무 질긴 데다 향신료 맛이 강했다. 한숨을 쉰 제임스가 말했다.

"안 맞으시나 보네요. 귀가 나왔습니다."

"악! 젠장!"

포크를 내던진 로이드가 머리를 감싸 쥐었다. 어느새 튀어나온 여우 귀가 그의 머리에서 팔랑거리고 있었다.

제임스가 웃음을 참으며 말했다.

"이젠 진짜 거짓말은 못 하시겠네요."

"망할 영감탱이, 순 엉터리로 가르쳐줬어!"

로이드가 이를 갈며 귀왕을 욕했다. 이유는 모르지만, 거짓말을 하면 곧바로 변신이 풀리면서 귀와 꼬리가 튀어나왔다. 그는 손으 로 꾹꾹 누르듯이 귀를 집어넣었다. 변신에 익숙해져서 일일이 재주를 넘지 않아도 귀를 감출 수 있다는 게 다행이었다.

"입에 안 맞으시면 다시 구워 오라고 할까요?"

"됐어. 그래도 다음엔 좀 덜 익히고 향신료도 덜 뿌리라고 해."

"지금도 거의 익히지 않은 상태라고요. 이거보다 덜 익히면 생고기를 드실 수밖에 없어요."

제임스가 고개를 절레절레 저었다. 생고기라는 말에 로이드는 저도 모르게 귀왕이 던져주던 것을 떠올렸다. 귀왕은 로이드가 사냥에 실패할 때마다 비웃으며 고기 한 덩이를 던져주었다. 이름 모를 고기는 부드럽고 촉촉하면서도 농축된 감칠맛이 있었다.

'무슨 고기인지 물어볼걸.'

시무룩해진 로이드가 질긴 고기를 씹었다. 제임스가 풀이 죽은 그를 보고 미소 지었다.

"입맛만 아니라 성격도 좀 변하신 것 같습니다."

"……뭐?"

"여전히 더러운 성격이지만, 조금은 유쾌한 더러움이 되신 것 같아서요."

항상 삐뚜름하게 웃고 세상 다 산 것처럼 굴던 얼굴에 묘한 활기가 돌고 있었다. 여우의 본능이 눈을 뜨면서 생긴 변화였다. 누구보다 자신의 변화를 실감하고 있던 로이드가 무어라 투덜거렸다.

그때 문이 열리더니 잔뜩 들뜬 얼굴의 아란이 들어왔다. 오늘의 머리장식은 팬지였다. 평소보다 더욱 귀엽고 발랄해 보이는 모습에 자리에서 벌떡 일어난 로이드가 그녀를 안아 올렸다.

"오늘도 정말 예쁘네요. 아란. 나날이 더 예뻐져서 걱정입니다."

"배, 백작님."

당황한 아란이 얼굴을 붉게 물들였다. 제임스가 의혹 어린 눈으로 로이드의 머리를 쳐다봤다.

"……왜 귀가 안 나오는 거죠?"

"당연히, 순수한 진심이니까."

로이드가 한 점의 부끄러움도 없이 말했다. 아란의 얼굴이 더욱 빨개졌다. 잠시 쭈뼛거리던 그녀가 기어들어가는 목소리로 말했다.

"백작님도 멋있으세요."

"전 여기서 탈출해야겠습니다."

제임스가 결연한 목소리로 말했다. 아란이 민망해서 어쩔 줄을 몰라 했다. 그녀에게 뺨을 비비적거린 로이드가 물었다.

"식사 같이하겠습니까?"

아란이 수줍게 고개를 끄떡였다. 로이드는 그녀를 자신의 무릎에 마주 앉혔다. 시종들이 기다렸다는 듯이 접시를 치우고 아란의 식사를 가져왔다. 새 포크로 오렌지 조각을 콕 찍은 로이드가 그걸 아란의 앞에 내밀었다.

"자, 아 하세요."

아란은 조금 민망한 표정을 지었지만, 곧 얌전히 입을 열어 받아먹었다. 이전이라면 어림도 없는 일이었으나 그녀는 로이드가 심하게 다친 이후로 그의 응석을 모두 받아주고 있었다. 로이드는 일종의 감동을 느끼며 오물오물 움직이는 입술을 바라봤다. 먹지 않아도 배가 부르다는 것이 이런 느낌인 것 같았다.

오렌지를 삼킨 아란이 조심스럽게 물었다.

"백작님. 오늘 바쁘세요?"

"아뇨. 전혀 안 바쁩니다."

"왜 귀가 안 나오는 건데요! 이건 뭔가 잘못됐어!"

제임스가 격렬히 항의했다. 하지만 이미 둘만의 세계에 빠진 두 사람에겐 닿지 않았다. 아란이 눈을 반짝거리며 말했다.

"기드온 님이 혼인 축하 선물을 보내주셨어요."

"기드온이요?"

로이드가 의아하게 되물었다. 노스필드 가문에서야 당연히 선물을 보내겠지만, 아란이 말한 것은 기드온의 개인 선물인 것 같았다. 그런 쪽으로 세심한 녀석이 아닌데 이상한 일이었다. 제임스 역시 의아하게 말했다.

"의외네요. 요즘 개가 되어 지내신다고 하던데, 선물 챙기실 정신도 있고."

"기드온 님도 개로 변하나요?"

아란이 놀란 얼굴로 물었다. 당황한 제임스가 말을 더듬었다.

"아, 그건 그냥 비유입니다. 소문으로는 기드온 님의 애인이 도망을 갔다지 뭡니까. 그것 때문에 거의 폐인처럼 지내신다고 하더라고요."

"그것참 안됐군."

로이드의 입꼬리가 씩 올라갔다. 그러자 아란이 그를 유심히 쳐다봤다.

"왜 그럽니까?"

"거짓말하신 줄 알았는데, 거짓말이 아니라서 놀랐어요."

"……아, 정말 그렇군요."

여기서 로이드는 요력을 쓰면서도 거짓말을 할 수 있는 단서를 잡았다. 그것을 눈치채지 못한 아란이 소매 속에서 뭔가를 꺼냈다. 얇은 책 한 권이었다. 고급스러운 표지엔 '좋은 부부가 되는 법'이라고 쓰여 있었다.

"백작님이랑 같이 보면서 공부하라고 하셨어요. 혼인식이 얼마 남지 않았으니까, 지금이라도 공부해야 할 것 같아서요."

"……그렇군요."

로이드는 의심스러운 눈으로 책을 바라봤다. 기드온이 이렇게 나올 때는 뭔가 속셈이 있는 거였다. 하지만 성실한 아란은 당장 공부를 시작하고 싶다는 의욕으로 타오르고 있었다. 그는 애써 아무렇지도 않게 웃으며 책을 쥐었다.

"안의 내용을 봤습니까?"

"아뇨, 백작님이랑 같이 보려고요."

"그럼 제가 먼저 살펴보죠."

"같이 봐요. 저도 내용이 뭔지 궁금해요."

"그……."

안 된다고 말하고 싶은데, 반짝반짝 눈을 빛내는 아란을 보자 목소리가 나오지 않았다. 로이드는 억지로 웃으며 책을 펼쳤다. 안에는 아름다운 채색화로 손을 마주 잡은 연인이 그려져 있었다. 그림의 왼쪽에는 사랑에 대한 시가 우아한 서체로 적혔다. 인쇄본이 아니라 일일이 손으로 쓰고 그려넣은 것이었다. 아란이 감탄했다.

"정말 예쁜 그림이에요."

'의외로 정상이잖아?'

로이드는 놀라움을 느끼며 한 장을 더 넘겼다. 이번에는 결혼식 장면이 그려져 있었다. 맹세의 키스를 나누는 연인들의 표정은 정말로 행복해 보였다. 부드럽게 미소 지은 아란이 그림 위를 어루만졌다.

"제 혼인식도 이랬으면 좋겠어요."

"그렇게 될 겁니다."

로이드의 속삭임에 아란의 얼굴이 살짝 붉어졌다. 부끄러워서가 아닌 기대감으로 들뜬 표정이었다. 그것이 너무 예뻐서 로이드는 그녀의 이마에 살짝 입 맞췄다.

문제는 다음이었다. 무심코 페이지를 넘기던 로이드는 신부의 옷을 벗기는 신랑의 그림을 보고 기겁했다. 급히 책을 덮으려다 파르륵 넘어가는 다음 페이지를 본 그는 으악 비명을 지르며 책을 집어 던지고 말았다.

'기드온 이 미친놈아!'

"백작님?"

의아한 표정을 지은 아란이 그의 무릎에서 내려가려 했다. 로이드는 황급히 그녀를 끌어안았다. 눈치 없는 시종이 그사이 책을 주워 아란에게 갖다 바쳤다. 로이드는 눈이 빠지도록 그를 노려봤다.

'죽고 싶냐?'

놀라 움찔하는 시종을 눈치채지 못한 아란이 얼른 책을 받아 들었다. 그녀가 조금 속상한 얼굴로 로이드를 쳐다봤다.

"친구의 선물을 던지면 어떡해요? 다른 것도 아니고 혼인 축하 선물인데."

"아, 아란!"

로이드는 구겨진 페이지를 펴려는 아란의 손을 움켜잡았다. 아란이 눈을 동그랗게 뜨고 그를 쳐다봤다. 순간 로이드의 내면에서 악마가 속삭였다.

'그냥 모른 척하고 내버려두는 게 어때? 이건 아란이 모든 것을 알게 될 절호의 기회라고.'

'닥쳐, 미친놈아. 그런 건 비열한 악당이나 하는 짓이라고!'

로이드의 양심이 필사적으로 몸부림쳤다. 하지만 악마의 말은 멈추지 않았다.

'이미 훌륭한 악당인데 뭐. 이제 재활용 불가능한 악당이 되는 것뿐이야.'

'다른 사람도 아니고 아란에게 그런 짓 하지 마!'

그때 로이드의 이마를 조그마한 손이 짚었다. 흠칫해서 고개를 들자 아란이 걱정스러운 얼굴로 그를 바라보고 있었다.

"땀이 굉장히 많이 나요. 역시 아직 몸이 안 좋으신 거였군요."

"아."

"죄송해요. 그런 줄도 모르고 백작님을 귀찮게 해서. 얼른 올라가서 누우세요."

상냥한 그녀의 목소리에 로이드는 부끄러움을 느꼈다. 이렇게 천사 같은 약혼녀에게 나는 대체 무슨 짓을 하려고 했던가. 양심에 통증을 느낀 그는 아란의 손을 꼭 잡았다.

"아란, 사실은……."

　그림 속의 풍경은 오늘도 아름다웠다. 로이드는 허허로운 눈으로 그것을 바라보았다.

　'난 정말 쓰레기야. 그것도 구제불능의 쓰레기.'

　"백작님도 참. 그렇게 부끄러우면 미리 말을 하셨어야죠."

　그리고 주변 풍경을 모두 합친 것보다 아름다운 미녀가 그의 옆에 앉아 있었다. '좋은 부부가 되는 법'을 손에 든 채였다. 로이드는 마른침을 꿀꺽 삼켰다.

　'이게 정말 잘하는 짓일까?'

　"괜찮아요. 공부는 단둘이서 하는 게 집중도 더 잘되고 좋으니까요."

　남의 시선이 부끄러워서 그랬다는 로이드의 거짓말을 그대로 믿은 아란이 웃었다. 사실 진심도 섞여 있으니 완전한 거짓말은 아니었다. 귀가 튀어나오지 않은 것이 증거였다.

　'조금이라도 진심이 섞여 있으면 귀가 바로 반응하지 않는군.'

　로이드는 거짓말의 새로운 경지를 터득하기 시작했다. 거짓이라도 진실이라고 생각하면서 말하면 거짓말이 아니다. 그는 이제부터 진실을 연기하기로 했다. 묵림이 들었다면 그래서야 언제 요선이 되겠냐고 한탄할 생각이었다.

　"여기까지 봤었죠?"

　그사이 결혼식 장면을 펼친 아란이 팔락 페이지를 넘겼다. 로이드는 애써 태연한 표정을 지었다. 아란이 눈을 동그랗게 뜨고 신부의 옷을 벗기는 신랑을 바라봤다. 한참 조용히 있던 그녀가 속삭이듯 말했다.

"옷을 벗기고 있어요."

"그렇군요."

로이드가 고개를 주억거렸다. 아란의 얼굴이 빨개졌다. 그녀는 계속 안절부절못하고 손을 꼼지락거리다가 입술을 깨물었다. 로이드는 모른 척하고 말했다.

"다음 장으로 넘길까요?"

"……."

한동안 대답이 없던 아란이 고개를 살짝 끄덕였다. 괜히 헛기침을 한 로이드는 다음 장을 펼쳤다. 더욱 적나라한 장면이 그려져 있었다. 로이드는 괜히 얼굴이 달아오르는 것을 느꼈다. 이것보다 더한 것도 많이 봤는데, 아란이 옆에 있으니 굉장히 부끄럽게 느껴졌다.

그때 아란이 탁 소리 나게 책을 덮었다.

"백작님은 알고 계셨죠?"

"네?"

"이런 내용이라는 거요."

뜨끔한 로이드가 입을 다물었다. 아니라고 말해야 하는데 입이 떨어지질 않았다. 두 뺨이 빨개진 아란이 책망하듯 물었다.

"왜 말 안 하신 거예요?"

"그게…… 음, 잘 모르는 부분이 있으면 같이 배우는 게 좋을 것 같아서요."

로이드가 그녀의 눈치를 보며 말했다. 아란이 책을 만지작거렸다. 한동안 망설이던 그녀가 입을 열었다.

"저도, 혼인한 남녀가 어떤 일을 하는지 정도는 알고 있어요. 왕모님께 배웠거든요."

"……그렇군요."

로이드의 얼굴이 덩달아 붉어졌다. 귀왕의 말에 낚여서 괜한 무리수를 두고 말았다. 가만히 있을걸 하고 땅을 치고 후회하는 그를 살짝 훔쳐보던 아란이 물었다.

"백작님도…… 그러니까, 혼인하고 나면 저하고 이런 걸……."

"아닙니다!"

급하게 외친 로이드는 갑자기 귀가 튀어나오는 바람에 움찔했다. 제멋대로 팔랑거리는 귀를 부여잡은 그가 쥐어짜내듯 말했다.

"조, 조금은?"

이번에는 꼬리가 튀어나왔다. 악 하고 비명을 지른 로이드가 얼굴을 가렸다. 수치스러워서 죽을 것 같았다. 그는 결국 기어들어가는 목소리로 고백했다.

"사실 저는 엄청난 흑심을 품고 있습니다."

그제야 제멋대로 움직이던 귀와 꼬리가 멈췄다. 풀죽은 로이드를 보고 풋 하고 웃은 아란이 속삭이듯 말했다.

"저도 그래요."

뭐라고 할 틈도 없이 입술이 겹쳐졌다. 반사적으로 눈을 감은 로이드는 부드럽게 입술을 핥는 느낌에 움찔했다. 그리고 순식간에 입맞춤이 깊어졌다.

'응?'

뭐가 이상하다고 생각할 틈도 없이 로이드는 그대로 휩쓸렸다. 정신을 차려보자 그는 뒤로 눕혀진 채로 열렬하게 키스 당하고 있었다. 중간에 무슨 일이 있었는지 거의 기억이 없었다. 그냥 기분이 좋았고, 좋았다. 그제야 입술을 떼어낸 아란이 쪽 하고 가볍게 키스하며 생긋 웃었다.

"오늘은 여기까지예요."

"……."

몸을 일으킨 아란이 돌아서서 흐트러진 머리를 정리했다. 로이드는 애인에게 순결을 빼앗긴 처녀 같은 기분으로 주섬주섬 일어났다.

한동안 멍하게 있던 그가 아란을 불렀다.

"저, 저기. 아란?"

그새 멀쩡한 모습이 된 아란이 그를 돌아보았다. 흐트러진 그와 달리 아무 일도 없었던 것 같은 얼굴이었다. 로이드의 귀가 절로 아래로 축 처졌다. 반면 꼬리는 질투로 거세게 흔들렸다. 어디서 이런 환상적인 키스를 배웠냐고 따지고 싶은데, 왠지 따지면 안 될 것 같은 분위기였다.

생긋 웃은 아란이 말했다.

"백작님이 처음이에요. 그게 궁금하신 거면요."

"정말요?"

로이드는 반신반의하며 물었다. 그게 사실이라면 아란은 하늘이 내려준 테크니션이었다.

"네, 하지만 이론도 실기도 열심히 공부했어요. 실전은 처음이라 좀 서툴지만요."

"……네?"

이론은 뭐고 실기는 뭔가. 혼란스러워하는 로이드에게 아란은 선인이 배워야 할 과목 중에 '음양법'이라는 것이 있다고 알려주었다.

로이드는 몰랐지만, 동제국에서 방중술 교본으로 쓰이는 '소녀경'은 서왕모의 제자인 소녀가 인간들에게 가르쳐준 선술이었다. 다시 말해 서왕모는 음양의 조화와 방중술의 원류라고 할 수 있었다. 서왕모의 밑에서 수련한 아란은 학문의 하나로 성에 대해 심도 있게 배우고 익혔다. 그에 비하면 로이드는 성교육을 발바닥으로 받은 것이나 다름없었다.

"저는…… 아는 게 없어서 걱정이군요."

"걱정하지 마세요. 제가 차근차근 알려드릴게요."

아란은 이제 남은 것은 실전뿐이라며 열의를 불태웠다. 그녀를 따라 주먹을 불끈 쥔 로이드가 감사기도를 올렸다.

'왕모님, 감사합니다. 저 오늘부터 개종할게요.'

서왕모는 뜻밖의 신자를 얻었다.

로이드는 행복했다. 제임스의 귀찮은 잔소리마저 음악처럼 들릴 정도였다. 귀찮은 서류결재도 아란과 혼인하기 위해서라 생각하니 술술 넘어갔다. 신들린 것처럼 움직이는 그를 보고 놀란 제임스가 잔소리를 멈출 정도였다.

둥실둥실 떠다니던 기분으로 일하던 그는 뜻밖의 불청객을 맞았다. 집사의 전언을 듣고 아래로 내려가 보니 축 늘어진 귀왕을 들쳐멘 무라가 와 있었다.

－갑자기 찾아와서 미안하네. 달리 신세 질 곳이 생각나지 않아서 말이야.

"아니, 그건…… 대체 어떻게 된 겁니까?"

로이드는 죽은 듯이 늘어진 귀왕을 가리키며 말했다. 무라가 어깨를 으쓱했다.

－길에 쓰러져 있는 걸 주워 왔지. 성한 몸도 아니면서 무리해서 돌아다닐 때부터 알아봤다니까.

"아픈 겁니까?"

함께 있는 동안은 몰랐던 사실이다. 항상 엎드려 있거나 누워 있거나 했지만, 움직이길 귀찮아하는 줄로만 알았다. 쓰러질 정도로 아팠다니, 전혀 눈치채지 못했다.

'초대하긴 했지만, 쓰러져서 실려 오라는 뜻은 아니었는데.'

그때 정신을 차린 귀왕이 앓는 소리를 냈다. 무라는 얼른 그를 바닥에 내려놓았다.

－묵림, 이제 좀 정신이 드나?

"무라? 여기가 어디……."

주변을 두리번거리던 귀왕이 로이드와 눈이 마주치는 순간 벌떡 일어섰다. 무리하게 움직인 탓인지 비틀거리는 그를 로이드가 부축했다. 귀왕이 그의 손을 뿌리쳤다.

"놔!"

- 무리하지 마. 너 쓰러졌었다고.

"날 여기로 데려오다니, 너 진짜 미친 거냐!"

악을 쓴 귀왕이 헉헉거렸다. 창백하게 질린 그의 얼굴을 본 로이드가 한숨을 쉬었다.

"환자 주제에 고집부리지 말고 어서 올라가요. 이러고 있는 게 더 폐란 생각은 안 듭니까?"

움찔한 귀왕이 그를 쳐다봤다. 잠깐 무어라 말하려던 그가 휙 몸을 돌렸다. 혀를 찬 무라가 그를 붙잡았다.

- 이런 때까지 고집부리지 마!

"놓으라고 말……!"

신경질적으로 그를 돌아본 귀왕이 멈칫했다. 뭘 봤는지 그의 눈이 동그래졌다. 로이드는 반사적으로 뒤를 돌아보았다. 귀왕이 보고 있는 것은 정면에 걸린 초상화였다. 어깨를 으쓱한 로이드가 말했다.

"아, 제 어머니입니다. 예전에 그린 거라 원래랑은 많이 달라요."

과거 저택의 주인이었던 로이드의 어머니는 굳이 소녀 시절의 초상화를 정면에 걸고 싶어 했다. 사실 어린 시절의 그녀는 전성기 때의 요정 같은 외모와 많이 달랐다. 깡마르고 주근깨까지 있어서 썩 예쁘진 않은 얼굴이었다. 하지만 어머니가 무척 마음에 들어 했던 초상화였기에 지금까지 내리지 않고 있었다.

"……흰나리."

귀왕이 뭔지 모를 말을 중얼거렸다. 안 그래도 창백하던 안색이 흙빛으로 변해서 타인에게 무감한 로이드도 슬슬 걱정되기 시작했다.

'이 사람, 정말 괜찮은 건가?'

맞붙어 싸울 때는 그렇게 강하더니 묘한 일이었다. 넋을 놓고 초상화를 올려다보는 귀왕은 깨질 것처럼 연약한 느낌이 들었다.

'설마 어머니의 팬이었나?'

로이드의 미약한 상상력으로는 거기까지가 한계였다. 젊은 시절에 요절한 어머니를 안타까워하는 사람은 많았다. 하지만 귀왕이 어머니의 무대에 박수갈채를 보내는 장면은 왠지 상상이 가지 않았다. 더 이상 생각하길 포기한 로이드는 그가 정신을 차릴 때까지 가만히 내버려두기로 했다.

귀왕은 갑자기 얌전해졌다.

당기는 대로 질질 끌려오는 것이 왠지 넋 나간 모습이었다. 로이드는 그에게 별채를 내어주고 백작가의 주치의를 불러 진찰했다. 본질은 여우지만, 일단 사람 모습을 하고 있으니 수의사에게 보일 수는 없었다.

"몸이 많이 쇠약해진 상태입니다. 충분한 영양을 섭취하고 푹 쉬는 게 무엇보다 중요합니다. 무리하지 않고요. 일단 잠을 잘 못 자는 것 같으니 수면제를 처방해드리겠습니다."

"그럼 뭐…… 영양실조 같은 건가?"

귀왕 주제에 영양실조로 쓰러지다니, 어처구니가 없었다. 심각한 얼굴로 고개를 끄떡인 주치의가 덧붙였다.

"제 소견은 그렇습니다. 다만 가슴의 통증은 시간을 두고 살펴봐야겠더군요. 가능하다면 닥터 브래드모어께 진단을 받는 게 좋겠습니다. 심장 쪽 문제라면 그분이 권위자시니까요."

"알겠어. 고마워."

주치의를 돌려보낸 로이드는 방으로 들어갔다. 여전히 멍한 얼굴의 귀왕이 침대 헤드에 기댄 채 앉아 있었다. 뭐라고 떠들어대는 무라의 목소리도 귀에 들리지 않는 듯했다. 하지만 로이드가 옆으로 다가가자 움찔한 귀왕이 그를 바라봤다. 그는 차가운 목소리로 말했다.

"어쩌자고 날 여기 들인 거냐? 꼬마 선인이 알면 좋아하지 않을 텐데."

"저런, 그것 때문에 버럭버럭 악쓰면서 나가려고 한 거군요. 그래서 죄짓고 살면 안 된다는 겁니다."

귀왕의 얼굴이 미묘하게 찌푸려졌다. 로이드는 그걸 무시하고 말을 이었다.

"걱정하지 마세요. 아란에겐 이미 허락받았습니다. 별채에만 박혀 있으면 그녀와 마주치는 일도 없을 겁니다."

사실 아란에게 부탁하면서도 미안하긴 했다. 갈 곳 없는 환자라고 해도 부모의 원수다. 내킬 리가 없는데도 아란은 흔쾌히 고개를 끄덕여주었다. 예쁜 데다가 착하기까지 하다니, 단점이 없다는 것이 단점이었다. 혼자 흐뭇해하는 로이드를 지그시 쳐다보던 귀왕이 물었다.

"원하는 게 뭐냐?"

- 묵림, 도와준 사람에게 그게 무슨 말인가.

당황한 무라가 그를 말렸다. 하지만 귀왕은 더욱 싸늘해진 목소리로 말했다.

"꼬마 선인의 허락까지 받아가면서 날 여기 들일 때는 원하는 게 있겠지. 어서 말해."

정곡을 찔린 로이드가 머리를 긁적였다. 상대가 눈치챘다면 어물거리며 발을 빼봤자 소용없었다.

그는 뻔뻔한 얼굴로 말했다.

"요선이 되게 해주십시오."

"……뭐?"

귀왕이 멈칫했다. 그가 예상했던 대답과 달랐던 모양이다. 로이드는 그를 다그치듯 말했다.

"저 급합니다. 혼인식 전까지는 요선이 되어야 한다고요. 그러니까 빨리 가르쳐주세요."

─ 자네, 요선이 뭐 요리인 줄 아나. 시킨다고 바로 되게.

무라가 어이없다는 얼굴로 말했다. 뒤를 이어 코웃음을 친 귀왕이 물었다.

"왜? 꼬마 선인이 너와 어울려준다든가?"

"네."

"…….."

"그러니까 빨리 가르쳐줘요. 전에 가르쳐줄 것처럼 해놓고 안 가르쳐줬잖습니까."

로이드는 맡긴 물건을 내놓으라는 것처럼 닦달했다. 귀왕은 제 소매를 붙잡고 늘어지는 로이드를 뿌리쳤다.

"가르쳐줄 건 다 가르쳐줬다. 요선이 되지 못한 건 네가 멍청해서야."

"가르쳐주긴 뭘 가르쳐줍니까? 두들겨 패기밖에 더했냐고요."

"도는 누가 가르쳐준다고 깨달을 수 있는 게 아니야. 네가 알아서할 일이다."

"무책임하게 그러지 말고 요선 되게 해줘요! 내 인생이 걸렸어!"

"징그럽게 달라붙지 말고 떨어져!"

옥신각신하는 둘을 뜯어말린 것은 무라였다. 그는 크앙거리는여우 두 마리를 양손에 붙잡은 채로 한숨을 쉬었다. 한참이 지난 후에야 진정한 여우들이 입을 다물었다.

무라가 확인하듯 말했다.

— 그러니까 자네는…… 아란선인과 부부생활을 하고 싶어서 요선이 되려는 거군.

"고상하게 말해줘서 참 고맙다. 무라."

팔짱을 낀 귀왕이 빈정거리듯 말했다. 아연한 얼굴이 된 무라가중얼거렸다.

— 선인이 되겠다는 서원은 각자 다르다지만, 이런 이유는 곤륜이열린 이래 처음이지 않을까.

"무라 님, 같은 남자로서 어떻게 그런 말을 할 수가 있습니까. 전지금 첫날밤에 고자 취급당하고 이혼당할 위기라고요!"

로이드가 억울한 얼굴로 화를 냈다. 저도 모르게 설득당한 무라가 고개를 끄떡였다.

— 아, 그건 좀 곤란할지도.

"멍청아, 동의하지 마!"

이번엔 귀왕이 화를 냈다. 까다로운 여우들 사이에 낀 무라는 다시 한숨을 쉬었다.

- 어쨌든 그것만을 위해서라면 굳이 요선이 될 필요까진 없지 않나.

"다른 방법이 있습니까?"

로이드가 반색하며 물었다. 그러자 무라가 귀왕을 바라봤다. 모른 척 고개를 돌리고 있던 귀왕은 로이드가 옆구리를 쿡 찌르자 움찔했다. 그는 정말 싫다는 얼굴로 말했다.

"보통 방법으로는 안 돼. 꼬마 선인은 월선이니까."

- 아, 그렇군. 깜빡하고 있었어.

무라가 놀란 듯이 말했다. 서왕모의 아래서 수련하는 선인들은 모두 월선으로, 뛰어난 미모와 악랄한 음기로 악명이 높았다. 월선과 동침하면 그녀의 음기에 휘둘려 다른 여자 앞에선 아예 서지도 않는 몸이 되기 때문이다. 다행히 월선은 대부분 천신에게 시집가므로 피해자는 드문 편이었다.

"월선을 짝으로 고르다니. 용감한 건지 무식한 건지."

귀왕은 잠재적인 고자의 길을 가는 로이드를 착잡한 눈으로 바라봤다. 어색한 표정이 된 무라가 그의 어깨를 두드렸다.

- 이미 그렇게 된 것을 어쩌겠나.

"맞습니다. 이왕 이렇게 된 것 끝까지 도와주시죠."

뭣도 모르는 로이드가 뻔뻔하게 요구했다. 그를 노려보던 귀왕이 한숨을 쉬었다.

"좋아. 도와주는 대신 두 가지 조건이 있다."

"두 가지나요?"

"싫으면 말든가."

"아뇨, 꼭 들어드리고 싶습니다. 조건이나 어서 말씀하시죠."

로이드는 의욕으로 활활 타올랐다. 달라고 하면 집안 기둥뿌리까지 뽑아줄 기세였다. 잠시 침묵하던 귀왕이 말했다.

"첫째. 난 방법은 알지만, 재료는 없다. 그러니 용궁의 왕자에게 댁의 조카와 동침하고 싶으니 빙정을 달라고 부탁해서 받아 와라."

거북에게 가서 미주알고주알 다 말한 후에 빙정이라는 것을 받아오라는 소리였다. 뻔뻔한 로이드도 이번엔 할 말을 잃었다. 넋이 나간 그를 보고 씨익 웃은 귀왕이 덧붙였다.

"둘째. 나만 널 돕는 건 억울하지. 그러니 너도 날 도와라."

귀왕이 요청한 '도움'은 로이드의 예상을 뛰어넘는 것이었다. 그는 로이드의 어머니를 조사하고 있었다. 정확히는 17년 전에 일어난 마차 사고에 대해서였다.

그때 사고를 낸 마부를 찾는다는 말에 로이드는 조금 뜨악해졌다.

"마부를 찾아서 뭐 하려는 겁니까?"

"누군지 알려주기만 하면 된다. 내가 알아서 잡을 테니까."

"……잡아서 죽이려고요?"

아무리 어머니의 광팬이라지만, 이건 너무 심한 것 아닌가 싶었다. 정색하는 로이드를 이상한 눈으로 쳐다본 귀왕이 말했다.

"아니, 딸이나 손녀가 있는지 알아볼 거다."

"……."

로이드는 혼란에 빠졌다. 싱긋 웃는 표정이 된 무라가 말했다.

– 아들이나 손자일 수도 있지.

"닥쳐."

귀왕이 짜증스럽게 그를 노려봤다. 눈치를 보던 로이드가 물었다.

"딸이나 손녀가 있다고 하면 대신 죽이려는 겁니까?"

"……넌 대체 누굴 닮아서 자꾸 죽이는 쪽으로 생각하는 거냐?"

– 너잖아. 너.

"닥치랬다. 무라."

멍청한 표정으로 서 있는 로이드를 보다 못한 무라가 간단히 설명해주었다.

– 묵림은 아주 오랫동안 자네의 모친을 찾고 있었네. 선부인께서 사고로 돌아가셨다면, 사고를 낸 자의 자식으로 환생했을 가능성이 커. 그래서 마부를 찾는 거니 도와주게.

"아니, 잠깐만요. 제 어머니를 찾는다고요? 대체 왜요?"

"그것까진 네가 알 바 아니다. 도울 거냐 말 거냐."

귀왕이 차갑게 말했다. 로이드는 멍하게 그를 바라보다 마른세수를 했다. 잠깐 망설이던 그는 결국 용기를 내서 말했다.

"이건 진짜 혹시나 해서 묻는 겁니다. 그러니 솔직하게 말해주세요."

귀왕이 의아하게 그를 바라봤다. 로이드는 조금 주저하며 물었다.

"……혹시 당신이 제 친부입니까?"

"……."

잠시 어색한 침묵이 방에 맴돌았다. 무표정한 얼굴로 그를 바라보던 귀왕이 말했다.

"나는 내 아내 외의 여자는 건드린 적도 없고, 넌 내 아들이 아니야. 대답이 됐나?"

"……어, 네."

로이드의 얼굴이 벌게졌다. 그는 어쩔 줄 몰라 하며 괜히 천장을 바라봤다가 바닥을 내려다봤다. 잠시 침묵하던 귀왕이 말했다.

"그래서 도울 거냐?"

"그때의 마부를 찾는 건 어렵지 않지만, 소용없을 겁니다. 이미 죽었거든요. 그리고 어머니의 죽음을 사주한 자는 따로 있습니다."

"……살해당했다는 소리냐?"

귀왕의 목소리가 음산해졌다. 공기 중에서 보이지 않는 불꽃같은 것이 파르르 타오르는 것 같았다. 로이드는 재빨리 귀왕의 어깨를 눌렀다. 움찔한 귀왕이 그를 올려다봤다.

"제가 알아서 복수했으니 진정하세요. 범인의 딸이나 손녀를 찾는다면서요. 또 원수를 져서 어쩌겠다는 겁니까."

"알았으니 이거 놔라."

귀왕이 당황한 듯 몸을 뺐다. 그를 놓아준 로이드가 말을 이었다.

"어머니께 손을 쓴 자는 선왕의 모친인 태후였습니다. 만약 무라 님의 말대로 제 어머니가 태후의 자손으로 태어났다면, 왕실 가족 중에 있겠군요."

태후의 자손이면서 어머니의 죽음 이후에 태어난 아이는 얼마 되지 않았다. 로이드는 손가락 세 개를 펼치면서 말했다.

"일단 조슈아 왕자의 아들인 필립이 있습니다. 여덟 살이죠. 그리고 찰스 왕태자에게도 두 딸이 있는데 첫째는 마가릿으로 일곱 살이고, 둘째는 올해 태어난 릴리언입니다."

말하고 나니 뒤늦게 이래도 되나 하는 생각이 들었다. 꼭 종조카들을 팔아먹은 느낌이었다.

무라가 조금 걱정스럽게 말했다.

─ 셋 다 왕손이니, 접근하기도 어렵겠군.

"……."

귀왕은 아무런 말도 하지 않았다. 뭔가 골똘히 생각하는 것 같은 얼굴이었다. 눈치를 보던 로이드는 '그래서 제 어머니는 왜 찾으셨던 건데요?' 하고 물으려 했다. 그것을 알아챈 것처럼 고개를 든 묵림이 "빙정이나 받아 와." 하고 그를 쫓아냈다. 순식간에 방 밖으로 밀려난 로이드는 어안이 벙벙한 표정을 지었다.

"대체 뭐냐고."

로이드는 뜻밖의 난관에 부딪혔다. 거북에게 간다는 말을 들은 아란이 자신도 함께 가겠다며 따라나선 것이다. 차마 안 된다는 말을 하지 못한 로이드는 식은땀을 줄줄 흘리며 마차에 앉아 있었다.

'어, 어떻게 하지?'

혼자 가도 거북의 앞에서 동침이라는 말을 꺼낼 자신이 없었다. 아란까지 옆에 있다면 그냥 강물에 뛰어드는 쪽을 택하고 싶었다.

'나중에 혼자 가자. 몰래.'

굳게 다짐한 로이드가 식은땀을 훔쳤다. 손수건을 꺼낸 아란이 그의 이마를 꼭꼭 눌러 닦아냈다. 그녀가 걱정스럽게 말했다.

"요즘 자주 땀을 흘리시는 것 같아요."

"그, 그렇군요."

"뭔가 걱정되는 일이라도 있으세요?"

"조금 긴장했나 봅니다. 형식적이긴 하지만, 혼인 허락을 받으러 가는 길이니까요."

아무리 뻔뻔한 그라도 다짜고짜 찾아가서 빙정을 내놓으라고 할 수는 없는 일이었다. 그래서 혼인하기 전에 신부의 집에 예물을 보내는 형식을 갖추었다. 제임스가 준비해둔 것을 급히 끄집어낸 것이다. 덕분에 짐을 나르는 하인들만 죽을 고생을 했다.

"걱정하지 마세요. 외백부님은 이미 허락하신걸요."

아란이 수줍게 말했다. 차마 원래 목적을 밝힐 수 없었던 로이드는 어색하게 웃었다. 그를 물끄러미 바라보던 아란이 물었다.

"백작님, 만약에요."

"네."

잠시 손을 꼼지락거리던 아란이 조심스럽게 말했다.

"제가 선인이 아닌 평범한 사람이 되면 어떨 것 같아요?"

"네?"

예상하지 못한 말에 당황한 로이드가 되물었다. 입술을 잘근 깨문 아란이 덧붙였다.

"전 선인이긴 하지만, 완벽한 선인도 아니고. 어른의 모습이 되려면 120년은 더 기다려야 하잖아요. 그러니까 선인을 포기하고 다시 인간으로 돌아가면…….”

“안 됩니다.”

놀란 로이드가 그녀를 붙잡았다. 아란이 선인임을 포기하려고 하다니. 너무 당황스러워서 머리가 어지러울 정도였다.

“그러지 마세요. 아란. 저를 위해서라면 절대 그래선 안 됩니다.”

“왜 안 된다고 하세요?”

아란이 의아하게 물었다. 그녀는 시무룩한 어조로 말했다.

“선인을 포기해도 크게 달라질 건 없어요. 그냥 나이를 먹고 죽는 것뿐인걸요. 백작님과 함께 늙어가는 건 괜찮아요. 죽는 것도요. 다시 태어나서 만나기로 했잖아요.”

“하지만 당신이 배운 것들은요? 그건 소중하지 않습니까?”

로이드의 반박에 아란이 멈칫했다. 어쩔 줄 몰라 하는 그녀의 뺨을 로이드가 쓰다듬었다.

“지금까지 좋은 선인이 되기 위해 계속 노력했잖습니까. 저와 혼인을 한다고 해도 크게 달라질 건 없습니다. 당신이 인간이 되어야 할 이유도 없고요.”

“하지만…….”

“선계로 돌아가지 않고 제 옆에 남는 것만으로도 당신은 큰 희생을 한 겁니다. 아란, 저를 위해 더는 소중한 것들을 포기하지 말아요.”

혼인하여 가정을 이루면 전과 다른 삶을 살게 된다. 대부분 변화를 떠맡는 쪽은 여자였다. 지금까지 지켜오던 삶을 버리고 아내로서, 어머니로서 맞춰진 삶을 살게 되는 것이다.

로이드의 어머니 역시 마찬가지였다. '무대 위의 요정'으로 화려한 삶을 살던 그녀는 로이드를 가지면서 배우에서 은퇴하게 되었다. 그녀는 로이드를 낳아 행복하다고 했지만, 가끔 그리운 눈으로 무대를 바라보곤 했다. 로이드는 아란이 그런 표정을 짓는 걸 원하지 않았다.

"하지만 저는…… 혼자 남겨지고 싶지 않아요."

로이드의 팔을 꽉 붙든 아란이 고개를 저으며 말했다.

"귀왕님과는 달라요. 전 너무 나약해서 못 버틸 거예요. 만약 백작님을 잃으면, 분명 인간이 되지 못한 걸 후회할 거예요."

아란의 손이 가늘게 떨리고 있었다. 뭐라고 해야 할지 모를 기분이 된 로이드가 그녀를 꽉 껴안았다.

"아란, 저 요선이 되려고 합니다."

"네?"

"미리 말을 해야 했는데, 정말 미안해요. 저 역시 당신을 혼자 두고 늙어 죽을 생각은 없습니다. 어떻게든 요선이 되어서 당신에게 달라붙어 있을 겁니다."

사실 결심을 굳힌 것은 지금이었다. 요선이 되는 것이 아란을 슬프게 하지 않는 길이라면 기꺼이 갈 수 있었다.

놀란 얼굴로 그를 바라보던 아란이 말했다.

"하지만 요선이 되는 건 굉장히 힘든 일이에요. 이제까지와 완전히 다른 방식으로 사는 길인 걸요."

"하지만 더 좋은 길이죠. 그렇지 않습니까?"

잠시 망설이던 아란이 고개를 끄떡였다. 로이드는 싱긋 웃어 보였다.

"잘됐군요. 저는 아내를 잘 얻어서 지금보다 더 나은 사람이 될 수 있겠네요. 역시 당신을 만난 것은 제 인생 최고의 행운입니다."

아란이 입술을 꼭 깨물었다. 당장 울 것처럼 눈물을 글썽거리던 그녀가 활짝 웃었다.

"백작님은, 정말……."

"정말 너무 좋습니까?"

로이드의 가로챔에 웃는 소리를 낸 아란이 그의 목을 꼭 껴안았다.

"사랑해요."

로이드는 그녀의 이마에 살짝 입 맞췄다.

"저도 정말 사랑합니다. 아란."

─ 이런, 어째 날이 갈수록 증세가 더 심해지는 건가.

거북이 아란을 꼭 껴안고 등장한 로이드를 향해 혀를 찼다. 서로를 끌어안은 둘은 누가 봐도 연인이라는 것을 알 수 있을 정도로 핑크빛 기류를 내뿜고 있었다. 지나가는 사람들이 흠칫해서 몸을 피할 정도였다. 가기 전에 로이드를 변태처럼 쳐다보는 것도 잊지 않았다.

─ 자네가 서대륙인이라서 다행이야. 동대륙이었다면 남세스럽다고 길을 걷는 것만으로도 돌을 맞았을 텐데 말이야.

거북이 엿가락처럼 달라붙은 둘을 향해 불편한 심기를 드러냈다. 로이드가 한 대 때려주고 싶을 정도로 뻔뻔하게 웃었다.

"부러우면 부럽다고 말로 하시죠. 왜 심술을 부리십니까?"

─ 내가 말을 말아야지.

한숨을 푹 쉰 거북이 입에서 뭔가를 툭 뱉었다. 손가락 두 마디만 한 은빛 수정이었다. 둥실 날아온 수정을 잡으려는 로이드를 아란이 급히 막았다. 그녀는 심각하게 말했다.

"손대면 안 돼요. 만지기만 해도 얼어붙을 거예요."

─ 내 힘으로 감싸 보호하고 있으니 걱정하지 마렴.

거북이 재미있다는 듯이 말했다. 의아한 얼굴이 된 아란이 그에 게 물었다.

"외백부님, 빙정은 갑자기 무슨 일로 꺼내셨어요?"

─ 심부름이란다. 귀왕이 급하게 쓸 일이 있다고 해서 말이야.

거북이 로이드에게 찡긋 윙크했다. 안도한 로이드가 가슴을 쓸 어내렸다. 그 사이 귀왕이 전언을 보내 사정을 설명한 모양이었다.

뽀로통한 얼굴로 빙정을 노려보던 아란이 말했다.

"이런 위험한 물건을 백작님에게 가져오라고 하다니. 제가 대신 귀왕님께 전해드릴게요."

"아, 안 됩니다!"

로이드는 비명을 지르고 싶은 것을 간신히 참았다. 아란이 빙정 을 가져가 내밀면 귀왕이 어떤 눈으로 자신을 쳐다볼지 뻔했다. 인 간 이하로 취급받는 것만은 피하고 싶었다.

"야, 약속했거든요. 제가 직접 가져가야 합니다."

식은땀을 뻘뻘 흘리는 로이드를 보고 고개를 갸웃한 아란이 "그

럼 어쩔 수 없지만요." 하고 말끝을 흐렸다. 로이드는 급히 "비회
님, 약소하지만 예물을 준비해봤습니다." 하고 화제를 돌렸다. 몇
개나 되는 수레에 실린 예물을 본 거북이 호오 소리를 냈다.

－혼인 준비로 정신없을 텐데 나까지 챙겨줘서 고맙군.

"아닙니다. 혼인을 허락해주셔서 감사합니다. 앞으로도 잘 부탁
드리겠습니다."

로이드가 깊게 고개를 숙였다. 마주 예를 표한 거북이가 싱긋 웃
었다.

－당연히 내가 혼인을 허락한 셈 치고 슬쩍 넘어가는군.

"들켰습니까?"

－뭐, 이렇게 된 일을 어쩌겠나. 앞으로도 란아를 많이 아끼고 사
랑해주게.

거북이 시원섭섭한 표정을 지었다. 아란에게 눈을 돌린 그가 말
을 이었다.

－란아, 너도 이제 한 사내의 지어미가 되었으니 전처럼 천방지축
으로 굴면 안 된다.

로이드가 재빨리 끼어들었다.

"아란은 지금의 모습이 제일 좋습니다. 혼인한다고 변하는 건 제
가 원하지 않습니다."

－이런, 자네 언젠가 크게 후회할 날이 올 걸세.

"글쎄요. 더 빨리 아란을 만나지 못한 걸 후회하면 모를까, 아란
이 변하지 않아서 후회하는 일은 없을 겁니다."

거북은 1,000년 묵은 이끼가 곤두선 것 같은 표정을 지었다. 세

차게 고개를 휘저은 그가 한숨을 푸욱 쉬었다.

─ 여우들이 애처가라는 소리야 익히 들었지만, 이렇게 소름 돋게 실감할 줄은 몰랐구나.

"……제가 여우로 변하는 건 어떻게 아셨습니까?"

─ 반박할 곳이 거기뿐인가.

못 말린다는 표정을 지은 거북이 싱긋 웃었다.

─ 믿을지 모르지만, 자네의 전생은 여우라네.

"네?"

─ 지금의 생을 받기 전에 여우로 살다가 죽었단 말이야. 그래서 지금의 변화가 썩 놀랍지도 않군. 이제야 말할 수 있어서 속 시원하구 먼.

거북은 앓던 이가 쑥 빠진 표정으로 껍질을 덜거덕거렸다. 어쩐지 묘한 기분이 된 로이드가 말했다.

"전생이라는 게 정말 있습니까?"

─ 있으면 어떻고 또 없으면 어떤가. 자네는 전생과 후생을 믿지 않는데, 그럼 없는 것과 마찬가지 아닌가.

로이드는 저도 모르게 아란을 바라봤다. 아란이 싱긋 웃으며 그를 마주 봤다. 그녀의 손을 꼭 잡은 로이드가 거북을 향해 말했다.

"아란이 저에게 환생에 대해서 가르쳐줬습니다. 그리고 오늘 어머니의 환생을 찾는 사람을 만났습니다. 그래서인지 제 전생에 대해 들으니 기분이 좀 이상하군요."

전생에 그가 여우라서 지금 여우로 변하게 된 거라면, 전생의 삶과 지금의 삶이 이어져 있다는 뜻이었다. 기억도 못 하는 전생이 지금에 영향을 준다는 것은 이상한 일이었다.

"저는 신자는 아니지만, 막연히 죽고 난 뒤에 어머니를 다시 만날 수 있을 거라 생각했습니다. 그런데 그게 아니라 계속 다시 태어난다면, 굳이 죽는 이유는 뭐고 사는 이유는 뭡니까?"

─ 이런, 지금 내게서 도를 구하는 건가?

거북은 처음 보는 사람을 보듯 로이드를 들여다보았다.

─ 나도 거기에 대해선 딱히 답을 줄 수가 없네. 이건 각자가 답을 구해야 하는 문제거든. 하지만 거기에 대해 의문을 가지지 못한다면 선인이 될 수 없지. 그러니 자네는 지금 선인이 되기 위한 첫발을 뗀 거라네.

로이드의 목을 끌어안은 아란의 팔에 살짝 힘이 들어갔다. 그것을 눈치챈 거북이 웃으며 말을 이었다.

─ 도움이 될 만한 이야기를 해주지. 아란이 하계에 내려온 이유는 아는가?

"상제의 명을 받고…… 하계로 내려온 것 아닙니까."

로이드는 아란이 사고 쳐서 벌을 받은 이야기를 빙빙 돌려 말했다. 그것을 보충하듯 아란이 입을 열었다.

"전 하계의 황제와 얽힌 연을 끊기 위해서 내려온 거였어요."

"아, 들은 기억이 납니다."

처음 만났던 날에 왕의 유리온실에서 비슷한 말을 들었다. 그때는 무슨 말인지 몰라 그냥 넘어갔었는데, 지금 생각하면 상당히 의미심장한 이야기였다. 거북이 재차 말했다.

─ 그럼 란아가 왜 하계의 황제와 얽힌 연이 있는지 생각해본 적이

있나?

"음, 글쎄요."

─ 하계의 황제는 란아를 탈출시키고 청원진군에게 부탁한 어린 궁녀의 환생이라네. 그래서 란아는 그에게 은혜를 갚아야 했던 게야.

그게 사실이라면 죽은 궁녀는 원수의 자손으로 태어나 원수가 이룬 모든 것을 물려받은 셈이었다. 로이드는 일종의 오싹함을 느꼈다. 낭만적으로 생각했던 환생의 다른 면을 발견한 기분이었다.

─ 모든 일엔 원인이 있고 결과가 있지. 하지만 그것뿐만은 아닐세. 업만이 존재했다면 란아가 황제의 소원을 들어주면서 모든 것이 끝났을 거야. 하지만 란아는 이곳으로 와서 자네를 만났고, 또 다른 이들과 얽히게 되었네. 그것을 우리는 인연이라 부르네.

"……."

─ 우리는 쉴 새 없이 변하고 있다네. 어제의 자네와 오늘의 자네가 다르듯이, 죽음과 삶 또한 변화의 일부일 뿐이야. 환생이나 인연 또한 조금 더 큰 변화를 이루어내기 위한 것이지. 선인은 결국 변화를 좀 더 긍정적으로 이끌려는 자들일세.

로이드는 그의 이야기를 다 이해할 순 없었으나 마음에 담아두었다. 지루한 이야기를 해서 미안하다고 사과한 거북은 잘 살라는 덕담을 몇 마디 덧붙였다.

돌아오는 길엔 둘 다 말이 없었다. 로이드의 품에 안긴 아란 또한 뭔가를 생각하는 얼굴이었다. 그녀의 머리를 살짝 어루만진 로이드가 말했다.

"비회 님의 말은 잘 모르겠지만, 만약 전생이 있다면 전 그때도 당신과 함께 있었을 것 같습니다."

"정말요?"

"네, 왠지 한적한 동굴에서 제 짝인 당신을 품에 안고 있었던 것 같은 기억이……."

"백작님, 귀가 나왔어요."

아란이 웃음 섞인 목소리로 말했다. 악 하고 비명을 지른 로이드가 제멋대로 펄럭이는 귀를 감싸 쥐었다. 그는 "거짓말이었군요!" 하고 까르르 웃는 아란을 시무룩하게 쳐다보았다.

'아니, 진짜인데. 분명 그런 기분이 들었는데 말이지.'

왠지 억울해진 로이드였다.

"뭐?"

공터의 바닥에 뭔지 모를 것을 그리던 귀왕이 멈칫했다. 로이드는 어깨를 으쓱하며 되풀이했다.

"청혼이요. 어떻게 하셨습니까."

"……그건 왜?"

"참고하려고요. 동대륙식 청혼은 여기랑 많이 다른지 궁금하기도 하고."

귀왕은 알 수 없는 표정으로 그를 응시했다. 화가 난 것 같기도 하고 난처한 것 같기도 한 얼굴이었다.

무라가 낄낄거리며 말했다.

ㅡ 묵림에게 물어봤자 소용없을걸. 사고 쳐서 급하게 혼인했으니

까.

"무라!"

로이드는 밖으로 나오지도 않은 귀가 쫑긋 서는 것을 느꼈다.

"사고요?"

─ 왜 있잖은가. 처녀를 임신시켜서 부랴부랴…….

"너 따라 나와!"

들고 있던 것을 내던진 귀왕이 벌떡 일어섰다. 로이드가 씩 웃으며 그를 바라봤다.

"오호, 그렇게 된 거였군요?"

"아니야!"

귀왕의 얼굴이 벌게졌다. 그는 어쩔 줄 몰라 하다가 짧은 욕설을 내뱉으며 이마를 꾹 눌렀다. 잠깐 사이 마음을 가다듬은 그가 말했다.

"……여우는 같은 먹이를 나눠 먹고 같은 굴에서 자면 그걸로 짝이 된 거다. 달리 식 같은 건 올리지 않아."

─ 믿지 말게. 갑자기 덮쳐져서 애까지 생기는 바람에 청혼이고 뭐고 할 새가 없었던 거니까.

"무라!"

허공에 새파란 불덩이들이 수십 개 떠올랐다. 급히 창을 꺼낸 무라가 제게 달려드는 불덩이들을 쳐냈다.

─ 아는 사람은 다 아는 이야기잖아. 여우불까지 꺼낼 정도인가?

"닥쳐!"

급기야 불덩이들이 펑펑 터지기 시작했다. 어떻게 청혼했냐고 물어봤을 뿐인데, 일이 왜 이렇게 됐는지 알 수가 없었다. 멍하게 구경하던 로이드는 팔뚝이 따끔해지자 "아야!" 소리를 냈다. 불덩이의 파편이 튄 것 같았다. 흠칫한 귀왕이 서둘러 여우불을 거둬들였다. 그는 이를 갈며 무라를 노려봤다.

"너, 나중에 두고 보자."

- 글쎄. 두고 보자는 여우 하나도 안 무섭더라고.

"진 그리는 데 방해되니 당장 꺼져."

- 이봐, 그렇다고 쫓아낼 것까진 없잖아.

"주술에 실패하면 책임질 건가?"

- 아, 알았어. 알았으니 진정해라. 끝날 때까지 멀리 가 있을 테니까.

손을 내저은 무라가 성큼성큼 멀어졌다. 잠시 그의 뒷모습을 노려보던 귀왕이 몸을 홱 돌렸다.

"젠장, 집중해서 그려야 하는데 엉망이 됐군."

미간을 꾹꾹 누른 귀왕은 바닥에 집어 던진 것을 다시 주워 들었다. 그는 로이드를 공터 한가운데 두고 뭔지 모를 복잡한 선과 글자를 그려넣고 있었다. 잠깐 선 긋기에 집중하는 것 같던 귀왕이 툭 내뱉었다.

"가서 혼인하자고 꽃이라도 안겨주든가. 지금까지 청혼도 안 하고 뭐 한 거냐?"

"안 한 건 아닌데……. 너무 엉망으로 해버려서 다시 하고 싶습니다."

사실 그건 청혼이라고 부르기도 어려웠다. 비열한 협박에 가까웠다. 주변에 배신당한 충격 때문이라고 변명했지만, 그는 원래부터 나쁜 놈이었다. 아마 다른 때에 아란이 찾아왔어도 별다르지 않았을 것이다. 그래도 할 수만 있다면 과거로 돌아가서 후회할 짓 하지 말라고 자신을 패고 싶었다.

"계속 생각해봤지만, 꽃이랑 선물 같은 것밖에 떠오르는 게 없어서. 다른 사람은 어떻게 하는지 궁금했던 겁니다."

"굳이 특별하게 할 필요는 없어. 형식에 치중하다가 마음을 놓쳐버릴지도 모르니까. 진심을 다하면 그걸로 충분할 거다."

로이드는 조금 놀란 눈으로 귀왕을 바라봤다. 자로 잰 것처럼 반듯하게 선을 긋던 귀왕이 힐끗 그를 쳐다봤다.

"왜?"

"의외로 멀쩡한 이야기도 하는구나 싶어서요."

"뭐?"

귀왕이 대번에 눈을 부라렸다. 로이드는 슬쩍 눈을 피하며 휘파람을 불었다. 잠시 그를 노려보던 귀왕이 다시 바닥으로 눈을 돌렸다.

"정말 어처구니가 없군. 빙정을 앞에 두고 어떻게 청혼할지나 걱정하고 있는 거냐? 너한테는 생존본능이라는 게 없나?"

"아, 저거 역시 위험한 겁니까?"

로이드가 허공에서 둥둥 떠다니는 빙정을 보며 말했다. 아란이 만지면 얼어붙는다고 했을 때부터 예사 물건이 아니라는 것은 알았다. 미리 걱정해봤자 별수 없으니 아무 생각 없이 있었을 뿐이다.

"빙정은 북해의 보물로, 차가운 바다의 기운이 응집되어 생긴 거다. 하지만 다룰 줄 모르는 자는 만지기만 해도 얼어 죽지. 물론 다룰 줄 아는 자도 실수하면 곧바로 얼어붙어버린다."

"이쯤에서 놀라줘야 하는데 딱히 위기감은 안 드네요."

"네가 너무 무식해서 그래."

"워낙 본데없이 자라서 그렇습니다."

귀왕의 손이 순간 멈칫했다. 로이드는 그걸 유심히 쳐다봤다. 항상 귀찮다는 듯 그를 대하는 귀왕이었지만, 가끔 그게 무너질 때가 있었다. 어머니에 대한 이야기나 로이드의 과거가 나올 때였다.

'분명 친부는 아니라고 했는데 말이지.'

로이드가 괜히 출생의 비밀을 의심한 게 아니었다. 죽이려고 달려들던 상대가 갑자기 적극적으로 도와주는 상황이었다. 태도는 귀찮은 듯하지만, 챙길 것은 다 챙겨주고 그에게 해가 될 일은 하지 않았다. 유독 약한 모습을 보여주기 싫어하는 것도 그랬다.

'이런 아버지였다면, 어머니도 좀 더⋯⋯.'

로이드는 재빨리 머리를 휘저었다. 괜히 감상에 빠져서 멍청한 생각을 하고 말았다.

귀왕이 아버지라니, 생각만 해도 무서운 일이었다. 무엇보다 아란을 볼 면목이 없었다. 원수 집안에서 피어나는 사랑 따위는 소설 속에나 있는 거였다.

"간신히 시간에 맞췄군. 이제 달이 뜰 때까지 기다리면 된다."

하늘을 바라본 귀왕이 말했다. 어느새 어두워진 하늘이 보랏빛으로 물들고 있었다. 로이드는 희미하게 반짝이는 별을 보며 생각했다.

'아, 큰일 났다. 아란이 걱정할 텐데.'

이제 와서 내일 하자고 할 수도 없는 일이라 로이드는 잠자코 달이 뜨길 기다렸다. 귀왕 또한 그에게 말을 걸지 않아서 어색한 침묵만이 흘렀다. 이윽고 사방이 완전히 어두워졌다. 하지만 로이드는 어둠 속에 서 있는 귀왕을 볼 수 있었다. 귀왕의 눈 또한 어둠 속에서 반딧불처럼 빛났다.

"조금이라도 잘못되면 얼어 죽을 거다. 그만두려면 지금이 마지막이야."

"저 빨리 집으로 돌아가야 하니까 달 떴으면 어서 시작하죠."

로이드의 대꾸에 한숨을 쉰 귀왕이 손을 내저었다.

"알았으니 자리에 누워라. 이 진은 빙정의 기운이 네 몸을 얼어붙지 않게 하겠지만, 나머지는 네가 알아서 해야 할 거다. 힘을 얻느냐 마느냐는 너한테 달려 있어."

"알아서 잘하겠습니다."

찰떡처럼 대답한 로이드가 서둘러 자리에 누웠다. 흙바닥에서 찬 기운이 올라왔지만, 견딜 만했다. 귀왕이 다시 한숨을 쉬었다.

"내 참, 살다 보니 별짓을 다 해보는구나."

회의적으로 중얼거린 그는 허공에 둥둥 떠다니는 빙정을 움켜쥐었다. 그리고 빙정을 쥔 손을 그대로 로이드의 가슴에 꽂아넣었다.

"헉!"

로이드는 심장이 얼어붙는 것 같은 기분을 느꼈다. 아니, 온몸이 얼어붙고 있었다. 전신의 신경이 비명을 질렀다. 숨을 쉴 수가 없어서 입을 크게 벌린 순간 시야가 하얗게 물들었다.

 – 허허, 시험을 받으러 온 자는 정말 오랜만이군.
 로이드는 누군가의 웃음소리에 퍼뜩 눈을 떴다. 새하얀 공간이
눈앞에 펼쳐져 있었다. 주변을 둘러봤지만, 그 외에는 아무도 없었
다.
 그때 처음과 다른 목소리가 말했다.
 – 빙정을 손에 넣고자 하는 이여, 그대는 무엇을 원하는가?
 – 힘인가? 권력? 아니면 명예를 원하는가?
 마지막으로 들려온 목소리는 여자였다. 목소리의 방향을 가늠하
려던 로이드는 이내 포기하고 외쳤다.
 "장가가게 해주십시오!"
 – ……뭐라고?
 처음의 목소리가 당황한 듯이 되물었다. 로이드는 좀 더 힘 있게
말했다.
 "장가가고 싶어요! 장가가게 해주세요!"
 – 잠깐만, 그건 우리 전공이 아닌데?
 – 아니, 장가가고 싶은 놈이 왜 여길 와?
 목소리들이 웅성거리기 시작했다. 다시 처음의 목소리가 말했
다.
 – 저기, 자네. 잘못 찾아온 것 아닌가? 여긴 월하노인의 사당이 아
니라 빙정의 주인을 시험하는 곳이라네.
 "그러니까 제가 장가가려면 빙정이라는 게 필요하단 말입니다!"

로이드가 답답하다는 듯이 말했다. 목소리들이 잠시 침묵했다. 두 번째 목소리가 물었다.

－무슨 말인지 못 알아듣겠네. 처음부터 차근차근 말해보게.

그래서 로이드는 처음부터 차근차근 설명했다. 그는 인간이고 약혼녀는 월선이고, 이번에 혼인을 하는데 진짜 부부가 되기 위해선 빙정이 필요하다는 말이었다. 이야기를 끝낸 로이드가 애절하게 말했다.

"제발 도와주십시오! 이대로 가다간 분명 이혼당할 겁니다. 약혼녀에게 버림받고, 장가도 못 가고 혼자 늙어 죽을 거예요. 사람 하나 살리는 셈 치고 도와주세요. 네?"

잠시 주저하던 목소리들이 말했다.

－들어보니 사정이 딱하긴 한데…… 빙정이 그러라고 있는 물건이 아니라서.

－그래, 단순히 그런…… 일 때문에 내어주기엔 너무 귀한 보물이라.

입으로는 안 된다고 말하고 있지만, 같은 남자라선지 다분히 동정적인 태도였다. 로이드는 때를 놓치지 않고 외쳤다.

"그러라고 있는 물건 아니면 어디에다 씁니까! 사람 목숨이 달렸다고요! 어떤 이유가 지금의 저보다 더 절실한데요? 있으면 나와보라고 해요!"

목소리들이 침묵했다. 그때까지 조용히 있던 여자가 날카롭게 외쳤다.

－이런 파렴치한 놈, 억지 부리지 마라!

"아내한테 사랑받고 싶다는 게 뭐가 나빠!"

- ······.

잠시 침묵하던 여자가 물었다.

- 약혼녀가 많이 어리고 예쁜가 보지?

"나이는 저보다 두 배 정도 많은데 굉장히 예쁩니다. 세상에서 제일 예쁘고 귀엽습니다!"

사실 세 배에 가까웠지만, 로이드는 슬쩍 나이 차를 깎았다. 남자들이 허어, 저런, 하고 탄식하는 소리를 냈다. 로이드는 발을 동동구르며 말했다.

"도와주세요. 저 진짜 제 약혼녀 아니면 안 됩니다. 하나밖에 없는 제 짝이란 말입니다. 인간이라서 짝을 포기해야 하다니 그런 게 어디 있습니까."

- 도와주죠.

여자가 결론을 내리듯 말했다. 첫 번째 목소리가 당황했다.

- 하지만 낭랑, 최소한 시험이라도 해야······.

- 이런 일에 시험은 무슨 시험입니까? 밤일이라도 시험할 건가요?

여자의 목소리가 날카로워졌다. 남자들이 조용히 닥쳤다. 로이드는 얼른 고개를 숙였다.

"감사합니다, 누님!"

- ······흥, 뻔뻔한 놈. 이렇게까지 해놓고 아내를 배신하면 절대 용서하지 않겠다!

"감사합니다. 절대 배신하지 않겠습니다. 평생 아내만 바라보고 살겠습니다."

로이드는 몇 번이나 고개를 숙이며 감사했다. 그러자 여자의 웃음소리가 들리는 것 같더니 몸이 확 떠밀렸다. 뒤늦게 남자들의 목소리가 따라왔다.

— 혼인 축하하네.

— 잘 살게나.

로이드는 다시 눈을 떴다.

언뜻 비치는 낯익은 천장에 자신의 침실이라는 것을 알 수 있었다. 뒤늦게 몰아치는 고통이 생각을 방해했다. 온몸이 찢어지는 것처럼 아팠다. 경련을 일으키며 비명을 지르는 그를 누군가 붙잡았다. 통증으로 정신없는 와중에도 아란이라는 것을 알아볼 수 있었다. 그녀의 손에서 흘러들어온 기운이 고통을 몰아내기 시작했다.

"백작님, 정신이 드세요?"

"헉, 으윽······!"

"왜 이렇게 바보 같은 짓을 하셨어요, 대체 왜요!"

아란의 눈에서 떨어진 눈물이 그의 얼굴을 적셨다. 로이드는 손을 들어올리려 했지만, 손가락 하나 움직일 수 없었다. 한참 동안 입을 우물거린 그는 간신히 말할 수 있었다.

"누, 누구기에 이렇게 예뻐요?"

"백작님?"

아란의 눈이 동그래졌다. 그녀는 로이드의 얼굴을 만지며 "저 아란이에요. 백작님의 약혼녀요." 하고 말했다. 이가 다닥다닥 부딪혀서 로이드는 간신히 미소 지을 수 있었다.

"아, 아란. 이름도 정말 예쁘네요."

"백작님? 진짜 기억 안 나세요?"

아란이 어쩔 줄 몰라 하며 그의 이마를 짚었다. 그녀의 뒤에서 한심하다는 표정을 짓고 있는 귀왕이 보였다. 로이드는 그걸 모른 척하며 아란을 바라봤다.

"와, 제가 무슨 행운으로 당신 같은 미인과 약혼했죠?"

"……백작님이 먼저 저한테 청혼하셨어요."

아란이 긴가민가한 얼굴로 말했다. 거짓말인가 하면서도 워낙 천연덕스러운 태도에 헷갈리는 것 같았다. 한참 꿈지럭거린 로이드가 그녀의 손을 잡았다.

"아, 이제 기억납니다. 제가 당신을 보고 첫눈에 반해서 결혼해달라고 졸랐었죠."

"아니에요."

아란의 얼굴에 미소가 돌아왔다. 로이드는 의아한 듯이 물었다.

"아니라고요? 그럴 리가 없는데."

"……거짓말쟁이 백작님."

"그럼 제가 결혼해달라는 말도 안 했나요?"

아란이 얄미운 듯이 그를 노려봤다. 로이드가 싱긋 웃으며 말했다.

"아름다운 아가씨, 첫눈에 반했습니다. 저와 결혼해주세요. 만약 거절당하면 전 상심에 빠져서 죽어버릴지도 모릅니다."

"……."

"이렇게 말했잖아요. 분명히 기억하고 있습니다."

"정말, 정말 나빠요!"

아란의 주먹이 그의 가슴을 내리쳤다. 겉보기엔 솜방망이로 때리는 것 같았지만, 쇠뭉치로 내려친 것 같은 느낌에 로이드는 컥 소리를 냈다. 하지만 새우처럼 펄쩍거리는 그를 보면서도 아란은 때리는 걸 멈추지 않았다.

"얼마나, 얼마나 걱정했는데요. 이럴 때까지 장난치시고!"

"아, 아파요! 아란. 당신 여우 죽습니다!"

"제 여우 아니에요. 나쁜 여우예요!"

"아니, 길들일 때는 언제고 이제 와서 버리깁니까."

로이드가 얼굴을 감싸고 훌쩍훌쩍 우는 척했다. 그제야 손을 멈춘 아란이 그를 끌어안았다.

"정말 나빠요. 제가 얼마나 걱정한 줄 아세요?"

"미안합니다. 아란. 이제부터 착한 여우가 되겠습니다."

"못 믿어요. 백작님은 거짓말쟁이니까."

아란이 뽀로통하게 말했다. 로이드는 그녀의 손에 뺨을 비비며 물었다.

"거짓말쟁이라서 대답해주지 않는 겁니까?"

"네?"

아란이 의아하게 되물었다. 로이드가 싱긋 웃으며 말했다.

"제가 청혼한 건 기억나는데, 당신이 무슨 대답을 했는지는 기억이 안 나서요."

아란의 뺨이 빨개졌다. 잠시 손을 꼼지락거리던 그녀가 조그맣게 말했다.

"······좋아요."

"아, 맞아요. 그렇게 말했었죠."

얄밉다는 듯이 그를 노려본 아란이 한숨을 포옥 쉬었다.

"두 번 다시 이런 짓 하지 마세요. 빙정은 정말 위험한 물건이에
요. 소유하려는 자를 시험하는 귀물이기도 하고요. 북해낭랑은 몹
시 까다로워서 그녀의 시험을 통과한 사람은 거의 없어요."

"다들 상냥하던데요. 이해심도 많고."

로이드가 선뜻 힘을 빌려준 목소리들을 생각하며 말했다. 처음
부터 차근차근 이야기해보라고 권하거나 혼인을 축하해주던 모습
이 딱히 까다로워 보이진 않았다.

"······백작님이 북해낭랑의 마음에 들었나 봐요."

조금 뾰로통하게 말한 아란이 입술을 깨물었다. 시무룩해진 그
녀가 물었다.

"북해낭랑은 저랑 비교할 수 없을 정도로 예쁘죠?"

"네? 그럴 리가요. 당신보다 예쁜 여자가 세상에 있을 리가 없잖
습니까."

로이드가 황당하다는 듯이 말했다. 얼굴이 빨개진 아란이 추궁
하듯 말했다.

"진지하게 묻는 거란 말이에요. 자꾸 거짓말하지 마세요."

"아니, 진짜라니까요. 누군지 목소리만 듣고 얼굴도 못 봤습니
다. 게다가 그분은 저한테 당신을 배신하면 절대 가만히 두지 않겠
다고 하셨다니까요?"

"네? 대체 어쩌다가 그런 말이 나온 거예요?"

아란의 눈이 동그래졌다. 차마 장가가게 해달라고 떼를 썼다고 말을 할 수 없었던 로이드는 뺨을 긁적였다.

"당신 자랑을 좀 했거든요. 제 약혼녀가 세상에서 제일 예쁘고 귀엽다고요. 그러니까 다른 분들도 혼인을 축하한다고 하시던데요."

"……."

아란의 얼굴이 홍시처럼 붉어졌다. 그녀는 견딜 수 없다는 듯이 양손으로 얼굴을 가렸다. 부끄러워하는 모습에 싱긋 웃은 로이드가 끙끙거리며 몸을 일으켰다. 그는 그제야 귀왕이 보이지 않는다는 것을 알아챘다.

"응? 조금 전에 귀왕님이 여기 있었던 것 같은데……."

"제가 백작님을 때릴 때 나가셨어요."

아란이 여전히 빨개진 얼굴로 대답했다. 깊게 생각하지 않고 고개를 끄떡인 로이드가 자리에서 일어났다. 아직까지 감각이 완전히 돌아오지 않아서 몸이 굼뜨게 움직였다. 아란이 걱정스럽게 물었다.

"뭔가 필요한 거라도 있으세요? 제가 가져올까요?"

"아뇨, 이건 제가 직접 해야 하는 일입니다."

로이드는 끙끙거리며 애를 썼다. 그는 어기적거리며 걸어가 서랍을 열었다. 곱아서 제대로 움직이지 않는 손으로 보석함을 꺼낸 그는 겨우겨우 아란의 앞으로 돌아왔다. 멋있게 한쪽 무릎을 바닥에 대려고 했는데 잘 되지가 않았다. 저도 모르게 털썩 양 무릎을 꿇은 그가 미간을 찌푸렸다.

"제가 상상한 건 이게 아닌데……. 전 아무래도 멋지게 청혼할 팔자가 아닌 모양입니다."

"무리하지 마세요."

아란이 걱정스럽게 말했다. 로이드는 어깨를 으쓱하며 보석함을 열었다.

"제 인생 최고의 순간입니다. 무리일 리가요."

아란의 손을 잡고 손등에 입 맞춘 그가 제일 먼저 팔찌를 끼웠다. 두 마리의 새가 보석을 물고 있는 형태의 정교한 장신구였다. 헐거운 팔찌가 간신히 아란의 손목에 매달렸다.

이어서 그는 비스듬히 매는 허리띠를 꺼냈다. 갖가지 수정들을 둥글게 깎고 색깔을 맞추어 꿴 형태였다. 성인의 키에 맞춘 것이라 아란의 허리에 매자 바닥까지 길게 흘러내렸다. 하지만 로이드는 흐뭇하게 그것을 바라봤다.

"완벽하네요. 그럼 마지막 하나를 볼까요."

마지막으로 그는 반지를 꺼냈다. 앞선 화려한 장신구와 달리 절제된 모양의 반지였다. 로이드는 장인에게 '예쁘지만, 편하게, 항상 끼고 있을 수 있는' 반지를 주문했다. 그래서 반지는 단순한 형태였지만, 정교한 세공으로 매우 아름다웠다.

"……저한테는 안 맞을 거예요."

아란이 조금 풀죽은 목소리로 말했다. 그러자 로이드는 짠 하고 손을 펼쳤다. 지금의 아란에게 딱 맞을 것 같은 작은 반지가 나타났다. 처음의 반지와 똑같은 모양이었다.

"당신의 여우가 그 정도는 생각하고 있답니다."

싱긋 웃은 로이드가 아란의 네 번째 손가락에 반지를 끼웠다. 그는 감격에 가까운 눈으로 그녀의 손을 바라봤다.

"멋지군요. 세상에 이것보다 더 멋진 광경은 없을 겁니다."

기뻐하는 로이드를 보고 수줍게 얼굴을 붉힌 아란이 말했다.

"저는 반지를 준비 못 했는데, 어떡하죠?"

서대륙 풍습으로는 아내만 정절을 맹세하며 반지를 꼈다. 예식도 남편이 아내에게 반지를 끼우는 것으로 끝나는 편이었다. 물론 로이드와는 상관없는 이야기였다.

"괜찮습니다. 제가 준비했거든요."

로이드는 슬쩍 자신의 반지를 꺼냈다. 당황해서 눈을 깜빡인 아란이 조름에 못 이겨 그의 손가락에 반지를 끼웠다. 로이드가 만족스럽게 말했다.

"벌써 부부가 된 것 같군요."

아란을 번쩍 안아 든 그가 그녀에게 뺨을 비볐다.

"아, 진짜 혼인식까지 어떻게 기다리죠?"

"이제 정말 얼마 안 남았는걸요."

"그것도 너무 깁니다. 천 년은 남은 것 같다고요."

지금도 빡빡한 일정에 갈리고 있는 제임스가 들으면 뒤로 넘어갈 말이었다. 준비는 안 하고 권리만 독식 중인 로이드가 뻔뻔하게 말했다.

"지금 눈을 감았다가 뜨면 혼인식 날이었으면 좋겠습니다."

"……사실 저도 그래요."

아란이 수줍게 웃으며 속삭였다. 환하게 웃은 로이드가 그녀를 꼭 끌어안았다. 반지가 끼워진 아란의 손을 살핀 그가 아쉬운 듯 말했다.

"절대 빼지 말라고 하고 싶지만, 자기 전엔 잊지 않고 빼야 합니다. 자다가 성장하면 분명 손가락이 아플 테니까요."

"앗, 그거라면 제가 해결할 수 있어요."

아란이 어른용으로 만들어진 반지를 받아 제 손가락에 끼웠다. 그러자 안쪽의 반지가 그것을 날름 집어삼켰다. 놀란 로이드가 그녀의 손가락을 잡고 반지를 살폈다. 동족을 집어삼킨 반지는 언제 그랬냐는 듯이 얌전히 시침을 떼고 있었다. 아란이 설명했다.

"작은 반지 속에 큰 반지를 넣었어요. 이제 제가 자라면 반지도 맞춰서 커질 거예요."

"와, 굉장한데요?"

잘 때 빼는 방법부터 목걸이로 걸고 다니는 방법까지 온갖 궁리를 다 했던 로이드가 엄지손가락을 세웠다. "부인님 최고."라고 말하는 그를 보고 아란이 다시 수줍게 웃었다.

커플의 닭살 짓에 밖으로 쫓겨난 묵림은 하늘을 바라봤다. 여인의 빗과 같은 반달이 밤을 비추고 있었다.

– 결국, 아들에게 북해의 보물을 줬군. 너도 참 음흉한 녀석이야.

어느새 다가온 무라가 그의 옆에 서 있었다. 묵림은 대단찮다는 듯이 어깨를 으쓱했다.

"달리 방법이 있었나?"

– 월선의 음기가 아무리 강해도 빙정이 필요할 정도는 아니지.

"흥, 지금처럼 시원찮은 몸으로 내가 쓸 수 있는 방법이 얼마나 된다고."

– 어허, 북천 제일의 주술사께서 왜 이렇게 약한 소리를 하시나.

무라가 싱글싱글 웃으며 그를 놀렸다. 아니꼬운 눈으로 그를 노려본 묵림이 말했다.

"용왕자도 군소리 없이 넘겨준 걸 네가 왜 트집이야?"

– 비회 님이 군소리할 처지나 되나. 당신 조카딸이 내 아들을 덮치려고 하는데, 일단 애는 살리고 봐야겠으니 빙정을 내놓으라고 했잖아. 그런 말을 듣고 비회 님이 달리 뭐라고 하겠어?

거북은 조카를 제대로 훈육하지 못해 미안하다는 말과 함께 북해 제일의 보물을 내어주었다. 호시탐탐 빙정을 노리던 선인들이 알면 기겁할 일이었다. 팔짱을 낀 채 무라를 쏘아보던 묵림이 말했다.

"무라, 너도 그냥 넘어갈 생각하지 마라."

– 응?

"이랑의 딸과 내 아들의 혼인이다. 설마 그냥 입 닦고 넘어갈 생각은 아니겠지?"

– 어, 잠깐만. 나 진짜 선계에서 가져온 게 별로 없는데…….

예상치 못한 공격을 당한 무라가 식은땀을 흘리기 시작했다. 눈을 가늘게 뜨고 그를 노려보던 묵림이 말했다.

"그러고 보니 너, 내 혼인 때도 안 왔었지. 솔이 돌잔치 때는 물론이고."

– 아니, 그때는 내가 말이지…….

기가 죽은 무라가 중얼거렸다. 한숨을 쉰 묵림이 홱 몸을 돌렸다.

"정 줄 게 없으면 간이라도 뽑아. 너란 놈도 천신이니 조금은 도움이 되겠지."

— ……진짜 그러기냐.

무라가 꼬리를 축 늘어뜨렸다. "뭐 주는지 지켜본다." 하고 무서운 말을 남긴 묵림이 총총히 멀어졌다. 무라는 지금이라도 부관에게 연락해서 뭐라도 부쳐달라고 해야 하는지 고민했다.

10

마른하늘에
날벼락

「저기 보게. 북제의 아드님이군.」

「아, 유일하게 살아남았다는 그분인가. 어쩐지 북천의 무장 중에 어린 소년이 있다 했네.」

멀리서 소곤거리는 소리가 들렸다. 현원은 무표정을 유지하려 애쓰며 앞만 노려보았다. 단상 위에서 상제가 느릿하게 축원을 읽고 있었다. 아래 도열한 무장들은 모두 지루한 표정이었다. 그들은 다시 현원을 화제로 올렸다.

「북제께서도 근심이 크겠어. 겨우 얻은 자식이 차례로 미쳐서 죽어나가니.」

「너무 강한 힘을 타고난 탓이지. 현무는 원래 불안정한 신수이니 말이야. 그래도 셋 중의 하나는 살아남은 게 어딘가.」

얼마 전 현원의 둘째 형인 현해가 전사했다. 전사라곤 하지만, 전장에서 광기로 미쳐 날뛰다 기력이 다해 죽어버린 것이다. 큰형의 죽음과 달리 이번엔 눈물조차 나지 않았다. 어쩌면 울 기운조차 없었는지 모른다.

「이런, 자네 소문도 못 들었나?」

「무슨 소문?」

「저 아드님 말이야. 변이를 못 한다고 하더군.」

현원의 어깨가 움찔했다. 북천에선 감히 누구도 저런 말을 입에
올리지 못했다. 갑작스러운 모욕에 얼굴이 절로 굳어졌다.

「변이를 못 하다니?」

「날 때부터 거북으로 태어나서 지금까지 한 번도 뱀으로 변한 적
이 없다는 거야.」

「아니, 그럼 어떡하나?」

「어떡하긴. 못 싸우는 거지. 아니면 후방에서 방어만 맡든가.」

「허어, 그래서 북제께서 하나 남은 아들을 후계자로 임명하지 않
으셨던 거군.」

현원은 더는 참지 못하고 검을 움켜쥐었다.

그때 차가운 손이 그의 손등을 덮었다. 현원의 부관인 한마였다.
백색의 눈동자가 진정하라는 듯이 그를 바라봤다. 현원의 손에서
힘이 빠지자 한마가 천천히 그의 팔을 잡아당겼다. 현원은 그에게
끌려 대열에서 이탈했다. 상제 옆에 선 북제가 그를 힐끗 쳐다봤
지만, 아무런 제지도 하지 않았다.

「그래도 뱀이 나오지 않으니 광기에 빠질 일은 없지 않나. 미쳐서
죽을 일도 없고. 원래 얻는 게 있으면 잃는 게 있는 법이야.」

잘난 척하는 목소리가 그의 뒤를 따라왔다. 현원은 화를 참기 위
해 이를 악물어야 했다. 대열이 보이지 않을 정도로 멀리 떨어진 후
에야 한마가 입을 열었다.

「잘 참으셨습니다.」

「왜 말린 거지?」

「거기서 소란을 일으키면 소문이 사실이라고 밝히는 것밖에 안 되니까요. 친선을 위해 모인 자리에서 그런 말이 들리는 것도 이상한 일입니다. 상제의 계략일지도 모르죠.」

한마는 언제나 그렇듯 무표정한 얼굴이었다. 현원은 불만스럽게 미간을 찌푸렸다.

그때 어디서 삑삑 소리가 들렸다. 그는 반사적으로 주변을 살폈다.

「뭐야?」

「새소리입니다. 근처에 둥지가 있나 봅니다.」

「새라고?」

보통 새들은 현원의 기에 짓눌려 아무런 소리도 내지 못했다. 영수들 역시 마찬가지였다. 신기해하는 현원을 한마가 잡아끌었다.

「눈에 띄기 전에 숙소로 돌아가시죠. 이전에 입은 부상이 심해진 것으로 말해두겠습니다.」

내키지 않는 얼굴로 고개를 끄떡인 현원이 걸음을 옮겼다.

그때 덤불 속에서 튀어나온 뭔가가 그의 다리를 덮쳤다. 발목에 부딪혀 도로 튕겨 나간 것은 새카맣고 못생긴 새였다. 바닥에 나동그라진 새가 항의하듯 뿌뿌 소리를 냈다. 당황한 현원이 제자리에 멈췄다. 그러자 팔짝팔짝 뛰어온 새가 그의 신발에 매달렸다. 얼음이 된 현원 대신 한마가 새를 주워 들었다.

「새끼군요. 둥지에서 떨어졌거나 어미를 잃어버렸나 봅니다.」

「이게 새야? 굉장히 못생겼는데.」

빨간 몸뚱이에 검은 솜털이 부숭부숭 나 있고 부리는 짧은 데다 넓적했다. 화려한 깃털을 가진 새만 보아왔던 현원에겐 충격적인 모습이었다. 눈을 데구루루 굴린 새가 삐익 하고 울었다.

「파랑새 새끼 같은데, 이상하네요. 보통은 무서워할 텐데 말입니다.」

하나는 현무고 하나는 뱀이다. 둘 다 새들의 천적이나 다름없었다. 하지만 새는 무서워하는 기색이 없었다. 조그마한 머리를 갸웃거리며 한마를 보더니 그의 손바닥에서 폴짝 뛰어내렸다. 깃털도 없는 날개로 파득거리며 추락하는 새를 현원이 얼른 받았다. 뿌 하고 불만스러운 소리를 낸 새가 그의 손바닥을 콕콕 쪼았다. 아프기보다는 간지러웠다.

「적당한 곳에 던져두세요. 어미가 없으니 얼마 못 가 죽을 겁니다.」

한마가 무심하게 말했다. 현원은 새를 내려다봤다. 자신을 무서워하지 않는 새가 신기하게 느껴졌다. 자세히 보니 조금 귀여운 것 같기도 했다.

「이름을 병아리로 할래.」

「기르시게요?」

「응.」

「전 못 도와드립니다.」

「괜찮아. 이건 내 병아리니까 내가 돌볼 거야.」

자신 있게 말한 현원이 새를 감싸 쥔 채 걸음을 옮겼다. 답답한지 꼼지락거리던 새가 손바닥 위에 웅크리고 앉았다. 현원은 가슴이 두근거리는 것을 느꼈다.

하지만 새를 키우는 것은 생각보다 어려운 일이었다. '병아리'는 현원이 잡아다 주는 벌레나 한마가 가져온 곡식을 먹지 않았다. 배가 고픈지 삑삑거리면서도 막상 벌레를 내밀면 고개를 돌렸다. 날이 갈수록 기운이 없어지는 병아리 때문에 현원도 안절부절못했다. 이러다 죽이겠다 싶어 병든 동물을 돌보는 선인을 데려오게 했다.

「병아리야, 조금만 참아.」

현원의 손이 새의 몸뚱이를 덮었다. 온기가 좋은지 꾹꾹거리는 소리를 낸 병아리가 꾸벅꾸벅 졸기 시작했다. 현원이 살짝 미소 짓는 순간이었다. 예고도 없이 문이 벌컥 열리더니 처음 보는 천신이 들이닥쳤다.

「란아!」

그러자 현원의 손아래서 잠들어 있던 병아리가 발딱 일어났다. 삑삑 하고 커다란 소리를 낸 병아리가 침대에서 톡 뛰어내리더니 천신에게 팔짝거리며 다가갔다. 당황해서 자리에서 벌떡 일어선 현원이 외쳤다.

「누구냐!」

「아이고, 란아. 대체 어디 갔었어? 얼마나 걱정했는지 알아?」

천신이 병아리에게 뺨을 비벼대며 말했다. 울컥한 현원이 자신의 검을 찾아들었다. 그걸 말린 것은 천신을 따라 방으로 들어온 한마였다.

「상제의 외조카인 청원진군이십니다. 그리고 그 새의 주인이랍니다.」

「인사가 늦었습니다, 태자님. 제전에서 한번 뵈었죠.」

그제야 고개를 든 진군이 웃으며 말했다. 현원은 첫눈에 그가 싫어졌다. 불쾌한 눈으로 진군을 노려본 현원이 말했다.

「난 태자가 아니야.」

「하지만 곧 태자가 되실 거니까요. 어쨌든 우리 란이를 돌봐주셔서 감사합니다. 왜 태자님 뒤를 따라왔는지 모르지만, 덕분에 백년 감수했네요.」

「전 알겠습니다. 두 분의 신발이 비슷하군요.」

한마가 아래를 힐끗 보며 말했다. 진군의 신발을 확인한 현원이 입술을 깨물었다. 싸우기도 전에 진 기분이었다. 진군이 다시 병아리에게 비비적거리며 말했다.

「오구오구, 우리 란이. 아빠인 줄 알고 태자님 따라온 거야? 아빠가 미안해. 란이 잃어버려서 미안해. 우쭈쭈.」

「찾으셔서 다행이군요.」

한마가 속 시원하다는 얼굴로 말했다. 동시에 현원의 얼굴이 창백해졌다. 그는 즉시 검을 뽑아 들고 진군을 겨누었다.

「내 병아리야, 내놔!」

「현원 님!」

대경실색한 한마가 그를 붙잡았다. 놀란 표정을 지은 진군이 난처하게 뺨을 긁적였다.

「……아니, 그런 말은 200년 뒤에나 들을 수 있을 거라 생각했는데. 지금은 너무 이르다고 해야 하나. 뭔가 애비로서 착잡한 기분이.」

「내놓으라고!」

참다못한 현원이 검을 휘둘렀다. 뒤로 훌쩍 뛰어 그것을 피한 진 군이 코웃음을 쳤다.

「흥, 네놈은 사윗감에서 제명이다! 우리 란이는 절대 안 줘!」

「뭐?」

현원이 멍해진 사이 진군은 쏜살같이 몸을 돌려 달아났다. 당황한 현원이 검을 집어 던졌지만, 그에겐 닿지 않았다. 분해진 현원이 악을 썼다.

「내 병아리 돌려줘!」

비록 변이하지 못하는 약점이 있었지만, 그는 북제의 아들이었다. 날 때부터 신수로 태어났고 고귀한 천신으로 자랐다. 그에게 물건을 바치는 사람은 많았지만, 그의 물건을 빼앗아가는 사람은 없었다. 충격적인 경험에 현원은 거의 이성을 잃었다.

현원이 병아리의 정체를 알게 된 것은 그로부터 이틀 뒤였다. 병아리는 사실 청원진군의 외동딸이 변신한 모습이었다. 그래서 진 군이 아빠가 어쩌고 사윗감이 어쩌고 했던 것이다. 필요하다면 북제의 권력을 빌려서라도 병아리를 되찾아올 생각이었던 현원은 좌절했다.

「어쩔 수 없잖습니까. 원래부터 새가 아니었다니 포기하십시오.」

「…….」

한마는 무릎에 얼굴을 파묻은 현원을 보고 한숨을 쉬었다. 그는 들고 있던 상자를 현원의 옆에 내려놓았다. 안에는 부들부들 떨고 있는 새들이 들어 있었다. 조금이라도 위안이 될까 싶어서 준비한 것이었다. 여전히 미동도 없는 현원을 본 한마가 "쉬십시오." 하고 몸을 돌렸다.

그때 날카로운 새의 비명이 들렸다. 반사적으로 돌아보자 새를 움켜쥐고 있는 현원이 보였다. 오색의 비단 같은 날개가 힘겹게 퍼덕였다. 현원은 종이를 찢듯 새를 찢기 시작했다. 피로 물들어가는 손을 본 한마가 놀라 소리쳤다.

「현원 님!」

「한마. 그 애는 왜 도망갔을까?」

「네?」

「매일 쓰다듬어주고 품에 안고 있었는데. 좋은 것만 주려고 했는데. 그게 싫었던 걸까?」

한마는 뒤늦게 그것이 '병아리' 이야기라는 것을 알았다. 현원은 이제 상자 속의 새들을 하나하나 눌러 죽이기 시작했다. 도장을 찍듯 전혀 감흥 없는 표정이었다. 형제 중 가장 마음이 약해서, 북제가 걱정하던 그 현원이 아닌 것만 같았다.

마른침을 꿀꺽 삼킨 한마가 말했다.

「현원 님이 싫어서가 아닐 겁니다. 아직 어리니까 가족과 함께 있는 게 더 행복하겠죠.」

「아.」

현원이 죽은 새를 짓이기던 손을 멈췄다. 피가 튄 얼굴로 빙긋 웃은 그가 "그렇구나." 하고 말했다. 한마는 왠지 그의 눈이 붉게 보인다고 생각했다.

「그럼 다음부터는 그 애를 길들여야겠다. 절대 도망치지 못하도록.」

현원이 천진난만하게 웃었다. 왠지 모를 한기를 느낀 한마가 움찔했다.

"태자님."

한마의 부름에 현원이 그를 돌아보았다. 제멋대로 풀어헤친 머리 때문에 얼굴이 거의 보이지 않았다. 그래도 가끔 머리카락 사이로 붉은 안광 같은 것이 번뜩였다.

'뱀인 상태로 너무 오래 계시는 것 같은데.'

현무는 뱀과 거북의 모습을 오가며 기를 순환한다. 하지만 현원은 전장에서부터 계속 뱀의 모습을 하고 있었다. 그것이 걱정스러웠지만, 뭐라고 말을 할 수가 없었다. 변이에 성공하면서 현원은 완벽한 성체가 됐다. 한마는 그의 손발일 뿐 감히 충고할 수 있는 위치가 아니었다.

"사, 상제께서 알현을 허락하셨습니다. 어서 안으로 드시지요."

한마의 도움으로 현원의 시선을 끄는 것을 성공한 궁인이 얼른 말했다. 고개를 끄떡인 현원이 걸음을 옮겼다. 언뜻 고요해 보이지만, 한마는 그가 몹시 화가 났다는 것을 느낄 수 있었다.

'큰일이군. 이럴 때 공주님이라도 옆에 있었다면…….'

화가 난 현원을 달랠 수 있는 사람은 아란밖에 없었다. 하지만 지금 현원이 화가 난 것도 그녀 때문이었다. 현원은 이번 원정에서 승리한 대가로, 아란을 태자비로 요구할 생각이었다. 아란의 부친은 상제의 외조카이니 상제의 말을 무시할 수 없었기 때문이다. 그런데 막상 원정에서 돌아와 보니 아란이 하계로 추방되었다는 소식이 들렸다. 개중에는 아란이 하계인과 혼인하러 갔다는 무서운 말이 돌았다. 추방은 사실이라도, 그것만은 사실이 아니길 빌 뿐이었다.

"상제께서 태자님과의 독대를 원하십니다. 다른 신장들은 여기서 기다려주십시오."

현원의 뒤를 따르려는 한마를 궁인이 가로막았다. 당황한 한마가 안 된다고 말하려 했다. 하지만 뒤를 힐끗 쳐다본 현원이 "기다려." 하고 혼자 안으로 들어섰다. 한마는 왠지 모를 불길한 예감을 느꼈다. 새를 짓이기던 현원을 봤을 때처럼, 뭔가가 잘못될 것 같은 기분이 들었다.

혼인식 전날이었다.

침실 앞에 드러누운 제임스에게 못 이겨 그를 돕던 로이드는 밖이 이상하게 밝아지는 것을 느꼈다. 꼭 하늘에 태양이 두 개 뜬 것 같았다. 그림에서 불쑥 튀어나온 해치가 제자리에서 빙글빙글 돌며 짖기 시작했다. 심상찮은 일이 터졌다는 것을 눈치챈 로이드는 급히 밖으로 뛰어나갔다. 그를 놓친 제임스가 비명을 질렀지만, 못 들은 척했다.

현관 앞으로 나와보니 모두가 하늘을 보고 있었다. 별채에 있던 무라와 묵림까지 밖으로 나온 상태였다. 로이드를 발견한 아란이 급히 달려오며 말했다.

"하늘이 열려요."

"네?"

로이드가 되묻는 순간, 하늘에서 번쩍 빛이 내리꽂혔다. 로이드는 아란을 끌어안고 몸을 낮췄다. 눈이 멀 것 같은 흰 빛이 쏟아지더니 이윽고 부드러운 조명 수준으로 변했다. 간신히 눈을 뜬 로이드는 허공에 떠서 그를 바라보고 있는 여자를 발견했다.

'뭐지?'

여자의 몸은 반투명했다. 발치엔 오색의 구름이 깔리고, 금빛 광택이 감도는 하얀 옷에 푸른 허리띠를 맨 차림이었다. 옷만큼 새하얀 머리를 하고 있었는데, 자세히 보니 머리카락이 아니라 모두 깃털이었다.

"혀, 현녀님."

아란이 겁먹은 목소리로 말했다. 빙긋 웃은 여자가 말했다.

"그동안 잘 지냈나요, 아란선인?"

"여선 아란이 구천현녀께 인사 올립니다. 네, 백작님이 돌봐주셔서 잘 지냈어요."

아란이 얼른 한쪽 무릎을 꿇으며 그녀에게 답했다. 로이드는 그녀를 감싸는 어정쩡한 자세로 현녀를 올려다봤다.

"일어나세요. 선인. 다행이에요. 그대를 하계로 보내고 마음이 편치 않았는데, 전보다 좋아 보여서 안심했어요."

아란을 세심하게 살핀 현녀의 눈이 로이드를 향했다. 로이드는 반사적으로 미소를 지었다. 밉보여서 좋을 것 없다는 직감 때문이었다.

"처음 뵙겠습니다. 저는 로이드 헤센타인입니다. 그리고 아란의 약혼자이기도 합니다."

담담한 선언에 아란의 얼굴이 빨개졌다. 하지만 부정하진 않았다. 로이드는 그녀의 손을 찾아서 꼭 쥐었다. 말없이 두 사람을 바라보던 현녀가 시선을 돌려 무라와 묵림을 보았다. 한순간 그녀의 미소가 흐려졌다.

"귀왕 묵림이 구천현녀를 뵙습니다."

– 천신 무라가 구천현녀를 뵙습니다.

두 사람이 거의 동시에 인사를 올렸다. 공손한 태도에 로이드는 현녀의 지위가 생각보다 높다는 것을 깨달았다.

"그리운 얼굴이 보이는군요. 묵림, 왕모께선 그대가 타천한 것을 무척 안타까워하셨답니다. 이렇게라도 다시 보게 되어 기쁘군요."

"제 죄의 대가를 받은 것뿐, 왕모께 심려를 끼쳐드려 죄송합니다."

묵림이 무표정하게 답했다. 씁쓸하게 웃은 현녀가 이어서 무라에게 말했다.

"무라, 그대의 물건을 사사롭게 사용해서 미안해요. 하지만 선계에서 바로 이곳으로 오기 위해선 이 방법뿐이었답니다. 부디 용서를 바라요."

– ……네? 예……. 괘, 괜찮습니다.

무라가 묵림의 눈치를 보며 답했다. 그저 부관에게 몇 가지 부쳐 달라고 했을 뿐인데, 어쩌다가 현녀가 내려오는 대형사고가 벌어졌는지 알 수가 없었다. 묵림의 눈은 당장 그를 찢어 죽일 기세였다. 그 사이 현녀가 다시 아란에게 말했다.

"아란선인, 하계인과 혼인을 올린다고 들었어요. 사실인가요?"

"네, 현녀님. 전 백작님과 혼인할 거예요."

아란은 로이드의 손을 꼭 잡은 채로 말했다. 몸은 여전히 떨리고 있었지만, 전보다 많이 차분해진 목소리였다. 현녀의 얼굴이 어두워졌다.

"선인, 왕모께서 그 혼인을 달가워하지 않으신다는 것은 알고 있죠?"

"죄송해요. 하지만 왕모님과 어머니가 반대하셔도, 전 백작님과 혼인하고 싶어요."

아란이 치마를 구깃구깃하며 말했다. 선인이 왕모의 뜻에 반하는 것이 쉬울 리가 없었다. 그녀로서는 모든 용기를 다 쥐어짠 말이었다. 한숨을 쉰 현녀가 말했다.

"왕모께서는 그대를 정말 정성 들여 기르셨어요. 그분의 따님조차 그렇게 가르치진 않으셨답니다. 그래서 많은 천신이 그대가 어디에 시집가는지 두고 보자 이를 갈았죠."

왕모는 아란이 혼자 걸어다닐 정도로 크자마자 조기교육을 시작했다. 아란은 투선이지만, 피를 못 본단 약점이 있었다. 그래서 왕모는 그녀에게 다른 재주를 만들어주고자 했다.

제일 먼저 희생된 것은 묘음천이었다. 동정심 많은 그녀는 아란의 딱한 사정을 듣고 정성을 다해 악기를 가르쳤다. 그러나 아란이 제법 악기를 풍땅거릴 줄 알게 되자마자 왕모가 도로 빼앗아갔다.

음에는 재능이 없는 것 같으니, 다른 것을 가르쳐보겠다는 것이었다.

그다음에는 수노인에게 보내어 그림을 배우게 했다. 직녀에게선 옷감을 짜는 법과 수를 놓는 법을, 제학선에게선 춤을 배웠다. 그런 식으로 신나게 가르쳐놓으면 빼가길 반복하니 천신들도 감정이 많이 상했다. 정법을 걷는 이들이라 아란을 미워하진 않았지만, 어디 그렇게 가르쳐서 어느 집안에 시집가나 두고 보자고 생각하게 된 것이다.

그런데 아란이 인간에게 시집가게 생겼으니, 왕모가 좋아할 리가 없었다.

"죄, 죄송……."

"당신이 사과할 필요 없습니다. 아란."

로이드가 단호하게 말했다. 그는 화가 난 눈으로 현녀를 바라봤다. 인사조차 받아주지 않는 여자니, 자신을 얼마나 하찮게 여기는지 알 것 같았다. 그녀가 자신을 멸시하든 말든 상관없었다. 다만 자신의 하찮음 때문에 아란이 사과하는 것까진 참을 수 없었다.

"제가 왕모님의 마음에 차지 않는 사윗감이라는 건 잘 알겠습니다. 저야 하찮은 인간에 불과하니 무슨 짓을 해도 미워 보이시겠죠. 하지만 전 아란에게 어울리는 남자가 되기 위해 노력하고 있습니다. 앞으로도 계속 노력할 거고요."

아란을 높게 안아 들어 고개를 들게 한 로이드가 말했다. 정중한 척하지만, 화가 난 것이 명백한 어조였다.

"제가 인간이라 마음에 들지 않으시는 거면 수행이든 뭐든 해서 선인이 되겠습니다. 가난해서 싫으시면 온 세상의 재물을 긁어모을 테고요. 그러니 더는 아란을 나무라지 마십시오. 제가 못난 것은 제 잘못이지 아란의 잘못이 아니란 말입니다."

현녀에게 대드는 로이드를 보고 묵림이 이마를 짚었다. 현녀가 손가락만 까딱해도 목이 날아갈 놈이 뭘 믿고 큰소리인지 알 수가 없었다. 현녀를 불러온 죄로 땀만 삐질삐질 흘리던 무라가 그의 눈치를 살폈다.

"그럼 왕모님께 인정받기 위해 노력하겠다는 뜻인가요?"

현녀가 처음으로 로이드에게 물었다. 로이드는 어깨를 으쓱하며 "인정해주실 생각이 있으시면요."라고 답했다. 빙긋 웃은 현녀가 양손을 앞으로 내밀었다. 그러자 그녀의 손 안에 바짝 마른 나뭇가지 하나가 나타났다.

"마침 잘됐군요. 왕모님께서는 이 가지에 꽃을 피우면 두 사람의 혼인을 인정해주겠다고 하셨습니다."

"뭐라고요?"

로이드가 어처구니없다는 듯 되물었다. 그의 팔을 잡은 아란이 "현녀님에게 그러면 큰일 나요." 하고 속삭였다. 미간을 찌푸린 로이드 앞으로 나뭇가지가 날아왔다. 그는 혹시나 해서 나뭇가지를 만져보았다. 가지는 아주 바짝 말라 있었다. 벽난로에 넣으면 순식간에 타버릴 것 같았다. 무슨 수로 이걸 되살려 꽃을 피우라는 건지 알 수가 없었다.

"그게 가능한 겁니까?"

"두 사람이 함께 답을 찾아보세요."

현녀가 웃으며 말했다. 로이드는 죽어도 인정하지 않겠다는 뜻이 아닐까 생각하며 가지를 이리저리 돌려봤다.

그때 현녀가 하늘을 올려다보았다. 뭔가를 확인한 그녀가 고개를 저었다.

"좀 더 이야기를 나누고 싶지만, 시간이 없군요. 선인, 태자가 그대가 있는 곳을 알아내려 하고 있어요. 상제를 알현하러 갔으니 이제 이곳을 알아내는 것도 시간문제예요."

아란의 몸이 움찔했다. 새파랗게 질린 그녀를 꽉 끌어안은 로이드가 물었다.

"시간문제라면, 태자가 이곳에 오는 데 얼마나 걸린다는 겁니까."

태자가 들이닥치기 전에 아란을 데리고 도망쳐야 할 것 같았다. 준비할 여유가 얼마나 되는지 묻는 말에 현녀가 쓴웃음을 지었다.

"알아내는 것은 간단하지만, 하계로 내려오는 것에는 시간이 걸릴 거예요. 그처럼 지위가 높은 천신이 강림하는 데는 많은 시간과 준비가 필요하죠. 그러니 그 사이 꽃을 피울 수 있었으면 좋겠군요. 그럼 왕모께서도 태자의 손에서 두 사람을 지켜주실 거예요."

"아."

로이드는 그제야 현녀가 그들을 도와주러 내려왔다는 것을 깨달았다. 거북이 그랬던 것처럼 직접 도움을 주진 못하지만, 그녀 나름대로 최선을 다해서 길을 마련해준 것이다. 괜히 얼굴을 붉힌 그는 손에 든 나뭇가지를 꼭 쥐었다.

"감사합니다, 현녀님."

"역시 아란선인이 고른 상대여서인지, 재미있는 사람이군요. 그럼 선계에서 만날 날을 고대하겠어요. 다음에 봐요."

환하게 미소 지은 현녀가 위를 올려다봤다. 다음 순간 그녀의 몸이 거대한 은빛 새로 변했다. 커다란 날개와 공작 같은 꼬리를 길게 늘어뜨린 새는 순식간에 위로 날아올라 모습을 감추었다. 로이드는 몰랐지만, 그건 현녀의 현신인 월봉황이었다.

"갔군요."

"……네."

아란이 멍하게 눈을 깜빡이며 말했다. 그녀는 조금 쭈뼛거리며 말을 이었다.

"태자님이, 진짜 절 잡으러 오려나 봐요."

"그렇군요. 그럼 내일 빨리 혼인식 올리고 도망갑시다."

로이드의 속삭임에 아란이 어쩔 줄 몰라 하는 표정을 지었다.

"정말 괜찮으세요?

"식만 안 올렸지, 이미 부부나 마찬가지잖아요. 우린 이제 일심동체입니다."

아란이 미안한 얼굴로 그의 팔을 쓰다듬었다. 어디서 비명이 들려 돌아보니 묵림이 무라를 패는 중이었다.

"다 된 밥에 재를 뿌려도 유분수지! 그냥 솥을 엎어버리지 그랬냐!"

─ 진짜 잘못했어. 한 번만 용서해줘. 결과적으로는 더 잘됐잖아.

무라가 무릎을 꿇고 그에게 싹싹 빌었다. 더욱 화가 난 묵림이 머리카락까지 동원해가며 그를 두들겨 팼다.

"잘돼? 이게 잘된 거로 보여? 왕모의 시험이 얼마나 엿 같은 줄 알아?!"

─ 미안해. 잘못했다니까!

"몰래 결혼한다고 아예 광고를 하지? 이런 상황에서 선계랑 연결 고리를 만들다니, 네가 제정신이야?!"

─ 나, 난 그냥 축하선물을 주려고…….

"닥쳐!"

어리둥절한 표정으로 둘을 쳐다보던 로이드가 손에 든 가지를 내려다봤다. 아무래도 이것 때문에 싸우는 중인 듯했다. 가지를 받아 유심히 살핀 아란이 말했다.

"복숭아 가지네요."

"정말 여기서 꽃이 필까요?"

"왕모님은 거짓말 안 하시는걸요."

아란이 생긋 웃으며 말했다. 로이드가 흐음 소리를 내며 가지를 노려보았다.

"서대륙에선 말이죠, 이럴 때 사랑의 힘으로 마법을 푸는 겁니다."

"사랑의 힘이요?"

"서로 사랑을 고백하고 맹세의 키스를 하면 마법이 풀리는 거죠."

아란의 고개가 갸웃했다. 그런 걸로 왕모의 인정을 받을 수 있을까 고민하는 듯했다. 로이드는 "속는 셈 치고 한번 해봐요." 하고 졸랐다. 아란은 어쩔 수 없다는 듯이 웃었다. 먼저 가지를 손에 쥔 로이드가 말했다.

"아란, 전 당신을 진심으로 사랑합니다."

"……."

아란의 얼굴이 빨개졌다. 눈을 굴리며 어쩔 줄 몰라 하는 그녀에게 로이드는 얼른 가지를 넘겨주었다. 한참 망설이던 아란이 조그맣게 말했다.

"저도 백작님을 정말 사랑해요."

로이드는 벅차오르는 심장을 부여잡을 뻔했다. 그는 가지를 쥔 아란의 손을 겹쳐 잡은 후 말했다.

"자, 그럼 어서 입 맞춰주세요."

"……."

"아 참, 입술에 해주셔야 합니다. 맹세의 키스니까요."

갑자기 주변이 조용해져서 돌아보니, 묵림과 무라가 멍하게 그들을 쳐다보고 있었다. 두 사람을 제외한 나머지는 진작 등을 돌린 채였다. 로이드는 뻔뻔하게 말했다.

"뭘 보시는 겁니까? 불순한 눈으로 쳐다보지 마세요. 저희는 지금 왕모님에게 인정받기 위해 노력하는 중이거든요."

─ 묵림, 내가 틀린 것 같다. 저놈이 너보다 더해.

무라가 절레절레 고개를 저으며 말했다.

결국, 사심에 가득 찬 시도는 불발로 끝났다. 로이드의 머리를 후려친 묵림이 가지를 뺏어 든 것이다. 악 하고 비명을 지른 로이드가 불만스럽게 그를 쳐다봤다.

"왜 때리고 그럽니까. 말로 좀 해요."

"네 목 위에 달린 건 장식이냐? 그런 식으로 결혼을 허락해줄 부모가 어디 있어?"

"이미 글렀구나 하고 허락해주실 수도 있죠. 해보지도 않고 어떻게 압니까?"

로이드가 뻔뻔하게 대꾸했다. 기가 차다는 듯이 한숨을 쉰 묵림이 가지를 살폈다. 그는 호기심 어린 얼굴로 다가온 무라에게 가지를 던졌다.

"선기가 통하는지 한번 시험해봐."

"아, 그렇게 막 던지지 마세요. 저한텐 굉장히 중요한 물건이거든요?"

투덜거리던 로이드는 결국 한 대 더 얻어맞았다. 가지에 자신의 힘을 흘려 넣어본 무라가 고개를 저었다.

ㅡ 선기가 흐르긴 하는데, 반응은 안 하는군.

"요기도 마찬가지야. 어떠한 기운이 열쇠인 것 같지만, 요기나 선기는 아니라는 거지."

"둘이서 사이좋게 속닥이지 말고 저도 알아듣게 설명해주시죠."

그를 빤히 노려보던 묵림이 무뚝뚝하게 말했다.

"너 같은 멍청이도 알아들을 수 있게 처음부터 설명해주지. 왕모는 어떤 조건을 맞췄을 때 가지에 꽃이 피게 해두었다. 하지만 가지는 선기나 요기에 반응하지 않는다. 그러니 네가 요선이 되는 것은 허락 조건이 아니야."

정곡을 찔린 로이드가 움찔했다. 막연하게 자신이 요선이 되면 왕모가 인정해주지 않을까 생각하고 있었던 것이다. 무라가 웃으며 거들었다.

　─ 현녀가 둘이 함께 답을 찾으라고 한 것을 보면, 자네와 선인 사이에 오가는 어떤 말이나 행동이 조건일 걸세."

"그러니까 역시 맹세의 키스를……."

"아니라고!"

묵림이 벌컥 화를 냈다. 아란이 얼른 두 손으로 로이드의 머리를 감쌌다. 더 이상 때리지 말라는 항의나 다름없었다. 묵림이 어쩔 수 없이 주먹을 내리자 로이드가 얄밉게 웃었다. 묵림이 나중에 두고 보자며 으르렁거렸다. 하지만 무라의 말처럼 두고 보자는 여우는 하나도 안 무서웠다.

　'그래도 큰일이긴 하군. 빨리 꽃을 피워야 할 것 같은데.'

　로이드는 지그시 가지를 노려봤다. 모두가 조건만 맞추면 꽃이 필 거라 말하니, 왕모가 자신을 엿 먹이려는 건 아닐 것이다. 하지만 대체 어떤 말과 행동이 꽃이 피게 하는지는 미지수였다.

　"아, 혹시 왕모님은 성격이 좀 급하신 편입니까?"

　─ 음, 무척 화통하시네. 대부분은 자비롭지만, 불같이 화를 내실 때도 있거든.

　무라의 말에 이어 아란이 웃으며 고개를 끄떡였다. 로이드는 조금 수줍게 말했다.

"그럼 2세를 만들어 오면 허락하신다는 뜻 아닐까요?"

"무라, 나 대신 저 새낄 때려."

묵림이 이를 갈며 말했다. 얼굴이 빨개진 아란이 슬쩍 로이드의 머리를 감싸고 있던 손을 내렸다. 로이드는 조금 억울해졌다.

"아니, 왜요! 가능성은 있잖아요. 아들딸 구분 말고 셋 정도 낳으면 꽃이 필 수도 있죠!"

솔직히 자식 셋을 낳으면 혼인을 안 해도 부부라고 인정받는다. 하지만 로이드의 주장은 묵림의 분노만 부채질했다.

"너 같은 놈이 바로 떡 줄 사람은 생각도 않는데 동치미부터 퍼마시는 거다!"

"아, 그게 먹는 겁니까? 떡이고 동치미고 전 그런 거 몰라서요."

"모르는 게 자랑이다!"

"원래 무식해서 그런 걸 어쩌라고요."

- 자자, 진정해. 진정.

무라가 으르렁거리는 여우들을 떼어놓았다. 난처한 듯 머리를 긁적인 그가 말했다.

- 자네, 선인의 입장도 좀 생각해주게. 봉인이 풀리기 전엔 임신할 수도 없잖나. 왕모께서 불가능한 일을 답으로 내진 않으셨을 거야.

"아."

로이드는 퍼뜩 아란의 얼굴을 살폈다. 조금 어두운 표정을 짓고 있던 아란이 생긋 웃어 보였다. 제가 실수했다는 것을 깨달은 로이드는 얼른 그녀를 안고 몸을 돌렸다.

"저 빼고 두 분이 의논해주세요."

"뭐?"

"저 지금 바쁩니다!"

로이드는 뒤도 안 돌아보고 저택 안으로 들어갔다. 뒤에 남은 사람들이 기묘한 표정을 지었지만, 오해하든 말든 신경 쓸 때가 아니었다. 자신의 방으로 올라가 문을 잠근 그가 조용히 말했다.

"미안합니다, 아란. 제가 또 헛소리를 했군요."

아란이 힘없이 웃으며 고개를 저었다.

"백작님 잘못이 아니에요. 이런 모습으로 백작님이 오해받게 하고, 아이도 낳지 못하는 제가 나빠요. 더 나쁜 건 다 알면서도 백작님과 헤어지고 싶지 않다는 거예요."

로이드는 그녀의 몸을 살살 흔들면서 고개를 저었다.

"당신이 나쁘다니요. 그럴 리가 없잖습니까. 따지고 보면 제가 인간인 게 더 나쁘죠. 선인이었다면 120년 동안 기다렸다가 당신과 혼인하면 되니까요. 하지만 전 분명 기다리다 애가 타서 죽어버렸을 테니, 차라리 지금이 나은 것 같습니다."

"미안해요."

"저한테는 전혀 미안한 일이 아닌걸요."

로이드가 웃으며 말했다. 진심이었다. 그러자 아란이 그의 목을 꼭 끌어안았다.

"자꾸만 욕심이 생겨요. 지금처럼 어린애가 아니라 원래 모습으로 백작님 옆에 서고 싶어요. 백작님을 닮은 예쁜 아기도 갖고 싶어요. 그게 불가능하다는 걸 아는데, 그래도요."

아란은 지금까지 꾹꾹 눌러온 진심을 털어놓았다. 로이드는 그녀가 어떤 모습이라도 상관없다고 했지만, 아란의 입장은 조금 달랐다. 주변은 그녀를 정략의 희생자로 로이드는 희대의 변태로 보았다. 두 사람이 정말 사랑해서 혼인한다고 생각하는 사람은 거의 없었다. 그것이 아란에겐 또 다른 상처였다. 로이드는 혼자 마음을 앓았을 그녀가 안쓰러워서 가슴이 저렸다.

"아란, 우리 아이는 좀 늦게 가져요. 전 신혼생활이 긴 게 좋습니다. 첫아이는 120년 뒤에 낳는 게 어떨까요? 그때쯤이면 저도 요선이 되었을 테니, 당신을 고생시키지도 않을 겁니다."

로이드의 속삭임에 아란이 작게 웃었다. 그녀는 로이드의 뺨에 입 맞추며 말했다.

"이렇게 다정하신 걸 왕모님이 아시면 좋을 텐데."

"전 당신에게만 다정하니까요. 왕모님은 영원히 모르실 겁니다."

로이드가 어깨를 으쓱했다. 배시시 웃은 아란이 그에게 기댔다. 그녀의 머리를 살살 어루만지던 로이드가 조심스럽게 말했다.

"저, 속 좁은 놈처럼 보이고 싶진 않지만, 솔직히 질투가 나서 말입니다. 당신과 태자라는 사람이 무슨 관계인지 물어봐도 됩니까?"

순간 아란의 몸이 움찔했다. 로이드는 조마조마한 기분으로 그녀의 대답을 기다렸다. 한참을 말이 없던 아란이 입을 열었다.

"조금 긴 이야기가 될 것 같아요."

"괜찮습니다. 시간은 많으니까요."

로이드는 의자로 자리까지 옮겨가며 꼭 듣고 싶다는 의지를 표했다. 그와 소파에 나란히 앉게 된 아란이 한숨처럼 입을 열었다.

"태자님은 제 소꿉동무였어요."

"……소꿉동무요?"

예상했던 최악의 답은 아니었으나 생각보다 위험한 관계였다.

옆집에 살던 오빠처럼 잠재적인 적은 없는 법이다. 간신히 표정을 다잡은 로이드는 별것 아니라는 듯이 고개를 끄떡였다.

용기를 얻은 아란이 말을 이었다.

"저는 다른 선인보다 몹시 천천히 자랐어요. 그래서 어릴 때는 놀이 동무가 별로 없었어요."

함께 소꿉을 살고 인형 놀이를 하던 선인들은 어느새 훌쩍 자라서 떠나버렸다. 몇 번이나 새로운 친구를 만났지만, 결국은 아란 혼자 남겨졌다. 그녀와 같은 속도로 자라며 놀아줄 사람은 아무도 없었다. 언제부터인가 아란은 혼자 놀기 시작했다.

"그때 태자님을 만났어요."

아란이 처음 만난 태자는 비단으로 만든 공을 든 어린 소년이었다. 잠시 아란의 주변을 맴돌던 그가 같이 놀자고 제의했다. 마침 심심했던 아란은 흔쾌히 고개를 끄떡였고, 둘은 함께 소꿉놀이를 하고 인형을 만들며 놀았다. 태자는 남들처럼 훌쩍 자라서 떠나지 않고 매일 똑같은 모습으로 나타났다. 그래서 아란은 그가 무척 좋았다.

하지만 두 사람이 자주 어울린다는 사실이 왕모의 귀에 들어가고 말았다. 왕모는 손수 회초리를 들고 아란의 종아리를 때렸다. 그리고 두 번 다시 태자와 어울리지 말라고 엄포를 놓았다.

난생처음 눈물이 쏙 빠지도록 혼난 아란은 놀라서 앓아눕고 말았다. 소년이 태자라는 것도 몰랐던 그녀는 무척이나 억울했다. 그래서 병문안을 온 태자에게 더는 만나지 않겠다고 말하고 말았다.

아란은 거기에서 말을 멈췄다. 창백해진 얼굴에 로이드는 그녀가 썩 좋지 않은 기억을 떠올리고 있다는 것을 알았다. 그만 말해도 된다고 말하려는 순간, 아란이 떨리는 목소리로 말을 이었다.

"그러자 태자님은, 손님상을 가지고 들어온 금와를…… 밟으셨어요."

아란은 그 순간을 아직도 똑똑히 기억하고 있었다. 태자의 발아래서 우두둑 뼈 부러지는 소리가 났다. 너무 놀라서 침상에서 뛰어내린 그녀가 태자의 발을 붙잡았다. 어떻게든 발을 치우려고 애쓰는 아란에게 태자가 말했다.

"……제가 나쁜 아이라서, 금와가 이렇게 된 거라고. 제가, 제가 도망치려고 할 때마다 이런 일이 생길 거라고 하셨어요. 나쁜 아이니까 벌을 주겠다고."

치마를 움켜쥔 아란의 손이 부들부들 떨렸다. 로이드는 저도 모르게 "이런 개자식이." 하고 욕을 뱉고 말았다. 그는 서둘러 아란을 품에 끌어안았다. 아란이 그의 품에 얼굴을 묻었다.

"왜 부모님께 말하지 않았습니까?"

"말을, 할 수가 없었어요."

아란이 떨리는 목소리로 말했다.

태자는 그녀가 두 번 다시 그런 말을 하지 않겠다고 약속한 뒤에야 금와를 놓아주었다. 겨우 숨이 돌아온 개구리에게 그는 '실수'를 해서 미안하다고 정중히 사과하기까지 했다. 사정을 모르는 금와는 북제의 아들에게 사과를 받은 일에 오히려 황송해했다. 아란은 태자의 힘이 그녀가 생각했던 것보다 더 크다는 걸 알았다.

"태자님이 그랬다고 말하면, 부모님은 최선을 다해 저를 지켜주셨을 거예요. 그래서 더 말을 할 수가 없었어요."

태자는 북제의 하나뿐인 후계자였다. 그와 척을 진다는 것은 북천을 적으로 돌리겠다는 것이나 마찬가지였다. 청원진군 역시 상제의 외조카이긴 하지만, 두 사람의 관계는 몹시 미묘했다.

특히 상제는 인간에 가까운 아란을 싫어해서 작위도 내려주지 않았다. 그래서 아란은 소혜왕부의 하나뿐인 공주이면서도, 다른 천신들 앞에서 무릎을 꿇어야 했다. 만약 아란의 문제로 진군과 북제가 싸우게 된다면 상제는 절대 진군의 편을 들지 않았을 것이다.

"그래도 말을 해야 했습니다. 당신은 어렸고, 부모님의 보호를 받아야 했어요."

"……저는 친딸도 아니고 주워 온 아이잖아요. 부모님을 힘들게 하면 안 될 것 같았어요. 저만 참으면 태자님도 화를 안 내시고, 아무런 문제도 없으니까. 참아야 한다고 생각했어요."

그때까지의 태자가 다정한 친구였던 탓도 있었다. 아란은 자신이 더 이상 만나지 않겠다고 말한 게 문제였다고 생각했다. 자신이 '나쁜 행동'만 하지 않으면 태자도 화를 내지 않을 것이고, 그럼 전처럼 잘 지낼 수 있을 줄 알았다.

하지만 갈수록 태자가 싫어하는 '나쁜 행동'은 늘어났다. 아란은 그와 만날 때마다 숨도 제대로 못 쉴 정도로 긴장하고 있어야 했다. 태자가 무섭고 두려웠지만, 티를 낼 수도 없었다. 아란이 조금이라도 싫어하는 티를 내면 곧바로 '벌'이 가해졌다. 태자는 아란이 무엇을 아끼는지 잘 알고 있었고, 그걸 망가뜨리는 것에도 능숙했다.

"그래도 태자님이 후계자 일을 배우게 되시면서 함께 있는 시간이 줄어들었어요. 만약 매일 같이 있었다면, 분명 숨이 막혀서 죽었을 거예요."

아란은 태자라도 쉽게 손댈 수 없는 이들과 어울렸다. 천신들이 아끼는 영수는 아란의 좋은 친구가 되어주었다. 그들과 함께 놀다 보면 태자의 손에서 벗어난 것 같은 자유로움을 느꼈다.

"……많이 힘들었겠군요."

로이드는 그 말밖에 할 수가 없었다. 마음 같아선 태자놈을 묶어 놓고 죽을 때까지 때리고 싶었다. 그는 아란을 더욱 꼭 품에 끌어안았다.

"미안합니다."

"백작님이 왜 미안하세요?"

"제가 거기 있어야 했습니다. 태자가 당신을 괴롭히지 못하게 막았어야 했어요. 이제야 나타나서 미안해요. 당신 혼자 힘들게 해서 정말 미안합니다."

아란의 눈에 눈물이 가득 고였다. 결국, 그녀는 로이드의 가슴에 얼굴을 묻고 울음을 터트렸다. 오랫동안 쌓아온 서러운 울음소리였다. 로이드는 그녀의 머리를 어루만지며 맹세했다.

"절대로 당신을 태자에게 넘겨주지 않을 겁니다."

"태자의 약점은 알아서 뭐하게?"

묵림이 긴 침을 손에 든 채로 물었다. 그는 매일 아침 로이드의 온몸을 침으로 푹푹 찔러대고 있었다. 꼭 바느질 당하는 느낌이라 기분이 별로였지만, 이렇게 안 하면 문제가 생길 수도 있다니 얌전히 당하는 수밖에 없었다.

– 당연히 약점을 알아야 싸울…… 아얏!

알몸으로 있는 게 민망해서 여우로 변한 로이드가 비명을 질렀다. 혀를 찬 묵림이 다른 침을 들었다.

"싸우기는 뭘 싸워? 태자 앞에서 넌 개미 한 마리만도 못해. 도망칠 궁리나 할 것이지."

– 그놈이 아란을 괴롭혔단 말입니다. 젠장, 복수할 거야!

로이드가 꼬리로 침대를 탁탁 내리쳤다. 한심하다는 듯이 고개를 저은 묵림이 침을 연속으로 푹푹 꽂았다.

– 잠깐만, 제대로 보고 찌르는 거 맞아요? 아야, 아프다고!

"엄살 부리지 마라. 이제 익숙해질 때도 됐을 텐데?"

– 당신이 한번 맞아봐요. 아픈지 안 아픈지!

"누가 빙정의 힘을 그따위로 얻으라든?"

할 말이 없었던 로이드가 입을 다물었다. 그는 북해낭랑의 시험을 통과하면서 빙정의 주인이 되었지만, 힘을 마음대로 끌어 쓸 수는 없었다. 빙정의 힘은 로이드의 몸속에 틀어박힌 채로 꼼짝도 하지 않았다. 침을 사용해 강제로 움직여도 로이드의 몸속을 순환하는 것에 그쳤다.

"이래서야, 정말 밤일하는 데밖에 못 쓰겠군."

– 그거면 됐죠, 뭐.

로이드가 귀를 까딱이며 말했다. 북해 제일의 보물을 밤일용으로 쓴다는 것에 한 치의 부끄러움도 없는 표정이었다. 그를 물끄러미 쳐다보던 묵림이 로이드의 꼬리를 침으로 푹 찔렀다.

- 악! 꼬리는 왜 찔러요? 지금까지 한 번도 찌른 적 없었잖아!

"그래도 불행 중 다행이라고 할까. 빙정의 힘 때문에 넌 음기에 강한 내성을 갖게 됐다. 현무의 기운은 태음이지만, 조금은 버텨낼 수 있을 거다."

- 그럼 한 방에 죽진 않을 거라는 소리군요.

"하지만 버틸 수 있을 정도지, 이길 수 있다는 건 아니다. 태자가 나타나면 선인을 데리고 도망쳐라. 빙정의 힘이 시간을 벌어줄 테니까."

나름대로 걱정스러운 목소리였다. 로이드는 더는 반박하지 않고 고개를 끄떡였다. 잠시 후 로이드의 몸에서 침을 모두 뺀 묵림이 자리에서 일어났다.

"오늘이 혼인식이던가. 잘해라."

- 어, 보러 오지 않을 겁니까?

"내가 거길 왜 가?"

퉁명스럽게 말한 묵림이 밖으로 나갔다. 괜히 뒷다리로 목을 긁은 로이드가 인간의 모습으로 변했다. 벗어둔 가운을 주섬주섬 몸에 걸칠 때였다.

"로이! 방금 네 방에서……."

벌컥 문을 열고 안으로 들어선 기드온이 놀란 표정을 지었다. 막 허리끈을 매던 로이드가 미간을 찌푸리며 그를 노려봤다.

"멋대로 내 방에 들어오지 말랬지."

"……야, 너 그런 취향이었냐. 어쩐지 내가 총각파티 열어준다고 해도 거절하더니."

"무슨 헛소리야?"

"흑, 우리 로이가 어둠의 세계에 눈을 떠버리다니."

"미친놈아!"

로이드는 더는 참지 않고 기드온을 두들겨 팼다. 혼인선물로 쌓인 것도 있어서 평소보다 주먹에 힘이 들어갔다. 바닥을 나뒹굴던 기드온이 두 팔로 얼굴을 가렸다.

"아, 항복! 항복! 야, 얼굴 때리지 마! 나 오늘 새로운 사랑을 만날 거란 말이야!"

"새로운 사랑 좋아하시네. 네 관이나 만날 준비를 해라!"

기드온이 축 늘어질 때까지 두들긴 로이드는 상쾌한 얼굴로 일어섰다. 묵림에게 구박받으면서 알게 모르게 쌓인 스트레스가 훅 날아간 기분이었다. 그는 시종을 불러 목욕 준비를 지시한 후 옆방을 돌아봤다.

불행히도 옆방은 지금 텅 비어 있었다. 아란은 어젯밤 장미궁으로 거처를 옮겼다. 눈 가리고 아웅이지만, 혼인식 전날이라도 다른 곳에서 보내기로 한 것이다. 신랑보다 신부의 준비가 더 많은 데다 식을 올리는 장소도 장미궁에서 더 가까우니 어쩔 수 없는 양보였다. 그래도 괜히 쓸쓸한 기분에 한숨이 절로 나왔다.

그때 바닥에 드러누운 기드온이 말했다.

"근데 진짜 혼인을 하는구나. 약혼으로 끝날 줄 알았더니."

"왜?"

"엥? 그야 나이 차도 너무 많이 나고, 후계자 보기도 좀 그렇잖아. 혼혈이 될 테니까."

기드온은 당연하다는 듯이 말했다. 로이드는 왠지 가슴을 푹 찔린 기분이 되었다. 입을 굳게 다문 그를 보고 기드온이 눈치를 살폈다.

"어, 혹시 내 말에 기분 상했어?"

"아니, 내가 너무 멍청한 것 같아서."

아직 이르다고 생각해서 깊게 고민하지 못했는데, 두 사람의 아이는 혼혈이었다. 분명 동대륙과 서대륙의 특징이 섞인 모습을 하고 있을 것이다. 평생을 부외자로 살아온 로이드는, 남들과 다른 외모가 아이에게 얼마나 큰 짐이 될지 짐작할 수 있었다.

'가능하다면 선계에서 아이를 키워야겠군.'

표범 머리를 한 무라도 자유롭게 돌아다니는 곳이라면 아이도 상처받지 않고 자랄 수 있을 것이다. 요선이 되겠다는 결심을 굳힌 로이드가 기드온의 배를 밟았다.

"악, 네가 멍청한데 왜 날 밟아?"

"네가 헛소리를 하게 내버려둔 내 멍청함에 질려서."

지껄일 기운을 남겨둔 것이 잘못이라며 로이드는 다시 그를 작신작신 팼다. 결국, 완전히 뻗어버린 기드온은 로이드가 준비를 마칠 때까지 소파에 누워 있었다.

왕은 두 사람의 혼인을 축하하며 에보니 궁에서 가장 화려하기로 유명한 앰버홀을 열었다.

홀 전체가 호박과 황금으로 도배된 이곳은 국가적인 경사 때만 개방되는 곳이었다. 구경하는 것만으로도 가치가 있는 장소라 초대장을 얻지 못한 사람들도 기를 쓰고 참가하고 싶어 했다.

덕분에 혼인 피로연은 예상보다 더 화려한 모습이었다. 불꽃 튀는 요리 대결의 승리자인 쟝 또한 심혈을 기울인 요리를 선보였다. 그는 대결에서 패배한 빈센트에게 디저트 부분을 맡기는 너그러움까지 보였다. 빈센트는 자신은 파티시에가 아니라며 투덜거렸지만, 귀부인들이 탄성을 지를 정도로 아름다운 디저트를 내놓았다.

"혼인을 정말 축하드립니다, 백작."

"참석해주셔서 감사합니다."

그리고 피로연의 주인공인 로이드 역시 어느 때보다 빛났다. 새신랑답게 심혈을 기울여 꾸민 것도 있었지만, 사실 빙정 때문이었다. 빙정의 힘은 그의 몸속을 돌며 탁기를 몰아냈고 손상된 부분도 회복시켰다. 그래서 로이드는 어느 때보다 반짝반짝한 머리와 윤기 있는 피부를 자랑하고 있었다. 기드온이 부러워하며 그의 뺨을 쿡 찔러볼 정도였다.

"너 뭐 먹고 이렇게 탱탱해졌냐? 좋은 거 있으면 나도 좀 나눠줘."

"뭐긴 뭐야. 약혼녀의 사랑이지."

"우엑."

기드온이 소름 끼친다는 표정을 지었다. 바로 그때 진행관이 큰소리로 외쳤다.

"왕태자 저하와 공주 저하께서 드십니다."

공주를 에스코트한 찰스 왕태자가 홀 안으로 들어서고 있었다. 로이드는 급히 왕태자 앞으로 다가가 예를 취했다. 싱긋 웃은 왕태자가 그의 손을 덥석 잡았다.

"로이, 나의 친구. 오늘은 정말 기쁜 날이군. 혼인을 축하하네."

"감사합니다, 저하."

로이드는 깊게 허리를 굽혀 인사했다. 그는 두꺼운 베일을 쓴 공주를 힐끗 쳐다보았다. 왕태자가 난처하게 웃었다.

"아, 조피가 릴리언을 낳은 뒤 몸이 많이 안 좋아서 말이야. 캐서린와 함께 왔네."

"영광입니다."

로이드는 형식적으로 인사하며 공주를 힐끗 보았다. 베일이 너무 두꺼워서 공주가 얼마나 회복되었는지는 알 수 없었다. 그래도 공식적인 자리에 모습을 드러낼 정도로는 나은 것 같았다.

웅성거리는 소리에 돌아보니 피로연을 즐기던 사절단이 이쪽을 쳐다보고 있었다. 공주가 이 자리에 나올 줄 몰랐는지 분노한 얼굴이었다. 한쪽 손을 들어 진정하라는 뜻을 표한 로이드가 싱긋 웃었다.

"공주님, 제 혼인을 축하하러 와주셔서 감사합니다."

공주는 아무런 말도 하지 않았다. 하지만 장갑에 감춰진 손끝이 부르르 떨리는 것이 보였다. 원망스러운 시선을 느끼면서도 로이드는 아무렇지도 않게 그들을 안내했다.

"로이."

부름에 고개를 돌리자 왕이 그를 향해 손을 까딱이고 있었다. 로이드는 왕태자에게 고개를 숙인 후 곧장 왕에게로 향했다. 그를 가까이 끌어당긴 왕이 속삭였다.

"설마 캐서린에게 초대장을 보낸 건 아니겠지?"

"제가 미치지 않은 이상 그럴 리가요."

"이런, 진짜 수녀원으로 보내버려야겠군. 반성은 못할망정 여전히……."

왕은 절레절레 고개를 저었다. 공주는 마치 장례식에 온 것처럼 시커먼 베일을 뒤집어쓴 채로 피로연장에 서 있었다. 아무리 봐도 축하하는 분위기는 아니었다. 그녀를 힐끔거리는 손님들의 얼굴이 불편함을 띠었다. 웃고 떠들던 분위기까지 한풀 꺾일 정도였다. 이 대로 있다간 피로연을 망칠 거라 생각한 왕이 공주를 내보내라고 명령하려는 순간이었다.

"동제국의 황녀님께서 드십니다."

주인공의 등장에 사람들의 시선이 모두 열린 문으로 향했다. 다음 순간 그들의 눈이 튀어나올 것처럼 커졌다. 눈부실 정도로 아름다운 미녀가 붉은 혼례복을 입은 채 안으로 들어섰던 것이다.

"……아란?"

로이드는 제 팔을 꼬집어보았다. 꿈이 아니었다. 성장한 아란이 그의 눈앞에 서 있었다. 왕이 놀란 얼굴로 중얼거렸다.

"저 여자가 황녀라고? 그럴 리가……."

로이드는 거의 홀린 듯이 그녀에게 다가가기 시작했다. 아란의 차림은 어느 때보다 화려했다.

구름처럼 틀어 올린 머리에는 두 마리의 새가 맞물린 황금관을 올렸고, 가운데는 붉은 비단꽃과 큰 황금빗을, 양옆에는 작은 보석 꽃들이 둥글게 모인 핀을 꽂았다. 뒤로 늘어뜨린 머리칼에는 금방

울이 매달린 금실을 섞어, 걸을 때마다 맑은 소리가 울렸다.

달처럼 하얀 이마에는 세 장의 꽃잎 같은 문양을 찍고 입술은 붉게 물들여 보는 이의 눈을 홀렸다. 겹겹이 겹쳐 입은 혼례복은 붉고 희었는데, 흰 곳엔 붉은 자수를 놓고 붉은 곳엔 황금 자수를 놓아 더할 나위 없이 화려했다.

유령처럼 옆을 스치는 로이드를 붙잡은 기드온이 떨리는 목소리로 말했다.

"야, 저거 누구야? 나 진짜 첫눈에 반했나 봐. 이런 기분 처음이야. 너무 예뻐!"

"내 마누라니까 꿈 깨라."

냉정하게 말한 로이드가 그를 옆으로 밀어버렸다. 기드온이 "뭐?" 하고 되묻는 사이 그는 벌써 아란의 앞에 서 있었다.

"백작님."

아란이 수줍게 웃었다. 그게 어찌나 예쁘던지, 현기증이 난 로이드가 양손으로 얼굴을 가렸다. 놀란 아란이 물었다.

"왜 그러세요?"

"이런 미인이 내 아내라니. 너무 감격스러워서요."

로이드가 수줍게 말했다. 남들이 보는 것도 아까워 죽을 것 같았다. 배시시 웃은 아란이 붉게 칠한 입술을 깨물었다. 하얀 이가 입술을 짓누르는 것을 보는 순간, 심장이 터질 뻔한 로이드가 가슴을 부여잡았다.

"헉! 절 죽일 생각입니까, 아란?"

"네?"

"그렇게 웃지 마세요. 저 진짜 죽겠습니다."

아란이 어쩔 줄 몰라 하며 눈을 굴렸다. 그것마저 예뻐서 황홀해하던 로이드는 문득 그녀를 에스코트하고 있는 덩치 큰 남자를 노려봤다. 누구기에 남의 마누라 손을 잡고 있는지 궁금했다.

노르스름한 머리에 까무잡잡한 피부를 가진 거한이 싱긋 웃었다.

"혼인을 축하하네. 이건 내 선물이야."

"……누구?"

"아, 못 알아보겠나. 날세."

"설마 무라 님입니까?"

로이드는 저도 모르게 그를 위아래로 훑어보았다. 무라가 멋쩍게 머리를 긁적였다.

"이제 달라지기로 했으니까. 조금 바꿔보는 것도 좋을 것 같아서."

'아니, 인간의 모습도 할 수 있으면서 그렇게 다녔단 말이야?'

로이드는 어이없이 그를 바라봤다. 민망한 얼굴이 된 무라가 얼른 아란의 손을 그에게 넘겨주었다.

"마침 내게 달의 힘이 깃든 월석이 있었거든. 월선인 선인이라면 그걸 이용해서 원래 모습으로 돌아갈 수 있지 않을까 했지. 다행히 계산이 잘 맞아떨어졌네. 선계에서 가져오다가 묵림에게 죽도록 맞긴 했지만……."

무라가 슬픈 듯이 말끝을 흐렸다. 고개를 저은 그가 설명을 덧붙였다.

"매일 밤 달빛을 쪼여주면 일정 시간 이상은 지금처럼 있을 수 있을 걸세."

"감사합니다, 무라 님. 최고의 선물이에요."

로이드는 진심으로 감사를 표했다. 환하게 웃은 무라가 그의 팔을 붙잡고 "묵림에게도 꼭 그렇게 말해줘야 해. 알겠나?" 하고 당부했다. 로이드는 얼떨결에 고개를 끄떡였다.

"자, 그럼 임무도 마쳤으니 난 이제 가보겠네."

"네? 혼인식은 안 보시려고요?"

"나도 꼭 참석하고 싶지만, 갑자기 사정이 생겨서 말이야. 대신 사절단 대표가 참석할 걸세."

시원섭섭한 얼굴로 말한 무라가 로이드의 어깨를 툭툭 두드렸다.

"무슨 일이 있어도 변하지 말고, 지금처럼 행복하게 살게."

"예, 절대 실망 드리지 않겠습니다."

로이드는 자신있게 말했다. 그러자 무라가 한숨처럼 웃었다.

"정말 닮았다니까."

그는 마지막으로 아란에게 눈인사를 건넨 뒤 피로연장을 떠났다. 로이드가 말없이 그를 배웅했다.

사람들은 아란을 꼬마 황녀의 언니 정도로 짐작했다. 로이드를 둘러싸고 잘됐다는 축하를 연발하는 통에 그게 아니라고 해명하느라 진땀을 빼야 했다. 결국, 사절단이 전과 똑같은 황녀라고 설명하는 동안 그들은 홀을 빠져나와 식장으로 향했다.

혼인식은 간소하게 올리기로 했으므로 참석하는 것은 왕실가족과 사절단 대표뿐이었다. 공주는 어느 틈엔가 사라진 뒤였다. 아란의 등장이 너무 임팩트가 커서 그녀가 나가는 것도 눈치채지 못했다. 식장을 향해 걷는 동안 왕이 로이드의 등을 툭 쳤다.

"로이, 나중에 이야기 좀 하자꾸나."

왕의 눈에는 배신감이 가득했다. 그동안 조카의 취향 때문에 얼마나 고민했던가. 이런 중요한 일을 감추고 있었다니. 마구 때려주고 싶었다.

"아니, 또 무슨 이야기를 하자고 그러십니까? 저 바쁩니다."

"이놈이?"

"입장을 바꿔 생각해보십시오. 이렇게 예쁜 아내를 두고 숙부님과 이야기하고 싶겠습니까?"

뻔뻔한 대구에 끄응 소리를 낸 왕이 입을 다물었다. 얼굴이 빨개진 아란이 로이드의 팔을 툭 쳤다. 하지만 로이드는 아란의 손을 잡은 채로 싱글벙글 웃고 있었다.

로이드는 조금도 식에 집중하지 못했다. 그는 마주 선 아란을 보고 지속적으로 넋을 잃고 있었다. 보다 못한 사제가 "신랑, 집중하십시오!" 하고 소리쳤지만, 그때뿐이었다. 몇 번이나 로이드를 다그쳐가며 겨우 식을 마무리한 사제가 식은땀을 훔쳤다. 멍하게 있던 로이드가 문득 생각났다는 듯이 말했다.

"아, 아란. 당신 정말 너무 예쁩니다."

"……백작님."

도무지 정신을 못 차리는 로이드를 보고 아란이 난처해했다. 사제가 들고 있던 성경으로 로이드의 머리를 내리치고 싶다는 표정을 지었다. 더욱 얄밉게도 로이드는 반지 교환 순서가 되자마자 정신을 차렸다. 아란의 손에 반지를 끼우는 얼굴이 얼마나 흐뭇하던지, 세상을 다 가진 자도 그러진 않을 터였다. 못 말린다는 듯이 고개를 저은 사제가 말했다.

"이로써 두 사람은 남편과 아내가 되었습니다. 신랑은 신부에게 키스해도 좋습니다."

"네?"

로이드가 휙 고개를 돌려 사제를 바라봤다. 그는 당당하게 사제에게 부탁했다.

"마지막 말 다시 한 번만 해주십시오."

"……신랑은 신부에게 키스해도 좋습니다."

사제가 마지못해 되풀이했다. 환하게 웃은 로이드가 아란에게 속삭였다.

"키스해도 된답니다."

아란이 부끄러운 듯 눈을 깜빡였다. 로이드는 얼른 그녀의 입술에 키스하려 했다. 그 순간 갑자기 아란의 몸이 은은하게 빛나더니, 다시 조그마한 모습으로 돌아갔다. 놀란 아란이 자신의 손을 내려다보고 말했다.

"앗, 시간이 다 됐나 봐요. 어제 달빛이 너무 흐려서 많이 못 모았더니."

"……."

로이드는 조용히 양손으로 얼굴을 감쌌다. 아란이 걱정스러운 얼굴로 그를 올려다보았다.

"백작님, 우세요?"

"……아뇨, 잠깐 눈에서 땀이 나와서요."

한참 후에야 로이드가 조그맣게 대답했다. 귀가 튀어나오지 않았으니, 거짓말은 아니었다.

결국, 로이드는 아란의 이마에 입 맞추는 것으로 만족해야 했다. 풀죽은 그를 보고 왕이 "아니, 왜? 그냥 키스하지?" 하고 물었다. 로이드는 사나운 눈으로 그를 노려보며 "지금은 어린 모습이잖습니까." 하고 말했다.

왕이 고개를 갸웃했다.

"어차피 변태로 소문났는데 그게 무슨 상관이냐?"

"변태로 소문난 거랑 진짜 변태가 되는 건 다르죠."

"평소에 할 거 다 하면서 키스만 안 하면 뭐해?"

"저 나름대로 지킬 건 다 지키고 있단 말입니다."

로이드가 잔뜩 억울해하며 말했다. 왕은 정말 놀랍다는 얼굴로 그를 바라봤다.

"로이, 넌 정말 이상한 쪽으로 정신이 똑바로 박혔구나."

"그건 또 무슨 말입니까?"

투덜거린 로이드가 아란을 안아 올렸다. 입고 있는 옷이야 천의라 몸이 줄어들 때 같이 줄었다지만, 머리장식은 아니었다. 그는 아란의 머리를 짓누르는 장식들을 서둘러 풀어냈다. 아프지 않느냐는 물음에 생긋 웃은 아란이 그의 입술에 입 맞췄다. 로이드의 얼굴이 대번에 환해졌다.

그걸 본 왕이 끌끌 혀를 찼다.

"이미 훌륭한 변태구먼 뭘 지킨다고."

"자꾸 그러시면 전하를 괴롭히는 쪽으로 변태심을 발휘할 겁니다."

로이드가 왕을 노려보며 투덜거렸다.

그때였다.

— 나리, 여기 올리시지요.

허공에 둥실 떠오른 방석이 로이드의 앞으로 다가왔다. 움찔한 로이드는 말을 건 것이 금와라는 것을 알았다. 들고 있던 것을 방석에 내려놓은 그가 어색하게 말했다.

"음, 고맙습니다."

— 부디 말씀을 낮춰주십시오. 비록 저희 왕부에서 인정하지 않은 혼인이긴 하나 공주님의 곁붙이인 분이 아닙니까. 아주 잠깐이겠지만, 노복이 최선을 다해 모시겠습니다.

"……."

차라리 네놈을 절대 인정 못 한다고 악을 쓰는 게 더 나을 듯했다. 난처한 표정이 된 아란이 금와를 나무랐다.

"금와, 그게 무슨 말이야. 백작님은 내 하나뿐인 부군이셔."

— 흥, 미천한 하계인 따위가 어찌 공주님의 부군이 될 수 있단 말입니까. 소혜왕께서 인정하셔도 소신은 절대 인정 못 합니다요.

"금와!"

아란이 화를 냈지만, 금와는 팩 몸을 돌려버렸다. 무어라 더 말하려는 아란을 달랜 로이드가 웃으며 말했다.

"금와, 부탁할 것이 있습니다."

— 명령하시지요.

"제가 하계인이다 보니 선계에 대해 아는 게 없어서요. 아란이 편하게 생활하게 돕고 싶어도 방법을 모릅니다. 그러니 선계에 대해 잘 아는 당신의 도움이 필요합니다."

움찔한 금와가 로이드를 올려다봤다. 로이드가 부드럽게 말을 이었다.

"저택에 와서 아란을 돌봐줄 수 없을까요. 지금껏 그녀를 보살핀 것도 당신이라 들었습니다. 아란도 다른 사람보다 당신의 손길이 더 편할 테고요. 안 되겠습니까?"

— 흐, 흠. 그렇지요. 우리 공주님을 제일 잘 알고 있는 것은 소신입니다요. 왕부를 다 뒤져봐도 저만큼 공주님을 잘 보필할 신하는 없지요. 없고말고요.

헛기침을 한 금와가 한층 누그러진 목소리로 대꾸했다. 로이드가 고개를 끄떡였다.

"그럼 제가 마음에 안 든다고, 저 때문에 아란이 고생하도록 내버려두지 않겠죠?"

— 아이고, 그거야 당연하지요. 우리 공주님, 제가 아니면 누가 보필하겠습니까요.

"그럼 꼭 부탁하겠습니다. 아란이 워낙 착해서 불편한 점이 있어도 말을 잘 못 합니다. 필요한 것은 얼마든지 제공할 테니 잘 보살펴주십시오."

— 여부가 있겠습니까요. 소신, 최선을 다하겠습니다.

금와의 몸 전체가 눈부시게 반짝였다. 아란을 돌봐달라는 말이 퍽 기뻤던 모양이다.

사실 금와는 오직 아란을 모시기 위해 하계로 내려온 거였다. 하지만 로이드는 왕에게 금와를 떠넘기고 깨끗이 잊어버렸다. 금와가 방문 신청을 해도 집사의 선에서 차단당했다. 집주인이 허락하지 않으니 아란을 만나러 올 수도 없었던 금와는 원한을 품은 상태였다. 하지만 로이드가 그의 공로를 인정하며 아란을 부탁하자 금방 잊어버리고 말았다.

─ 이럴 줄 알았으면 혼인 전부터 준비했을 텐데, 이 일을 어쩝니까요.

"천천히 해도 괜찮습니다. 그래도 먼저 저택에 가서 둘러보고 필요한 것들을 생각해보세요. 집사에게 말해뒀으니 당신을 도와줄 겁니다."

─ 아이고, 그럼 서둘러야겠습니다. 공주님, 소신 먼저 물러가서 준비하고 있겠습니다.

아란 앞에 굽실거리며 절을 한 금와가 서둘러 팔짝팔짝 뛰어나갔다. 로이드는 조금 민망한 표정을 지었다.

'어차피 식이 끝나면 태자를 피해 멀리 도망쳐야 하니, 그렇게 급하게 꾸밀 필요는 없는데.'

"금와를 용서해주셔서 고마워요, 백작님."

그때 아란이 로이드의 귀에 조그맣게 속삭였다. 잠깐 머뭇거리던 그녀가 덧붙였다.

"그리고 저택에 머물게 해주신 것도요."

로이드는 그동안 자신이 너무 무심했음을 느꼈다. 아란의 성격에 금와도 함께 살게 해달라는 말을 하기는 힘들었을 것이다. 그는 아란의 손을 꼭 잡으며 말했다.

"이제 저택도 당신의 집이니까, 누구든 초대해도 됩니다."

그러자 아란이 행복한 것처럼 웃었다. 순식간에 사라진 금와를 바라보던 왕이 시원섭섭한 표정으로 로이드의 어깨를 두드렸다.

"드디어 저 술 귀신을 치웠군."

"금와가 먹은 술은 저한테 청구하십시오."

"됐다, 벼룩의 간을 빼먹지."

투덜거린 왕이 시동의 손에 들린 접시에서 곡물가루를 집어 두 사람에게 뿌렸다. 축하의 의미였다. 이어서 왕태자가 로이드에게 가루를 뿌려주었다. 그는 다시 작은 모습으로 돌아온 아란을 보고 어색하게 웃었다.

"로이, 넌 정말 대단한 녀석이야."

갑자기 어린애로 변한 아란을 보고, 왕과 로이드를 제외한 이들은 크게 놀랐다. 사제는 창백해진 얼굴로 마귀를 쫓는 기도문을 외웠고, 조슈아 왕자와 마리아는 멀찍이 물러섰다. 그들의 얼굴에는 경악과 두려움이 깃들어 있었다. 왕태자 역시 마찬가지였으나 그는 두려움을 감추고 웃으며 축하할 정도는 됐다. 로이드가 쓴웃음을 지었다.

"전하, 전 대단한 게 아니라 사랑에 빠진 겁니다."

"바로 그런 점이 대단한 거지. 나는 평생 널 따라잡지 못할 것 같군."

로이드의 어깨를 지그시 누르며 속삭인 왕태자가 뒤로 물러났다. 로이드는 아무 말도 못 하고 그를 쳐다봤다. 왕태자가 자신에게 열등감을 느끼고 있다는 것은 알고 있었다. 아마 넘치는 왕의 총애가 그 이유였을 것이다.

하지만 같은 대학에 다니면서 조금은 괜찮아졌다고 생각했다. 왕태자는 틈만 나면 논문을 망쳤다, 지도교수가 날 싫어한다, 학점이 이상하다 등등의 이유로 그에게 징징거렸다. 로이드는 그것을 질색하면서도 논문 쓰는 것을 돕고 교수의 멱살을 잡고 싸웠다. 그럴 때마다 왕태자는 "로이, 나의 친구!"라고 부르며 그에 대한 신뢰를 드러냈다. 지금처럼 뚜렷한 열등감을 드러낸 것은 어릴 때 이후로 처음이었다.

"백작님, 괜찮으세요?"

로이드는 아란의 목소리에 퍼뜩 정신을 차렸다. 싱긋 웃은 그는 그녀의 뺨에 얼굴을 비벼대며 말했다.

"언제까지 백작님이라고 부를 겁니까? 이제 혼인했으니 다정하게 이름을 불러주세요."

"……하지만, 정숙한 숙녀는 부군의 이름을 부르지 않는걸요."

"이런. 전 음란한 여우라서 당신이 로이라고 이름을 불러줬으면 좋겠습니다."

"……."

아란의 얼굴이 빨개졌다. 어쩔 줄 몰라 하며 입술을 달싹이던 그녀는 결국 로이드의 어깨에 얼굴을 묻어버렸다.

"모, 못 하겠어요. 너무 부끄러워요."

"그럼 오늘 밤에 달을 보면서 연습하죠."

로이드가 음흉한 속셈을 드러내며 말했다. 갑자기 천문에 관심이 무럭무럭 솟은 그는 보름이 언제인지 손꼽아 헤아려보았다. 보름이면 달도 크고 밝아서 모이는 기운도 많을 것 같았다.

'많이 모아서 이런 짓도 저런 짓도 잔뜩 해봐야지.'

순간 로이드의 뒤에 은빛 꼬리 같은 것이 살랑거렸다.

"응?"

조카의 등에 곡물가루를 던지던 왕이 멈칫했다. 눈을 깜빡이자 사라져버렸지만, 너무 생생해서 진짜 같았다. 고개를 갸웃거린 왕이 중얼거렸다.

"요즘 몸이 허해졌나?"

왕의 의문을 뒤로하고 사제의 축성을 마지막으로 혼인식이 끝났다. 식이 끝났다는 선언에 조용히 구석에 서 있던 사절단 대표들이 무릎 꿇고 하례를 올렸다.

아란을 품에 안은 로이드가 당당하게 식장을 가로질러 문을 나서려는 순간이었다.

쾅 소리와 함께 지축이 흔들렸다. 갑작스러운 충격파에 식장을 장식한 스테인드글라스가 박살났다. 산산조각 나 아래로 떨어지는 유리파편에 사람들이 비명을 질렀다.

문 앞에 있던 로이드는 상황이 좀 나았다. 하지만 균형을 잃고 쓰러질 때 아란을 보호하느라 한쪽 어깨가 바닥에 세게 부딪혔다. 짧은 신음을 내뱉는 그에게 아란이 무어라 외쳤다. 하지만 굉음이 심해서 제대로 들리지 않았다.

"아악! 조슈아!"

갑자기 귀가 뚫린 것처럼 마리아의 비명이 들렸다. 축하하는 사람들과 멀리 떨어져 창가에 서 있던 그들은 떨어지는 유리파편을 그대로 맞았다. 그 와중에 아내를 감싼 조슈아 왕자는 커다란 파편에 꿰뚫렸다. 피가 쏟아지는 상처를 붙잡은 마리아가 도움을 청하고 있었다.

"의사! 어서 의사를 불러와!"

왕태자의 부축을 받으며 자리에서 일어선 왕이 소리쳤다. 로이드는 아란을 안고 자리에서 벌떡 일어섰다. 어깨가 조금 뻐근했지만, 몸을 움직이는 것에는 무리가 없었다. 몇몇이 조슈아 쪽으로 달려가는 것을 확인한 로이드는 고개를 돌리다 멈칫했다. 스테인드글라스가 떨어져 나가 뻥 뚫린 창으로 불타는 하늘이 보였다. 꼭 노을이 진 것 같았다.

"태, 태자님이에요."

아란이 울먹이는 목소리로 말했다. 조그마한 몸이 덜덜 떨리고 있었다. 조금 망설이던 로이드는 그녀를 바닥에 내려놓았다. 아란이 짧은 비명을 지르며 그에게 매달렸다. 로이드는 서둘러 그녀를 안심시켰다.

"잠깐만 여기 있어요. 창으로 확인만 하고 오겠습니다."

"조, 조심하세요."

아란이 덜덜 떨리는 몸을 억누르며 말했다. 그녀의 머리를 어루만지며 이마에 키스한 로이드가 창가로 달려갔다. 밖을 내다보자 상상도 못 한 풍경이 펼쳐져 있었다.

에보니 궁의 아름다운 정원이 초토화되어 있었다. 정원사가 심혈을 기울여 가꾼 꽃과 나무들은 흔적도 없이 사라진 뒤였다. 남은 것은 깊게 팬 거대한 구덩이였다. 꼭 운석이라도 떨어진 것 같은 모습이었다.

구덩이의 한가운데서 치솟은 불기둥이 하늘을 붉게 물들이고 있었다. 연기 하나 없이 춤추듯 움직이는 불꽃은 신비하면서도 기괴해 보였다. 무슨 일이 벌어지고 있는지 보기만 해서는 전혀 짐작할 수 없었다.

'저게 태자라고?'

로이드는 천신이라는 존재를 다시 생각하게 되었다. 실없이 허허 웃는 거북이나 어딘지 허술한 무라 때문에 천신에 대해 그리 높게 평가하고 있지 않았다. 하지만 눈앞에서 솟구치는 불꽃의 소용돌이는 그것이 하늘에서 내려온 신임을 일깨워주었다.

'그럼 난 신과 싸워야 하는 거군.'

어떻게 싸워야 할지 짐작도 가지 않지만, 아란을 포기할 생각은 전혀 없었다.

그때 뭔가가 그의 손을 건드렸다. 흠칫해서 아래를 내려다본 로이드는 그것이 아란이라는 것을 깨달았다.

"뭔가 좀 이상해요."

아란이 발돋움을 하며 말했다. 로이드는 그녀를 얼른 안아 들었다. 아란은 소용돌이치는 불덩이에도 놀라는 기색이 없었다. 오히려 다른 것이 신경 쓰이는 듯했다.

"왜 저런 모습으로 내려오신 거죠?"

"평소에는 저런 모습이 아닙니까?"

"네, 저도 처음 봐요."

아란이 고개를 끄떡이는 순간 거짓말처럼 불기둥이 사라졌다. 로이드는 저쪽 구덩이가에 서 있는 두 인영을 발견했다. 윤곽만 보였지만, 묵림과 무라였다. 무라가 구덩이 안으로 훌쩍 뛰어드는 것이 보였다. 잠시 뒤에 조그마한 새가 날아와 묵림의 전언을 전했다.

― 당장 이쪽으로 와.

― 여기에 있었군.

무라가 나뭇가지 위에 내려앉으며 말했다. 그보다 낮은 곳에 앉아 있던 묵림이 고개를 들었다.

"내 머리 위에 있지 마."

― 까다롭긴.

작게 투덜거린 무라가 묵림보다 아래로 내려갔다. 그제야 만족한 묵림이 다시 앞을 바라봤다. 흑단처럼 검은 에보니 궁이 정면으로 보였다. 지금쯤 로이드와 아란의 혼인식이 진행 중일 것이다. 무라가 뺨을 긁적였다.

― 그냥 혼인식에 참석하지 그랬어?

"신부의 원수인 내가 무슨 자격으로?"

― 그래도 보고 싶잖아.

"너도 참석 안 한 주제에."

묵림이 신경질적으로 말했다. 가고 싶어도 못 가는 그와 달리 무라는 충분히 참석할 수 있는데도 빠졌다. 그래서 묵림의 태도는 평소보다 더욱 까칠했다. 그걸 알고 픽 웃어버린 무라가 말했다.

─ 나 말고 축하해줄 사람도 많은데, 혼자 청승떠는 친구 옆에 있어야지.

"하나도 안 반가우니 꺼져."

─ 애처럼 굴긴.

묵림은 그의 말을 아예 못 들은 척했다.

몇 번 꼬리를 휙휙 저은 무라가 물었다.

─ 백작에게 끝까지 말 안 할 거야?

"뭘?"

─ 그가 네 아들이라고.

묵림의 얼굴이 굳어졌다. 그는 조금 쌀쌀맞게 말했다.

"내 아들은 아니지."

─ 그래, 네 아들의 환생이지. 백작도 어느 정도 눈치챈 것 같은데. 너보고 친부냐고 물어볼 땐 진짜 놀랐다. 여우라 그런지 눈치도 빠르더라.

무라가 혀를 내두르며 말했다. 묵림이 희미하게 웃었다. 눈치 빠르다는 것도 아들 칭찬이라고 좋은 모양이었다.

─ 그럼 앞으로 어쩔 생각이야?

"태자 문제만 해결되면 녀석에게서 멀리 떨어져야지. 인간이 귀왕과 함께 있어봤자 좋은 일이 뭐가 있다고."

묵림이 쓸쓸하게 말했다. 무라는 말없이 그를 응시했다.

전생의 아들과 지금의 로이드가 다르다는 것을 왜 모르겠는가.

아마 누구보다 묵림이 더 잘 깨닫고 있을 것이다. 그러나 인연이라는 것이 묘해서 괜히 한 번 더 눈이 가고, 마음이 쓰이게 되었다.

- 정말 괜찮겠냐?

"괜찮지 않으면? 그 애가 내 아들이라도 지금은 독립할 나이야. 혼인하는 것까지 봤으니 됐어. 이제 그만 놓아줘야지."

너무 오래 붙잡고 있었다고 말하는 묵림은 어딘가 속 시원해 보였다. 무라는 말없이 머리를 긁적였다.

'그래도 백작은 너한테 많이 의지하는 것 같던데…….'

무라가 본 로이드는 너무 침착해서 한 번쯤 놀려보고 싶은 인간이었다. 굉장히 뻔뻔하지만, 사실 타인과의 선이 분명해서 웬만해선 거리를 좁히려 들지 않았다. 그런데 그런 그가 묵림의 앞에만 서면 어린애처럼 굴었다. 투덜거리거나 대들거나 하면서 마구 치대는 것이다. 아마 뻗을 자리를 보고 발을 뻗는 거겠지만, 그게 인연이 통하는 것처럼 느껴져서 신기했다.

- 아들은 찾았으니, 이제 아내 찾기 시작인가?

"……."

뭐라고 쏘아붙일 줄 알았던 묵림이 침묵했다. 무라는 직감적으로 뭔가 있구나 생각했다.

- 벌써 찾았나?

"아니, 둘은 확인했는데 아니었다."

- 어떻게?

"피를 몇 방울 얻어서."

묵림은 로이드의 전생을 알게 된 일을 계기로 다른 방법을 쓰기로 했다. 업이 눈을 가리고 있어 단박에 알아보진 못하지만, 상대의 피에는 본능적으로 반응했던 것이다. 인연이란 무엇보다 강해서 그가 아내와 자식을 해치지 못하도록 막고 있는 듯했다.

- 그럼 이제 하나 남았군. 도와줄까?

"……."

무라의 말에 묵림이 다시 침묵했다. 이상한 반응에 고개를 갸웃한 무라가 물었다.

- 뭐가 문제인데?

"……나중에 확인하려고."

묵림이 슬쩍 고개를 돌려 그의 시선을 피했다.

- 아니, 왜 나중에 확인하려고? 그 애가 아닐 수도 있잖아?

"그냥."

- 그냥?

이번에도 아닐까 봐 겁이 나는 걸까. 묵림과는 어울리지 않았지만, 지금으로선 그거 외엔 짚이는 바가 없었다. 민망한 듯 얼굴을 쓸어내린 묵림이 말했다.

"애가…… 너무 작아."

- 응?

"너무 작으니까 찌를 곳이 없어서, 좀 크면 그때 확인하려고."

- 작다고? 설마 제일 어리다는 걔야?

묵림이 난처하게 고개를 끄떡였다. 무라는 웃지 않기 위해서 필사적으로 용을 썼다. 물론 여덟 살과 일곱 살도 턱도 없이 어리긴 하지만, 한 살에 비할 바는 아니었다. 삐죽삐죽 올라가는 그의 입

꼬리를 본 묵림이 한숨을 쉬었다.

"웃고 싶으면 웃어. 나도 어이가 없으니까."

― 으하하하!

무라는 사양하지 않고 웃었다. 웃으라고 해놓고 막상 무라가 폭소하자 울컥한 묵림이었다. 너무 웃어서 헉헉거리던 무라가 눈꼬리에 맺힌 눈물을 닦으며 말했다.

― 아니, 뭐. 아무리 아기라도 손끝에서 피 한 방울 정도는 괜찮지 않을까. 신경 써서 찌르면 그렇게 아프지도 않을 텐데.

"진짜 작다니까. 손바닥만 한 게 눈, 코, 입이 다 달려 있다고. 그런 걸 어떻게 찔러?"

묵림이 골치 아프다는 듯이 말했다. 무라는 왜 못 찌르느냐고 묻고 싶은 것을 참았다. 답이 너무 뻔했기 때문이다.

'그냥 정답이구먼. 뭘 크면 확인한다고.'

속으로 혀를 찬 무라가 흠흠 목을 가다듬으며 말했다.

― 좀 커서 확인했을 때 진짜 맞으면 어쩔 거야?

"지켜봐야지."

― 응?

"왕손으로 태어나 비참한 죽음을 맞이할 정도면 어떤 일을 겪을지 모르니까. 가능하면 피할 수 있게 해주고 싶다. 이번에는 평온하게 살다가 갔으면 좋겠어."

예상과는 다른 답변에 무라는 숙연해졌다. 로이드야 자식의 환생이니 그냥 놓아준다고 해도, 아내의 환생을 찾으면 조금 다르지 않을까 했던 것이다.

조금 쭈뼛거리던 그가 물었다.

– 인간은 빨리 크잖아. 좀 기다렸다가 그 애랑…… 음, 잘해볼 생각은 없어?

천신이 권할 말은 아니지만, 무라는 친구가 이제 좀 행복해졌으면 했다. 하지만 묵림은 피식 웃어버렸다.

"무슨 말도 안 되는 소리를."

– 아니, 왜? 지금이야 한 살이지, 눈 깜빡할 사이에 자라서 시집갈 나이가 될 텐데.

"그만둬라. 무라. 중매쟁이 같은 소리는 너한테 전혀 안 어울리니까. 무엇보다 나랑 엮여서 다시 그런 일을 겪으면 어쩌려고. 천신이면 인간을 어여쁘게 여겨야지."

– 다시 그런 일이 생길 리가 없잖아.

묵림은 대답 없이 에보니 궁만 바라봤다. 한참 후에 그가 조용히 중얼거렸다.

"죄 없는 이들까지 죽여놓고 나는 행복해지고 싶다니. 그런 건 너무 뻔뻔하지 않나."

– …….

무라는 말없이 한숨을 쉬었다. 행복해지는 건 죄가 아니라고 말하고 싶었지만, 목소리가 나오지 않았다. 꼬리로 가지를 탁탁 내리친 그가 말했다.

– 인연을 너무 얕보지 마. 그렇게 고집부리다가 언젠가 큰코다친다.

로이드의 경우를 생각해보면 그 아이 역시 묵림의 마음대로는 되지 않을 것이다. 삼생을 부부로 함께 지내야 하는 것을, 엇갈려 한 생을 그대로 흘려보냈다. 인연이 더욱 깊고 집요해졌을 텐데 어쩌자고 저렇게 허허거리고 있는지 모를 일이었다.

"여기서 더 다칠 게 뭐가 있어서."

─ 아니, 그러니까 그런 태도가 위험하대도. 나는 분명히 경고했다. 진짜야.

무라는 한 번 더 충고했지만, 묵림은 깊게 담아두지 않는 것 같았다. 절레절레 고개를 저은 무라는 그냥 포기했다.

그때 퍼뜩 고개를 든 묵림이 하늘을 바라봤다.

"무라! 어서 피해!"

아래로 훌쩍 뛰어내린 묵림이 빠르게 달아났다. 뒤늦게 하늘이 일그러지는 것을 눈치챈 무라가 그의 뒤를 따라 도망쳤다. 잠시 후 그들이 있던 자리에 이글이글 타오르는 불덩이가 내리꽂혔다. 지진이라도 난 것처럼 지축이 크게 흔들리며 땅이 시커멓게 타들어 갔다.

─ 뭐지?

묵림의 경고로 빠르게 몸을 뺀 무라가 뒤를 돌아보며 말했다. 불덩이가 꽂힌 자리에 거대한 구덩이가 패여 있었다. 그 위로 활활 타오르는 불기둥을 본 묵림이 소리쳤다.

"저걸 일단 진정시켜야 해!"

점점 거대해지는 불기둥이 그대로 퍼져나갔다간 에보니 궁까지 휩쓸릴 터였다. 정신을 차린 무라가 창을 뽑아 들었다. 창끝에서 흘러나온 서리가 불기둥에 맞서며 치이익 소리를 냈다.

그 사이 묵림도 가세했다. 그의 몸에서 뿜어진 요기가 구덩이 전체를 감싸며 불기둥이 더 이상 퍼져나가지 않도록 막았다. 요기의 감옥에 갇힌 불길은 무라의 서리에 짓눌려 천천히 잦아들어 가기 시작했다. 그러다 어느 순간 견딜 수 없다는 것처럼 불이 훅 꺼졌다. 새카맣게 변한 흙에서 무럭무럭 연기가 솟았다. 묵림이 겨우 한숨을 돌렸다.

"다행히 어떻게든 된 것 같군."

— 대체 뭐야?

"뭐긴 뭐야. 천신이 하늘에서 떨어진 거지."

— 어?

무라는 그제야 구덩이 안쪽에서 흘러나오는 한기를 느꼈다. 너무 강렬한 불기운 때문에 빨리 깨닫지 못했지만, 이건 달보다 더 차가운 기운인 태음에 가까웠다.

— 설마 현무야?

"어떤 멍청한 현무가 하늘에서 추락하겠냐만, 그 멍청한 한 마리가 저기 있는 것 같네."

묵림이 구덩이 한가운데를 턱짓했다. 운석처럼 웅크리고 있던 시커먼 덩어리가 비틀거리며 일어섰다. 묵림이 멍하게 서 있는 무라의 등을 툭 쳤다.

"뭐 해, 빨리 가서 꺼내 와."

— 내가?

"그럼 내가 가리?"

싸늘한 대답에 잠시 쭈뼛거리던 무라가 구덩이 안쪽으로 훌쩍 뛰어들었다. 에보니 궁 쪽을 돌아본 묵림이 머리를 살짝 쓸어 넘겼다. 곧바로 그의 손끝에서 날아오른 하얀 새가 궁을 향해 날아갔다. 그것을 확인한 묵림이 구덩이 안을 노려보며 한숨을 쉬었다.

"정말 야단났군."

"이게 뭐라고요?"

잠시 뒤 묵림의 부름을 받고 도착한 로이드가 되물었다. 묵림이 힐끗 무라가 안고 있는 것을 보았다. 대여섯 살쯤 된 남자아이였다. 붉은빛이 섞인 어두운 갈색 머리가 제멋대로 삐쭉삐쭉 자라 지저분했다. 하지만 얼굴은 창백하리만큼 하얗고 눈은 똥그래서 제법 순하게 보였다.

"현무."

ㅡ 현원태자.

묵림과 무라가 동시에 말했다. 로이드가 아연한 표정을 지었다.

"이게 그 나쁜 놈이라고요?"

그러자 아이가 의아한 듯 고개를 갸웃했다. 반짝이는 로이드의 머리카락을 본 아이가 손을 내밀면서 말했다.

"여우야."

"여우는 무슨 얼어 죽을!"

로이드가 빡 소리 나게 아이의 머리를 갈겼다.

"무슨 짓이야!"

ㅡ 잘못하면 터진다고!

이번에도 묵림과 무라가 동시에 소리를 질렀다. 당황한 로이드가 "네?" 하고 되물었다. 그 사이 머리를 부여잡은 아이가 "으에에엥!" 하고 서러운 울음을 터트렸다. 영락없는 어린아이의 울음소리였다. 당황한 로이드는 주먹을 든 채로 굳었다.

'어? 이게 아닌데?'

로이드가 상상한 태자는 천하에 다시없는 악당이었다. 그는 아란의 마음을 잔인하게 짓밟았고 공포에 떨며 살게 했다. 그동안 아란이 받았을 상처를 생각하면 때려죽여도 시원치 않을 놈이다.

"흐에에에엥!"

그러나 지금 로이드의 눈앞에 있는 것은 빼애액 울어대는 어린애였다. 죽어도 한 방 먹이겠다는 각오로 달려왔건만, 상대가 이 모양이니 푸쉬식 김이 빠졌다.

"그래, 그래, 착하지. 뚝."

무라의 품에서 아이를 뺏어 든 묵림이 능숙한 손길로 달래기 시작했다. 현란한 둥개둥개에 아이는 금방 울음을 그쳤다. 눈물이 그렁그렁한 까만 눈이 로이드를 원망스럽게 쳐다봤다. 무라가 신기한 듯 말했다.

– 오, 제법 능숙한데?

"능숙할 수밖에. 내가 업어 키운 애만 넷이다."

한숨처럼 대꾸한 묵림이 로이드의 품에 덥석 아이를 안겨주었다. 반사적으로 아이를 받아든 로이드가 비명을 질렀다.

"뭐, 뭡니까! 이게!"

"뭐긴. 애지. 당분간 네가 돌봐라."

"미쳤어요? 이거 태자라면서요! 지금 누구에게 뭘 맡기는 겁니까!”

　로이드는 당장 아이를 팽개치고 싶다는 표정을 지었다. 불안을 느낀 아이가 로이드의 옷을 꽉 쥐고 달라붙었다. 화들짝 놀란 로이드가 “야, 어딜 잡아! 놔!” 하고 난리를 쳤다. 난처한 듯 머리를 긁적인 무라가 말했다.

　ー묵림, 아무리 그래도 사정 설명은 해줘.

　“척하면 척 알아봐야지. 저렇게 눈치가 없어서 어디 쓸까.”

　혀를 찬 묵림이 아이의 옷을 벗겼다. 잔뜩 싫은 표정을 짓고 있던 로이드도 아이의 등을 보고 움찔했다. 시퍼런 보라색으로 물든 피부 위에 칼로 그은 것처럼 붉은 상처가 쩍쩍 벌어져 있었다. 보기만 해도 끔찍한 광경에 눈이 찌푸려질 정도였다.

　“저주다.”

　“네?”

　“저주라고. 누가 태자를 타천시키려고 다른 사람의 죄와 원한을 덮어씌웠어. 이렇게 지독한 저주를 걸려면 나라 하나 정도는 멸망시켜야 할 텐데, 대체 무슨 수를 쓴 건지 모르겠군.”

　무심하게 설명한 묵림은 아이에게 다시 옷을 입혔다.

　“그래도 과연 현무라고 해야 할까. 다른 놈이었다면 그대로 타천하거나 폭주했을 텐데, 어떻게든 자신을 지켜낸 모양이야. 이런 모습이 된 것도 저주에 저항하기 위해서겠지.”

　“안됐긴 하지만, 그게 저랑 무슨 상관입니까?”

　로이드가 불퉁하게 말했다. 순식간에 뻗어온 묵림의 머리카락이 그의 머리를 후려갈겼다. 악 하고 비명을 지르는 로이드를 한심하다는 듯이 쳐다본 묵림이 말했다.

"머리가 달렸으면 생각을 좀 해라. 태자는 북제의 후계자다. 당연히 찾으러 내려오는 놈들이 있겠지. 그때까지 데려다가 신줏단지처럼 돌보란 말이야."

"전 신줏단지가 뭔지도 모르거든요?"

"천신이 하늘에서 떨어지는 것은 굉장히 위험한 일이다. 잘못하면 신성을 모두 잃고 타락한 요물이 되어버리지. 그럴 때 천신을 잘 돌봐서 하늘로 돌려보내면 구명의 은혜를 입히는 거나 마찬가지야."

로이드도 어떻게 돌아가는 상황인지 감을 잡았지만, 암만 그래도 내키지 않았다. 불퉁한 눈으로 아이를 내려다보자 덩달아 퉁한 표정으로 마주 본다. 어딜 봐도 예쁜 구석이 없었다.

묵림이 쐐기를 박듯이 말했다.

"제아무리 북제의 아들이라도 생명의 은인에겐 손댈 수 없다. 은인의 아내를 뺏는 것은 더더욱 안 될 말이지. 이제 그 둔한 머리통으로도 무슨 말인지 알았을 테니, 눈치껏 잘해라."

"……"

로이드는 잠시 침묵했다. 다른 때였으면 두말 않고 고개를 끄떡였을 것이다. 하지만 오늘은 그의 인생에서 다시없을 특별한 날이었다. 땅이 꺼져라 한숨을 쉰 그가 말했다.

"좋아요, 다 좋은데. 오늘만 두 분이 대신 맡아주면 안 되겠습니까?"

"안 돼."

거절은 매서울 정도로 단호했다. 로이드가 버럭 소리쳤다.

"저 오늘 혼인했다고요? 첫날이라고요? 오늘이 얼마나 중요한지 아실 거 아닙니까!"

"그래도 안 돼."

— 어차피 어제는 달이 흐려서 첫날밤도 무리지 않나. 그냥 포기하게.

무라가 조금 안됐다는 표정으로 말했다. 묵림의 거절에 좌절하던 로이드가 눈을 번뜩였다. 그는 이를 악물고 말했다.

"므르니, 그른 근 즌자 믈해즈야 흐는 그 아늡니끄."

— 응?

"……그런 건 진작 말해줘야 하는 거 아니냐고요. 제 인생의 가장 중요한 순간이 날아가버렸단 말입니다!"

시간제한이 있다고 알려줬으면 빠릿빠릿하게 움직여서 맹세의 키스까지 했을 텐데. 지금 생각해도 억울해서 눈에 눈물이 고였다. 사정을 들은 무라가 소리 내어 웃었다.

— 말을 해도 자네가 들을 수 있었을지 모르겠네. 선인을 보고 완전 넋이 나갔던데.

"어쨌든! 저한테 조금이라도 미안하면 이 애나 좀 맡아주세요."

로이드가 무라에게 아이를 내밀었다. 무라가 난처한 표정으로 손을 내저었다.

— 난 정말 자신이 없네. 어떻게 돌봐야 할지 전혀 몰라. 옆에서 시키는 대로 도와줄 수는 있지만, 전적으로 맡는 것은 무리야.

"멀쩡한 화분도 말려 죽이는 녀석에게 애를 맡겼다간 하루도 못

가서 폭주할걸. 길어도 하루 이틀일 테니 참아. 태자의 수하들이 찾아오기 전에 충분히 은혜를 입혀야지."

묵림이 심술궂은 얼굴로 거들었다. 로이드는 원망스러운 눈으로 그를 쳐다봤다. 픽 웃은 묵림이 덧붙였다.

"태자를 하늘로 돌려보내려면 최대한 저주를 벗겨내야 한다. 무라와 나는 해주술을 만들고 있을 테니 그동안 태자를 세심하게 돌봐줘라. 임시처방으로 저주를 억눌러놨지만, 잘못해서 충격을 받으면 폭주할 수도 있으니까."

"그럼 위험한 거 아닙니까?"

"위험하지만, 달리 어쩔 수가 없어. 태자가 폭주하면 수도 정도는 우습게 날아가버릴 거다. 멀리 보내는 것도 좋은 선택은 아니야. 어린애 정도의 내구력이라고 생각해."

로이드는 마지못해 고개를 끄떡였다. 더 이상 뻗대봤자 답이 없다는 것을 깨달은 것이다.

그는 노인처럼 한숨을 푹푹 쉬며 아이를 안고 돌아갔다. 묵림은 조용히 그의 뒷모습을 지켜보았다.

─ 괜찮을까?

무라가 걱정스럽게 말했다. 묵림은 고개를 끄떡였다.

"녀석과 꼬마 선인이라면 잘 해낼 거다."

─ 뭔가 근거 없는 믿음 같지만, 정말 그럴 것 같아서 할 말이 없군.

"저래 봬도 제법 똘똘한 놈이야. 손해 볼 짓은 안 해."

덤덤하게 말한 묵림이 구덩이 쪽으로 시선을 돌렸다.

"태자에겐 불운이지만, 우리에겐 행운이 되었군."

– 저주라니. 누가 이런 짓을 한 걸까?

"확정할 수는 없지만, 태자 정도 되는 천신에게 저주를 걸 수 있는 이는 몇 안 돼. 사어신 정도는 되어야 가능한 일이야. 하지만 왕모나 북제가 이런 짓을 할 리는 없으니 답은 하나지."

– 상제란 말인가?

무라가 깜짝 놀라며 되물었다. 묵림은 묵묵히 고개를 끄떡였다. 무라가 당황스러운 표정으로 고개를 저었다.

– 하지만 상제가 왜 그런 짓을 한단 말인가. 북천과 원수가 지려는 게 아니면 왜 태자에게 손을 대?

"……생각보다 이랑이 잘하고 있는 건지도 모르지."

– 응?

"이번에 이랑과 태자가 함께 원정을 나섰다고 했지? 상제는 그 틈에 꼬마 선인을 치워버린 거고 말이야. 하지만 만약 이랑과 북제가 원정을 핑계로 연합한 거였다면? 뒤늦게 사실을 알게 된 상제로선 무리수를 둘 수밖에."

청원진군이 노리는 것이 혼인동맹이 아니라 반역이라면, 아란을 치워버리는 것으로는 해결이 되지 않는다. 오히려 상제가 진군의 딸을 건드렸다는 좋은 명분까지 줘버린 셈이다. 상제로서는 어떤 쪽으로든 움직일 수밖에 없었을 것이다.

"태자를 건드리는 건 악수지만, 단순히 시간을 벌고 싶은 거라면 확실한 방법이야. 적어도 태자를 되찾을 때까지 북천은 못 움직이 니까."

– ……어?

"그만큼 상제가 궁지에 몰렸다는 소리다."

묵림의 정리에 무라가 썩 편치 않은 얼굴로 고개를 끄떡였다. 그는 성실한 성품대로 최선을 다해 상제를 모셨다. 신하 된 입장으로 상제의 몰락에 마음이 편할 리가 없었다. 그래도 친구의 기분을 생각해 무어라 덧붙이진 않았다.

상제는 다른 천신들과 달리 인간의 몸으로 옥좌에 오른 자였다. 그는 보기 드물게 덕이 깊은 영혼으로 몇 번의 환생을 되풀이하면서 계속 선업을 쌓았다. 마지막으로 왕족으로 태어났을 때는 나라 전체를 구휼하며 선을 베풀었다.

그것에 감탄한 왕모가 직접 불사약을 가지고 하계로 내려가 그를 옥좌에 올렸다.

인간의 몸에서 최고신이 된 상제는 수많은 인간들의 귀감이 되었다. 인간들은 그를 숭배하며 흠모했다. 숭앙의 힘으로 상제는 북제와 호제를 젖히고 천제의 지위까지 올랐다. 하지만 세월이 흐르면서 그는 과거를 잊고 인간을 멸시하기 시작했다. 천상과 하계가 어울리면 안 된다는 천칙까지 정할 정도였다.

그것에 희생된 예가 바로 묵림의 가족이다. 따지고 보면 상제는 묵림의 아내가 계속 비참한 죽음을 맞게 한 원흉인 셈이었다.

그래서인지 묵림은 왠지 즐거운 표정을 짓고 있었다.

"어쨌든 나 역시 북제께 은혜를 입은 몸이니, 태자를 돌려보내는 것에 최선을 다해야지."

붓으로 그린 듯이 휘어진 입술을 보고 무라는 여우의 원한을 사면 안 된다는 옛말을 생각했다. 원수의 고난에 즐거워하는 묵림은 그가 보기에도 좀 무서웠다.

"언니, 아직도 이러고 있수?"

홍령이 이불을 젖히며 말했다. 하지만 죽은 듯이 누운 금화는 아무런 대답이 없었다. 답답해진 홍령이 그녀를 일으켰지만, 금화는 끈이 끊어진 인형처럼 자꾸만 늘어졌다. 피죽도 못 먹은 것처럼 파리해진 꼴이 딱했던 홍령이 혀를 찼다.

"언니도 참 딱하오. 병들어 골골거리는 남자의 뭐가 좋아서 이래? 나라면 진작 주인님 버리고 나 좋다는 남자 찾아 떠났겠다."

주인님이라는 말에 금화가 반응했다. 기듯이 몸을 일으킨 그녀가 두 손을 모아 애원하기 시작했다.

"홍령아, 한 번만. 나 한 번만 주인님이랑 만나게 해줘. 응?"

"언니, 또 왜 그래!"

홍령이 질색하며 외쳤다. 하지만 금화는 울면서 애원하는 것을 멈추지 않았다.

"알잖아. 나, 나한테는 주인님뿐이야. 어릴 때부터 그 사람만 바라봤다고. 내가 왜! 왜 이렇게 버림받아야 하는데. 나 지금까지 정말 최선을 다했어. 주인님을 위해 모든 걸 바쳤다고!"

금화가 피를 토하듯 외쳤다. 홍령은 안쓰럽기도 하고 지겹기도 한 눈으로 그녀를 바라봤다. 금화의 집착은 그녀가 보기에도 좀 심했다.

"주인님은 그냥 나쁜 놈이오. 언니를 이용한 거라고. 실컷 단물 빼먹다가 이제 필요 없어져서 버린 거야. 그러니 미련일랑 훌훌 털어버리고…….”

“싫어! 싫다고!”

금화가 악을 쓰듯 외치며 홍령을 밀어냈다. 하지만 이내 언제 그
랬냐는 듯이 다시 매달려 애원하기 시작했다. 내용도 한결같았다.
한 번만 ‘주인님’과 만나게 해달라는 것이다.

처음 금화는 아무리 말려도 기를 쓰고 밖으로 뛰쳐나갔다. 묵림
을 찾겠다며 사방팔방으로 돌아다니는 걸 쫓아다니는 것만으로 벅
찼다. 하지만 정말 이상하게도 금화는 묵림과 만나지 못했다. 어디
있는지 알고 찾아가도 마치 우연처럼 엇갈리곤 했다.

수십 번을 계속된 시도에도 묵림을 만날 수 없자 금화는 홍령과
흑우에게 매달렸다. 그들의 안내로 묵림과 만난 걸 기억한 것이다.
흑우는 진작 질려서 나가떨어졌고 홍령만 그간의 정으로 금화를
붙잡고 있었다.

“언니, 난 절대 언니를 주인님께 데려가지 않을 거요. 그건 언니
를 위한 게 아니야. 그러니 제발 정신 차려. 흑우 놈이 언니 갖다 버
리라고 소리치는 거 못 들었소?”

“…….”

금화가 낙심한 듯 고개를 떨어뜨렸다. 한숨을 쉰 홍령이 죽을 갖
고 왔으니 좀 먹으라며 일어났다. 쟁반이 있는 테이블을 향해 몸을
돌린 그녀는 금화가 소리 없이 몸을 일으키는 것을 눈치채지 못했
다. 다음 순간 푸욱 소리와 함께 홍령의 가슴 앞으로 뾰족한 칼끝이
튀어나왔다.

“……미안해. 미안해. 홍령아.”

"어, 언니……?"

고통으로 가슴을 움켜쥔 홍령이 뒤를 돌아보려 했다. 하지만 뭔가를 할 틈도 없이 금화의 손이 상처를 비집고 들어왔다. 날카로운 손톱이 홍령의 몸속을 헤집으며 내단을 끄집어냈다. 요괴의 정기가 모인 내단을 빼앗긴 홍령은 조그마한 뱀으로 변해 바닥으로 떨어졌다.

뱀의 피로 번들거리는 검을 쥔 금화가 비틀거리며 뒤로 물러섰다. 기이한 웃음을 지은 그녀가 홍령을 향해 속삭였다.

"미안해. 어쩔 수가, 정말 어쩔 수가 없었어. 용서해줘. 나한테는 주인님이 필요해."

홍령이 안내를 해주지 않는다면, 홍령의 기운이 깃든 내단을 얻는 수밖에 없었다. 내단을 삼킨 금화는 서둘러 밖으로 뛰쳐나갔다. 이번에야말로 묵림을 만날 수 있길 기대하면서.

11

별의 길

로이드는 아주 평범한 취향을 가진 보통 남자였다. 다시 말해 그는 어린애가 무척 싫었다. 특히 대여섯 살쯤 된 남자애라면 옆에도 가지 않았다. 어린애와 놀아주느니 왕의 애완견들을 산책시키는 것을 선택할 정도였다. 하지만 지금 그는 난데없이 애를 돌봐야 할 처지가 되었다. 그것도 신혼 첫날에 말이다.

"여우야!"

하녀들의 손에 깨끗이 씻겨진 태자가 알몸으로 그에게 달려왔다. 다리 사이에서 달랑거리는 것을 본 로이드는 난데없는 시각 공해에 눈을 찡그렸다. 태자가 들고 있던 옷을 그에게 내밀더니 "입혀줘!" 하고 생글생글 웃었다. 로이드는 속이 부글부글 끓는 것을 느꼈다.

'이런 악마 같은 새끼.'

어쩔 수 없이 태자를 데려오긴 했지만, 손수 돌볼 생각은 눈곱만큼도 없었다. 저택에 넘치는 하녀와 당장 달려올 보모를 두고 왜 그런 짓을 한단 말인가. 하지만 태자는 로이드의 속셈을 다 안다는 것처럼 그를 코끝으로 부려먹으려 들었다.

"빨리 입혀줘."

태자가 재촉했다. 로이드는 습관적인 한숨을 쉬며 옷을 펼쳤다. 급하게 사온 것치고는 깔끔한 디자인에 고급스러운 아동복이었다. 로이드가 대기 중인 집사에게 말했다.

"내일부터 다른 옷으로 준비해."

"어떤 옷으로 준비할까요?"

"알록달록하고 유치찬란한 것으로. 꿀벌처럼 날개 달린 것도 좋고. 아, 아예 여자애 옷으로 준비해. 레이스가 치렁치렁 달린 분홍색 원피스 말이야."

이왕 이렇게 된 것, 창피해서 두 번 다시 찾아오지도 못하게 하자고 다짐한 로이드였다. 태자가 여기 있는 동안 떠올리기도 싫은 기억을 잔뜩 만들어줄 생각이었다. 하지만 그의 속셈을 모르는 집사는 날이 갈수록 변태스러워지는 주인의 취향에 헛숨을 삼켰다.

"저게 뭐야?"

로이드가 옷을 입히는 동안 주변을 두리번거리던 태자가 장식 시계를 가리켰다. 로이드는 정교한 기계장치를 좋아해서 저택 곳곳에 그가 수집한 시계가 장식되어 있었다. 태자가 가리킨 것은 지구본과 합쳐진 시계로, 시침에 흐름에 따라 지구가 천천히 회전하는 장치가 되어 있었다.

"시계."

"왜?"

"왜는 또 뭔 왜야?"

"시계가 왜 저래?"

로이드는 앞선 경험으로 지금 뭐라고 대답해주면 또다시 "왜?"라는 질문이 돌아올 거라는 것을 알았다. 태자와의 대화는 영원히 반복되는 "왜?"의 감옥과 비슷했다. 그는 이곳에서 빨리 탈출하기 위해 손을 빠르게 놀렸다. 눈을 깜빡인 태자가 물었다.

"왜 대답 안 해?"

로이드는 욕이 튀어나오는 것을 필사적으로 억눌렀다.

그때 똑똑 소리와 함께 문이 열리더니 제임스가 들어왔다. 그는 만면에 환한 웃음을 머금고 있었다. 로이드가 신혼여행에 실패하고 저택에 주저앉은 뒤부터 생겨난 미소였다.

"황녀님께서 오셨습니다."

"아란이?"

로이드는 당황해서 몸을 일으켰다. 그는 아란에게 태자를 돌볼 수밖에 없는 사정을 설명한 후 당분간 별채에 가 있겠다고 말했다. 아란과 떨어지고 싶진 않지만, 태자와 마주치게 해서 괴로움을 주는 것보다는 나았다. 그런데 아란이 직접 별채로 그를 찾아온 것이다.

"잠깐 나갔다 올 테니까, 옷 입으면서 기다려."

태자의 옷을 하녀에게 떠맡긴 로이드가 급히 밖으로 나갔다. 아란이 초조하게 그를 기다리고 있었다. 로이드는 얼른 그녀를 안아 들었다. 잠깐 떨어져 있었다고 품에 닿는 체온이 그렇게 반가울 수가 없었다. 아란이 조금 상기된 얼굴로 말했다.

"갑자기 찾아와서 죄송해요. 하지만 이건 역시 아닌 것 같아요."

"……무슨 말입니까?"

"백작님께 모든 걸 미루고 저 혼자 숨어 있을 수는 없어요. 저도 도울게요."

"아란, 굳이 그럴 필요 없습니다. 태자를 돌보는 건 저 혼자만으로 충분합니다."

로이드의 말에 아란이 힘없이 웃었다. 그녀는 조그마한 목소리로 "귀가 나왔어요." 하고 말했다. 당황한 로이드가 한 손으로 튀어나온 여우 귀를 눌렀다.

"조금 벅차지만, 당신의 도움을 받을 정도는 아닙니다. 이번엔 정말이에요."

"알아요. 하지만 태자님이 겁난다고 해서 백작님과 계속 떨어져 있는 건 싫은걸요."

"저도 싫습니다. 그래도 당신이 상처받는 게 더 싫어요."

아란이 손을 들어 로이드의 뺨을 어루만졌다. 그녀가 속삭이듯 말했다.

"백작님이 저를 걱정하시는 거 알고 있어요. 그래서 용기를 낸 거예요. 만약 백작님이 아니었으면 여기 올 생각도 못 했을 거예요."

아란이 이런 표정을 지으면 그는 도저히 안 된다고 말할 수 없었다. 난처해하는 로이드를 보고 아란이 생긋 웃었다.

"사실 태자님과 있었던 일을 말하면서 좀 부끄러웠어요. 그때 참지 말고 좀 더 항의할 걸 그랬다고. 태자님이 위협해도 최선을 다해서 저항하면 뭔가 달라지지 않았을까 하고요."

"그건 당신 잘못이 아니었습니다. 누구나 그런 상황에서는 움츠러들 겁니다."

로이드가 아란의 손을 꼭 쥐었다. 지속적인 폭력에 노출된 사람은 적극적으로 저항하기가 어려워진다. 폭력에 길들여지는 것이다. 그런 이유로 아란이 자책하는 것은 보고 싶지 않았다. 하지만 아란은 흔들리는 것이 아니라 단단한 표정을 짓고 있었다.

"저는 태자님의 위협보다 제가 만들어낸 두려움에 더 짓눌려 있었던 것 같아요. 참지 않으면 더 나쁜 일이 생길 것 같아서, 그래서 움직일 수가 없었어요. 만약 거기에서 벗어날 기회가 있다면 지금이라고 생각해요. 태자님께 싫다고 말할 기회잖아요."

"……."

"만약 태자님을 보고 무서우면 얼른 돌아갈게요."

로이드는 한숨을 쉬었다. 결혼 전에도 그랬지만, 결혼 후에는 더욱 아란을 이길 수가 없게 된 것 같았다. 조목조목 이어지는 말이 다 옳은 것 같아서 그냥 고개를 끄덕이게 되는 것이다.

"힘들면 정말 바로 돌아가는 겁니다."

로이드의 다짐에 아란이 크게 고개를 끄떡였다. 쓸데없이 귀여운 동작에 로이드가 가슴을 부여잡았다. 이제 보니 아란이 오지 않아도 자신이 먼저 본채로 숨어들었을 것 같았다.

"여우야, 뭐 해?"

그새를 못 참고 쫄레쫄레 밖으로 나온 태자가 로이드를 불렀다. 멈칫한 로이드가 눈을 부라렸다. 하지만 태자는 그의 품에 안긴 아란을 보고 있었다. 잠깐 당황하는 것 같던 아란이 이내 태자에게 생긋 웃어 보였다.

"……어."

갑자기 얼굴을 붉힌 태자가 로이드 뒤에 숨었다. 한 손으로 로이드의 바지자락을 꽉 붙잡은 그는 아란을 훔쳐봤다가 다시 얼굴을 숨기기를 반복했다. 뜨악한 얼굴로 그를 내려다본 로이드가 붙잡힌 다리를 싹 빼냈다.

"어디서 수작질이야. 이건 내 마누라거든!"

"아니, 유치하게 애한테 왜 그러세요?"

큰소리를 듣고 밖으로 나온 제임스가 로이드를 나무랐다. 태자가 가증스럽게 울먹이며 제임스에게 매달렸다. 로이드는 코웃음을 치며 아란을 더욱 꼭 끌어안았다. 그 사이 물끄러미 태자를 관찰하던 아란이 그에게 속삭였다.

"정말 어린아이 같네요."

"어린애라고 해서 방심하면 안 됩니다. 저놈은 싹수부터가 글렀어요."

로이드는 조그마한 게 예쁜 건 알아가지고 눈 반짝이는 것 좀 보라고, 위험하니 옆에 가지도 말라고 떠들어댔다. 묵림이 봤다면 너나 잘하라고 머리통을 후려쳤을 말이었다.

아란이 배시시 웃었다.

"다행히 안 무서운 것 같아요."

"음, 신중하게 생각해보는 게 어떻습니까. 지금은 목욕 후라 얌전해져서 그렇지, 사실 아주 흉포한 놈입니다. 조금 전에도 제 정신을 완전히 파괴할 뻔했어요."

끝없는 흑색선전에 아란이 그의 뺨을 살살 어루만졌다. 저도 모르게 입을 다문 로이드가 한숨을 쉬었다.

"좋아요. 정 태자의 근처에 있겠다면 하나만 약속해주십시오. 절대! 절대로 저놈을 만지면 안 됩니다."

"네?"

"당신 손은 위험해요. 아주 엄청나게 위험하다고요. 그건 천사도 타락시킬 손길입니다. 그런 손으로 만지면 태자가 너무 좋아서 폭주하는 바람에 나라가 망할지도 몰라요."

"……."

"아, 태자뿐이 아니라 다른 동물도 절대 만지면 안 됩니다. 특히 수컷은요. 만지려면 저만 만지십시오."

뻔뻔하게 말한 로이드가 지금 만져도 좋다며 얼굴을 내밀었다. 태자의 귀를 막고 있던 제임스가 "좀 작작 하세요, 애 앞에서 부끄럽지도 않습니까!" 하고 소리쳤다. 아란이 민망한 듯이 그를 밀어냈다.

"나중에 만져드릴게요."

"나중에? 언제 말입니까?"

"이따가…… 밤에요."

"헉!"

절로 튀어나온 로이드의 귀가 쫑긋거렸다. 아란이 "백작님이 여우로 변해 있으면요." 하고 수줍게 덧붙였다. 어차피 첫날밤도 날아갔는데 여우면 뭐 어떠랴 생각한 로이드가 고개를 끄떡였다. 부서진 신혼의 단꿈이 모락모락 솟아올랐다.

"병아리."

그때 조그마한 목소리가 그들 사이로 파고들었다. 아란의 어깨가 순간 움찔했다. 로이드가 괜찮으냐고 물으려는 순간, 아란은 단호한 목소리로 "백작님, 절 내려주세요." 하고 말했다. 로이드는 엉겁결에 그녀를 내려놓았다.

　　어깨를 펴고 턱을 꼿꼿이 든 아란이 태자의 앞으로 다가갔다. 눈을 깜빡인 태자가 다시 "병아리야." 하고 불렀다. 아란이 차가운 얼굴로 말했다.

　　"전 병아리가 아니에요. 아란이라고 부르세요."

　　"……병아리인데."

　　"다시 병아리라고 부르면 용서하지 않겠어요. 전 아란이에요."

　　아란의 목소리는 서릿발처럼 차가웠다. 멈칫한 태자가 그녀를 바라봤다. 둘은 잠시 눈싸움을 하듯 서로를 응시했다. 잠시 후, 쭈뼛거리던 태자가 말했다.

　　"아란."

　　"네, 잘하셨어요."

　　아란이 활짝 웃었다. 태자가 그녀에게 이끌리듯 따라 웃었다. 잔뜩 긴장하고 있던 로이드가 한숨을 쉬며 어깨를 늘어뜨렸다.

　　아란은 로이드의 생각보다 훨씬 능숙하게 태자를 다루었다. 로이드에겐 계속 이거 해달라 저거 해달라 조르던 태자는 아란의 앞에선 훨씬 얌전하게 굴었다. 끝없이 이어지는 "왜?"는 달라지지 않았지만, 아란은 끈기 있고 착실하게 그의 질문에 대답해주었다.

　　"황녀님이 아이를 잘 돌보시는 것 같네요."

　　슬그머니 그의 옆으로 다가온 제임스가 속삭였다. 로이드도 별말 없이 고개를 끄떡였다. 혼인식 뒤로 계속 태자에게 시달려온 그도 겨우 숨을 돌릴 수 있었다.

"정말 다행입니다. 솔직히 백작님만 보면 자식농사가 걱정되는 게 사실이거든요."

"내가 뭐?"

"아들이라면 완전 방치해서 키우고, 딸이면 너무 오냐오냐하실 것 같아서요."

"……아란을 닮은 아들이면 안 그럴 거야."

로이드가 소심하게 말했다. 한숨을 쉰 제임스가 "그럼 황녀님을 닮은 딸이면 두 배로 망하는 거잖아요." 하고 대꾸했다. 로이드는 어깨를 으쓱했다.

"괜찮아. 어차피 120년 뒤에 가질 테니까. 그때 가서 생각하지 뭐."

"네?"

로이드는 어이없어하는 제임스를 무시하며 아란을 바라봤다. 태자의 질문에 진지한 얼굴로 답하고 있는 그녀에게선 과거의 상처가 보이지 않았다. 하지만 속도 괜찮을지는 의문이었다. 잠시 어두운 눈으로 태자를 바라보던 로이드가 두 사람에게 다가갔다.

지금 그가 할 수 있는 것은, 언제든 아란이 힘들어할 때 기댈 수 있도록 옆에 있는 것이었다.

로이드는 숨통을 조이는 답답함을 느끼며 눈을 떴다. 잠든 아란이 보였지만, 그는 지금 그녀의 품에 안겨 있는 것이 아니었다. 문어 같은 태자의 팔이 여우로 변한 그를 꽉 끌어안고 있었다. 기겁한 로이드가 네 다리를 버둥거렸다.

"으응, 시러어."

태자가 잠결에 칭얼거리는 소리를 냈다. 안간힘을 다해 그의 품에서 벗어난 로이드가 몸을 부르르 털었다.

– 이건 또 언제 숨어들어온 거야?

첫날부터 태자는 두 사람과 함께 자겠다고 떼를 썼다. 물론 부푼 기대를 안은 로이드가 들어줄 리가 없었다. 칭얼거리는 태자를 매정하게 쫓아내고 아란의 쓰다듬을 받으며 기분 좋게 잠들었다. 그런데 다음 날, 눈을 떠보니 태자가 침대에 기어들어와 있었다. 얼마나 놀랐는지 털이 다 곤두설 정도였다.

혼을 내고 문을 잠가도 소용이 없었다. 사흘 연속으로 침입을 겪은 로이드는 꼬리로 태자의 얼굴을 찰싹찰싹 때렸다.

– 인마, 빨리 일어나!

묶림의 특훈을 받은 그는 여우 모습으로도 남과 대화할 수 있게 되었다. 보통 아란에게 애교를 떨 때 썼지만, 이제 태자에게 잔소리하는 것에 쓸 생각이었다.

"히우?"

졸린 눈을 비빈 태자가 로이드를 보더니 다시 껴안으려 했다. 로이드는 앞발로 그의 손을 찰싹 내리쳤다.

– 어딜!

"……히잉."

– 히잉은 무슨 히잉! 내가 몰래 들어오지 말라고 했지? 왜 말을 안

들어! 어?!

로이드가 으르렁거리며 털을 곤두세웠다. 오늘에야말로 혼쭐을 내줄 생각이었다.

그때 눈을 또르륵 굴린 태자가 말했다.

"흥아, 잘못해쩌요."

— ……

로이드의 몸이 굳었다. 그가 멍해진 사이 자리에서 일어난 태자가 애교를 부리듯 말했다.

"용서해주떼여. 잘못해쩌요."

— 너, 너 누구야. 너 태자 아니지?

로이드의 귀가 뒤로 젖혀졌다. 당황하는 그를 보고 고개를 갸웃한 태자가 말했다.

"젬쯔가 여우가 화내면 이렇게 하랬어."

아침마다 혼이 나는 아이를 안쓰럽게 여긴 제임스가 일을 친 모양이었다. 마음의 안정을 위해 앞발을 핥은 로이드가 침착하게 자리에 앉았다. 이왕 파진 구덩이, 이 기회에 태자를 확실히 보내버리는 게 나을 것 같았다.

그는 앞발로 자신을 가리키며 물었다.

— 내가 누구라고?

"여우."

— 그거 말고.

"흥아?"

— 잘했어.

로이드는 고개를 크게 끄떡였다. 처음 들은 칭찬에 태자의 얼굴이 환해졌다. 로이드는 이어서 앞발로 아란을 가리켰다. 태자가 기다렸다는 듯이 말했다.

"아란."

─ 아냐, 따라 해봐. 누나.

"누나."

─ 좋아. 앞으로도 그렇게 불러. 알겠지?

"응."

태자가 고개를 끄떡였다. 만족한 로이드가 꼬리를 흔들었다. 그러자 태자가 얼른 그를 꽉 끌어안았다. 저도 모르게 발톱을 세울 뻔했던 로이드는 꾹 참았다. 멋모르는 태자만 좋다고 까르르 웃었다. 로이드가 앞발로 그를 톡톡 쳤다.

─ 이제 그만하고 놔. 씻어야지.

"응."

태자는 순순히 그를 놓아주었다. 가운으로 쏙 들어가서 인간의 모습으로 변한 로이드가 시종을 불렀다. 세숫물이 준비되자 로이드는 먼저 태자부터 씻겼다. 고양이 세수를 하는 태자를 잡아다가 얼굴을 벅벅 문질렀다. 이것도 사흘 연속으로 하니 나름대로 요령이 생겼다.

"자, 킁 해."

"킁!"

"잘했어. 이제 아 해."

마지막으로 양치까지 시킨 후에야 태자를 내려놓은 로이드가 자신도 씻기 시작했다. 차림새까지 단정하게 가다듬은 그는 방의 한 가운데 놓인 테이블로 다가갔다. 서왕모가 준 복숭아 가지가 멋진 꽃병에 꽂혀 있었다. 로이드는 그 앞에 서서 손을 모았다. 왕모의 열렬한 신자가 된 그는 매일 아침 열심히 기도하고 있었다. 물론 사심이 가득 담긴 기도였다.

"선계에 계신 왕모님, 부디 아란과 저의 혼인을 인정해주십시오. 혼인만 인정해주시면 앞으로 착하게 살겠습니다. 부탁드립니다."

"부탁드립니다!"

멋모르는 태자가 옆에서 로이드를 따라 했다. 피식 웃은 로이드가 태자의 머리를 쓱쓱 쓰다듬었다. 얼굴이 확 밝아진 태자가 헤헤 웃었다.

그 후로 태자는 로이드가 '흉아'라는 이름을 좋아한다고 착각했다. 아란은 '아란'과 '누나'를 섞어 불렀지만, 로이드는 흉아로 고정되었다. 부를 때마다 칭찬해달라고 쳐다보는 것은 덤이었다.

"……잘 돌보라고 했더니."

사흘 만에 저택으로 찾아온 묵림은 그걸 보고 어이없어했다. 로이드는 어깨를 으쓱했다.

"이만하면 잘 돌보고 있잖습니까."

"태자에게서 형 소리를 들어서 대체 어쩔 생각이냐."

"어쩌긴요. 너무 창피해서 두 번 다시 찾아오지 않겠죠."

"너무 창피해서 여길 지워버리려고 할지도 모르지."

묵림이 심드렁한 얼굴로 말했다. 순간 움찔했던 로이드가 이내 뻔뻔하게 웃었다.

"설마요, 천신 주제에 그런 짓을 하겠습니까."

"저만큼 강한 천신은 사람 한둘 죽인다고 해서 타락하지 않으니까. 태자 자리까지 포기하고 막 나가면 말릴 수도 없어. 놀리는 건 좋지만, 적당히 해라. 역린을 건드리는 지경까지 가면 안 돼."

역린이 뭔지 몰라도 대충의 뜻은 이해했다. 로이드는 잠자코 고개를 끄떡였다. 아란이 극구 말려서 분홍색 원피스를 포기하길 잘한 것 같았다.

그때 뭔가 와장창 깨지는 소리가 들렸다. 놀라 고개를 돌린 로이드는 금와를 움켜쥔 태자를 발견했다. 손님상을 들고 들어오던 금와를 태자가 덮친 모양이었다. 뒷다리가 사정없이 당겨진 금와가 비명을 질렀다.

ㅡ 아이고오!

"야 인마!"

자리에서 벌떡 일어난 로이드가 태자에게 달려갔다. 금와를 꾹꾹 누르던 태자가 놀란 표정을 지었다. 금와를 빼앗아 놓아준 로이드가 태자를 달랑 집어 들고 엉덩이를 때렸다.

"이놈의 자식, 이게 무슨 짓이야!"

"아파!"

"약한 걸 괴롭히면 나쁜 놈이랬지! 어? 하지 말랬잖아!"

로이드는 철썩철썩 소리가 날 정도로 태자의 엉덩이를 두들겼다. 발버둥을 치던 태자가 흐엥 하고 울음을 터트렸다. 한숨을 쉰 묵림이 자리에서 일어서 태자를 뺏어 들었다.

"그만해. 아무리 머리가 나쁘다지만, 방금 말한 것도 잊었냐."

멈칫한 로이드가 입을 다물었다. 묵림은 태자를 다독였다. 맞은 게 억울했는지, 계속 훌쩍거리던 태자는 묵림이 머리카락을 끌어다 손에 쥐여주자 울음을 뚝 그쳤다.

"그래, 착하구나. 어떤 나쁜 놈이 이리 착한 아이를 때렸을까. 응?"

태자가 얼른 로이드를 가리켰다. 피식 웃은 묵림이 그의 등을 다독이며 물었다.

"대신 혼내주랴?"

잠시 고민하던 태자가 고개를 저었다. 그리고는 로이드를 향해 두 팔을 내밀었다. 로이드는 선선히 태자를 받아 안았다. 그는 조금 불만스럽게 말했다.

"애 취급하지 말라더니, 저보다 더하신 것 같습니다."

"난 그래도 된다. 아저씨뻘이니까."

묵림이 북천에서 일할 때 북제는 그를 무척 신임하여 바로 곁에 두었다. 사실 북천은 무장들이 득세하는 곳이었기에 묵림처럼 뛰어난 주술사가 드물었던 것이다. 지금의 태자가 태어났을 때는 이런 제의까지 했다.

「북천에 뛰어난 무장은 많지만, 뛰어난 지장은 드물지. 만약 자네가 혼인하여 딸을 낳으면 우리 셋째와 혼인시키기로 하세.」

묵림은 격에 맞지 않는 혼인이라며 거절했지만, 북제는 끝내 고

집을 부렸다. 묵림을 천신에 올리면 딸 역시 천신으로 태어날 것이
니 상관없다는 거였다. 같은 천신이라도 신수와 요수는 천지 차이
가 있었지만, 북제는 즉석에서 술잔까지 내리며 약속을 받아냈다.
하지만 묵림은 인간과 혼인하여 아들을 낳았고 약속 또한 무용해
졌다.

"지금은 이런 꼴이 되었지만, 하계로 내려가기 전까진 태자에게
아저씨 소리를 들었다. 그러니 나는 태자를 애 취급해도 너는 안
돼."

"아."

그런 거라면 딱히 불만은 없었다. 고개를 끄떡인 로이드가 태자
를 바라봤다. 눈물 자국이 꾀죄죄하게 남은 태자가 코를 훌쩍였다.
아무리 봐도 애새끼였다. 한숨을 쉰 그가 손수건을 꺼냈다.

"자, 킁 해."

"킁!"

태자가 주저 없이 로이드가 대준 손수건에 코를 풀었다. 그걸 본
묵림이 무어라 말하려다 말았다. 절레절레 고개를 저은 그가 이만
돌아가겠다고 말했다.

"예상보다 좀 늦어지고 있지만, 태자의 수하들도 곧 도착할 거
다. 괜히 놈들 보는 앞에서 애 쥐어박지 말고. 해주술도 거의 완성
되고 있으니 조금만 더 버텨라."

"이제 익숙해져서 버틸 정도는 아닙니다. 그리고…… 도와주셔
서 감사합니다."

며칠 사이 초췌해진 얼굴을 보면 해주술인지 뭔지가 상당히 힘든

모양이었다. 로이드의 인사에 피식 웃은 묵림이 그대로 몸을 돌렸다. 로이드는 태자와 함께 그를 배웅했다. 방으로 돌아오자 그사이 깨진 것을 모두 치운 금와가 공손하게 절을 했다.

─ 나리, 구해주셔서 정말 고맙습니다요.

"아닙니다, 금와. 미리 막지 못해서 미안합니다. 다친 곳은 없습니까?"

─ 이 정도는 괜찮습니다. 이리 봬도 요선이라 쉽게 다치지 않습죠.

금와는 몇 번이나 고개를 굽실거렸다. 태자의 손에서 빼내준 것이 어지간히 고마웠던 모양이었다. 묵림에게 혼난다고 바빠서 그를 챙기지도 못했던 로이드가 멋쩍게 웃었다.

"제가 다시는 그런 짓 못 하게 잘 타이르겠습니다."

─ 아이고, 아닙니다요. 태자님께 어찌 그러겠습니까.

"태자니까 더욱 그러면 안 되죠."

딱 잘라 말한 로이드가 태자를 앞으로 밀었다. 어서 사과하라는 말에 잠시 쭈뼛거리던 태자가 꾸벅 절을 했다.

"미안해요. 잘못해쩌요."

금와가 당황해서 눈을 굴렸다. 로이드가 그를 재촉했다.

"금와, 태자를 위해서라도 사과를 받아주십시오."

─ 예, 알겠습니다.

금와가 서둘러 고개를 끄떡였다. 태자가 로이드를 삐쭉 올려다보았다. 로이드는 얼른 그를 안아 들고 칭찬해주었다.

"잘했어. 앞으로 너보다 약한 걸 괴롭히면 안 돼."

“응.”

“특히 누나는 절대 괴롭히면 안 돼. 알겠지?”

“……누나는 무서운데.”

태자가 시무룩하게 말했다. 이곳의 음식이 익숙하지 않았던 그는 몇 번 밥투정을 부렸다가 아란에게 혼쭐이 난 상태였다. 로이드는 그의 머리를 쓱쓱 쓰다듬었다.

“누나가 그래 보여도 사실 마음이 많이 약해. 그러니까 앞으로 괴롭히지 마.”

“응.”

“약속하지?”

“응. 약속!”

태자가 새끼손가락을 들었다. 로이드는 애들은 뭐든 빨리 배운다고 생각하면서 마주 손가락을 걸었다.

“도련님! 이쪽입니다, 이쪽!”

개떼처럼 몰려다니는 기사들 사이로 태자가 신나게 뛰어다니고 있었다. 태자가 있는 힘껏 공을 걷어차자 한 놈이 그걸 놓치는 척하면서 바닥을 데굴데굴 굴렀다. 그것을 본 태자가 소리 내어 웃었다.

“꼭 다른 사람 같아요.”

멀리 떨어진 곳에서 그걸 지켜보던 아란이 말했다. 그녀를 품에 안고 느긋한 휴식을 즐기던 로이드가 웃었다.

“지금은 그냥 어린애죠.”

"네, 제가 아는 태자님과는 전혀 달라요."

아란의 목소리가 씁쓸해졌다. 잠시 손을 꼬물거리던 그녀가 말을 이었다.

"제가 너무 얄팍한 것 같아서 부끄러워요."

"뭐가 말입니까?"

"저는…… 굉장히 비뚤어진 마음으로 태자님을 대하고 있었어요. 당신은 나한테 그런 짓까지 했지만, 나는 당신에게 이렇게 해줄 정도로 착하다고요. 정말 바보 같죠?"

시무룩해진 그녀를 보고 로이드가 싱긋 웃었다.

"당신이 착한 건 사실인데, 뭐가 부끄럽습니까."

아란의 얼굴이 살짝 붉어졌다. 그녀는 로이드의 옷을 꽉 붙잡으며 말했다.

"백작님은 저를 너무 좋게 보세요. 저는 그렇게 착하지 않아요. 요즘은 계속 태자님을 질투하고 있었는걸요."

"질투요?"

"백작님의 관심을 뺏긴 것 같아서…… 속상했어요."

아란이 조금 머뭇거리며 말했다. 로이드는 웃으며 그녀의 이마에 입 맞췄다.

"우연이군요. 저도 태자를 질투하고 있었는데."

"네?"

"당신이 태자랑 어울리는 게 싫어서 더 열심히 돌봐준 겁니다."

멀리서 환호성이 터졌다. 태자가 또다시 공을 목표에 집어넣은 모양이었다. 상대편을 맡고 있는 기사들이 분한 척하며 몸 개그를 선보였다. 로이드는 신이 나서 뛰어다니는 태자를 힐끗 쳐다보며 아란에게 속삭였다.

"저 안 보는 척하면서 다 보고 있었습니다. 당신이 태자에게 미트 볼 먹여준 것과 잘했다고 머리 쓰다듬어준 것, 은근슬쩍 손잡아준 것까지 다 세어뒀어요. 이제부터 열심히 따질 생각입니다."

배시시 웃은 아란이 그의 입술에 살짝 입 맞췄다. 로이드가 흐음 소리를 내며 눈을 가늘게 떴다.

"이거 잘 봐달라는 뇌물입니까? 제가 얼마나 청렴한 여우인지 몰랐나 보군요."

"어제는 달이 굉장히 밝았어요. 그제도요."

아란이 수줍어하며 말했다. 그녀는 손을 꼼지락거리며 말을 이었다.

"음, 그래서 제가 월석에 힘을 많이 모았는데…… 보여드릴까요?"

"와."

로이드는 자신도 모르게 감탄사를 흘렸다.

"아까 말은 취소입니다. 저 그냥 타락한 여우 할게요."

아란이 빨개진 얼굴로 웃었다. 로이드는 얼른 그녀를 안고 자리에서 일어났다. 공놀이에 정신이 팔린 태자를 확인한 그는 서둘러 저택으로 향했다. 아이가 한눈을 파는 사이 신혼을 즐길 생각이었다.

"흥아? 누나?"

불행히도 태자는 빠르게 그들의 빈자리를 눈치챘다. 달리는 것을 멈춘 그가 주변을 두리번거렸다. 당황한 기사들이 그의 관심을 끌려고 노력했지만, 아무 소용이 없었다.

"흥아아! 누나아!"

"도련님, 형님이랑 누나는 지금 바빠요. 계속 공놀이 합시다. 네?"

기사들이 얼른 공을 갖고 와서 태자를 달랬다. 공을 받아든 태자가 팩 몸을 돌리더니 저택으로 향했다. 그를 쫓아가며 떠들던 기사들도 결국 현관 앞에서 멈추고 말았다. 태자는 쿵쿵 발소리를 내며 로이드의 방으로 향했다. 방문이 굳게 닫혀 있었다.

"……우우."

태자가 멈칫했다. 아침에 문이 닫혀 있을 때는 들어오면 안 된다고 로이드가 혼낸 것을 떠올린 것이다. 잠시 고민하던 그는 창밖을 확인하고 문손잡이로 손을 뻗었다. 소리 없이 열린 문으로 작은 웃음소리가 새어 나왔다.

"그런데 이거 진짜 어떻게 벗는 겁니까?"

"제가 벗을까요?"

"아뇨. 제 즐거움을 빼앗지 마십시오."

아란과 로이드의 목소리가 들리더니 이내 쪽쪽 입술 부딪치는 소리가 났다. 열렬히 키스 중인 두 사람을 본 태자가 들고 있던 공을 떨어뜨렸다. 또르르 굴러간 공이 아란의 시선을 끌었다. 깜짝 놀란 그녀가 로이드의 등을 때렸다. 그제야 정신을 차린 로이드가 입맞춤을 멈췄다. 그와 눈이 마주친 태자가 으아앙 울음을 터트리며 도망쳤다.

"……어?"

"어, 어떡하죠?"

아란이 흐트러진 옷을 가다듬으며 말했다. 난처하게 머리를 긁적인 로이드가 벗어둔 상의를 몸에 걸쳤다. 아란의 이마에 입을 맞춘 그가 침대에서 벗어났다.

"제가 데려오겠습니다. 너무 걱정하지 마세요."

아란이 붉어진 얼굴로 고개를 끄떡였다. 로이드는 다시 그녀의 입술에 가볍게 키스한 후에야 방을 나섰다. 어디로 갔는지 태자는 흔적도 보이지 않았다.

"이 녀석이 어딜 갔지?"

주변을 두리번거리던 로이드가 여우로 변했다. 그는 태자의 냄새를 추적하기 시작했다. 작은 발자국은 계단에서 뒷문 쪽으로 이어졌다. 불만스럽게 꼬리를 흔든 로이드가 좀 더 빠르게 달리기 시작했다.

「그대가 바로 여금선인가? 뛰어난 장수라 들었는데, 이렇게 빼앗기게 되었으니 북제께서 속이 많이 쓰리시겠군.」

웅웅거리는 목소리는 탁했다. 지고한 천신의 입에서 나온다고는 믿을 수 없을 정도였다. 반사적으로 고개를 들 뻔했던 그녀는 억지로 머리를 깊게 숙였다.

「과찬이십니다.」

「내 조카인 진군의 부관이 되었다 들었네. 아직 부족한 게 많은 아이니 잘 돌봐주게나.」

「성심을 다하겠습니다.」

기계적인 대답에 상제가 웃었다. 웃음소리까지 묘하게 질척해서 팔뚝에 소름이 돋았다. 북제를 자주 배알했던 그녀는 상제가 정상적이지 않다는 것을 눈치챘다.

「그런데 좀 안타깝군. 묵림이라고 했던가. 북천에서도 이름 높은 주술사라 들었는데. 이왕이면 그도 함께 왔으면 좋았을 것을.」

「…….」

「고작 인간 따위에 정신이 팔려 천신의 지위까지 버리다니. 정말 안타까운 일이야.」

묘하게 신경을 긁는 목소리였다. 그녀는 있는 힘껏 주먹을 움켜쥐었다. 사실 묵림의 혼인으로 가장 충격을 받은 것은 그녀였다. 자주 인간 아이와 만난다는 것은 알았지만, 혼인할 정도의 관계라곤 생각하지 못했다.

오래전에 묵림을 따라가 만난 인간 아이는 들짐승처럼 사납고 볼품없는 모습이었다. 화적에게 부모를 잃고 산속에서 자랐다고 들었다. 묵림의 뒤에 숨어 눈만 반짝이는 모습이 비쩍 마른 쥐새끼 같았다.

떠도는 소문 중엔 묵림이 강제로 덮쳐졌는데 아이가 생기는 바람에 어쩔 수 없이 혼인했다는 말도 있었다. 그것을 그녀에게 전해준 선인은 묵림과 그의 친우가 싸우면서 주고받은 말이니 확실하지 않겠냐며 웃었다. 그 뒤로 그녀는 제대로 잠을 자지 못했다.

「묵림이 아내에게 주려고 천도(天桃)를 청했으나 왕모께서 단박에 거절하셨다더군. 얼마나 미천한 인간이었으면 그랬겠나.」

상제가 끌끌 혀를 찼다. 하지만 이제 그의 목소리가 크게 거슬리지 않았다. 오히려 달콤한 음악처럼 그녀의 귀로 파고들었다.

「그런 천한 인간에게 선계에서 손꼽히는 주술사를 빼앗기다니. 정말로 가슴이 아프군.」

「저도…….」

그녀의 입이 저절로 움직였다. 뭔가 이상하다고 생각하면서도 멈출 수가 없었다. 그녀는 홀린 것처럼 말을 이었다.

「저도, 막고 싶었는데, 너무 행복해 보이셔서, 그래서…….」

「그럴 리가 있나.」

상제가 딱 잘라 말했다. 그녀는 혼란스러운 얼굴로 고개를 들었다. 그것이 예에 어긋난다는 사실도 잊어버렸다. 상제는 그녀를 나무라지 않았다.

「묵림이 포기한 건 천신의 지위만이 아니야. 그는 아내와 함께 있기 위해 지선(地仙)이 되기로 했다네. 선계에서도 이름 높은 그가 지선 따위로 추락하다니. 아무래도 인간에게 단단히 홀린 게 틀림없어.」

그녀는 심장이 쿵 내려앉는 것을 느꼈다. 묵림이 하계로 내려가도 언젠가 선계로 돌아올 거라 생각했다. 왕모에게서 복숭아를 얻지 못했으니, 그의 아내는 100년도 못 가 죽을 것이다. 아이 역시 반요선이니 그보다 조금 더 사는 정도였다.

그녀는 홀로 된 묵림이 친우와 지인이 있는 선계로 돌아오는 것을 기다리려고 했다. 하지만 묵림이 지선이 된다면, 영영 선계로 돌아오지 못하고 땅에 묶이는 거나 마찬가지였다.

「그대가 정말 묵림을 위한다면, 그를 말려야 하지 않겠나?」

「……네?」

「나는 묵림의 재능을 높게 사고 있네. 만약 그가 지금이라도 선계로 돌아온다면 천신 중에서도 최고의 자리를 줄 생각이야. 그에게 진정 어울리는 지위를 말이야.」

「…….」

「무엇이 묵림을 위한 길인지 잘 생각해보게.」

상제의 목소리는 너무도 은근해서 꼭 마음속에서 속삭이는 것 같았다. 그녀는 홀린 것처럼 고개를 끄떡였다. 어떻게 그곳을 빠져나왔는지는 잘 생각나지 않았다.

정신을 차려보자 그녀는 하계로 내려와 있었다. 수십 번을 찾아와 낯익은 집이 보였다. 마침 마당에 나와 있던 묵림이 그녀를 보고 반가운 얼굴을 했다.

「금선? 여긴 어쩐 일이야?」

「아.」

그녀는 놀라 눈을 크게 떴다. 전에 찾아왔을 때는 멀리서 바라만 보고 발길을 돌렸기에 묵림에게 들킨 적이 없었다. 말없이 굳어선 그녀를 보고 웃은 묵림이 손짓했다.

「까치가 울더니, 네가 오려고 그랬나 보다. 어서 들어와. 별건 없지만 차 정도는 대접할 수 있으니까.」

그녀는 홀린 듯이 묵림에게 다가갔다.

그때 그녀의 눈에 묵림이 안고 있는 포대기가 들어왔다. 시선을 느낀 묵림이 품에 안은 아이를 보여줬다.

「제법 많이 컸지? 이제 인간 모습도 하더라고.」

「……。」

칭얼대는 아기의 머리에는 커다란 여우 귀가 달려 있었다. 처음 봤을 때는 완전한 여우의 모습이었지만, 묵림을 닮아 꽤 귀엽다고 생각했다. 하지만 지금은 징그럽고 소름이 끼쳤다. 귀여운 아기가 아니라 묵림을 파먹는 커다란 벌레처럼 보였다.

「……야 해.」

「뭐라고?」

묵림이 의아한 듯 되물었다. 그녀는 웃으며 고개를 저었다. 저 벌레가 묵림을 해치기 전에 어서 없애버려야겠다고 생각하면서.

금화는 눈을 떴다. 뭔가 꿈을 꾼 것 같지만, 무슨 꿈인지는 잘 생각나지 않았다. 기대고 있던 벽에서 몸을 일으킨 그녀가 주변을 두리번거렸다.

'분명 여기였던 것 같은데.'

묵림이 있던 저택까진 왔지만, 막상 입구가 보이지 않았다. 그것이 묵림이 걸어둔 주술 때문인 줄 모르는 금화는 하염없이 저택 주변을 빙빙 돌았다. 밤새도록 돌다가 지쳐 주저앉아 잠들기도 했다. 발은 부르트고 벽을 짚은 손에서 피가 나왔지만, 그녀는 포기하지 않았다.

「나는 다시 태어나도 너와는 만나고 싶지 않구나.」

그렇게 말하는 묵림의 얼굴은 너무나 홀가분했다. 마치 무거운 짐을 내려놓은 것 같은 표정을 지었다. 금화는 그것을 용서할 수가 없었다.

'당신을 위해서 무엇이든 했는데, 오직 당신을 위해서 살았는데…….'

눈물을 흘리던 그녀는 홍령을 찌른 검을 꺼내 들었다. 이번 생이 안 된다면, 다음 생에서라도 그를 만나고 싶었다. 묵림을 죽이거나 그의 손에 죽는다면 분명 다시 만날 수 있을 테니까.

그때 어디선가 바스락거리는 소리가 났다. 있는지도 몰랐던 덤불 사이에서 작은 아이가 기어 나왔다. 제멋대로 자란 머리에 나뭇잎까지 덕지덕지 붙이고 있어서 지저분해 보였다. 금화는 눈을 크게 뜨고 아이를 바라봤다. 바닥에서 일어난 아이가 탁탁 손을 털었다. 다음 순간 두 사람의 눈이 마주쳤다.

'천신!'

금화는 너무 놀라 들고 있던 검을 떨어뜨릴 뻔했다. 하필 이런 곳에서 천신을 만나다니, 생각지도 못한 일이었다. 본능은 지금 당장 도망치라고 말하고 있었지만, 묵림에 대한 미련이 발목을 잡았다. 그때였다.

"……히잉."

겁에 질린 얼굴을 한 아이가 주춤주춤 뒤로 물러섰다. 산발에 피 묻은 검을 든 금화는 어린애가 보기엔 너무나 무서운 모습이었다.

'뭐야? 천신이 왜 도망가지?'

잠시 어리둥절해하던 금화는 아이가 몸을 돌려 달아나자 본능적으로 뒤를 쫓았다. 쫓아오는 금화를 보고 놀라 비명을 지른 아이가 엎어졌다. 금화는 쓰러지듯 아이를 짓눌렀다. 아이가 버둥거리며 소리를 지르기 시작했다.

"홍아아! 누나아!"

금화는 아이의 몸을 더듬었다. 손에 닿는 느낌이 이상했다. 억지로 아이의 옷을 벗겨낸 그녀의 얼굴이 환해졌다.

"저주받았구나!"

"흐아아앙!"

아이는 무력하게 울고 있었다. 아니, 무력했다. 이건 진짜 어린애나 다름없었다. 금화는 아이의 뒷목을 잡고 억지로 일으켰다.

'그래, 이것 때문이야. 이 아이 때문에 주인님이 날 만나주지 않으신 거야.'

폭주하기 직전의 천신을 묵림이 억누르고 있는 게 틀림없었다. 위험하니까 오지 말라고 옆에서 떼어놓은 것이다. 무심하지만, 다정한 그가 할 법한 일이었다. 금화는 무서울 정도로 환하게 웃었다.

'그럼 이 애를 데리고 있으면 주인님이 날 찾아오시겠지.'

기분이 좋아진 금화가 아이의 목을 잡고 끌고 가기 시작했다. 하지만 아이는 필사적으로 저항했다. 아무리 어린애라도 온 힘을 다해 저항하니 금화의 몸이 조금 휘청거렸다. 고개를 홱 돌린 아이가 금화의 팔을 콱 깨물었다.

"꺄악!"

금화는 반사적으로 아이를 팽개쳤다. 바닥에 쓰러진 아이가 다시 울음을 터트렸다. 금화는 가차 없이 아이의 몸을 걷어찼다. 어떻게는 피해보려고 몸을 웅크리는 것이 벌레 같았다. 아이를 짓밟던 금화가 숨을 헐떡였다. 좋았던 기분이 갑자기 나빠지면서 안 좋은 생각이 떠오르기 시작했다.

'안 오시면 어떡하지?'

그녀의 눈이 다시 광기로 번들거렸다.

'만약 이 애를 데리고 있어도 안 오시면…… 그때는 어떻게 해?'

묵림이 천신 때문에 자신을 버린 게 아닐 수도 있었다. 위험해서 그런 게 아니라 정말 지긋지긋해서 떼어놓은 거라면 아무리 기다려도 오지 않을 것이다. 아닐 거라고 부정해봐도 마지막에 봤던 홀가분한 얼굴이 자꾸만 마음에 걸렸다.

'주인님이 나를 싫어하게 되신 거라면…….'

금화는 차가운 눈으로 아이를 바라봤다. 웅크리고 있던 아이가 조금씩 기어서 도망가기 시작했다. 금화는 제가 쥔 검으로 눈을 돌렸다.

'어차피 온다 해도 내 마음을 받아주진 않으시겠지. 그럼 차라리…….'

다시 모든 것을 시작하면 된다. 그를 죽이고 자신도 죽어서 또 다른 시작을 하는 것이다. 마침 그녀의 앞에는 그걸 이루어줄 존재가 있었다. 천신이 폭주하면 이곳의 모든 게 날아가버릴 것이다. 묵림이라도 그걸 막을 수 없다. 그와 함께 죽을 수 있었다.

'다시 태어나 만난다면 분명 그분도 나를 사랑하실 거야. 이제 그분의 옆에는 나 하나뿐일 테니까.'

전생과 똑같은 선택이었으나 금화는 알지 못했다. 그녀는 성큼성큼 다가가 아이를 붙잡았다. 반들거리는 눈에 살기가 어렸다.

그때 덤불이 또다시 바스락 소리를 냈다. 아이가 나온 곳으로 은여우 한 마리가 나타났다.

"홍아!"

아이의 얼굴이 환해졌다. 부름에 고개를 돌린 여우가 금화를 보고 털을 곤두세우며 달려오기 시작했다. 그녀를 막으려는 것 같았다. 금화는 날카롭게 웃었다.

"모두 같이 가는 거야."

그녀는 검을 들어 아이의 등을 찔렀다.

─ 안 돼!

비명을 지른 로이드는 다음 순간 거세게 튕겨 나갔다. 바닥에 떨어진 뒤에도 주르륵 밀려난 그는 억지로 몸을 일으켜 세웠다. 일그러진 시야에도 공기가 붉게 물드는 것이 보였다.

─ 태자!

타오르는 불꽃 속에 배를 움켜쥔 태자가 서 있었다. 고통에 일그러진 얼굴을 본 로이드는 절뚝거리며 그에게 다가갔다.

─ 내가, 내가 어떻게든 해줄게. 기다려!

"……홍아."

태자가 울먹거렸다. 그를 찌른 요괴는 이미 숯덩이가 되어 녹아내린 후였다. 그에게 달려오던 로이드 역시 행색이 엉망이었다. 반짝이던 털도 그을리고 다리를 다쳤는지 제대로 걷질 못했다. 태자는 로이드가 자신 때문에 다쳤다는 것을 알았다. 그리고 제게 다가오면 더 다칠 거라는 것도 깨달았다.

"미안해요, 잘못해쩌요."

훌쩍이며 말한 태자가 몸을 돌려 달아나기 시작했다. 그는 본능적으로 폭주를 느끼고 있었다. 무슨 일이 일어나는지는 몰라도 이대로 있으면 로이드가 다칠 거라는 것을 알았다. 되도록 그와 멀리 떨어져야 했다. 당황한 로이드가 태자를 불렀다.

─ 태자! 야! 어디 가!

다친 다리를 들고 껑충거리며 뛰던 그는 얼마 못 가 자리에 엎어지고 말았다. 일어나려고 버둥거리는 그를 따스한 손이 안아 올렸다. 아란이었다.

"백작님."

─ 아란, 태자가……!

당장 쫓아가야 한다고 말하려는 순간, 태풍처럼 거센 바람이 휘몰아쳤다. 거대한 불덩이가 하늘을 불태우며 치솟았다. 위로 오를수록 점점 커지던 불덩이는 마침내 거대한 거북의 모습이 되었다. 정확히는 뱀과 뒤엉킨 거북, 현무의 형상이었다.

"……태자님."

아란이 탄식하듯 중얼거렸다. 그것이 태자라는 걸 깨달은 로이드는 죄책감에 짓눌렸다.

─ ……제가, 제 잘못입니다. 태자를 지키질 못했어요. 요괴가 해치지 못하게 막았어야 했는데.

"아뇨, 이건 제 잘못이에요. 굳이 백작님 잘못으로 하고 싶다면 우리 잘못으로 해요."

단호하게 말한 아란이 고개를 들어 불타는 하늘을 바라봤다. 묵림이 나타난 것은 그때였다. 훌쩍 뛰어내리듯 바닥에 내려선 그가 주변을 둘러봤다. 바닥에 눌어붙은 검은 얼룩을 본 그가 멈칫했다. 뒤섞인 요기와 녹아내린 검의 흔적, 엉망이 된 로이드를 보면 무슨 일이 있었는지 짐작하고도 남았다.

"……금화, 이 어리석은 것."

축 늘어진 홍령을 들고 달려온 흑우 덕분에 그는 앞뒤 사정을 빠르게 파악했다. 천신을 찔러 폭주하게 했으니 이번에야말로 금화는 지옥에 떨어졌을 것이다. 아니면 지은 죄를 감당하지 못하고 소멸했거나.

"이리될 줄 알았다면 차라리 내 손으로 거둘 것을."

죽이면 또다시 환생하여 나타날지도 모른다는 불안과, 어쩌면 전생과 다른 선택을 할지도 모른다는 기대로 살려 보낸 것이 이렇게 화를 부를 줄은 몰랐다. 우울한 눈으로 얼룩을 바라보던 묵림은 고개를 저었다. 이렇게 후회하고 있을 시간도 없었다.

"무라가 태자의 폭주를 억누르고 있다. 내가 해주술진을 변경해서 태자의 힘을 가두면 약간의 시간은 벌 수 있을 거야. 그사이에 넌 어서 몸을 피해라. 되도록 멀리 가야 할 거다."

— 당신과 무라 님은요?

"……지금으로선 그 방법뿐이야. 다 함께 죽는 것보다는 그게 나아."

무어라 반박하려던 로이드가 귀를 축 늘어뜨렸다. 묵림은 쓸쓸하게 웃으며 말했다.

"대신 부탁을 하나 하자. 왕태자의 둘째 딸인 릴리언은 네 어머니의 환생이다. 그 아이만큼은 함께 데리고 가다오."

비참한 죽음만큼은 피하게 해달라는 말에 로이드는 무겁게 고개를 끄떡였다. 어머니의 환생이라니 잘 실감 나지 않지만, 피난통에 죽게 하진 않을 생각이었다.

그때 하늘에서 꽃비가 내리기 시작했다. 하늘하늘 떨어지는 꽃송이들이 하나둘 모이더니 불타는 현무를 감싸기 시작했다. 마침내 그것은 거대한 연꽃이 되었다. 현무를 가두듯 오므라드는 연꽃을 본 묵림이 웃었다.

"용궁의 왕자도 한 손 거들려는 모양이군. 다행히 좀 더 버틸 수 있을 것 같다."

그는 손을 뻗어 로이드의 등에 올렸다. 싸늘한 기운이 밀려들면서 로이드의 몸속에 있는 빙정이 반응했다. 다친 다리가 우두둑 소리를 내며 원래대로 돌아왔다. 어마어마한 고통에 로이드가 비명을 질렀다. 하지만 이내 아픔은 사라지고 언제 다쳤냐는 듯 멀쩡해졌다.

"배운 것을 잊어버리지 말고 매일 수련해라. 빙정의 힘도 놀리지 말고. 빙정의 힘을 능숙하게 쓸 수 있게 되면 웬만해선 다치지 않거나 다쳐도 곧바로 회복될 거다."

천천히 손을 떼어낸 묵림이 뒤로 물러섰다. 잠시 로이드를 바라보던 그가 "이제 가거라." 하고 말했다. 그러자 아란이 로이드를 바닥에 내려놓았다.

— 아란?

"백작님, 저는 이곳에 남아야 해요."

— 아란, 그게 무슨 말입니까?

당황한 로이드가 그녀에게 다가갔다. 아란은 슬픈 미소를 지으며 그를 내려다봤다.

"저는 정법선인, 사람들을 지키고 보호하는 건 제 의무예요. 여기서 도망칠 수는 없어요."

— 아란!

"죄송해요. 이해하기 어렵다는 건 알아요. 저를 미워하고 원망하셔도 좋아요. 하지만 저는 여기를 지켜야 해요."

로이드는 잠깐 할 말을 잃었다. 그러자 아란은 눈을 돌려 묵림을 바라봤다.

"귀왕님, 제가 태자님을 막겠어요. 다른 분들이 붙잡고 있는 동안 태자님께 접근해서 폭주를 진정시킬게요."

묵림은 조금 당황한 눈으로 아란을 바라봤다. 얼어붙은 로이드를 힐끗 쳐다본 그가 조심스럽게 말했다.

"폭주를 진정시키는 게 가능한가?"

"저는 제학선 님께 사신무를 배웠어요. 별의 길을 열어서 태자님의 별을 원래 위치로 되돌릴 생각이에요. 지금 상황에서 통할지는 모르지만, 할 수 있는 방법은 다 써보고 싶어요."

잠시 침묵하던 묵림이 말했다.

"위험한 일이야. 잘못하면 돌아오지 못할 수도 있어."

"……각오는 되어 있어요."

아란이 단호하게 말했다. 무어라 말하려던 묵림은 그녀가 가늘게 떨고 있는 것을 알았다. 아란도 무서운 것이다. 무섭지만, 이게 옳은 길이기에 가야 한다고 믿고 있었다. 그래서 묵림은 그녀를 말릴 수가 없었다.

"저 녀석이 허락한다면."

묵림의 말에 아란은 고개를 숙인 로이드를 바라봤다. 여우의 모습이라서일까. 평소보다 더욱 작아 보였다. 그의 앞에 몸을 낮춘 아란이 말했다.

"백작님, 저를 보내주세요."

로이드는 아란을 통해 선인에 대해 이해하고 있다고 생각했다. 그는 아란이 선하고 바른 것을 추구하는 모습을 좋아했다. 하지만 지금 이 순간만큼은, 자신이 선인에 대해 조금도 이해하고 있지 않다는 것을 깨달았다.

- 왜요?

로이드는 처음 보는 사람처럼 아란을 응시하며 말했다.

- 왜 가려는 겁니까?

아란이 쓴웃음을 지었다.

"이건 제 책임이에요. 끝까지 의무를 다하지 못하고 한눈을 팔아서 이런 일을 만든 거나 다름없어요. 제 잘못이니 제가 해결해야죠."

- 그게 왜 당신 잘못입니까. 미친 요괴의 탓이죠. 당신이 책임질 일이 전혀 아니라고요!

"그리고 사람들이 있어요. 제시간에 도망치지 못하거나 도망갈 수도 없는 사람들이요."

아란이 화를 내는 그를 달래듯이 말했다. 하지만 로이드는 조금
도 진정할 수가 없었다.

– 당신이 알지도 못하고, 당신을 알지도 못하는 사람들을 위해 왜
희생하려는 겁니까? 당신과 아무런 관계도 없는 사람들인데!

미처 도망치지 못한 사람들이 희생된다고 해도 어차피 먼저 달아
나면 그걸 볼 수도 없다. 확실히 막는 방법도 아니라면 달아나는 게
더 나았다. 하지만 아란은 고개를 저었다.

"관계있어요. 여긴 백작님의 나라고, 백작님께 소중한 사람들이
사는 곳이잖아요. 그래서 저한테도 소중한 곳이에요."

– 저는, 저에겐 그들보다 당신이 더 소중해요. 당신이 없으면 안
된단 말입니다!

"죄송해요."

아란의 눈에서 방울방울 눈물이 떨어졌다. 그녀는 애써 웃으며
말했다.

"제가 인간이라면 백작님과 함께 도망쳤을 거예요. 아무런 힘이
없었어도 그랬을 거예요. 하지만 전 선인이고 이 재앙을 막을 수 있
는 힘이 있어요. 그러니 가야 해요."

– ……저를 위해서 가지 않으면 안 됩니까?

로이드는 필사적으로 말했다. 그는 아란을 사랑했다. 사랑하기
에 그녀가 위험으로 뛰어드는 것을 볼 수는 없었다. 잘못된 길로 가
는 것을 막고 싶었다.

– 당신이 그렇게 가버리면 저는요? 당신이 저 불구덩이에 뛰어드

는 걸 보고 있어야 하는 저는 불쌍하지 않습니까?

"……백작님."

─ 그들이 저보다 소중한 건 아니잖습니까! 아무도 당신이 구해주길 기대하지 않는데! 왜? 왜 당신 자신을 저들을 위해서 내던지려고 하는 건데요!

아란이 고통스러운 표정을 지었다. 로이드는 그녀가 아파한다는 것을 알면서도 소리치는 것을 멈추지 않았다.

─ 아란, 당신이 착하다는 것은 압니다. 하지만 이번 한 번만, 저를 위해서 이기적이 되어줄 수는 없습니까?

아란은 잠시 침묵했다. 로이드는 그녀가 자신의 말에 설득된 게 아닐까 생각했다. 하지만 그녀는 이내 단호하게 고개를 저었다.

"……그럴…… 수는 없어요. 여기서 도망치면 저는 더 이상 제가 아니게 될 거예요."

아란은 더 이상 울지 않았다. 그녀는 흐릿한 미소를 지으며 천천히 로이드를 밀어냈다.

"죄송해요. 용서해달라는 말은 안 할게요."

로이드는 멍하게 그녀를 바라봤다. 비겁하게도 아란이 선인임을 포기하려 했을 때 말리지 말걸 그랬다는 생각이 들었다. 그때의 로이드는 아란이 선인인 것도 좋았다. 자신 때문에 그녀의 어떤 부분이 사라지는 것이 싫었다. 하지만 지금은 그때의 선택을 후회하고 있었다. 단순히 그녀가 제 뜻대로 따라주지 않았기 때문에.

'이런 얄팍한 마음으로, 아란을 사랑한다고 말할 수 있는 건가?'

로이드는 벼락을 맞은 것 같은 충격을 느꼈다. 그는 어느새 아란에게 자신이 옳다고 믿는 길을 강요하고 있었다. 사랑이라는 이름을 앞세워서, 날 사랑한다면 네가 원하는 것을 포기해달라며 그녀의 목을 조였다.

'내 마음에 들지 않는다고 아란을 강제로 바꾸려고 하면, 내가 태자와 다른 게 뭐지?'

조금도 다를 게 없었다. 지금의 로이드는 놀랄 정도로 태자와 닮아 있었다. 차이가 있다면 아란이 그를 사랑하고 있다는 것뿐이었다. 지금도 그녀는 그런 비겁한 말을 지껄인 자신을 애정이 담긴 눈으로 봐주고 있었다.

'나는 대체 아란의 무엇을 사랑한다고 생각했던 거지?'

아란이 귀엽고 예뻐서 사랑한 것은 아니었다. 로이드는 그녀의 정직함, 선량함, 단호한 성품까지 사랑했다. 하지만 정말 아란을 사랑한다면, 그녀가 선인인 것도 받아들여야 했다.

선인의 어떤 부분이 마음에 들지 않아도, 이해할 수 없어도 그것까지 포함해서 아란이었으니까. 아란은 선인이었고 그건 바꿀 수 없는 그녀의 일부였다. 그걸 잃으면 더 이상 이전의 그녀라고 부를 수 없을 정도로.

사랑하는, 누구보다 사랑하는 소중한 사람.

로이드는 천천히 앞발을 내밀어 아란의 무릎을 짚었다. 위로 치솟은 귀가 천천히 젖혀지고 꼬리가 가볍게 흔들렸다.

─좋아요. 대신 저도 함께 가겠습니다.

"백작님!"

─저는 요선 지망생이잖습니까. 게다가 선인의 남편입니다. 세상

에 아내를 버리고 혼자 도망가는 남편은 없답니다.

아란은 말없이 입술을 깨물었다. 어쩔 줄 몰라 하는 그녀에게 묵림이 말했다.

"저 녀석도 데려가라. 빙정의 힘이 있으니 나름대로 도움이 될 거다."

"하지만 위험해요. 정말 돌아오지 못할 수도 있어요."

"짝을 잃고 홀로 남는 것보다 짝과 함께 죽는 편이 행복하지 않을까?"

"……."

할 말을 잃고 고개를 숙인 아란이 로이드를 품에 꼭 껴안았다. 그녀가 울먹이며 말했다.

"죄송해요. 백작님을 두고 가야 하는 건데, 전 이럴 때까지 이기적이라서……."

─ 절 여기 두고 가는 게 더 이기적인 겁니다.

로이드가 할짝할짝 아란의 눈물을 핥았다. 내친김에 그녀의 입술까지 싹싹 핥은 그가 꼬리를 살랑살랑 흔들었다.

─ 어쩌면 이번 기회에 도를 얻어서 요선이 될 수 있을지도 모르죠.

"그런 흑심을 품으면 천 년이 지나도 요선이 못 될 거다."

혀를 찬 묵림이 이제 가봐야겠다고 몸을 돌렸다. 태자를 감싼 연꽃잎이 하나둘 떨어지고 있었다. 비회의 힘으로 막을 수 있는 한계를 넘어선 것이다. 그대로 사라지려던 묵림이 힐끗 뒤를 돌아보며 말했다.

"둘 다 무사히 돌아와라."

"귀왕님도 조심하세요."

로이드를 품에 안은 아란이 걱정스럽게 말했다. 놀란 눈으로 그녀를 쳐다본 묵림이 얼굴을 흐렸다.

"……꼬마 선인. 너에겐 정말 미안한 일뿐이구나."

아란은 말없이 웃었다. 잠시 그녀를 바라보던 묵림은 훌쩍 뛰어올랐다. 가볍게 벽을 디디고 선 그는 이내 건물 사이로 모습을 감춰버렸다.

─ 공주님!

마치 자리를 바꾸듯 지팡이 위에 올라탄 금와가 날아왔다. 조그마한 호리병이 지팡이에 주렁주렁 달려 있었다.

─ 소신도 준비가 끝났습니다요! 이제 태자님을 막으러 가기만 하면 됩니다!

자신만만하게 소리친 금와가 어서 가자고 재촉했다. 난처한 얼굴로 그를 바라본 아란이 웃으며 말했다.

"금와, 난 백작님과 함께 태자님을 막으러 갈 거야."

─ 예? 하지만 나리는 선인도 아니신데 어찌…….

금와가 미심쩍은 눈으로 로이드를 힐끔거렸다. 하지만 아란의 말은 아직 끝난 게 아니었다.

"금와는 나 대신 사람들을 멀리 대피시켜줘. 내가 실패할 수도 있으니까."

─ 그런, 그런 무서운 말씀은 하지 마십시오. 그러시면 제가 어찌 공주님을 보내겠습니까.

안색이 허옇게 질린 금와가 몸을 낮추었다. 씁쓸하게 웃은 아란이 고개를 저었다.

"실패하지 않게 최선을 다할 거야. 그러니까 금와도 사람들을 지켜줘."

잠시 주춤거리던 금와가 할 수 없다는 듯이 고개를 숙였다.

— 소신, 공주님의 명을 받들겠습니다. 그러니 꼭 무사히 돌아와 주십시오.

잠깐 머뭇거리던 아란이 덧붙였다.

"그리고…… 조금 힘든 부탁이 있어. 왕태자님의 둘째 아이인 릴리언이라는 아기를 찾아서 보호해줘. 내겐 시어른이 되시는 분이야."

— 헉, 그런!

"이런 부탁까지 해서 정말 미안해."

— 아닙니다요. 걱정하지 마십시오. 소신이 꼭 살피겠습니다요!

고개를 숙이는 아란을 보고 깜짝 놀란 금와가 서둘러 지팡이를 타고 날아올랐다. 얼마나 놀랐으면 물러가겠다는 인사까지 빼먹을 정도였다. 조그마한 점이 되어버린 금와를 바라보던 로이드가 아란에게 말했다.

— 음, 옷을 가지러 갈 시간이 있을까요?

"제가 가져왔어요."

아란이 소매 속에서 로이드의 옷가지와 신발을 쏙 끄집어냈다. 로이드는 부인님, 최고!를 외치며 꼬리를 살랑거렸다. 그가 인간으로 변해서 옷을 입는 동안 아란은 뒤로 돌아서서 눈을 가리고 있었다. 서둘러 옷을 입은 로이드가 그녀를 번쩍 안아 올렸다.

"기다려줘서 고마워요. 어서 갑시다."

"정말 괜찮으시겠어요?"

"당연하죠. 이게 제가 원하는 겁니다."

로이드는 태평하게 말했다. 잠시 망설이던 아란이 구름을 펼쳤다.

로이드는 조금의 망설임도 없이 구름에 올라앉았다. 그의 마음에 반응한 구름이 하늘을 날기 시작했다. 붉게 물든 하늘이 언젠가 본 노을 같았다. 로이드는 속삭이듯 입을 열었다.

"아란, 저는 당신에게서 사랑이 뭔지 배웠습니다. 단순히 상대를 좋아하고 내 마음을 주는 것만으로는 부족하다는 걸요."

상대가 원하지 않는데도 퍼붓는 마음은 폭력이나 다름없었다. 아란은 비슷한 종류의 폭력을 오랫동안 겪었다. 로이드는 그녀에게 더 이상 상처를 주고 싶지 않았다.

"당신은 악당에 거짓말쟁이인 저를 있는 그대로 받아들여줬습니다. 당신의 발꿈치에도 못 따라가는 저지만, 저 역시 그렇게 하고 싶습니다. 당신을 사랑하니까요."

아란이 그의 얼굴을 바라보았다. 로이드는 그녀가 무슨 말을 하고 싶은지 알 수 있었다. 왠지 알 것 같았다. 그는 그녀의 이마에 가볍게 입 맞추며 말을 이었다.

"아란, 저는 당신을 사랑합니다. 선인인 당신도, 착하고 마음 약한 당신도, 부끄러움 많은 당신도, 은근히 고집 센 당신도, 천사의 손길을 가진 당신도. 모두 사랑하고 있습니다. 아 참, 세상에서 제일 예쁘고 귀여운 당신이 빠졌네요. 그런 당신도 사랑합니다."

아란이 그의 목을 꽉 껴안았다. 로이드는 그녀를 소중하게 끌어 안았다.

소중한 사람의 손을 잡고 같은 곳을 향해 걸어간다. 그것이 로이 드가 선택한 사랑이었다.

그 순간, 두 사람과 멀어진 저택에서 조그마한 변화가 일어났다. 로이드의 방에 꽂혀 있는 복숭아 가지에 통통하게 물이 오르기 시 작했다. 순식간에 초록색 잎을 펼친 가지는 다음 순간 수줍게 물든 분홍색 꽃들을 피워냈다. 향긋한 꽃향기가 순식간에 방을 가득 채 웠다. 꽃가지 하나에서 나온다고는 믿을 수 없을 정도로 짙은 향이 었다.

"와, 엄청나네요."

상공에서 아래를 내려다본 로이드가 혀를 내둘렀다. 거대한 연 꽃 봉우리 속에 불타는 회오리바람이 갇혀 있었다. 풀려나는 즉시 모든 것을 태워버릴 기세였다. 아란이 걱정스럽게 말했다.

"백작님은 안 들어가셔도 돼요."

"아뇨. 그냥, 저럴 정도로 괴로운 거구나 생각하고 있었습니다."

로이드가 씁쓸하게 답했다. 그는 마지막으로 봤던 태자를 떠올 리고 있었다.

"울면서 미안하다고 하더니 멀리 도망쳐버렸습니다. 제가 더 다 칠까 봐 걱정이 되었던 모양이에요. 정말 바보 같죠. 그 녀석 잘못 도 아닌데."

"백작님 잘못도 아니에요."

아란이 로이드의 뺨을 만지며 위로했다. 로이드는 싱긋 웃었다.

"압니다. 그럼 이제 우는 아이를 달래러 가볼까요?"

고개를 끄떡인 아란이 구름 하나를 더 불러내 두 사람의 몸을 감쌌다. 동시에 그들은 회오리바람 한가운데로 내려가기 시작했다. 공기가 점차 타는 것처럼 뜨거워졌다. 숨을 쉴 때마다 목 안쪽이 따끔거렸다. 몸을 짓누르는 압박감도 점점 심해졌다.

"거의 다 왔어요. 힘내세요."

그를 격려하는 아란의 목소리가 아득하게 들렸다. 로이드는 정신을 잃지 않기 위해 필사적이었다. 어느 순간, 새빨갛다 못해 새까만 덩어리 같은 것이 눈에 들어왔다. 몸을 웅크리고 있는 현무의 일부분이었다. 아란이 현무를 향해 손을 뻗었다. 그러자 정체불명의 새카만 공간이 입을 벌렸다. 공간 안에는 밤하늘처럼 소용돌이치는 빛덩이들이 있었다.

"저게 태자님의 별이에요. 이제 들어가요."

아란의 말에 로이드는 주저 없이 공간 안으로 몸을 던졌다. 두 사람을 삼킨 공간은 곧바로 입을 닫아버렸다.

– 앗!

공간으로 들어가는 순간, 로이드는 여우로 변했다. 그가 입은 옷가지도 어디론가 사라진 뒤였다. 불만스럽게 꼬리를 휘저은 그가 아란을 올려다보았다. 미녀의 모습이 된 아란이 웃으며 말했다.

"별의 길에선 모두 원래의 모습으로 돌아가요."

– 어, 그럼 제 원래 모습이 여우란 말입니까?

로이드가 앞발을 들어올리며 물었다. 지금까지 멀쩡하게 사람으로 살아왔는데, 갑자기 넌 원래부터 여우라는 말을 들으니 기묘한 기분이었다. 아란이 웃으며 말했다.

"백작님의 별은 그렇게 생각하나 봐요."

— 제 별이요?

"네, 사람은 누구나 자신의 별을 가지고 태어나요. 모든 별은 천리에 따라서 여행을 하고요. 별의 길은 그런 자신의 별을 만날 수 있는 공간이에요."

아란이 앞서 걸어가기 시작했다. 로이드는 그녀의 옆에서 나란히 걸었다. 그들의 주변으로 수많은 별이 뜨고 지면서 스쳐 지나갔다. 아름답지만, 어쩐지 몸이 움츠러들 정도로 위압적이었다. 로이드는 저도 모르게 아란의 옆으로 바짝 붙었다.

"현무는 모두 일곱 개의 별을 갖고 있어요. 두수와 우수, 여수와 허수, 위수와 실수, 벽수라고 해요. 지금 태자님이 폭주한 상태라 별들도 길을 잃고 뒤엉켜 있을 거예요. 그걸 바로잡고 원래의 흐름으로 돌려보내면 폭주도 진정시킬 수 있을 것 같아요."

무슨 말인지 모르지만, 뭔가를 바로잡고 흘려보내면 태자가 진정된다는 뜻인 것 같았다. 의욕에 가득 찬 로이드는 귀를 쫑긋 세우며 꼬리를 휘둘렀다.

— 좋아요, 전 준비됐습니다. 이제부터 뭘 하면 됩니까?

"음, 정리요?"

아란이 앞을 가리켰다. 부채꼴의 커다란 제단이 보였다. 지진이라도 난 것처럼 바닥이 완전히 뒤집혀 있었다. 원래의 위치를 잃고 구석에 처박힌 돌도 보였다.

"우선 이것부터 바로잡아야 해요."

아란이 돌 하나를 뒤집었다. 돌 앞면에 그림 같은 선들이 패여 있었다. 로이드는 자신 있게 머리를 끄떡였다.

– 퍼즐 맞추기군요. 제가 또 한 퍼즐 하죠. 믿고 맡겨주십시오.

자신 있게 돌로 달려든 로이드는 깽 소리를 냈다. 온몸으로 힘껏 밀어도 돌이 꼼짝도 하지 않았던 것이다. 돌 주변을 빙빙 돌며 애써 봤지만, 결국 뒤집는 것에 실패했다. 안쓰러운 눈으로 그를 지켜보던 아란이 종이 뒤집듯 가볍게 돌을 뒤집었다.

"돌은 제가 옮길게요."

시무룩해진 로이드가 고개를 끄떡였다. 그는 아란이 뒤집어둔 돌 사이를 오가며 어디에 끼워 넣을지 고민하기 시작했다. 가끔 잘못 꽂아넣어서 다시 빼내는 불상사가 생겼지만, 대부분은 로이드가 생각한 자리가 맞았다.

커다란 덩어리들이 맞춰지자 나머지는 더 맞추기 쉬웠다. 두수와 우수의 자리엔 뱀의 그림이 새겨져 있었고, 여수는 뱀과 거북이 합쳐진 조각이었다. 마지막으로 허수와 위수, 실수와 벽수는 거북을 이루었다.

모든 돌을 제자리에 밀어 넣자 뱀을 휘감은 거북의 형상이 나타났다. 거북의 위에 다소 복잡한 별자리가 새겨져 있었다. 로이드가 투덜거리듯 말했다.

– 이렇게 꼬인 별을 갖고 있으니 태자도 성격이 꼬였나 봅니다.

"아니에요, 같은 현무인 북제님은 아주 멋진 분인걸요."

아란의 말에 불만스러운 표정이 된 로이드가 앞발로 바닥을 탁탁 두들겼다.

－와, 지금 제 앞에서 대놓고 다른 남자 칭찬을 하는 겁니까?

"백작님이 북제님보다 더 멋져요."

아란이 얼른 한마디를 덧붙였다. 그제야 표정을 푼 로이드가 아란의 다리를 휘어 감으며 한 바퀴를 빙글 돌았다. 아란이 간지럽다며 작게 웃었다. 몸을 굽혀 로이드를 안아 올린 그녀가 조금 걱정스러운 듯이 말했다.

"이제 흐름을 원래대로 되돌릴 차례예요. 그런데 제가 잘 해낼 수 있을지 모르겠어요."

－당신은 잘할 겁니다. 제 부인님이니까요.

로이드가 그녀의 뺨을 싹싹 핥으며 응원했다. 아란이 다시 웃었다.

"백작님과 함께 오길 잘한 것 같아요. 혼자였으면 분명 무서웠을 거예요."

－제가 최고죠?

"네."

－저한테도 당신이 최고입니다. 그러니까 괜찮습니다. 걱정하지 말고 마음껏 해보세요.

로이드에게 뺨을 비빈 아란이 그를 내려놓았다. 그녀는 "지켜봐 주세요." 하고 말한 후에 별자리가 시작되는 두수의 위치에 섰다. 숨을 한번 크게 쉰 아란이 한 손을 높게 들어올렸다. 그것으로 춤이 시작되었다.

아란의 춤은 로이드가 처음 보는 종류였다. 사뿐사뿐 움직이는 발은 구름 위를 걷듯 가벼웠고 느릿하게 허공을 휘젓는 손은 부드러웠다. 낯설지만 아름다운 동작이었다. 그리고 그녀의 손끝을 따라서 별들이 노래하기 시작했다.

부드러운 진동이 아란이 내딛는 곳을 따라 퍼져나갔다. 그녀의 걸음이 닿는 곳마다 바닥의 별자리가 하나하나 빛났다. 마침내 모든 곳이 빛으로 채워지자 제단을 스치며 소용돌이치던 별들이 느려졌다. 그리고 천천히 자신의 자리로 움직이기 시작했다.

로이드는 숨죽인 채로 모든 것을 지켜보았다. 아란의 춤에 이끌려 길을 잃고 헤매던 별들이 제자리를 찾는 것을. 수천 년 동안 반복된 방식대로 흐르기 시작하는 것을.

그건 그가 보아온 어떤 것보다 아름답고 장엄했다. 순간이면서도 영원히 이어질 것 같은 기묘한 느낌이 계속되었다. 로이드는 사소한 것에 깃든 위대한 진리의 얼굴을 보았다. 그것이 바로 로이드가 구하려던 도였고, 영원이었으며, 우주를 움직이는 천리였다. 세상의 모든 것이 그 자리에 함께하고 있었다.

— 아란.

로이드는 어느 순간부터 이끌리듯 아란에게 향했다. 그의 발자국을 따라 별이 더욱 밝게 빛나기 시작했다. 로이드는 그의 별이 이끄는 대로 짝에게 달려갔다. 폴짝폴짝 뛰는 걸음이 아란의 춤에 합류했다. 그것은 흐름에 역행하지 않고 별들을 스치며 또 다른 파동을 만들었다.

꽃이 피듯이 빛이 피어올랐다. 모든 것을 감싸듯 퍼져나간 빛은 다음 순간 흔적도 없이 사라져버렸다. 빛이 사라진 공간은 다시 처음의 제단으로 돌아와 있었다.

"성공했어요!"

아란이 환한 얼굴로 말했다. 로이드는 당연한 결과라고 생각하며 꼬리를 흔들었다. 아란이 기쁜 얼굴로 말을 이었다.

"우리가 해냈어요. 이제 태자님도 원래대로…….''

그녀의 목소리가 갑작스럽게 끊겼다. 아란이 창백해진 얼굴로 자신의 손을 내려다보았다. 로이드는 그녀의 손끝이 희미해지면서 꽃잎으로 변해 흩어지는 것을 보았다.

- 아란!

"히, 힘을 너무 많이 썼나 봐요.''

아란이 겁에 질린 목소리로 말했다. 그녀의 다리에 매달린 로이드가 급하게 외쳤다.

- 어서, 어서 지상으로 돌아갑시다! 귀왕님이나 무라 님에게 말하면 어떻게든 도와주실 거예요!

"죄송해요. 남은 시간이 별로 없는 것 같아요.''

쓰러지듯 주저앉은 아란이 그를 끌어안았다. 로이드는 점점 희미해지는 그녀의 몸을 느꼈다. 살랑거리며 떨어지는 꽃잎이 이렇게 무섭게 느껴진 것은 처음이었다.

- 안 돼! 포기하지 마요!

"백작님, 제가 백작님을 찾아갈게요.''

- 안 돼! 안 돼요! 아란!

로이드는 필사적으로 아란의 옷에 발톱을 세웠다. 하다못해 인간의 모습이라면 그녀를 품에 끌어안고 놓지 않을 텐데.

"제가 꼭 찾아갈게요. 어떤 모습이든 백작님을 찾을게요."

─ 싫어, 싫습니다! 가지 마세요!

"사랑해요. 전 다시 태어나도 백작님을 사랑할 거예요."

아란이 그의 머리에 입을 맞췄다. 희미한 미소를 마지막으로 그녀의 모습이 무너져 내렸다. 흩날리는 꽃잎 속에서 로이드는 비명을 질렀다. 의미를 알 수 없는 날카로운 울부짖음이었다. 로이드는 필사적으로 어디론가 흘러가는 꽃잎들을 붙잡으려 했다. 하지만 난데없이 불어닥친 거센 바람이 그를 별의 길에서 밀어냈다.

─ 안 돼!

로이드는 낙엽처럼 굴러떨어졌다. 공간에서 튕겨 나온 그는 아득한 절망감에 그대로 정신을 잃었다. 그의 몸은 별똥별처럼 긴 꼬리를 끌며 추락하기 시작했다.

"성공한 건가?"

진으로 현무의 폭주를 묶고 있던 묵림은 갑자기 잠잠해진 파동을 느끼며 말했다. 간신히 버티고 있던 무라가 털썩 무릎을 꿇었다. 주술에 익숙하지 않은 무장인 그로서는 상당히 무리를 했던 것이다.

그때 연꽃 속에서 한 줄기 섬광이 터져 나오더니 거대한 빛기둥이 되어 하늘을 꿰뚫었다. 동시에 거대한 존재가 빛기둥을 타고 하늘로 올라가는 것이 느껴졌다. 무라에게도 그것이 느껴졌는지 절레절레 고개를 저었다.

─ 귀천까지 한 번에 시켜버렸군. 정말 대단한 녀석들이야.

"당연하지, 누구 자식들인데."

묵림이 무덤덤한 얼굴로 말했다. 무라가 픽 웃으며 자리에 드러누워 버렸다. 그를 툭툭 걷어차던 묵림이 퍼뜩 고개를 들었다. 빛기둥이 사라진 허공에서 뭔가가 떨어지고 있었다. 빠르게 추락하는 그것을 어디선가 날아온 분홍색 꽃잎들이 떠받쳐 속도를 늦추었다.

"설마……."

묵림은 빠르게 앞으로 내달리기 시작했다. 당황한 무라가 그를 불렀지만, 대답하고 있을 정신이 없었다. 꽃잎에 감싸인 여우가 땅으로 떨어지는 것이 보였다. 묵림은 아슬아슬하게 그것을 받아낼 수 있었다.

그는 정신을 잃은 여우를 쓰다듬으며 물었다.

"무슨 일이 있었던 거냐. 꼬마 선인은 어쩌고?"

몸을 축 늘어뜨린 여우는 대답이 없었다. 묵림은 기절한 채로도 눈물을 흘리는 여우를 꽉 끌어안았다.

"어째서 이런 일이. 왜 너까지……."

탄식하는 그를 스치듯 꽃잎이 날았다. 분홍빛으로 물든 복숭아 꽃잎이었다.

12

하늘과
땅을 잇는 기둥

곤륜산의 가장 높은 꼭대기에는 자미궁이 있다.

다섯 개의 성곽과 열두 개의 누각으로 둘러싸인 이곳은 서왕모의 요지궁보다 화려하지는 않았지만, 훨씬 장엄한 모습을 자랑했다. 모든 건물에는 옥으로 된 난간이 있었고, 방향마다 옥으로 된 문이 달렸다. 진주가 열리는 주수와 옥이 열리는 옥수, 봉황과 난새가 깃드는 선수와 불사수가 궁을 장식하고 있었다.

지금 자미궁의 주인은 상제였다. 그는 아홉 개의 문을 거쳐야 만날 수 있는 지고한 천제이기도 했다. 하지만 지금 아홉 개의 문은 모두 열린 채였고, 허락을 받지 않은 침입자들이 옥좌 앞을 메우고 있었다.

- 왕모, 이게 무슨 무례한 짓인가.

분노한 목소리와 함께 옥좌 앞에 드리워진 주렴이 흔들거렸다. 황금관을 높게 올려 쓴 아름다운 여인이 웃었다.

"무슨 짓인지는 그대가 더 잘 알고 있을 듯하오."

방울이 굴러가는 것 같은 목소리로 말한 왕모가 손을 내저었다.

그러자 그녀의 옆에 서 있던 남자가 창을 휘둘렀다. 옥좌를 가린 주렴이 단번에 끊어지며 옥을 깎아 만든 구슬들이 사방으로 흩어졌다.

— 이랑, 네 이놈!

넓은 소매로 얼굴을 가린 상제가 소리쳤다. 하지만 가리지 못한 부분이 변한 것까지 감출 수는 없었다. 주렴이 막고 있던 지독한 악취가 흘러나와 사방으로 번져갔다. 악취의 근원지는 바로 상제였다. 그의 몸에선 상하기 직전의 과일과 고기 썩는 냄새가 뒤섞인 기묘한 냄새가 풍기고 있었다. 천신의 몸에서 난다고 믿을 수 없을 정도로 역겨운 냄새였다.

옥좌 앞을 빽빽이 메우고 있던 장수들이 웅성거리기 시작했다. 청원진군과 뜻을 함께하여 반역을 일으켰지만, 막상 상제가 이런 꼴인지는 몰랐던 것이다. 사실 그들은 왕모가 나타나 자미궁의 문을 열어줄지도 모르고 있었다. 맞서 싸울 금군 역시 왕모의 모습에 전의를 잃고 무기를 내려놓은 후였다.

"상제, 그대는 오래전에 천기를 잃었다. 그대의 출신을 부끄럽게 여겨 인간에 대한 연민을 잃고, 천륜을 거스르는 천칙을 세워 죄 없는 이들이 고통받게 했다. 그대의 죄는 넘치기 직전의 물과 같았지. 마침내 북제의 아들을 저주하여 감당할 수 없는 끝을 불렀구나."

— 닥쳐랏!

옥좌에서 검은 채찍과 같은 것이 튀어나왔다. 하지만 그것이 왕모에게 닿기도 전에 진군의 창이 잘라냈다. 눈을 반개한 왕모가 말했다.

"끝까지 하늘의 뜻에 저항하는 것인가?"

─ 왕모, 그대가 짐을 옥좌에 올렸다 하나 끌어내릴 권리가 있는 것은 아니지. 짐은 이제 천제다. 이 지고한 자리는 짐의 힘으로 이룬 것이다!

옥좌에서 일어선 상제가 계단을 걸어 내려왔다. 기묘하게 비틀린 얼굴이었으나 아래 선 장수들은 감히 그와 눈을 마주치지 못했다. 상제가 크게 웃음을 터트리며 말했다.

─ 누가 내게 하늘의 뜻을 말하는가? 짐이 곧 하늘이다! 짐에게 거역하는 것은 곧 하늘에 거역하는 것이다!

"그럼 나는 하늘을 끌어내리지."

차갑게 말한 진군이 창으로 상제의 배를 찔렀다. 눈을 부릅뜬 상제가 창대를 움켜쥐었다. 진군이 차갑게 웃었다.

"어서 보패를 꺼내 저항하시오. 그렇지 않으면 내 손에 목이 베일 테니. 아니면 보패마저 당신을 버렸는가?"

─ 이랑! 네가 감히!

진군은 더 이상 기다리지 않았다. 창대를 따라 상제의 몸이 허공으로 솟구친 뒤에 바닥에 떨어졌다. 장수들이 기겁하며 뒤로 물러섰다. 더러운 검은 피가 바닥으로 번졌다. 상제가 바닥에 박힌 창을 뽑아내기 위해 애쓰며 외쳤다.

─ 이놈! 더러운 네 아비와 함께 죽어야 했거늘, 살려준 은혜도 모르는 놈!

"외숙. 당신은 내 아버지를 죽였지만, 나는 당신을 하늘로 모시며 살았소. 당신이 내 친우와 내 아내, 내 자식을 건드리지만 않았어도 평생 그렇게 했을 거요."

무표정하게 말한 진군이 허리춤의 검을 뽑아 들었다.

"이제 당신은 내 하늘이 아니라 하늘을 저버린 악귀가 되었으니, 아무런 망설임도 미련도 없어 좋구려. 잘 가시오. 그리고 다시는 만나지 맙시다."

― 이랑! 네놈을 저주한다! 너는 천제를 해한 대가를 받을 것이야!

"잘됐구려. 그런 대가라면 기꺼이 받지."

진군은 망설임 없이 검을 내리쳤다. 그의 보패이기도 한 적성검은 상제의 목을 단번에 잘라냈다. 바닥을 데구르륵 굴러간 머리통은 그치지 않고 저주를 토해냈다.

― 너는 결코 편히 죽지 못할……!

막 안으로 들어선 남자가 맨발로 거침없이 머리통을 짓밟았다. 콰직 소리와 함께 박살난 머리통이 잠잠해졌다. 남은 것을 툭툭 걷어찬 남자가 너털웃음을 지었다.

"원, 죽어서도 시끄러운 놈이군. 하긴 예전부터 입만 산 녀석이긴 했어."

"북제."

왕모가 웃음 띤 얼굴로 그를 맞았다. 하얗게 센 머리를 제멋대로 늘어뜨리고 검은 장포를 느슨하게 걸친 북제가 맨발로 성큼성큼 정전을 걸었다. 그의 뒤로 북천의 장수들이 피 묻은 갑옷을 입고 밀려들었다. 진군의 장수들이 주춤주춤 길을 비키며 뒤로 물러섰다.

"청원이 천제를 뵙습니다."

진군이 북제의 앞에 무릎을 꿇으며 예를 올렸다. 잠시 발을 멈춘 북제가 손을 내저었다.

"됐으니까 일어나게. 한 것도 없이 옥좌에 오르려니 내가 많이 민망하거든."

"어서 오르십시오. 오랫동안 주인을 기다린 자리입니다."

진군의 청에 이어 왕모가 웃으며 말했다.

"북제, 그대의 하늘을 피로 시작하려 하는가?"

"왜? 전쟁 좋잖아?"

성큼성큼 단 위로 올라간 북제가 옥좌에 털썩 주저앉으며 말했다.

"거, 왕모도 예전엔 나보다 쌈박질 많이 했으면서 왜 이렇게 물러졌어?"

"닥치시게."

왕모가 이를 악물며 말했다. 한쪽 발을 허벅지에 올린 북제가 다리를 덜덜 떨며 말했다.

"어이구, 예전엔 '이 새끼야! 닥쳐!' 이러더니. 내숭도. 하긴 그때는 지금처럼 미녀도 아니고 완전 맹수의 제왕,"

"당장 입 다물지 않으면 후회하게 해주지."

그제야 입을 다문 북제가 여전히 무릎을 꿇고 있는 진군을 힐끗 쳐다봤다. 험험 헛기침을 한 그가 자세를 고치며 진중하게 말했다.

"진군, 원하는 게 있으면 말해보게."

"암군을 처단하고 새로운 천제를 세운 것만으로도 제가 원하는 건 다 이루었습니다."

"에이, 그렇게 빼지 말고. 어차피 배신자라고 신나게 욕 얻어먹을 텐데, 챙길 거라도 살뜰하게 챙겨야지."

잠시 망설이던 진군이 바닥에 엎드려 이마가 닿을 정도 고개를 숙였다. 옷과 손에 상제의 피가 묻었지만 개의치 않았다.

"그럼 제 친우인 묵림의 죄를 사하여주십시오."

"아, 그래. 그 친구가 있었지. 이번 기회에 그냥 위로 불러올리면 안 되나?"

북제가 눈치를 보듯 왕모를 힐끗거렸다. 왕모가 인상을 쓰고 그를 노려보자 북제가 김이 샜다는 얼굴로 투덜거렸다.

"까탈스런 여편네 같으니라고."

"묵림은 죄 없는 이들을 너무 많이 해쳤다. 그런 죄과를 저지른 이를 다시 선계로 들일 수는 없는 일."

"아, 이럴 때라도 내 체면 좀 세워주면 안 돼? 꼭 그렇게 꼬장꼬장 따져야 하느냐고!"

북제가 드디어 역정을 냈다. 왕모가 그를 노려보며 말을 이었다.

"하지만 공교롭게도 그를 향한 원한과 죄과는 태자가 대신 뒤집어썼다."

상제는 오래전에 하늘을 다스릴 힘을 잃어버렸다. 그는 북제가 자신의 자리를 빼앗을 거라 생각했고, 그것을 막기 위해 또 다른 힘을 손에 넣고자 했다. 정법을 잃은 상제는 다른 이를 향한 원망과 저주의 기운을 무기로 휘둘렀다. 더 많은 기운을 얻기 위해 제 눈에 거슬리는 선인과 천신을 희생시키기도 했다. 현원태자가 뒤집어쓴 저주도 묵림을 향한 원망과 죄과였다.

"묵림이 목숨을 걸고 태자의 폭주를 막아 정화를 도왔으니 진군의 청을 들어주겠다. 그러나 묵림이 선계에 오르기 위해서는 다시 선업을 쌓아야 할 것이다."

진군은 고개를 숙여 감사를 표했다. 친우의 원래 신분을 회복시키진 못했으나 죄를 씻어냈다는 것만으로도 마음이 놓였다.

북제가 만족스러운 얼굴로 고개를 끄떡였다.

"잘됐군. 묵림만큼 일 잘하는 친구가 드물거든. 이번에 올라오면 천신으로 만들어서 내 옆에 딱 잡아두고 일을 시켜야겠어."

"북제."

왕모가 골치가 아프다는 듯이 이마를 짚었다. 하지만 이미 묵림을 부려먹을 생각으로 가득한 북제는 듣지 않았다. 그는 오른팔인 사영을 불러 진지하게 물었다.

"전에 말한 그거, 확실하지?"

"예, 미수성자에게 확인했습니다. 묵림에게 확실한 득녀운이 있답니다."

자식을 점지하는 것은 삼태성의 소관이었다. 원래라면 천제의 명으로도 알아낼 수 없는 사실이었지만, 사영은 다른 쪽으로 손을 썼다. 바로 불임부부에게 자식을 내려주는 미수성자를 통해 묵림의 정보를 빼낸 것이다. 북제가 만족한 듯 고개를 끄떡였다.

"그래, 일단 딸부터 며느리로 들여앉히자고. 여우는 자식에게 각별하니 딸이 잡혀 있으면 도망도 못 갈 거야."

"물론입니다. 이번에야말로 선계에 뼈를 묻게 될 겁니다."

음흉한 주종의 대화에 진저리를 친 왕모가 자리를 떨치고 나가

버렸다. 그녀와 달리 자리를 뜨지 못한 진군은 당황해서 눈을 굴렸다.

'이게 무슨 소리야. 묵림의 딸이라고?'

그 사이 북제는 아직 태어나지도 않은 묵림의 딸을 며느리로 낚아챌 계획까지 세우고 있었다.

"일단 태자를 하계로 귀양을 보내는 게 좋겠어."

"고전적인 방법을 쓰실 생각이군요."

"묵림 딸의 근처에 인간으로 태어나게 하자고. 둘이 연애해서 결혼하면 바로 선계로 낚아 올리고. 그럼 묵림도 어쩔 수 없이 따라오겠지."

"훌륭하십니다. 이거라면 묵림에게도 반드시 먹힐 겁니다."

사영의 극찬에 북제가 으하하 하고 웃음을 터트렸다. 호탕한 웃음소리에 정전이 쩌렁쩌렁 울렸다.

금와는 시무룩한 얼굴로 쟁반을 들고 나왔다. 건드리지도 않은 음식들을 본 묵림이 한숨을 쉬었다.

"오늘도인가?"

─ 이 일을 어쩝니까. 이러다 나리가 정말 죽기라도 하면…….

금와가 안타까운 얼굴로 눈물을 글썽였다. 로이드는 벌써 사흘째, 먹지도 마시지도 않았다. 마치 아란을 따라 죽겠다는 것처럼 침대에 누워 있었다. 꼼짝도 하지 않는 그를 보고 금와가 마음 아파할 정도였다.

"내가 들어가보지."

– 부탁드립니다요. 나리가 이러는 건 공주님도 원하지 않으실 겁니다.

금와가 훌쩍거리며 말했다. 고개를 끄떡인 묵림이 문을 열고 안으로 들어갔다. 그는 총을 머리에 겨눈 로이드와 눈이 마주쳤다. 놀라는 묵림을 보면서도 로이드는 아무렇지도 않게 방아쇠를 당겼다. 다행히 묵림의 힘이 총구를 쳐내어 다른 곳으로 비트는 것에 성공했다. 탕 소리와 함께 시계가 대신 부서졌다.

"이게 무슨 짓이냐!"

묵림이 로이드의 멱살을 낚아챘다. 제자리에서 비틀거린 로이드가 힘없이 웃었다.

"어차피 죽어도 환생하지 않습니까. 하염없이 기다리느니 그냥 아란을 만나러 가는 게 낫겠습니다."

"바보 같은 놈. 자살은 대죄다. 자살한 죄인이 전생의 인연을 다시 만날 수 있을 것 같아?"

"그럼 당신이 날 죽여주면 되겠네요."

로이드가 웃으며 총을 내밀었다. 묵림은 더 이상 참지 못하고 로이드의 뺨을 후려쳤다. 비틀거리며 물러난 로이드가 그에게 달려들었다.

"왜! 왜 말리는데! 다른 사람들이 다 말려도 당신은 그러면 안 되잖아! 내가 어떤 기분인지 누구보다 잘 알고 있으면서!"

"……."

묵림은 아무 말도 못 하고 로이드가 흔드는 대로 흔들렸다. 로이드가 절규하듯 외쳤다.

"아무것도 못 했어! 눈앞에서 아란이 사라지는데 난 그걸 멍하니 보고 있었다고!"

힘이 다했는지 털썩 무릎을 꿇은 그가 얼굴을 감싸 쥐었다. 눈물이 후드득 바닥으로 떨어졌다. 가슴을 붙잡고 오열하던 그가 묵림의 옷자락을 움켜쥐고 매달렸다.

"괴로워서…… 너무 괴로워서 죽고 싶어요. 눈만 감으면 아란이 눈앞에서 흩어지는 꿈을 꿔. 이렇게 안 하면 어떻게 해야 합니까? 내가 어떻게 해야 하냐고!"

"……."

"차라리, 차라리 그 자리에서 나도 죽을걸. 그랬으면……."

그는 다시 묵림의 다리에 기댄 채 울기 시작했다. 묵림은 말없이 로이드를 내려다보았다. 하나뿐인 짝을 잃은 슬픔은, 무엇과도 비교할 수 없었다. 몸의 절반이 떨어져 나간다고 해도 그렇게 아프지는 않을 것이다. 그가 어떤 지옥을 겪고 있을지 아는 묵림은 더는 가만히 있을 수가 없었다.

"만약…… 꼬마 선인이 살아 있을 수도 있다면?"

아주 실낱같은 가능성이었다. 만에 하나나 천에 하나도 아닌 정말 막연한 추측과도 같은 것. 섣불리 입에 올렸다가 로이드가 망가질까 두려워 차마 꺼내지도 못했던.

"그리고 그녀를 되찾을 수 있다면 넌 어쩔 테냐?"

로이드는 눈을 크게 떴다. 그는 물어보기도 두렵다는 얼굴로 주저하며 말했다.

"살아…… 있습니까?"

"어디까지나 가능성이다. 하지만 나는 왕모의 잔혹함을 믿지."

묵림은 차가운 얼굴로 대꾸했다. 서왕모는 죽음과 형벌의 여신이다. 그녀는 하늘의 재앙과 다섯 가지 천벌을 주관한다. 천상의 지배자 중 가장 잔혹하기로 이름난 천신이기도 했다.

"북제와 호제, 상제와 왕모는 모두 잔혹하다. 원하는 것을 얻기 위해 수단과 방법을 가리지 않아. 그들에겐 인간도 선인도 하나의 장기 말에 불과해."

묵림은 오래전부터 그에 대해 회의를 느끼고 있었다. 그래서 천신의 지위를 버리고 하계로 내려가는 것에도 망설임이 없었다.

"아끼는 선인을 하계로 내려 보낼 때 왕모가 어디까지 수를 두었을까. 태자가 그녀를 따라 하계로 내려가는 것과 상제가 태자에게 손을 쓰는 것, 그리고 선인이 폭주하는 태자를 막으려는 것까지 계산했을지 모른다. 그녀의 계산에 들어 있지 않은 것은 아마 너 하나뿐일 거다."

묵림이 로이드를 가리켰다. 구천현녀가 로이드를 보기 위해 하계로 내려온 것이 그 증거였다. 현녀의 강림은 한 세기에 한 번도 드물 정도로 희귀한 일이다. 그만큼 왕모가 당황했다는 뜻이기도 했다.

"그래서요? 왕모님은 아란이 죽을 거라고 예상했다는 겁니까?"

로이드의 얼굴에 분노가 깃들었다. 묵림은 천천히 고개를 저었다.

"꼬마 선인이 꽃잎이 되어 사라졌다고 했지. 나도 확인한 바는 없지만, 월선은 그런 식으로 죽지 않는다고 들었다. 그냥 달빛이 되어 흩어지지. 네가 본 것은 꼬마 선인이 인간의 껍질을 벗어던지는 탈각이었을 수도 있어."

"탈각?"

"인간의 경지에서 벗어나 새로운 몸을 얻는 거다. 무라에게 물어보니 꼬마 선인은 인간의 몸인 채로 선인이 되었다고 하더군. 만약 왕모가 그녀에게 천신의 몸을 주었다면 정말 죽지 않았을 수도 있다."

로이드의 눈이 가늘게 흔들렸다. 가능성과 추측만으로 이루어진 이야기였다. 하지만 지금 이 순간 무엇보다 듣고 싶은 이야기기도 했다. 그는 간절하게 묵림을 올려다보았다.

"수양딸이라 해도 청원진군과 용궁공주의 딸이 선인이라는 것은 격에 맞지 않아. 적어도 천신은 되어야 하지. 아마 왕모는 꼬마 선인을 천신에 올리고 싶었을 것이다. 무슨 이유에서인지 그러지 못했지만, 기회만 노리고 있었겠지."

"그런데 마침 그런 기회가 생겼다?"

로이드의 되물음에 묵림이 웃었다. 희망으로 눈을 반짝이는 로이드는 어느새 원래의 모습을 되찾고 있었다. 언제 그렇게 절망했냐는 듯이.

"폭주하는 천신을 하늘로 돌려보내는 건 선인에게도 큰 선업을 쌓는 일이겠군요. 아란을 천신으로 만들어도 될 정도로."

그것을 위해 로이드의 품에서 아란을 빼간 것이다. 그들에겐 아무런 허락도 얻지 않고.

아란조차 무슨 일이 일어나고 있는지 몰랐다. 죽음을 떠올리며 겁에 질렸던 그녀가 떠오르자 절망이 빠져나가고 그 자리에 분노가 들어찼다. 로이드는 손톱이 파고들 정도로 거세게 주먹을 움켜쥐었다. 묵림이 담담하게 말을 이었다.

"내 짐작이 사실이라면 왕모로서는 단 한 수로 상제를 쳐내고, 아끼는 선인을 천신의 자리에 올리며, 제 마음에 드는 천제를 옹립하려는 계책을 펼친 셈이다. 물론 근거는 전혀 없어. 왕모가 결코 손해 보지 않는 여자라는 것에 걸 뿐이야."

정말로 가능성일 뿐이었다. 하지만 손톱만큼의 희망이라도 있다면 로이드는 저승의 배라도 탈 수 있었다. 죽은 연인을 데려오기 위해 지하세계로 내려간 티스베처럼.

"꼬마 선인이 죽었다면 저승에 있겠지만, 살아 있다면 지금 선계에 있을 것이다. 너도 여기 걸어볼 테냐?"

고개를 끄떡인 로이드가 몸을 일으켰다. 조금 비틀거리긴 했지만, 어렵지 않게 몸을 바로 세울 수 있었다. 그는 이를 드러내듯 웃었다.

"사실 저승이라도 상관없습니다. 반드시 아란을 되찾겠어요."

로이드는 죽겠다는 바보 같은 생각을 버렸다. 아란이 저를 찾아오기만을 기다리는 것도 포기했다. 멀쩡히 살아 있는 몸으로 그녀를 되찾아올 생각이었다. 사신의 손에서든, 왕모의 손에서든 무슨 짓을 해서라도 빼앗을 것이다.

희미한 미소를 머금고 그를 바라보던 묵림이 몸을 획 돌리며 말했다.

"그럼 일단 뭐든 먹고 몸을 추슬러. 그래서야 앞마당에도 못 나갈 테니.”

　로이드는 빠르게 몸을 회복했다. 사흘 동안 물 한 모금 마시지 않았지만, 음식을 몸에 넣자마자 곧바로 쌩쌩해졌다. 당황하는 로이드에게 묵림이 혀를 차며 말했다.

　“빙정을 몸 안에 넣고 굶어 죽겠다니. 한낮에 사막에서 얼어 죽는 게 더 빠르겠다.”

　빙정은 주인의 몸을 보호하며 손상을 회복시킨다. 로이드가 식음을 전폐하면서 잠들어 있던 빙정의 기운도 조금씩 활성화되기 시작했다. 굶어 죽으려던 결심은 영 헛짓이었단 소리다.

　“아니, 그럼 좀 말을 해주든가.”

　“내가 왜?”

　“와, 진짜 성격 나쁘네.”

　어이없어하는 로이드에게 묵림은 코웃음을 쳤다.

　“쓸데없는 짓이라도 하게 내버려둬야지. 아니면 무슨 짓을 할지 모르니까.”

　실제로 자살을 시도했던 로이드는 잠자코 입을 다물었다. 코웃음을 친 묵림이 동대륙의 지도를 펼쳤다. 군사지도가 아니기에 세세한 것은 나와 있지 않지만, 대강의 방향과 위치 정도는 표기되어 있었다. 묵림은 지도의 북서쪽을 짚었다. 높은 산맥과 고원으로 이뤄진 절지였다.

　“곤륜은 바로 여기에 있다. 위치를 알아도 선계에 닿으려면 일반적인 방법으로는 오를 수 없어. 선인이 아닌 인간은 허락 없이 들어

가기도 불가능하지."

"그럼 요선이 될 때까지 계속 기다려야 한단 말입니까?"

불만스러운 표정을 짓는 로이드를 물끄러미 쳐다보던 묵림이 고개를 저었다.

"너는, 요선이 되기 글렀다. 태자를 귀천시키기까지 했는데도 인간인 상태니. 그동안 얼마나 악업을 쌓았으면……."

"……."

그동안 아란에게 줄기차게 거짓말을 했던 로이드는 슬쩍 눈을 피했다. 이럴 줄 알았으면 좀 덜 할 것을 그랬다고 후회했지만, 이미 지나간 일이었다. 한숨을 쉰 묵림이 다른 곳을 짚었다. 곤륜에서 조금 남쪽으로 내려온 곳이었다.

"급한 대로 다른 방법을 써야지. 괴강산의 중턱에는 천제를 위한 지상의 정원이 있다. 이곳을 지키는 천신은…… 나와 안면이 있는 사이라 너를 들여보내줄 거다. 그러니 여기서 선계와 연결된 천주를 타고 위로 올라가는 거다."

"천주?"

"하늘과 땅을 잇는 기둥이다. 전체가 동으로 되어 있지. 그래서 동주라고도 한다."

곤륜산에 있는 기둥은 부주산에 있는 또 다른 천주와 한 쌍으로 하늘과 땅을 떠받쳤다. 동주는 매끄러운 원통형이었으나 주변을 빙빙 둘러가며 위로 올라가는 계단이 나 있었다. 선인이 되지 않은 자들도 선계로 올라갈 수 있는 샛길이었다.

로이드가 어이없어하며 물었다.

"하늘로 올라가는 계단이 있는데 위에서 그걸 내버려둡니까?"

"기둥 전체가 동이라고 말했잖아. 낮엔 태양의 기운을 받아 초열지옥보다 뜨거워지고 밤엔 달의 기운으로 한빙지옥보다 차가워진다. 보통 올라가던 도중에 타 죽든가 얼어 죽든가 하지."

"……."

"그래도 넌 빙정이 있으니 괜찮을 거다. 물론 죽을 만큼 고통스럽겠지만."

로이드는 말없이 묵림을 바라보았다. 애써 무덤덤한 표정을 짓던 묵림이 슬쩍 눈을 피했다. 로이드가 한숨을 쉬며 물었다.

"혹시나 싶어 묻는 건데, 다른 길은 없습니까?"

"그러게 진작 요선 됐으면 이런 고생은 안 해도 되잖아!"

"아니, 누가 되기 싫어서 안 됐어요?! 지금 내가 제일 답답해!"

잠시 서로를 노려보며 씩씩거리던 여우들이 팩 고개를 돌렸다. 묵림이 퉁명스럽게 물었다.

"그래서 포기할 생각이냐?"

"누가 포기합니까. 당연히 가야죠!"

"빙정의 힘이 있어도 고통스러울 거다. 곤륜이 열린 후 동주를 끝까지 오른 인간은 단 세 명뿐이었어."

그들 중 하나는 선계에 남았고, 둘은 다시 하계로 내려와 걸출한 제왕이 되었다. 로이드는 픽 웃으며 대꾸했다.

"그럼 이제 네 명이 되겠군요."

왕은 당연히 반대했다. 멀쩡하던 조카가 갑자기 죽은 아내를 찾아 동대륙으로 떠난다니, 말리지 않으면 이상한 일이었다. 그는 짐을 꾸리느라 바쁜 로이드를 붙잡고 사정했다.

"로이, 네가 원하면 어느 왕국의 왕녀라도 혼인시켜주마. 아니면 길거리 거지를 데리고 와서 혼인하겠다고 해도 된다. 응?"

"전하, 저 진짜 바쁩니다. 이러고 있을 시간도 없어요."

로이드가 왕을 번쩍 들어 쌓인 짐 위에 올려놓았다. 엉겁결에 옷 상자 위에 앉게 된 왕이 벌컥 화를 냈다.

"황녀는 죽었어! 이제 세상에 없단 말이다. 네가 그렇게 말했다며!"

"제가 잘못 알았어요. 살아 있답니다."

덤덤하게 대꾸한 로이드가 들고 있던 것을 와르르 빈 상자에 쏟아부었다. 색색의 은박지로 감싼 초콜릿이었다. 왕이 걱정스럽게 물었다.

"그건 뭐냐?"

"미끼입니다. 오기 싫다고 하면 뭐라도 보여주면서 살살 꼬드겨야 할 것 아닙니까."

로이드는 자신의 짐보다는 아란을 낚기 위한 것들을 열심히 챙겼다. 그녀가 여기 있을 때 애정을 갖고 돌보던 화분들까지 모조리 끄집어냈다. 영문을 모르는 왕이 혼란스러운 표정을 지었다.

"……로이, 너 미친 것 아니지?"

"와, 언제쯤 눈치채실까 궁금했는데. 드디어 알아내셨군요. 전하의 충신, 로이드 헤센타인은 완전히 돌았습니다. 그러니 더 이상 찾지 마세요."

로이드가 성의 없이 손을 휙휙 내저었다. 더 참지 못한 왕이 옷상 자에서 뛰어내리며 그를 두들겨 팼다. 하지만 로이드는 별 아픈 기 색도 없이 그것을 맞았다. 그를 때리던 왕이 먼저 지쳐 주먹을 멈출 정도였다. 때리거나 말거나 짐을 싸고 있던 로이드가 그를 돌아봤 다.

"벌써 지치셨습니까? 검 놓은 지 얼마나 됐다고 그러세요? 그러 게 몸 관리 좀 하라고 해도 통 안 들으시더니."

"내가 이상한 게 아니라 네가 이상한 거야! 식음을 전폐하고 누워 있다던 놈이 왜 이렇게 멀쩡하냐고!"

왕이 신경질적으로 말했다. 로이드가 자신을 번쩍 들어 올리는 것도 좀 이상했다. 왕은 기사 출신답게 건장한 체격이었고 나이가 들면서 전보다 훨씬 무거워졌다. 그런데 로이드는 그를 종잇장이 라도 되는 것처럼 가볍게 들어 옷상자 위에 올려놨다. 미친놈은 힘 이 세다더니 정말 그런 게 아닌가 싶어서 겁이 날 정도였다.

"사랑의 힘입니다. 억울하면 연애하세요."

로이드가 단호하게 말했다. 상처한 지 10년이 가까운 왕이 이마 를 짚었다. 앉을 곳을 찾던 그는 결국 가까운 옷상자 위에 주저앉았 다.

"내가 정말 늙었나 보다. 이제 은퇴해야겠어."

답지 않게 약한 소리를 하는 왕에게 놀란 로이드가 그의 앞에 무 릎을 꿇었다. 그는 왕의 손을 잡으며 놀리듯이 말했다.

"갑자기 웬 엄살이십니까? 앞으로 30년은 더 거뜬하실 분이."

"내가 조금이라도 현명했다면, 너를 황녀와 맺어주진 않았겠지."

왕은 밤에 잠들 때마다 그것을 후회했다. 조건이 좋다고 해서 덥석 받아들이는 것이 아니었다. 보기 좋은 음식엔 독이 있다는 사실을 잠시 잊었던 것이다. 이번 혼인으로 왕은 많은 것을 잃고 말았다. 그중 가장 큰 것은 왕으로서의 자신감이었다.

"너무 오래 이 자리에 있었나 보다. 이제 찰스에게 물려줄 때도 됐어."

"저는 전하께서 아란과 저를 맺어주신 것에 정말 감사드리고 있습니다."

로이드는 진심으로 왕에게 말했다.

"아란은 제게 있어 최고의 여자입니다. 그녀를 찾으러 가는 지금이 그녀가 없던 과거의 어떤 순간보다 행복할 정도로요. 숙부님은 저에게 행복을 주셨습니다. 고맙습니다."

"……"

잠시 말이 없던 왕이 그의 머리를 쓰다듬었다. 로이드는 딱 한 번 그의 손길을 허용하고는 얼른 자리에서 일어났다.

"그러니 성급하게 결정하지 마십시오. 은퇴는 제가 동대륙에 갔다 올 때까지 천천히 생각해보세요. 신왕 즉위기가 얼마나 바쁜지 아십니까. 신혼인데 격무에 시달리기 싫다고요."

"이놈이?"

왕이 다시 주먹을 들었다. 로이드는 얼른 필요한 것들을 챙겨 달아났다. 아란이 준 주머니는 순식간에 쌓여 있는 짐들을 먹어치웠다. 당황한 왕이 제자리에 멈춰 섰다. 로이드는 뒤도 안 돌아보고 밖으로 뛰어나갔다.

"전하, 그럼 다녀오겠습니다!"

멍하게 그를 바라보던 왕이 로이드의 등에 대고 외쳤다.

"꼭 무사히 돌아와라, 망할 놈아!"

청해의 서쪽에 있는 작은 항구, 지아항에서는 난데없는 큰 소동이 벌어지고 있었다.

바닷물을 가르며 거대한 거북이 모습을 드러낸 것이다. 항구로 들어오던 배들은 서둘러 달아났고, 육지에 있던 사람들도 비명을 지르며 도망쳤다. 순식간에 텅 빈 항구를 본 로이드가 거북의 등을 툭툭 두드렸다. 껍질 위에 쌓인 바위 같은 이끼를 두드리는 거지만, 거북은 용케 알고 뒤를 돌아봤다.

"어째 사람들이 비회 님을 무서워하는 것 같습니다?"

─ 흠, 왜 그러는지 영문을 모르겠군. 이래 봬도 난 무척 부드러운 천신인데 말이야.

거북이 목을 앞으로 쭉 빼며 말했다. 어쩐지 이유를 알면서 시침을 떼는 것 같았다. 나무 위에서 로이드의 옆으로 훌쩍 뛰어내린 묵림이 대신 답했다.

"청해에선 큰 거북을 용왕의 화신이라고 여기고 무서워하니까."

─ 정말 별것 안 했는데 호들갑이라네. 여기 사람들은 너무 겁이 많아서 탈이야.

거북에게 치대는 서대륙 인간들이 너무 겁이 없는 거겠지만, 로이드는 딱히 정정하려 들지 않았다. 묵림이 로이드의 팔을 붙잡으며 거북에게 고개를 숙였다.

"비회 님, 태워주셔서 감사합니다."

─ 인사는 됐네. 둘 다 조심하게나.

거북이 온화한 눈으로 말했다. 이러니저러니 해도 그는 아란의 가족 중 유일하게 로이드를 지지해줄 존재였다. 로이드는 자신 있게 말했다.

"기다려주십시오. 꼭 아란과 함께 돌아오겠습, 으아악!"

인사를 마무리하기도 전에 몸이 부웅 떴다. 그의 팔을 움켜쥔 묵림이 부두를 향해 훌쩍 몸을 날린 것이다. 팔이 빠지는 것 같은 통증을 느꼈던 로이드는 땅에 내려서기 무섭게 불평했다.

"먼저 말을 좀 해주고 뛰면 안 되는 겁니까?"

그러나 그의 말을 들어줄 사람이 보이지 않았다. 당황해 두리번거리던 로이드는 거대한 짐승을 보고 주춤 물러섰다. 집채만 한 짐승은 여우와 늑대를 반반 섞어놓은 것 같은 생김새였다. 날렵하고 우아한 몸체를 아홉 개의 꼬리가 물결치듯 감싸고 있었다.

─ 뭐 하는 거냐. 어서 타라.

꼬리 하나를 움직여 로이드를 낚아챈 짐승이 그를 목 뒤에 태웠다. 엉겁결에 짐승의 갈기를 움켜쥔 로이드가 물었다.

"설마, 귀왕님……입니까?"

─ 내가 아니면 어떤 미친 천호(天狐)가 인간을 태울까.

"……여우가 아니었다고요?"

─ 방금 천호라고 했잖아. 이게 내 원래 모습이다.

"……."

로이드는 묵림을 이마에 흰 별이 있는 검은 여우로 생각했다. 같은 여우라서 좀 더 빨리 경계를 푼 것도 있었다. 그게 아니라니 어쩐지 사기를 당한 기분이었다. 배신당한 표정을 짓는 로이드를 힐끗 본 묵림이 고개를 저었다. 천호가 뭔지도 모르는 놈과 말해봤자 그만 손해였다.

－무식한 놈과는 말을 말아야지.

상대하기도 싫다는 듯이 혀를 찬 그가 앞으로 달리기 시작했다. 로이드는 으아악 소리를 지르며 그의 목에 달라붙었다. 묵림이 짜증을 냈다.

－내 털 뽑지 마!

"털 뽑는 게 싫으면 안장이라도 차고 있든가!"

－안장이라니! 태워주는 걸 고맙게 여겨라!

"당신이 여기 앉아봐요! 안 뽑고 버틸 수가 있나!"

－멍청한 놈아, 내가 어떻게 내 목에 앉겠냐!

둘은 연신 옥신각신하며 항구를 떠나 북으로 향했다. 동주가 있는 괴강산을 향해서였다.

묵림은 무척 빠르게 달렸다. 말을 타면 사흘이 걸리는 거리를 하루 만에 주파할 정도였다. 그의 목에 간신히 매달려 있던 로이드도 적응이 되자 숨 막히는 속도를 즐기게 되었다.

위아래로 흔들리는 말과 달리 묵림은 마치 지면을 스치듯 달렸다. 가벼운 걸음 때문에 거의 나는 것 같았다. 도중에 마주친 사람을 여럿 기절시킨 둘은 밤에는 이동하고 낮에 잤다. 다행히 동대륙은 서대륙보다 따뜻해서 노숙도 할 만했다.

- 자, 받아라.

묵림이 커다란 고기조각을 로이드의 앞에 툭 던졌다. 자기 위해 여우로 변해 있던 로이드가 냉큼 그것을 물었다. 한입 가득 고기를 베어 문 그가 우물거리며 물었다.

- 이건 무슨 고깁니까?
- 그건 왜?
- 맛있어서요. 처음 먹었을 때는 이런 고기도 있구나 하고 감탄했습니다.

로이드는 부드러운 고기를 음미하며 말했다. 적당히 쫀득하면서도 농축된 감칠맛이 일품이었다. 기분 좋게 꼬리를 흔든 그가 재차 물었다.

- 또 먹고 싶어도 다른 곳에선 찾을 수가 없더라고요. 무슨 고기인지 말해주십시오.

묵림은 부자연스러울 정도로 길게 침묵했다. 앞발 사이에 얼굴을 묻은 그가 중얼거렸다.

- 말하면 싫어할 텐데.
- 왜요?
- 여우는 좋아하지만, 인간은 싫어하는 거니까.
- 뭐기에 자꾸 뜸을 들입니까?
- 쥐.

로이드가 씹는 것을 우뚝 멈췄다. 황금색 눈을 둥그렇게 뜬 그를 보고 묵림이 평소보다 다정하게 말했다.

- 넌 여우다. 그렇지?

─ …….

─ 여우는 다 그런 걸 먹는다. 인간의 관점으로 편견을 갖지 마.

로이드는 고기와 묵림을 번갈아 쳐다보았다. 그의 꼬리가 천천히 아래로 내려갔다. 그는 믿을 수 없는 현실을 부정하듯 중얼거렸다.

─ 쥐……치고는 너무 크잖습니까?

─ 큰 쥐니까.

─ 진짜? 진짜 이게 쥐……라고요?

로이드가 당장 울 것 같은 목소리로 물었다. 묵림이 침통하게 고개를 끄떡였다. 로이드의 귀가 아래로 축 늘어지는 것을 본 그는 조금 변명하듯 덧붙였다.

─ 어린 여우에겐 그게 제일 좋은 영양식이야.

─ …….

─ 그때의 너는 좀 더 야생으로 돌아갈 필요가 있었고, 또…… 나도 네가 그걸 그렇게 좋아할 줄 몰랐다. 너무 잘 먹다 보니 말해주기도 어려워서 그만.

─ …….

─ 미안.

잠시 어색한 침묵이 흘렀다.

시무룩해진 로이드는 고기를 노려보며 심각하게 고민했다. 지금껏 맛본 것 중 가장 맛있는 고기를 포기하느냐, 아니면 인간으로서의 품위를 지키느냐의 문제였다.

한숨을 쉰 그는 묵림을 올려다보며 말했다.

─ 아란에겐 비밀로 해주십시오.

묵림이 고개를 끄떡였다. 로이드는 다시 야무지게 고기를 뜯기 시작했다. 배가 불러야 뭐든 할 수 있는 법이다. 아내를 구하는 일도 마찬가지였다.

쥐고기로 배를 채운 로이드는 금방 곯아떨어졌다. 그것을 지켜보던 묵림은 잠든 여우를 코끝으로 슥슥 당겨 자신의 옆에 끌어다 놓았다. 여우를 감싸듯 몸을 둥글게 만 그도 눈을 감았다. 고요한 낮이었다.

둘은 마침내 괴강산 기슭에 도착했다. 동대륙에 도착한 뒤 이레째의 일이었다. 산기슭에 로이드를 내려놓은 묵림이 인간의 모습으로 변했다.

"여기서부터는 걸어가야 한다. 되도록 아무 소리도 내지 말고 조용히 걸어라."

고개를 끄떡인 로이드가 그의 뒤를 따라 걷기 시작했다. 둘은 반나절에 가까운 시간 동안 말없이 산을 올랐다. 사방이 어두웠지만, 밤에도 길을 볼 수 있는 둘에게는 아무런 문제도 되지 않았다.

새벽이 오면서 주변이 희미하게 밝아질 무렵이었다. 어디선가 꽃향기가 난다고 생각했을 때 머리 위에서 으르렁거리는 짐승의 소리가 들렸다. 로이드는 당황해서 주변을 두리번거렸다. 묵림이 "쉿!" 하고 손가락 하나를 입에 가져다 댔다. 로이드는 잠자코 그를 따라 걸었다.

그때였다. 쐐애액 하는 날카로운 소리와 함께 하늘에서 뭔가가

뚝 떨어졌다.

- 누가 감히 천제의 땅을 밟는가!

날카로운 여자의 목소리와 함께 또각또각 말발굽 소리가 들렸다. 쳇 하고 혀를 찬 묵림이 손가락을 튕겼다. 동시에 여우불이 퐁퐁 소리를 내며 켜졌다. 푸르스름한 빛 속에서 모습을 드러낸 것은 처음 보는 이상한 생물이었다.

그것은 여자의 상반신과 말의 하반신을 가지고 있었다. 인간과 말이 합쳐진 허리 쪽에 커다란 날개까지 달렸다. 제멋대로 늘어뜨린 붉은 머리카락에 반쯤 가려졌지만, 옷을 입지 않아 가슴이 그대로 보였다. 당황한 로이드가 서둘러 시선을 돌렸다.

- 어머, 이게 누구야! 우리 자기 아냐?

사나운 기세로 다가오던 여자가 갑자기 꿀이 뚝뚝 떨어지는 것 같은 목소리로 말했다. 조금 움찔한 묵림이 인사했다.

"오랜만이다, 영초."

- 너무해! 내가 얼마나 보고 싶었는데!

묵림에게 와락 달려든 여자가 그를 끌어안고 몸을 비벼댔다. 말의 하반신을 가진 여자는 보통 남자들보다 머리 두 개는 더 컸다. 그래서 묵림도 그녀의 가슴에 파묻힌 신세가 되었다. 고통을 견디는 것처럼 눈을 감고 있던 묵림이 그녀를 밀어냈다.

"내가 선계에서 쫓겨났단 소린 들었을 텐데?"

- 위쪽 애들이야 워낙 팍팍하니까 그렇지. 나는 위험한 매력이 있는 남자가 더 좋아. 진작 좀 와주지 그랬어? 내가 외로운 거 뻔히 알면서.

여자가 묵림의 가슴을 콕 찌르며 말했다. 한숨을 쉬며 그녀의 손을 밀어낸 묵림이 말했다.

"영초, 부탁이 있다."

— 응? 부탁이라고? 자기가 나한테?

여자가 눈을 휘둥그레 뜨고 되물었다. 고개를 끄떡인 묵림이 로이드를 불렀다. 그는 평소보다 무뚝뚝한 얼굴로 말했다.

"인사 올려라. 천제의 정원을 지키는 천신 영초다."

로이드는 얼른 넙죽 절을 했다.

"처음 뵙겠습니다, 영초 님. 저는 로이드 헤센타인입니다. 잘 부탁드립니다."

— 어머, 귀여운 아기네. 나도 잘 부탁해!

영초가 씨익 웃었다. 호랑이처럼 삐죽거리는 이가 드러났다. 묵림이 그녀에게 말했다.

"이 녀석을 정원 안으로 들여보내줬으면 한다."

— 뭐?

"다른 건 일절 건드리지 않을 거다. 동주까지 가는 길만 빌려다오. 부탁이다."

— 동주? 동주에 가서 뭐 하게? 거긴 아무것도 없어.

영초가 당황한 듯 되물었다. 로이드는 묵림 대신 그녀에게 답했다.

"동주를 타고 선계로 올라갈 겁니다."

— 뭐? 그게 무슨 재미없는 농담이야?

"녀석이라면 할 수 있어. 그래서 너한테 부탁하는 거다."

묵림이 진지하게 말했다. 당황한 얼굴로 그를 바라보던 영초가 갑자기 씩 웃었다. 그녀가 은근한 미소를 지으며 묵림의 어깨를 잡았다.

- 그거 들어주면 자기도 내 부탁 들어줄 거야?

"뭘 원하는데?"

- 내가 자기에게 원하는 게 하나밖에 더 있어? 자기의 오늘 밤 어때?

영초가 묵림의 긴 머리를 손가락에 빙글빙글 감으며 말했다. 무심한 얼굴로 그녀를 바라본 묵림이 "좋아." 하고 말했다. 영초의 얼굴이 환해졌다. 하지만 그녀가 달려들기 전에 로이드가 먼저 묵림을 확 잡아당겼다.

"미쳤어요?!"

"소리지르지 마라."

"방법이라는 게 이겁니까?! 누가 몸 팔아서 들여보내 달랬냐고!"

묵림이 미간을 찌푸렸다. 몸을 판다는 말이 거슬리는데, 딱히 반박할 수가 없는 듯했다. 로이드는 그를 한 대 치고 싶다는 얼굴로 씩씩거렸다.

그때 코앞에서 묵림을 빼앗긴 영초가 빽 소리를 질렀다.

- 넌 뭐야! 뭔데 끼어들고 난리야!

"이 사람 아들이니까 댁이나 끼어들지 마시죠!"

신경질적인 대답에 영초와 묵림의 눈이 동시에 동그래졌다. 당황해서 굳어버린 묵림과 달리 영초는 금방 회복했다. 그녀는 수줍은 얼굴로 말했다.

- 저기, 날 새엄마라고 불러도 돼.

로이드는 차가운 얼굴로 영초를 힐끗 보며 말했다.

"엄마 있습니다."

- 뭣? 자기! 나 몰래 새장가 갔어? 어떤 년이야!

영초가 분한 듯이 발을 굴렀다. 그것에 정신을 차린 묵림이 말했다.

"넌 내 아들이 아니라고 말했을 텐데."

"하지만 아들의 환생이죠. 아닙니까?"

"……."

"자꾸 절 저능아 취급하셔서 가만히 있긴 했는데, 저 그렇게 멍청하지 않거든요? 어머니의 환생이니 뭐니 다 가르쳐줘 놓고, 설마 영원히 모를 거라 생각하셨습니까?"

확신한 것은 거북의 말 때문이지만, 묵림이 줄곧 수상하게 행동한 탓이 컸다. 아닌 척을 하려면 제 몸까지 내던져가며 희생하지 않았어야 했다.

멍한 눈으로 로이드를 바라보던 묵림이 중얼거렸다.

"넌…… 영원히 몰랐으면 했다."

"압니다. 그런 것 같아서 저도 모른 척하려고 했다고요. 그런데 협조를 안 해주셨잖습니까."

"……."

"절 위해 그러신 것도 압니다. 그래도 이런 일까지 하지 마세요. 여기까지 데려와주셨으니 이제부턴 제 힘으로 해보겠습니다."

묵림은 말없이 고개를 숙였다. 로이드는 그의 팔을 가볍게 두드린 후에 영초를 돌아봤다. 뽀로통한 얼굴로 팔짱을 낀 영초가 말했다.

— 말해두겠지만, 난 절대 쉬운 천신이 아니야. 순순히 묵림을 내놓는 게 좋을걸?

"뭐. 저도 쉽게 가려는 생각은 없었습니다."

— 흥. 넌 좀 귀여우니까 대신 네 몸을 바쳐도 봐줄게.

"애한테 그게 무슨 소리야!"

묵림이 버럭 소리를 질렀다. 그러자 영초가 팩 고개를 돌렸다. 단단히 삐진 것 같았다. 로이드가 할 수 없다는 듯 고개를 저으며 품속으로 손을 넣었다.

"어쩔 수 없군요. 이렇게 된 이상 저도 최선을 다해 상대해드리겠습니다."

그리고 5분 뒤, 영초는 손톱을 물어뜯으며 부들부들 떨고 있었다.

"자, 이 친구의 이름은 테디입니다. 이름도 아주 귀엽죠. 촉감도 아주 몽실몽실 부드럽습니다. 얼마나 부드러운지 한번 만져보세요."

로이드는 크림색의 귀여운 곰인형을 그녀의 눈앞에 흔들었다. 영초는 당장 앞으로 뻗어 나갈 것 같은 손을 붙잡으며 크윽 소리를 흘렸다. 그녀는 분한 듯이 말했다.

— 내가 이런 것에 넘어갈 줄 알았다면……!

로이드는 그녀의 품에 떠넘기듯 인형을 안겨주었다. 반사적으로 인형을 껴안은 그녀가 얼굴을 붉혔다.

- 포, 폭신해!

"다음은 이겁니다. 최고의 장인이 심혈을 기울여 만든 베일이죠."

주머니에서 주섬주섬 베일을 꺼낸 로이드가 그것을 그녀의 눈앞에 펼쳤다. 손으로 짠 아름다운 레이스와 진주로 장식된 베일은 한숨이 나올 정도로 아름다웠다. 영초는 몽롱한 눈으로 그것을 바라봤다. 로이드는 베일을 크게 휘둘러 그녀의 머리에 내려앉게 했다.

"아름다운 아가씨의 머리를 장식하기 위한 최고의 작품입니다. 거울을 좀 보세요."

로이드는 주머니에서 커다란 거울까지 꺼내 그녀를 비추었다. 영초는 거울에 비친 자신을 보며 수줍은 표정을 지었다. 그녀는 제 머리에 쓴 베일을 만지작거리며 말했다.

- ……예쁘다.

영초는 이미 머리부터 발끝까지 로이드가 꺼낸 것들을 주렁주렁 걸고 있었다. 목에는 진주목걸이를, 팔에는 아름다운 무늬가 새겨진 금색 뱅글을, 허리와 발목에는 루비로 장식된 예쁜 사슬을 걸었다. 얼핏 보면 마구잡이로 꺼낸 것 같았지만, 하나하나가 그녀에게 딱 맞춘 것처럼 어울리는 물건들이었다. 그래서 영초는 좀처럼 거울에서 눈을 떼지 못했다. 한쪽 팔에는 크림색 곰인형을 꼭 안은 채였다.

로이드가 은근한 목소리로 말했다.

"이 모든 것의 대가는 영초 님께서 딱 한 번의 자비만 베풀어주시면 됩니다."

– ……자비?

묵림에게 거울을 떠넘긴 로이드가 영초의 앞에 털썩 무릎을 꿇었다. 움찔한 영초가 무어라 말하기도 전에 그는 간절한 눈으로 그녀를 올려다보며 말했다.

"영초 님, 사실 저는 제 아내를 만나기 위해 동주에 오르려는 겁니다."

영초는 놀란 눈으로 그를 바라봤다. 로이드는 괴로운 목소리로 말을 이었다.

"제 아내는 선인입니다. 우리는 서로 사랑했지만, 집안의 반대에 부딪히고 말았죠. 그녀의 가족들이 저희의 결혼을 인정하지 않아, 그만 강제로 아내를 빼앗기고 말았습니다. 영초 님께서 한 번만 도와주시면 저는 다시 그녀를 만날 수 있습니다."

– …….

"많은 걸 바라는 게 아닙니다. 아내가 무사한지 제 눈으로 확인하고 싶습니다. 제발 이 불쌍한 남자에게 자비를 베풀어주십시오."

로이드는 영초의 다리에 매달리며 간절히 빌었다. 당황한 표정이 된 영초가 곰인형을 꼭 껴안으며 말했다.

– 그, 그런 사연이 있었으면 진작 말을 하지 그랬어? 알았어. 도와줄게.

"감사합니다. 영초 님. 정말로 감사합니다."

로이드가 몇 번이나 고개를 숙였다. 어서 일어나라며 고개를 저은 영초가 직접 그를 일으켜 세웠다. 그녀의 눈빛은 아까보다 훨씬 호의적으로 변해 있었다.

영초는 천제의 정원을 지키는 천신이었다. 천제의 감관으로 지위는 높지만, 대부분의 시간을 홀로 쓸쓸하게 보내야 했다. 그녀는 항상 심심했고 외로웠다. 그래서 갑자기 나타난 여우 부자를 침입자가 아니라 반가운 손님으로 받아들였다. 어서 따라오라며 총총히 앞장서는 그녀를 보고 한숨을 쉰 묵림이 로이드에게 말했다.

"너는 요괴가 되어야 했어."

"그게 무슨 막말입니까? 일도 잘 끝냈잖아요?"

로이드가 부루퉁하게 말했다. 언제 불쌍한 얼굴로 애원했냐는 듯이 말끔한 얼굴이었다. 묵림이 다시 한 번 한숨을 쉬었다.

"저런 놈을 요선으로 만들려고 했다니. 내가 미쳤지."

"아, 뭐가요. 또 뭐가 불만인데요?!"

묵림은 투덜거리는 로이드를 무시하고 앞서 걸어갔다. 로이드는 퉁한 눈으로 그를 노려봤다. 남이 갖은 애를 써서 정조를 지켜줬더니 은혜도 모르는 아버지였다.

─ 거기서 뭐 해! 빨리 와!

"네, 갑니다!"

로이드는 서둘러 영초의 옆으로 달려갔다. 곰인형을 품에 안은 영초가 기분 좋은 듯이 재잘거렸다.

─ 그런데 정말 괜찮겠어? 동주에 오르는 것 말이야.

"어쩔 수 없죠. 제겐 그 방법밖에 없으니까."

─ 하지만 너 여우잖아. 그럼 벽하원군에게 부탁해보는 건 어때?

"벽하원군이요? 그게 누군데요?"

로이드의 되물음에 영초가 깜짝 놀라 멈춰 섰다. 그녀는 동그래진 눈으로 물었다.

─ 태산낭랑 벽하원군 말이야. 몰라?

"포기해. 이놈은 일자무식이야."

묵림이 냉정하게 말했다. 뚱한 표정으로 그를 노려보던 로이드가 말했다.

"제가 이 모양 이 꼴이 된 건 말이죠, 저분이 저와 어머니를 버려 두고 금발 요괴랑 살림을 차렸기 때문입니다."

"뭐?"

"덕분에 어머니는 고생만 하다가 돌아가셨고 저도 정말 힘들게 자랐습니다. 어디 공부할 새가 있어야지요. 그런데 제 존재를 알게 된 금발 요괴가 절 죽이려 하지 않겠습니까. 그래서 제가 저항했더 니 저분이 와서 절 때려죽이려고 했다니까요. 얼마나 무서웠는지 모릅니다."

"너, 너 지금 그게 무슨⋯⋯!"

매도당한 묵림이 기가 찬 얼굴로 말했다. 로이드가 어깨를 으쓱 했다.

"사실이잖습니까. 틀린 곳이 있으면 말해보시죠."

"⋯⋯."

멍하게 있던 묵림이 한숨을 쉬었다. 그는 절레절레 머리를 흔들 며 "그래, 내 죄다. 다 내 죄야." 하고 중얼거렸다. 눈을 동그랗게 뜨고 그들을 지켜보던 영초가 물었다.

─ 자, 자기야. 저 말이 사실이야? 대체 왜 그랬어?

묵림은 대꾸하기도 싫다는 얼굴로 앞서 갔다. 그들은 천제만이

거닐 수 있는 아름다운 정원을 가로지르고 있었다. 계절을 잃은 꽃들이 현란한 색으로 대지를 물들였다. 곳곳을 기암괴석으로 축소된 산맥처럼 꾸미고 꽃과 나무를 배치했다. 백옥으로 수로를 파서 강처럼 물이 흐르게 한 곳도 있었다. 다채로운 빛깔의 나비들이 꽃들 위를 바쁘게 날아다녔다.

앞서가는 묵림의 등을 노려본 영초가 로이드에게 말했다.

– 어릴 때부터 고생이 많았구나. 미안해. 난 그런 줄도 모르고.

"아닙니다. 대신 저에게 과분한 아내를 얻었으니까요."

로이드가 쓸쓸한 미소를 지으며 말했다. 그것에 괜한 동정심을 가진 영초가 묻지도 않은 말을 늘어놓기 시작했다.

– 태산낭랑 벽하원군은 말이지, 동악대제의 딸인데…… 아 참, 동악대제도 모르겠구나. 어쨌든 그녀는 여우의 과거시험을 주최하는 천신이야.

"과거시험이요?"

– 응. 벽하원군의 시험을 통과하면 천호가 되는 시간을 줄일 수 있거든. 그래서 다들 시험에 합격하기 위해 노력하지.

로이드는 천호라는 말을 입속으로 중얼거렸다. 묵림이 천호라고 고백했던 것을 떠올린 그가 다시 물었다.

"천호가 대체 뭡니까?"

– 천 년 동안 수행한 여우 선인을 천호라고 해. 우리 자기가 바로 천호지.

"……천 년이나 수행해야 한다고요?"

로이드는 묵림의 등을 힐끗 쳐다봤다. 수행만 천 년을 하다니. 대체 얼마나 나이가 많은 건지 짐작도 가지 않았다. 아닌 척 다 듣고 있었는지 힐끗 뒤를 돌아본 묵림이 말했다.

"나는 장원으로 급제해서 백 년 만에 천호가 됐다."

무슨 말인지 알아듣지 못한 로이드가 미간을 찌푸렸다. 영초가 대신 말했다.

— 백 년이 최단 기록이야. 시험에 합격해도 보통은 천호가 될 때까지 5백 년 정도 걸리거든. 재주가 좋으면 2백 년까지 줄일 수 있다곤 하지만, 자기는 정말 특별했지.

흐뭇한 얼굴로 묵림을 바라본 영초가 그러니 빨리 내 것이 되어 주면 좋을 텐데, 하고 덧붙였다. 묵림은 아까보다 빠르게 걷기 시작했다.

'음, 인기가 너무 많아도 고생이구나.'

로이드는 그의 뒷모습을 보며 혀를 찼다. 도 닦은 여우라 그런지 여색에 관심도 없어 보이는데 정작 그를 잡아먹으려는 여자는 많았다. 무라의 증언에 따르면 묵림의 아내였던 여인 역시 그들 중 하나였다.

'아니, 그들 중 하나는 아니지. 우리 어머니가 승리자.'

혼자 주억이는 로이드를 보고 고개를 갸웃한 영초가 말을 이었다.

— 어쨌든 네가 조금이라도 학식이 있다면 벽하원군에게 부탁해서 특별시험을 치게 해달라고 하면 되는데. 초시를 통과하면 생원이 되어서 임시로 요선 자격을 얻을 수 있거든.

"무식한 놈이라 시험을 쳐도 합격하는 건 무리입니다. 그 사이 제 아내가 다른 곳에 시집이라도 가버리면 어떡합니까."

─그래도 동주에 오르다니 너무 무모해. 몇 걸음 가지도 못해서 숯덩이가 되고 말 거라고. 우리 자기는 대체 무슨 생각인지 모르겠어. 아들이 동주에 오른다고 하면 뜯어말릴 것이지 오히려 도와주고 있고.

영초가 투덜거리듯 말했다. 로이드는 말없이 웃기만 했다. 묵림은 로이드를 친아들처럼 아꼈다. 그런 그가 동주를 택했다면 그 외의 다른 방법은 없는 것과 마찬가지였다. 그사이 걸음을 늦춘 묵림이 뒤를 돌아보며 짜증스럽게 말했다.

"너무 늦었잖아. 해가 뜨기 전에 동주 위에 올라가 있어야 하는데."

─왜? 언제 올라가든 숯덩이 되는 건 똑같잖아.

"그래야 아래로 못 뛰어내리지."

농담인지 진담인지 모를 소리를 한 묵림이 로이드에게 손짓했다. 의아한 얼굴로 다가서자 그는 조금 무뚝뚝하게 말했다.

"날 봐라."

로이드가 그를 똑바로 바라보는 순간이었다. 묵림이 손가락 두 개를 세워 로이드의 눈을 푹 찔렀다. 아악 하고 비명을 지른 로이드가 눈을 감싸 쥐었다.

"미쳤습니까!"

벌게진 눈으로 묵림을 노려본 그는 주춤했다. 묵림의 뒤로 거대한 황금색 기둥이 보였다. 피식 웃은 묵림이 말했다.

"이제 보이나?"

"저게 동주……."

"어서 올라가라. 해가 뜨면 못 올라가."

묵림의 재촉에 주춤한 로이드가 그를 한번 꽉 껴안았다가 놓았다. 묵림은 조금 당황하는 것 같았지만, 그를 뿌리치지는 않았다. 로이드가 싱긋 웃으며 말했다.

"무사히 돌아오면 아버지라고 불러드리겠습니다."

"……."

"그러니 빨리 릴리언에게 돌아가세요. 무라 님께 맡겨놨지만, 솔직히 그분은 못 미더워서요."

열심히 애를 돌보고 있는 무라가 들으면 화를 낼 말이었다. 하지만 묵림을 여기 놔뒀다간 영초와 같은 여자들에게 홀랑 잡아먹힐 것 같았다. 묵림의 팔을 잡았다 놓은 로이드가 성큼 뒤로 물러섰다. 그는 동주를 향해 달려가며 손을 흔들었다.

"다녀오겠습니다. 영초 님, 정말 감사합니다!"

- 정말 바보 같은 애네! 못 견디겠으면 바로 포기하고 내려와!

영초가 속상하다는 듯이 날개를 펄럭였다. 묵림은 아무 말 없이 서 있었다. 그들이 지켜보는 앞에서 로이드는 드디어 동주에 도착했다. 그는 크게 심호흡을 한번 한 후 금빛으로 반짝이는 계단을 밟았다.

여우 한 마리가 동주를 타고 선계에 오르기 시작했다. 그때까지는 아무도 신경 쓰지 않는 조그마한 일이었다.

13

하늘의
시험

자미궁 태청전.

북제가 새로운 천제로 즉위하며 수많은 천신과 선인들이 하례 인사를 올리고 있었다. 하지만 오늘은 평소와 다른 풍경이 펼쳐졌다. 부열자라는 이름의 선인이 북제 앞에 엎드려 억울함을 호소한 것이다.

지루한 표정으로 그의 말을 듣던 북제가 물었다.

"그래서 뭐가 문제야?"

"한낱 여우가 어떻게 빙정의 주인이 될 수 있습니까. 천제께서 철저히 조사하여 제 억울함을 풀어주십시오."

"빙정이라니? 무슨 빙정?"

부열자가 말하는 동안 반쯤 졸고 있었던 북제가 어리둥절하게 되물었다. 보다 못한 사영이 나서서 그에게 설명했다.

"지금 동주를 오르는 여우가 북해의 빙정을 갖고 있다고 합니다."

빙정은 북해 제일의 보물이다. 그것은 북해의 정기로 이루어진 신물로 주인에게 강한 힘과 뛰어난 회복력을 선사했다. 음한지기로 수련한 선인이라면 누구나 탐내는 물건이었다.

그중 부열자는 가장 오랫동안 빙정을 노린 이였다. 몇 번이고 북해낭랑의 시험에 도전했으나 번번이 퇴짜를 맞았다. 그런데 듣도 보도 못한 여우 한 마리가 갑자기 빙정의 주인이 되었다고 하니 속이 뒤집힐 만도 했다.

사영의 설명에 눈을 동그랗게 뜬 북제가 물었다.

"뭐? 여우가 동주에 오르고 있다고? 언제부터? 왜 나만 그걸 몰랐지?"

"사흘 전부터입니다. 그리고 제가 말씀드렸는데 천제께서……."

"야, 그럼 이럴 때가 아니잖아. 빨리 뭐 갖고 와서 비춰봐!"

사영의 말을 싹둑 끊은 북제가 손을 휘저었다. 구석에서 처박혀 있던 묘선들이 서둘러 천경을 가져왔다. 반들반들한 거울에 곧 새카만 밤하늘이 비쳤다. 북제가 혀를 찼다.

"깜깜한 걸 비춰서 뭐 어쩌겠다는 거냐. 하나도 안 보이잖아."

그때 천경 안에서 뭔가가 휙 지나갔다. 휘파람 소리 같은 울음도 들렸다. 밤처럼 검은 깃의 끝에 붉은 점이 찍힌 새, 고획조였다. 성인 남자의 키만 한 새들은 동주 주변을 빙빙 돌듯이 날고 있었다.

"고획조 아닌가? 저기서 뭐 하는 거지?"

"동주를 오르는 여우를 노리고 있습니다."

"엥? 난 그런 지시 내린 적 없는데?"

북제가 어이없다는 듯이 말했다. 고획조는 인간과 새의 모습을 번갈아 취하는 새로 천제소녀라는 별칭으로 불렸다. 별칭처럼 천제가 하계를 살펴보기 위해 날려 보내는 존재들이었다.

"타앙!

그때 동주 쪽에서 하얀빛이 반짝이더니 폭음이 터졌다. 동시에 고획조 한 마리가 비틀거리더니 아래로 떨어지기 시작했다. 북제가 고개를 쑥 내밀었다.

"방금 뭐야?"

"서대륙에서 쓰이는 총입니다. 저 여우는 빙정의 힘을 총을 통해 쓰더군요."

사영의 말에 바닥에 엎드려 있던 부열자가 분한 듯이 말했다.

"신물을 저런 난잡한 방식으로 쓰다니! 저 짐승은 빙정에 대해 아무것도 모르는 것이 분명합니다. 빙정에 대해 모르는 자가 어찌 시험을 통과할 수 있단 말입니까. 부정이 있었던 것이 틀림없습니다. 부디 천제께서 낱낱이 밝혀주시옵소서!"

"시끄러우니까 좀 닥치고 있어봐. 야, 니들 뭐 하냐! 저런 거 말고 여우를 비추라니까!"

북제의 고함에 움찔한 묘선들이 서둘러 천경을 움직였다. 잠시후 거울은 계단에 납작 엎드린 로이드의 모습을 비췄다. 밤보다 더 새까맣게 그을린 모습이었다. 몸에 걸친 옷가지는 다 타서 재만 남았고, 유일하게 멀쩡한 것은 목에 걸린 주머니 하나였다. 아란이 그에게 준 주머니는 영물 누에의 실인 천잠사로 만들어진 것이라 동주의 열기에도 손상되지 않았다.

벌거숭이가 된 로이드는 남쪽의 야만인과 별다를 바가 없어 보였다. 다행히 신체의 일부인 머리카락은 빙정의 보호를 받아 무사했다.

북제가 무척 흥미롭다는 얼굴로 말했다.

"저놈이 여우라고? 인간으로 보이는데."

"반요선이었다가 인간으로 환생하였는데, 전생의 인연을 얻어 여우로 변했다 들었습니다."

"오호."

그때였다. 엎드린 로이드의 가슴께에서 흰빛이 흘러나오더니 몸 전체로 퍼져나갔다. 빛은 다음 순간 그가 들고 있는 총으로 옮겨갔다. 타앙 소리와 함께 총이 불을 뿜었다. 또 한 마리의 고획조가 빙 빙 돌며 아래로 떨어지기 시작했다. 연이어 동료를 잃은 고획조들은 날카로운 소리를 내며 후퇴했다.

북제가 박수를 치며 좋아했다.

"거참, 신통방통한 놈이구나. 아주 재미있어."

— 야 이 ◆◆◆, ◆◆한 ◆◆새끼들아! ◆◆ 같은 ◆◆◆!

그때 천경에서 원색적인 욕설이 쏟아졌다. 듣도 보도 못한 욕에 태청전에 있던 모든 이들의 눈이 둥그레졌다. 천경에 비친 로이드가 하늘에 대고 삿대질을 하며 외쳤다.

— ◆◆! ◆ 같은 놈들아! 내 마누라 내놔!

태청전 안이 조용해졌다. 바늘 떨어지는 소리까지 들릴 것만 같았다.

잠시 씩씩거리던 로이드가 총을 주머니 속에 넣었다. 잠시 후 그는 은색의 조그마한 여우로 변했다. 기둥 옆에 몸을 둥글게 만 여우는 금방 잠에 빠졌다. 적의 습격에 대비한 듯 한쪽 귀는 쫑긋 세운 채였다.

잠시 후 천경이 빛을 잃자 북제가 턱을 쓰다듬으며 물었다.

"마누라라니? 웬 마누라?"

"아뢰옵기 황송하오나, 저 여우는 아내를 찾아 선계로 오고 있다 하옵니다."

천경을 조절하던 묘선이 서둘러 대답했다. 낮에는 열에 타들어 가고 밤에는 고획조와 싸우며 계단을 오르는 로이드가 안타까웠 던 탓이다. 그는 천제가 좀 어떻게 해주지 않을까 하는 기대를 품었 다. 하지만 그가 보게 된 것은 히죽거리는 북제의 얼굴이었다.

"재미있군. 정말 재미있는 놈이야. 누가 가서 북해낭랑을 불러와 라. 놈이 어떻게 시험을 통과했는지도 들어봐야겠어."

잠시 후 북해낭랑이 천제의 명을 받고 태청전에 도착했다. 그녀 와 함께 북해를 수호하는 북진자와 오성자를 거느린 채였다. 북제 의 용건을 듣고 오만하게 고개를 쳐든 그녀가 되물었다.

"그래서 뭐가 문제죠? 시험엔 아무런 문제가 없었어요. 그는 정 당하게 시험을 통과하여 빙정의 주인이 되었습니다."

"낭랑! 저 여우가 저보다 더 빙정에 어울린다는 소리입니까?!"

부열자가 분한 듯이 소리쳤다. 차가운 눈으로 그를 내려다본 북 해낭랑이 답했다.

"그렇다. 빙정 또한 그를 주인으로 인정했지."

부열자가 당황한 듯 입을 다물었다. 북진자와 오성자가 뒤를 이 어 말했다.

"빙정의 주인은 어떤 도전자보다 강한 염원을 갖고 있었습니다.

비록 부족하고 서툰 자지만, 순수한 열정과 의지를 높게 사서 빙정의 주인으로 인정했던 겁니다."

"감히 말씀드리자면 여기 있는 어떤 천신들보다 그의 바람이 더 강렬했소이다."

북해의 세 천신이 입을 모아 로이드의 편을 들었다. 북제의 눈이 강렬한 흥미로 번뜩였다.

"여우가 어떻게 북해낭랑의 시험을 통과했는가?"

"그건 천제께서 명하셔도 말씀드릴 수 없습니다. 북해의 시험은 대외비. 각자의 염원과 의지를 겨루는 것이니."

북해낭랑이 딱 잘라 거절했다. 북제는 무척 아쉬운 표정을 지었다.

잠시 후 북해낭랑이 대전 안에 모인 이를 슥 둘러보며 말했다.

"저 여우는 나를 누님이라 부르는 녀석입니다. 그가 동주를 끝까지 올라온다면 선계에서는 예를 다해 그를 맞이해야 할 것입니다. 만약 그를 적대한다면, 이 북해낭랑을 적으로 돌리는 것임을 명심하세요."

멍한 표정이 된 부열자를 힐끗 노려본 북해낭랑이 휙 몸을 돌렸다. 그녀는 태청전에 들었을 때와 마찬가지로 차갑게 떠나갔다.

북해는 다른 곳보다 남녀의 교제가 자유롭다. 혼인 전에는 마음껏 놀고 혼인 후에는 서로에게만 충실한 것이 북해의 법도였다. 그들의 천신인 북해낭랑 또한 불륜에 엄격했다. 부정을 저지른 이들의 손가락과 발가락, 성기를 자른 후 짐승의 먹이로 던져줄 정도였다. 또한 그녀는 결혼의 수호자로 순수한 사랑과 상대에 대한 정절을 무엇보다 높게 치는 여신이었다.

로이드는 약혼녀와 혼인하기 위해 제 목숨을 걸었다. 강대한 힘을 약속하는 빙정 앞에서 오직 혼인만을 원했고, 아내를 되찾기 위해 온몸을 불태워가며 동주에 올랐다. 그의 행동에 흡족해진 북해낭랑은 로이드의 편을 들기로 했다. 이번 일로 '과연 북해낭랑이 선택한 인물은 뭔가 다르다'는 소리를 들은 그녀는 잔뜩 으쓱해져 있었다. 용궁공주 능파선과 머리채를 뜯고 싸우는 일이 있더라도 로이드를 감쌀 생각이었다.

뒤에 남은 북제가 꿍얼거리듯 말했다.

"아니, 저 얼음덩어리 같은 여자가 웬일이지? 아주 대놓고 편을 드네?"

"북해낭랑뿐만이 아닙니다. 용궁의 일왕자인 비회 님과 금위대장인 무라도 저 여우를 비호하고 있다 들었습니다."

"음? 셋 다 도도하기로 이름 높은 천신들이 아닌가. 저놈에게 무슨 매력이 있어서?"

벌거숭이 로이드만 봤던 북제가 의아한 듯 되물었다. 사영이 시큰둥한 얼굴로 말했다.

"비회 님이 편을 드는 것은 저 여우가 아란선인의 남편이기 때문이고……."

"뭣?"

산더미 같은 장계를 들고 순서를 기다리던 청원진군이 버럭 소리쳤다. 너무 놀라 들고 있던 장계를 와르르 떨어뜨린 그가 사영의 멱살을 잡을 기세로 외쳤다.

"그게 무슨 소리입니까? 아란선인이라니? 혹시 제 여식을 말하는 겁니까?"

"……따님이 하계에서 혼인했다는 소식을 못 들으셨습니까?"

"뭐, 뭐? 난 그런 소리 못 들었어! 하계로 유배를 갔다는 소식은 들었지만…… 혼인이라니! 어떤 놈이 나한테 말도 안 하고 내 딸을 데려가?"

진군이 길길이 날뛰며 외쳤다. 억울해서 미칠 것 같은 얼굴이었다.

사영이 조금 불편한 눈으로 말했다.

"소혜왕비께서 말씀하신 줄 알았습니다."

진군이 뒤통수를 맞은 표정을 지었다. 그동안 너무 바빠서 집에 돌아갈 생각조차 못 했다. 평소라면 난리가 났을 능파선이 서신 한 장 보내지 않아 이상하게는 생각했다. 하지만 이런 엄청난 일을 숨기고 있을 줄은 몰랐다.

안색이 새파래진 진군이 북제에게 청했다.

"퇴, 퇴청을! 퇴청을 윤허하여주십시오!"

"아, 잠깐 기다려보게. 지금 중요한 이야기 중이잖아!"

북제는 서둘러 손을 내저었다. 계속 말해보라는 손짓에 헛기침을 한 사영이 말을 이었다.

"비회 님은 그렇고. 금위대장 무라는 그가 친우의 아들이라 싸고돈다고 합니다."

"친우의 아들?"

"묵림의 아들이라 하더군요."

"뭣이?"

북제가 옥좌에서 벌떡 일어섰다. 그는 잔뜩 흥분해서 외쳤다.

"아들이 있었어? 응? 언제 또 새끼를 낳은 거야? 아니, 이럴 때가 아니지. 빨리 덫을 들고 와! 생포하게!"

"진정하십시오. 진짜 아들이 아니라 아들의 환생이랍니다."

주춤한 북제가 머리를 긁적였다.

"……환생? 아, 그때 죽은 아들의 환생이야? 아니, 그걸 어떻게 찾았대."

"억울하게 죽은 아들의 환생을 계속 찾으러 다녔던 모양입니다. 이번에 동주까지 직접 등에 싣고 태워다 준 모양이군요."

"야! 그럼 아들만큼 아끼는 거잖아! 그물 갖고 와! 아니, 내가 직접 간다!"

다시 흥분한 북제가 단 아래로 뛰어 내려가려고 했다. 사영이 황급히 그를 붙잡았다.

"안 됩니다."

"왜?"

"왕모께서 이런 일이 있을까 봐 미리 경고하셨습니다. 만약 여우를 건드리면 이번에야말로 눈알을 파버리시겠답니다."

"그 여편네는 왜 또 난리야!"

북제가 짜증스럽게 말했다. 사영은 이제 와서 왜 뒷북이냐며 머리를 흔들었다.

"왕모님께서 진작 찍어놓으셨답니다. 싹수가 있어 보이는 놈이니 천천히 키울 생각이라고, 뒤늦게 와서 가로챌 생각하지 말라더군요."

"난 남이 침 바른 것도 잘 먹어."

"이번에는 확실히 탈 납니다. 왕모님이 찍으셨으면 그냥 포기하
시는 게 낫습니다."

꿍 소리를 낸 북제가 선 자리에서 빙글 돌았다. 그는 괜히 단을
툭툭 걷어차며 심술궂은 얼굴로 말했다.

"거, 진짜 어떻게 안 되냐? 이래 봬도 내가 천제인데 말이야. 이
럴 때 아무것도 못 하면 천제 할 맛 나겠냐고."

안 되는 일이라도 상관이 까라면 그냥 까야 했다. 잠시 고민하던
사영이 답을 내놓았다.

"우리와 아주 관계가 없는 여우는 아닙니다. 왜 태자님이 하계로
내려갔을 때 잠시 신세를 지기도 했잖습니까. 그것에 보답한다는
핑계를 대면 어떻게든 끼어들 여지가 있습니다."

"오, 그래? 그럼 이렇게 하면 어떨까."

수군거리는 둘을 바라보던 진군이 더 이상 참지 못하고 외쳤다.

"퇴청을 윤허해주십시오!"

"아, 알았네. 가봐."

북제가 귀찮은 표정으로 손을 내저었다. 진군은 부랴부랴 태청
전 밖으로 달려 나갔다. 사영이 안타깝다는 듯이 말했다.

"아니, 진군을 보내시면 어쩝니까."

"왜?"

"진군이 없으면 누가 일합니까. 가뜩이나 일하는 사람도 적은
데."

바닥에 떨어진 장계를 턱짓한 그가 말했다. 뒤늦게 아차 한 북제가 다른 이들에게 명령했다.

"어서 가서 진군 도로 끌고 와. 내가 급히 부른다고 해."

부열자는 이미 깨끗이 잊혀진 뒤였다.

다행히 진군은 무사히 소혜왕부에 도착했다. 아내인 능파선이 왕부에서 일하는 이들과 함께 마중을 나와 있었다. 능파선은 창백한 안색에 커다란 눈, 작은 입술을 가진 섬세한 미녀였다. 그녀는 평소처럼 우울한 얼굴로 말했다.

"오셨군요."

"음, 당신도 잘 지냈소?"

진군이 어색한 헛기침을 하며 물었다. 능파선은 아무 대답도 하지 않고 그를 바라봤다. 불편한 기분이 든 진군이 서둘러 변명했다.

"빨리 오고 싶었는데, 일이 너무 많아서……."

"그러셨겠죠."

능파선이 고저 없는 목소리로 말했다. 진군은 마중 나온 사람들을 둘러보며 물었다.

"란아는 어디 있소?"

"거처에 있겠지요."

"그래?"

딸아이 성격상 아비가 돌아온다는 말을 듣고도 가만히 앉아 있을 리가 없었다. 진군은 아란의 거처가 있는 쪽으로 걸음을 옮겼다.

그러자 능파선이 그의 앞을 가로막았다.

"지금은 안 돼요."

"왜?"

"이유는 아실 필요 없어요. 지금은 란아를 내버려두세요."

능파선이 고집스럽게 말했다. 잠시 그녀를 바라보던 진군이 몸을 옆으로 틀어 다시 걸음을 옮겼다. 능파선이 그를 붙잡으려 했지만, 숙련된 무인인 그를 잡을 수 있을 리 없었다.

"안 된다니까요!"

진군은 빠르게 중정을 가로질렀다. 동루를 타고 본채의 중앙을 지나면 조그마한 아치형 석문이 있었다. 그 뒤로 아란의 거처인 2층짜리 가옥이 모습을 드러냈다. 작은 후정과 항상 꽃이 피어 있는 커다란 등나무가 푸른 기와를 올린 별채를 장식하고 있었다. 하지만 지금 별채의 문은 모두 굳게 닫힌 상태였다.

"란아!"

진군은 별채 앞으로 다가가며 큰소리를 냈다. 그러자 별채의 문에서 쿵쿵 두드리는 소리가 났다.

"아버지? 아버지! 문 좀 열어주세요! 절 내보내주세요!"

울음 섞인 아란의 목소리가 들렸다. 놀란 진군이 문으로 다가가자 능파선이 그의 앞을 가로막았다.

"절대 안 돼요!"

"애를 안에 가둔 거요? 이게 대체 무슨 짓이오!"

"란아는 지금 아파요. 저도 가슴 아프지만, 어쩔 수가 없었어요."

"아픈 건 당신이야! 애를 가둔다고 문제가 해결돼?"

"아무것도 모르면서 속 편한 소리하지 말아요! 당신이 언제 란아에게 관심이라도 있었어요? 애가 하계로 내려가도, 다시 선계로 올라와도 '잘 있겠지, 살아 있으면 됐어.' 하고 내버려뒀잖아요. 이제 와서 아비 노릇 한다고 큰소리치지 말란 말이에요!"

능파선이 날카로운 목소리로 그를 몰아세웠다. 진군은 할 말이 없어서 입을 다물었다. 정말 관심이 없어서 가족을 내버려둔 것은 아니었다. 반역을 준비하고 있던 그는 비밀이 새어나가는 것이 두려워 가족과의 연락도 삼갔다. 아란이 유배를 갔다는 말을 듣고 속에 천불이 났지만, 혹여 일을 그르칠까 봐 참고 또 참았다.

그러나 그가 잠시 외면한 사이 많은 것들이 달라져 있었다.

그 사이 아란은 계속 문을 두드리고 있었다. 열어달라고, 백작님께 가게 해달라고 우는 소리에 잠시 침묵하던 진군이 물었다.

"란아가 하계에서 혼인했다는 것이 사실이오?"

"누가 그런 헛소리를 하죠? 말도 안 되는 거짓말이에요. 우리 란아는 이제 천신이에요! 내 딸에게 더러운 인간 따위를 갖다 붙이다니, 그런 말은 입 밖에도 내지 마세요!"

능파선이 눈에 불을 켜고 달려들었다. 천신과 인간의 혼혈인 진군이 불편한 얼굴을 했다.

"어쨌든 문을 열어요. 란아와 이야기해봐야겠소."

"절대 안 돼요. 문에 손만 대봐요. 혀를 물고 죽어버릴 테니까!"

"뭐?"

진군의 얼굴이 확 일그러졌다. 과거 능파선의 자살시도로 친우의 가족을 죽게 한 그는 죽는다는 말에 무척 예민해졌다. 능파선을 용서한 것도 그녀가 상제의 농간에 당했다는 사실을 안 뒤부터였다.

상제는 용왕의 간청으로 두 사람의 혼인을 허락했지만, 화목한 부부가 되는 것은 원하지 않았다. 그래서 그는 꾸준히 능파선에게 독을 불어넣었다. 진군은 수군의 업무 때문에 월궁의 상아와 가깝게 지냈는데, 상제는 둘을 모종의 관계처럼 묶어서 말하곤 했다.

하필 상아는 월선이었고 능파선은 남편을 빼앗길까 봐 두려워 늘 전전긍긍했다. 일이 터진 날, 그녀는 진군이 친우를 보러 간다는 핑계로 상아와 동침하고 있다는 말을 들었다. 상제의 심부름꾼은 교묘한 증거까지 들이대며 능파선을 충동질했다. 늘 두려워하고 있던 일이 현실이 되자 능파선은 그대로 무너져버렸다.

사실을 알게 된 진군은 미안해했다. 능파선이 상아와 자주 어울린다며 질책할 때도 귀찮게만 여겼지 왜 그런지 살펴보지도 않았다. 자신 때문에 아내가 망가진 것 같아 죄책감이 들었다. 하지만 그것과 별개로 능파선의 '죽는다'는 말은 그에게 있어 역린이었다.

그러나 능파선은 보란 듯이 단도까지 꺼내 목에 들이대며 말했다.

"란아는 내 딸이야! 내 허락도 없이 딸을 데려간다니 절대 용납 못 해! 그놈도 왕모도 당신도 절대 용서 못 한다고!"

"진정해! 대체 왜 그러는 거야!"

"내가 당신 속셈 모를 줄 알아요? 그 더러운 놈이 당신 친구 아들이라니 좋았겠지! 날 살살 구슬려서 란아를 그놈에게 보낼 생각이잖아요! 안 돼! 죽어도 안 돼!"

"내가 언제 그랬어? 나도 당신만큼 화가 나! 내 딸을 허락도 없이 데려가는 도둑놈을 용서할 줄 알아?!"

진군이 덩달아 버럭버럭 화를 냈다. 눈이 동그래진 능파선이 스르륵 단도를 내리며 말했다.

"그럼 란아를 보내지 않는 거죠? 그놈에게 넘기지 않을 거죠?"

"……응? 으응. 그, 그렇지."

진군이 얼떨떨하게 대답했다. 얼굴이 환해진 능파선이 그를 끌어안았다.

"그래요. 당신이 우리를 버리지 않을 줄 알았어. 고마워요, 여보."

"어, 어?"

진군은 이게 아닌데 하고 생각하면서도 아내를 다독였다. 아란이 구슬프게 우는 소리가 들렸다. 제발 문을 열어달라고 애원하는 소리였다. 마음이 아팠지만, 능파선이 이렇게 죽겠다고 난리를 치는데 딸의 편을 들 수는 없었다. 무엇보다 그의 허락도 없이 딸을 데려갔다는 여우가 괘씸했던 것이다.

'아무리 묵림의 아들이라도 도둑질은 안 되지! 내가 란아를 어떻게 키웠는데!'

눈물 없이는 떠올릴 수도 없는 50년의 육아였다. 차라리 고행을 하면 했지, 50년 동안 줄기차게 이어지는 육아는 천신이라도 할 짓이 아니었다. 10년이 지나도 손톱만큼 자라는 아란을 돌보느라 그는 50년 동안 모든 여가를 포기해야 했다. 그런데 그렇게 고이 키운 딸을 인사 한마디 없이 낚아채어 가다니. 친우의 아들이라고 해도 속이 뒤집혔다.

"그렇게 속상해하지 말아요. 그놈이 올라오면 내가 흠씬 두들겨 패서 혼쭐을 내리다."

"정말요? 너무 좋아요. 여보. 당신만 믿을게요."

능파선이 그의 가슴에 뺨을 비벼댔다. 아내의 머리를 쓰다듬던 그는 갑자기 쳐들어온 북제의 수하들에게 도로 끌려갔다. 능파선은 홀가분한 표정으로 손을 흔들었다. 진군의 모습이 사라지자 그녀는 차가운 얼굴로 물었다.

"동주에 오른 놈이 왜 아직 살아 있는 거냐? 천한 인간이라며?"

능파선의 수하인 달랑게가 옆으로 엉금엉금 기어서 모습을 드러냈다. 이 게의 이름은 무장공(無腸公)으로 대대로 용궁을 섬긴 가신이었다.

무장공이 눈을 아래로 향하며 말했다.

- 송구하옵니다. 너무 지독한 놈이라서 불에 타도 쉽게 죽지 않는 것 같습니다.

"뭐든 보내서 쫓아버리라고 했잖아. 죽지 않으면 쫓아내기라도 해야지. 계속 올라오게 내버려두면 어떡해?"

- 그게 밤마다 고획조를 보냈사온데, 어찌 된 일인지 가는 족족 당해버리는지라…….

능파선의 얼굴에 놀라움이 깃들었다. 고획조는 상제의 전령이니만큼 강력한 신수였다. 그것을 물리치면 이미 보통 인간은 아닌 것이다. 고개를 저어 그것을 떨쳐버린 그녀가 말했다.

"묵림의 아들이라더니 한 가닥 재주는 있는 모양이구나. 그럼 고획조보다 강한 놈을 보내!"

– 달리 보낼 놈들이 없습니다. 아시다시피 동주는 낮에는 극도로 뜨겁고 밤에는 극도로 차가운지라 용궁에서 온 자들도 접근하기 힘들어합니다.

"천한 인간도 견디는 것을 용궁의 놈들이 못 견딘단 말이야? 이런 못난 것들!"

– 송구하옵니다.

"그럼 밤에는 고획조를 보내고 낮에는 다른 새를 보내. 오늘부터 낮이고 밤이고 공격해서 지쳐 나가떨어지게 해."

– 알겠사옵니다.

무장공이 공손히 말했다. 능파선은 고개를 끄떡이며 별채를 돌아봤다. 진군이 가버리자 아란도 포기했는지 두드리는 소리가 멈췄다.

'내가 너를 어찌 키웠는데 한낱 인간에게 보낸단 말이야.'

능파선은 가슴을 치고 싶었다. 제 배로 낳진 않았으나 누구보다 사랑하고 아끼는 딸이었다. 남편이 야속하고 미운 적은 있었으나 딸이 그녀를 속상하게 한 적은 한 번도 없었다. 아란의 유일한 단점은 인간 출신이라는 것 하나였다.

콧대 높은 능파선을 얄미워하던 천신들은 아란을 깎아내렸다. 일부러 아란을 불러 무릎 꿇고 절을 올리게 할 때도 있었고, 인간 냄새가 난다며 면전에서 욕할 때도 있었다. 그럴 때마다 능파선에게 처절한 응징을 당했지만, 어미의 가슴에 한이 쌓이는 것은 어쩔 수 없었다. 아란을 왕모에게 보내어 월선으로 만든 것도 나무랄 곳

없는 신붓감으로 키우기 위해서였다.

'너는 나처럼 살면 안 돼. 누구보다 지위 높은 낭군에게 보호받으며 살아야 해.'

능파선은 사랑만 보고 혼인하면 평생을 망친다는 것을 직접 경험했다. 딸인 아란은 비슷한 배경에서 비슷하게 자라난 사람과 혼인하여 평온하게 살아갔으면 했다. 그래서 딸이 인간의 몸을 벗고 천신으로 태어났을 때는 너무나 기뻤다. 이제 아란의 격에 맞는 천신에게 시집보낼 수 있다는 생각에서였다.

능파선은 왕모의 명에 따라 선계에서 가장 오래된 복숭아나무에 피어난 꽃을 땄다. 능파선이 꽃에 숨을 불어넣자 그것은 곧바로 아란의 모습으로 변했다. 딸이 새롭게 얻은 몸은 백옥보다 더 희고 아름다워서 능파선을 흡족하게 했다. 선계를 한 바퀴 돌며 이게 바로 내 딸이라고 자랑하고 싶을 정도였다.

「어머니, 저를 보내주세요. 저는 백작님에게 가야 해요.」

하지만 딸의 입에서 흘러나온 말은 처음으로 능파선의 뜻에 어긋났다. 능파선은 왕모만큼 아니, 왕모보다 더 사위 욕심이 많았다. 아란이 인간의 몸을 벗고 천신이 되었으니, 고위 천신에게 시집보내도 아까울 지경이었다.

「그게 무슨 말이야? 너는 천신이다. 하계에서 있었던 일은 잊어버려라. 곧 좋은 혼처를 찾아 너를 시집보낼 거야.」

「저는 백작님의 아내예요. 다른 사람에겐 시집갈 수 없어요.」

아란은 완강하게 말했다. 한 번도 그녀의 말에 맞선 적이 없는 아이였다. 능파선이 무슨 말을 하든 순종했고, 그녀의 뜻에 따르기 위해 최선을 다했다. 그런데 지금 아란은 두 눈을 똑바로 뜨고 능파선에게 대들고 있었다.

「그런 천한 인간이 너와 어울릴 주제가 되니? 말도 안 되는 소리 하지 마라. 남이 들을까 두렵구나.」

「백작님은 천한 인간이 아니에요. 그분은 제 어떤 부분이든 이해하고 사랑하기 위해 노력하셨어요. 저에게 그분보다 더 나은 짝은 없어요. 그분은 제 인연이에요, 어머니.」

「말 같지도 않은 소리를!」

능파선이 날카롭게 소리쳤다. 하지만 아란은 물러서지 않았다. 오히려 그녀를 설득하려 했다.

「어머니, 제발. 제가 사랑하는 분이에요. 백작님은 정말 좋은 분이에요. 너무나 다정하시고 상냥하신…….」

「시끄러워!」

능파선이 아란의 말을 잘랐다. 분기를 참지 못해 씩씩거리던 그녀가 외쳤다.

「너는 지금 미쳤어! 제정신이 아니야. 어린 너를 보고 욕정이나 품는 변태 따위를 사랑한다고?」

「백작님은 변태가 아니에요!」

발끈한 아란이 화를 냈다. 딸이 대드는 것에 더욱 화가 난 능파선이 그녀를 윽박질렀다.

「너는 내 딸이야! 내가 허락하지도 않은 남자와 혼인해서 살겠다고? 어미의 허락도 없이? 딸이 부모를 거슬러도 된다고 생각하는 거냐?」

아란이 입을 꾹 다물었다. 하지만 그녀의 얼굴엔 반항기가 가득했다. 더 이상 참지 못한 능파선은 그녀의 팔을 낚아채 잡아당겼다.

「따라와!」

「싫어, 싫어요! 전 백작님에게 가야 해요!」

아란이 필사적으로 저항했다. 하지만 능파선은 천 년이 넘게 살아온 용이다. 이제 막 천신이 된 아란이 그녀의 힘을 이겨낼 수 있을 리 없었다. 결국 아란은 능파선에게 끌려가 거처에 감금당하고 말았다. 능파선은 자신의 모든 힘을 쏟아부어 별채에 결계를 쳤다.

"사랑 같은 게 무슨 소용이야."

굳게 닫힌 별채의 문을 노려보던 능파선이 고개를 저었다. 그녀가 총총히 자리를 뜬 직후 어디선가 조그마한 붉은 새 한 마리가 날아왔다. 바닥에 내려앉아 종종거리며 주변을 탐색하던 새가 별채의 문 앞에서 쪼로롱 하고 울었다.

- 아란선인.

"……누구세요?"

- 나야. 태진. 괜찮은지 보러 왔어.

새의 정체는 서왕모의 딸 중 하나인 태진이었다. 그녀는 '새들의 여신'이라는 별칭으로 유명한 천신으로 파랑새로 변하는 아란과도 친했다. 지금도 왕모의 명을 받고 소혜왕부를 염탐하러 온 것이다.

"왕부인! 저 좀 도와주세요! 여기서 나가게 해주세요!"

아란이 문을 덜컥덜컥 흔들었다. 쪼로롱 하고 웃음소리를 낸 새가 말했다.

- 지금 선인의 남편이 동주를 오르고 있어. 온몸을 불태워가면서도 포기하지 않고 말이야. 정말 대단한 남편을 두었어.

"왕부인! 제발 도와주세요!"

- 안 돼. 선인도 알잖아. 동주에 오르는 건 하늘의 시험을 받는다는 거야. 아무리 아내라도 가로막을 자격은 없어. 우선 어머니께서 용서하지 않으실걸.

문을 흔드는 소리가 그치더니 작은 울음이 새어나왔다. 새가 그녀를 위로하듯 말했다.

- 대신 선인의 남편을 공격하는 새들을 치워줄게. 알다시피 날개 달린 것들은 내 명령을 거역할 수 없잖아?

"……."

- 그리고 시험에 끼어들지 않는다는 조건으로 여기서 나가게 해줄 수도 있어. 남편이 끝까지 올라오면 능파선 몰래 만나게 해줄게. 단 약속 하나만 하면 돼.

"무슨 약속이요?"

- 선인의 남편과 만났을 때 절대 소리를 내거나 움직이면 안 돼. 남편이 선인을 찾아낼 때까지 가만히 있어야 해. 약속하면 여기서 빼내줄게.

아란은 잠시 망설였다. 답답하다는 듯이 날개를 파닥거린 새가 말했다.

- 능파선은 이번에 붕을 움직일 거야. 선인의 남편이 아무리 대단하다고 해도 붕의 날갯짓 한 번에 날아가버릴걸?

붕은 선계에 사는 거대한 새로 날갯짓으로 태풍을 일으켰다. 동주 위에 있는 로이드로서는 붕이 일으키는 돌풍을 피할 방법이 없었다. 멀리서 날갯짓만 해도 떨어져버릴 것이다.

아란이 서둘러 대답했다.

"약속할게요!"

신이 난 새가 뾰로롱 하고 울었다.

태양은 오늘도 이글이글 타올랐다.

"◆◆, ◆새끼들!"

로이드는 욕의 힘으로 계단을 올랐다. 목에 건 주머니 외엔 아무것도 걸치지 못한 상태였다. 그의 몸에서 떨어진 땀이 계단에 닿는 순간 치이익 소리를 내며 증발했다. 무시무시한 열기에 공기가 아지랑이처럼 요동쳤다.

묵림이 경고했던 것처럼 동주는 해가 떠오르면서 점점 뜨거워졌다. 땅이 까마득해 보일 정도로 높게 올라온 로이드는 도망칠 수도 없었다. 처음에는 신발에서 연기가 나더니 옷이 불타기 시작했다. 산 채로 타들어가는 고통에 그는 날카로운 비명을 질렀다.

로이드를 구한 것은 빙정의 힘이었다. 주인의 위기를 알아챈 빙정은 오랜 잠에서 깨어났다. 그것은 로이드의 몸을 감싸고 열기를 밀어냈다. 동주와 빙정의 힘겨루기가 시작됐다. 동주는 로이드의 살을 지지고 몸을 불태웠고, 빙정은 화상을 입은 곳을 고치고 몸을 보호했다. 로이드는 지져지고 타들어가면서도 엉금엉금 계단을 올랐다.

며칠이 지나자 로이드는 빙정의 힘에 완전히 적응했다. 그는 동주에 닿아도 화상을 입지 않게 되었다. 칼로 찔러도 상처가 나지 않는다는 금강불괴의 경지에 도달한 것이다. 자신이 이미 인간의 길에서 멀어졌다는 것을 모르는 로이드는 신나게 신들을 욕하고 있었다.

"있는 새끼들이 더한다더니."

이걸 길이라고 만들어놓다니 제정신이 아니다. 앞선 세 명의 통과자들은 어떻게 올라갔는지 궁금할 정도였다. 로이드는 연신 투덜거리며 계단을 올랐다. 아주 조금 위안이 되는 것이 있다면 빙정을 쓰는 방법을 터득했다는 거였다. 그것도 밤의 습격 때문이었다.

습격이 시작된 것은 이틀째 밤이었다. 빙정을 지닌 로이드에겐 뜨거운 낮보다 차가운 밤이 훨씬 견딜 만했다. 여우로 변해 정신없이 잠들어 있던 그는 이상한 느낌에 깨어났다. 그는 코앞으로 다가온 발톱을 보고 구르듯이 몸을 피했다. 새의 발톱이 동주를 긁고 지나갔다.

「뭐야! 왜 공격하는 건데?」

불평할 시간도 없었다. 그는 빠르게 인간으로 변한 후 주머니 속에 속을 넣어 총을 꺼냈다. 이어지는 공격을 피하며 간신히 총을 장전한 그는 달려드는 새를 쐈다. 하지만 새는 놀라 날개를 퍼덕거렸을 뿐 조금의 타격도 입지 않았다.

'이걸로는 안 되나?'

달려드는 새의 모습에 절망이 느껴졌다.

그때 또다시 빙정의 힘이 로이드를 구원했다. 단전으로부터 차가운 기운이 요동치더니 로이드의 손을 통해 총으로 흘러들어 간 것이다. 총신이 희미하게 반짝이는 것을 본 로이드는 본능적으로 새를 겨냥하고 방아쇠를 당겼다. 은백색의 힘이 총알 대신 튀어나가며 단번에 새를 거꾸러뜨렸다.

「좋았어!」

하지만 즐거워할 틈이 없었다. 동료의 죽음에 분노한 새들이 떼를 지어 나타난 것이다. 결국, 로이드는 밤새도록 새들에게 쫓겨다니며 사투를 벌여야 했다. 날이 밝자 새들은 흩어졌지만, 이번엔 동주가 뜨거워지기 시작했다.

로이드는 낮에는 살을 지지는 열기에 맞서고 밤에는 사나운 새들과 싸웠다.

'그래도 이젠 좀 살 만하군.'

무슨 일인지 이틀 전부터 습격이 뚝 끊어졌다. 화상에서도 벗어난 로이드는 한결 쌩쌩해졌다. 얼마 남지 않는 기둥을 올려다본 그는 한결 씩씩하게 동주를 올랐다. 그는 정오가 되기 전에 계단의 끝에 도착했다.

"이건 또 뭐야?"

로이드가 기가 찬 얼굴로 중얼거렸다. 저 멀리 신기루처럼 아름다운 정원이 보였다. 선계의 모습이었다. 원래 동주와 정원 사이에는 백옥으로 된 구름다리가 걸려 있었다. 하지만 지금 그것은 능파선의 지시로 몰래 철거된 상태였다. 영문을 모르는 로이드로서는 분통이 터질 일이었다.

"여기까지 올라온 것도 모자라서 이젠 건너뛰기까지 하라고? 실패하면 죽는 거잖아!"

계단 위를 왔다 갔다 하며 머리를 쥐어뜯어봐도 별 뾰족한 수가 없었다. 뭔가를 묶어서 건너고 싶어도 동주는 로이드 외의 물체를 허락하지 않았다. 꺼내는 족족 타들어가는 판에 다른 방법을 생각하기도 어려웠다.

"죽기 아니면 까무러치기지."

이를 악문 로이드가 계단을 한 층 내려갔다가 뛰어오르기 시작했다. 그는 마지막 계단에서 전력을 다해 펄쩍 뛰어올랐다. 하지만 선계는 그의 예상보다 멀어서 아슬아슬한 거리를 남기고 추락하기 시작했다.

"으아아악!"

아래로 떨어지는 그의 팔을 누군가가 덥석 붙잡았다. 반사적으로 위를 쳐다본 로이드의 눈이 커졌다.

"너는!"

어두운 갈색 머리를 제멋대로 풀어헤친 남자였다. 머리카락 사이로 보이는 눈은 붉은빛이 감도는 검은색이었다. 처음 보는 남자였지만, 로이드는 그가 누군지 곧바로 알 수 있었다.

"태자?"

"……."

태자는 아무 말 없이 로이드를 내려다보았다. 팔 하나에 의지해 허공에 매달린 로이드가 어색한 웃음을 지었다.

"살려줘서 고마운데, 이왕이면 위로 좀 끌어올려주지?"

"너를 죽일까 했다."

태자가 서늘한 목소리로 말했다. 로이드가 "음, 별로 좋은 생각은 아닌 것 같은데." 하고 참견했다. 태자가 그를 무시하며 말을 이었다.

"처음엔 죽이려고 했고 그다음엔 살려야겠다고 생각했지. 다음 날엔 또 죽이고 싶어졌고. 네가 올라오는 내내 마음이 변하더군."

"그동안 계속 여기 있었다니, 정말 할 일이 어지간히 없었구나."

"그리고 결정했지. 일단 살려놓고 죽이기로."

태자가 팔을 휘두르자 로이드의 몸이 붕 떴다. 으아악 하고 비명을 지른 그는 덤불 사이로 풀썩 떨어졌다. 허리에 찬 검을 뽑아 든 태자가 그에게 말했다.

"무기를 들어라. 승부를 내자."

"야, 잠깐! 나 옷 좀 입자! 이래 가지곤 싸울 수도 없다고!"

나무 뒤에 숨은 로이드가 애절하게 말했다. 순간 멈칫한 태자가 획 돌아섰다. 주머니 속에서 새 옷을 꺼낸 로이드가 주섬주섬 입기 시작했다.

그는 태자를 힐끗 훔쳐보며 물었다.

"그때 요괴에게 찔린 건 좀 괜찮냐?"

"……."

"미안하다. 내가 널 보호해줘야 했는데. 너무 늦게 도착해서……."

"다 입었으면 어서 무기나 꺼내."

로이드 쪽으로 몸을 돌린 태자가 차갑게 그의 말을 잘랐다. 마지막으로 신발을 신은 로이드가 어깨를 으쓱했다.

"그런데 내가 왜 너랑 싸워야 하는지 좀 궁금한데? 난 너한테 딱히 잘못한 게 없잖아. 오히려 먹여주고 재워주고 씻겨주고, 굉장히 잘해줬는데 말이지."

로이드는 무척 억울한 목소리로 말했다. 사실 그가 쓸 수 있는 무기는 혓바닥 하나였다. 하계에서야 머리와 몸을 동시에 써서 문제를 해결했지만, 선계에선 그의 힘은 미력하기 짝이 없었다. 어떻게든 태자를 설득해야 했다.

"나를 죽인다고 해서 아란이 네 차지가 되는 건 아니잖아. 그녀를 사랑한다면 괜히 과부로 만들지 말고 행복하길 빌어주는 게 어때? 그게 진짜 남자다운 거라고."

자기가 포기할 생각은 손톱만큼도 없으면서 남에게 강요는 잘하는 로이드였다. 그를 노려보던 태자가 무겁게 말했다.

"……너는, 내가 몰라도 될 것을 알게 했다."

"응? 뭘?"

어리둥절한 로이드의 되물음에 태자가 입술을 비틀었다.

"단지 어리고 약하다는 이유만으로, 보호받고 사랑받을 수 있다는 걸."

태자는 자신이 하계에 있을 때를 기억했다.

단지 작고 무력해졌다는 이유로 그는 전과 다른 것들을 누릴 수 있었다. 투덜거리지만 잘 챙겨주는 형과 다정하지만 엄격한 누나. 상냥하고 명랑한 하녀들. 슬그머니 다가와 사탕을 내미는 요리사와 공을 가지고 놀아주는 기사들. 그가 울까 봐 안절부절못하는 제임스와 정원에서 큰 투구벌레를 잡아주던 정원사. 그리고 지금껏 몰랐던 따뜻한 손길과 칭찬까지도.

"그럼 좋은 거 아닌가?"

로이드가 어리둥절하게 물었다. 짧은 시간이었지만, 모두가 태자를 귀여워했고 애정을 주었다. 하지만 그런 사랑을 받은 당사자는 못 먹을 거라도 먹은 양 얼굴을 찌푸리고 있었다.

"나는 천계를 지배할 자다. 내게 그런 인간의 감정 따위······!"

"오호, 너무 좋아서 계속 생각났어? 계속 형아랑 누나랑 같이 살고 싶었는데 혼자 돌아와서 서운했던 거야? 응?"

로이드의 놀림에 태자의 눈이 번뜩거렸다. 그는 이를 악물며 검을 들었다.

"죽인다, 네놈만은 반드시 죽인다!"

"야! 잠깐, 진정해봐. 알았어. 알았다고!"

양손을 흔든 로이드가 한숨을 푹 쉬었다. 눈을 번뜩이는 태자를 보고 어깨를 으쓱한 그가 "할 수 없군. 내가 희생하는 수밖에." 하고 중얼거렸다. 다음 순간 로이드의 모습이 사라지며 바닥에 옷이 툭 떨어졌다. 은빛으로 반짝이는 여우 한 마리가 옷 속에서 쏙 빠져나와 태자의 앞으로 깡충깡충 뛰어왔다.

태자가 움찔했다.

"무, 무슨 짓이냐."

─ 자, 특별서비스다. 만져도 좋아.

로이드가 꼬리를 살랑살랑 흔들며 말했다. 태자의 얼굴이 차가워졌다. 당장 검을 내리칠 것 같은 그를 보고 로이드가 얼른 앞발을 들고 하늘하늘 춤을 췄다. 태자가 멈칫하자 로이드가 오른발을 흔들며 말했다.

 – 이리 와, 어서 형아의 품에 안겨라.

"……."

 – 짜식, 부끄러워하긴. 다 커서 징그러운 놈이지만, 형아가 특별히 안아주겠다잖아.

"……."

태자는 침묵했다. 로이드는 그의 다리를 스치며 한 바퀴를 빙 돌았다. 그러자 태자가 가차 없이 검을 휘둘렀다. 검은 아슬아슬하게 로이드를 스쳐 바닥을 내리찍었다. 은빛 털 몇 가닥이 나풀나풀 허공으로 날아올랐다.

"어서 무기를 들어! 나한테 덤비란 말이다!"

태자가 신경질적으로 소리쳤다. 잠시 그를 올려다보던 로이드가 꼬리와 귀를 축 늘어뜨렸다.

 – 아무리 그래도…… 내가 어떻게 너를 쏘냐? 미안하다면서 도망치던 모습이 눈에 선한데.

"……."

잠시 침묵하던 태자가 검을 내던졌다. 검은 로이드의 바로 옆에 푹 꽂혔다.

태자는 차가운 눈으로 로이드를 노려보며 말했다.

"나는, 내 새를 포기한 것이 아니다. 네게 남은 시간이 과연 얼마나 될 것 같으냐. 고작해야 백 년이 한계겠지."

 – …….

"그깟 백 년, 얼마든지 기다려주마. 어디 한번 발버둥 쳐봐라."

몸을 휙 돌린 태자가 덤불을 밀치며 멀어졌다. 로이드는 늘어뜨린 귀를 쫑긋 세우며 그를 쳐다보았다. 그는 뒷발로 목덜미를 긁으며 투덜거렸다.

— 내가 진짜 더러워서 요선 되든가 해야지.

로이드는 다시 나무 뒤로 돌아가 옷을 주워 입었다. 일주일에 가깝게 씻지 못한 몸은 땀에 절다 못해 쉰내가 났다. 아무래도 아란을 만나기 전에 깨끗이 씻어야 할 것 같았다. 그는 우선 물가부터 찾아보자고 결심했다.

'음, 저쪽인가?'

가까운 곳에서 물 냄새가 났다. 로이드는 바쁘게 걸음을 옮기기 시작했다. 그는 인간의 모습으로도 여우처럼 예민하게 냄새를 맡고 있다는 사실을 아직 깨닫지 못하고 있었다.

'응?'

물 냄새를 쫓아 덤불을 헤치고 나온 로이드는 거대한 팽나무를 발견했다. 멋지게 가지를 뻗은 팽나무 아래 검은 장포를 입은 노인이 홀로 장기를 두고 있었다. 누가 봐도 신선이라 감탄할 모습이었다. 하지만 로이드는 노인에게서 위험한 냄새를 감지했다. 왠지 얽히면 귀찮아질 것 같았다.

'멀리 피해 가야겠군.'

로이드는 소리 없이 덤불 속으로 파고들었다. 그는 노인의 반대편에 있는 덤불을 헤치고 나왔다. 하지만 조금 전과 똑같이 거대한 팽나무가 보였다. 미간을 찌푸린 그가 다시 한 번 다른 방향으로 시도했다. 또다시 노인의 모습을 보게 된 로이드는 한숨을 쉬며 덤불을 빠져나왔다. 그는 저벅저벅 노인 쪽으로 걸어가서 무뚝뚝하게 물었다.

"어르신, 왜 자꾸 저를 귀찮게 하십니까?"

노인의 정체는 북제였다. 점잖은 척 장기판을 바라보던 그는 예상치 못한 말에 장기 알을 놓칠 뻔했다. 뱀으로 변해 그의 팔에 휘감겨 있던 사영이 속삭였다.

— 당황하지 마십시오. 계획한 대로 하시면 됩니다.

"어, 어흠. 기이한 일이로다. 선계에 웬 여우가 있는 것인가."

북제가 재빨리 준비된 대사를 읊었다. 연극적인 어투에 픽 웃은 로이드가 말했다.

"심심하신 것 같은데, 전 지금 바쁩니다. 다른 사람을 찾아보십시오."

"야, 그게 아니잖아!"

당황한 북제가 외쳤다. 자신이 이렇게 점잔을 빼고 앉아 있으면 로이드가 도와달라고 매달려야 했다. 그럼 도와주는 척하면서 슬쩍 계약으로 얽어맬 생각이었다. 하지만 로이드는 오히려 귀찮은 듯이 그를 뿌리치려 하고 있었다.

"내가 네 사정 다 아는데 뭘 빼고 있냐! 빨리 엎드려서 도와달라고 하란 말이다!"

"……."

로이드는 빤히 그를 쳐다보았다. 머리를 긁적인 그가 북제의 맞은편에 앉았다. 장기판을 내려다본 그가 물었다.

"이건 뭡니까?"

"뭐긴 뭐야. 장기지!"

북제가 신경질적으로 대답했다. 로이드를 유혹하기 위해 두는 척하고 있었을 뿐 그는 장기를 별로 좋아하지 않았다. 가만히 앉아서 머리만 굴리고 박진감 넘치는 뭔가가 없다는 이유에서였다. 장기판을 옆으로 내려놓은 로이드가 단호하게 말했다.

"전 이거 둘 줄 모릅니다. 그러니까 다른 것으로 하죠."

로이드는 주머니 속에서 트릭트랙 게임판을 꺼냈다. 트릭트랙은 서대륙에서 유행하는 주사위 게임이었다. 규칙도 쉽고 중독성이 있어서 남녀노소 즐기는 놀이였다. 마리아가 아란에게 트릭트랙 게임을 가르쳐줬다기에 혹시나 해서 챙겨왔다.

"흠, 특이하군."

로이드가 꺼낸 게임판은 상아와 보석으로 만든 섬세한 세공품이었다. 게임 말 또한 자수정과 백수정을 동전 모양으로 깎아 만들었다. 섬세하고 호화로운 모양새에 북제 또한 호기심을 보였다.

로이드는 게임 규칙을 간단히 설명했다.

"각자 열다섯 개의 말을 가지고, 두 개의 주사위를 굴려 나온 수만큼 상대방의 진지에 쳐들어가는 겁니다. 위치가 겹치면 상대방의 말을 잡아먹을 수 있고요. 목표 지점에 도착해서 말을 모두 밖으로 빼내는 사람이 이깁니다."

"아, 이거 쌍륙이군. 이거라면 나도 할 줄 알지."

북제가 자신 있게 말했다. 싱긋 미소 지은 로이드가 제의했다.

"어르신이 이기면 만족하실 때까지 놀아드릴 것이고, 제가 이기면 더는 방해하지 말고 놓아주셔야 합니다."

"흠, 내기하자는 거군. 좋다."

그래서 둘은 게임을 시작했다. 자신만만한 북제와 달리 로이드는 몹시 신중하게 주사위를 던졌다. 그래서일까. 첫판은 가볍게 로이드가 이겼다. 크윽 소리를 낸 북제가 손가락 하나를 세웠다.

"한 판 더."

"좋습니다. 삼세판으로 하죠."

로이드는 너그럽게 그의 도전을 받아들였다. 북제는 아까보다 더욱 집중해서 주사위를 굴렸다. 두 번째 판은 북제의 대승으로 끝났다. 로이드는 심각한 표정을 지었다.

"어르신도 꽤 만만찮은 상대군요. 이번에는 봐드리지 않겠습니다."

"으하하, 이놈아. 순순히 모가지를 내밀어라."

세 번째 게임은 더욱 치열했다. 북제와 로이드는 불꽃 튀는 접전을 벌였다. 마침내 아슬아슬하게 로이드가 승리했다.

좌절하는 북제에게 그는 게임판을 내밀었다.

"이건 작별의 선물입니다. 저와 만난 기념으로 간직해주십시오. 아 참, 서왕모님이 어디 계신지 아십니까?"

뿌루퉁해진 북제가 한쪽을 가리켰다. 로이드가 꾸벅 인사했다.

"감사합니다, 어르신. 오늘 승부는 영원히 잊지 못할 겁니다. 그럼 이만."

로이드는 곧바로 몸을 돌려 총총히 멀어졌다. 북제의 팔에 감겨 있던 사영이 투덜거렸다.

─ 분명 속임수를 썼습니다. 주사위 굴릴 때 손놀림이 좀 이상했단 말입니다.

"나도 안다."

─ 아니, 그럼 손모가지를 자르셔야지 그냥 보내주시면 어떡합니까.

"……에잉, 분명 쓴 것 같긴 했는데. 너무 적절하게 들어와서 딱 잡아낼 수가 없었단 말이야. 긴가민가하다가 그냥 넘어가버렸더니."

천신의 눈으로 봐도 헷갈릴 정도로 로이드의 속임수는 교묘했다. 다른 사람도 아니고 무려 천제를 속여 넘겼으니 도박의 신으로 추앙받아도 될 경지였다.

북제가 턱을 쓰다듬었다.

"묵림의 새끼라서 잡으려고 했더니, 저놈도 제법 난놈인 것 같아. 하긴 그러니 왕모가 침을 발랐겠지. 이거 진짜 좀 탐나는데?"

─ 탐내시는 여우가 지금 도망가 버렸잖습니까. 이제 어쩝니까.

"어쩌긴 무얼. 다시 계획 세워서 잡아야지. 쨍알쨍알 잔소리하지 말고 여기 앉아봐. 한 판 더 하게."

북제가 맞은편을 가리키며 말했다. 인간형으로 변한 사영이 입이 뚱하게 튀어나온 채로 자리에 앉았다. 삐친 척을 해도 얼른 앉는 것을 보니 구경하면서 자기도 해보고 싶었던 모양이다.

북제가 슬슬 주사위를 돌리며 말했다.

"내기는 뭐로 할까?"

"아니, 저한테도 내기를 거십니까?"

"내기 안 걸면 무슨 재미로 해? 넌 녹봉이나 걸어라."

"쳇, 좋습니다. 그럼 제가 이기면 휴가 주십시오."

"좋다."

둘은 어느새 여기 온 이유까지 잊어버리고 게임에 빠져들었다. 선계에서도 트릭트랙이 대유행할 조짐이 보였다.

북제의 손에서 도망친 로이드는 백옥을 깎아 만든 아치형 다리에 도착했다. 눈에 익은 다리였다.

어디선가 아란의 목소리가 들리는 것 같았다.

「저쪽으로 가면 요지궁이 있어요. 매일 이 다리를 건너서 심부름을 가는 게 제 일이었어요.」

"……아란."

로이드가 조그맣게 중얼거렸다. 그림 속에서 그는 아란과 함께 이 다리를 건넜다. 아란이 처음으로 그에게 키스해주었던 곳이기도 했다. 그림이 아니라 진짜 장소에 왔는데 아란은 그의 옆에 없었다. 괜히 쓸쓸한 기분이 된 로이드는 주먹을 꾹 움켜쥐었다.

"이럴 줄 알았으면 '피라모스와 티스베' 말고 다른 걸 보자고 하는 건데."

두 사람의 첫 데이트는 연극 관람이었다. 아란은 죽은 피라모스를 찾아 저승으로 향하는 티스베를 보며 감격했고, 자신도 꼭 티스베 역을 해보고 싶다고 말했다. 그런데 어찌 된 일인지 아란이 아니라 로이드가 티스베 역을 하고 있었다. 말도 안 되는 소리지만, 역시 기드온이 준 표라서 재수가 없는 것 같았다.

"다음 데이트 때는 유쾌한 극으로, 꼭 해피엔딩으로 봐야겠어."

몇 번이고 다짐한 로이드가 성큼성큼 걸음을 옮겼다. 백옥의 다리를 건너던 그는 문득 아래서 졸졸 흐르는 물에 시선을 주었다. 물은 마치 수정처럼 맑고 깨끗했다. 잠시 고민하던 로이드는 다시 다리 아래로 내려와 옷을 벗어 던졌다. 주변을 한번 둘러본 그는 맑은 물에 풍덩 몸을 담갔다.

물은 로이드의 허리 위까지 왔다. 로이드는 물에 몸을 푹 담그고 찌든 땀과 검댕을 깨끗이 씻어냈다. 내친김에 주머니에서 세면도구까지 꺼내 온몸을 단장했다. 이쯤이면 됐겠지 하고 물 밖으로 나오려던 그는 옷과 주머니가 사라진 것을 발견했다. 대신 그 자리에 붉은 옷을 입은 소녀가 서 있었다.

"누구 마음대로 여기서 목욕을 하는 거야?"

"흐억!"

놀란 로이드는 황급히 주저앉아 몸을 가렸다. 소녀는 아란과 비슷한 나이처럼 보였다. 머리를 양 갈래로 나누어 8자의 고리 모양으로 묶었는데, 양옆에 홍옥으로 만든 꽃장식을 꽂고 있었다. 눈매가 위로 치켜 올라가 꼭 고양이를 연상시키는 얼굴이었다. 서릿발 같은 소녀의 시선에 로이드가 멋쩍게 웃었다.

"아가씨, 죄송하지만 옷이라도 좀 입고 추궁당하면 안 되겠습니까?"

"안 돼."

"음, 그렇군요. 여기 물에 임자가 있는 줄은 몰랐습니다."

"여긴 내 어머니의 궁이야. 여기 있는 풀 한 포기나 물 한 방울도 모두 어머니의 소유라고. 어머니의 것이 곧 내 것이니 넌 내 물을 훔친 거나 다름없어."

소녀가 새침하게 말했다. 로이드가 싱긋 웃었다.

"아름다운 아가씨, 이렇게 한번 생각해보십시오. 아가씨가 만약 십 년 동안 감옥에 갇혀 있다가 간신히 풀려났는데 머리엔 이가 득실거리고 몸은 간지럽고 지독한 냄새가 난다면 제일 먼저 뭘 하고 싶으시겠습니까."

"……목욕?"

"그렇지요? 바로 그겁니다. 아가씨와 전 통하는 곳이 있군요. 그럼 제 사정도 충분히 이해하시겠죠?"

살살 달래는 목소리에 소녀가 뿌루퉁해졌다. 그녀는 어쩔 수 없다는 얼굴로 자신을 소개했다.

"나는 서왕모의 딸인 태진왕부인(太眞王夫人)이야. 태진이라고 불러도 좋아."

"만나서 정말 반갑습니다, 태진 아가씨. 이름도 정말 아름다우시네요. 저는 로이드 헤센타인입니다. 그럼 이제 제 옷을 좀 돌려주시겠습니까."

"흥."

삐쭉 입을 내민 태진이 옷과 주머니를 던졌다. 그것을 받아든 로이드가 민망한 듯 말했다.

"잠깐 옷을 입을 시간도 주셨으면 좋겠군요."

"볼 것도 없던데 되게 가리네."

톡 쏘아붙이듯 말한 태진이 뒤로 돌아섰다. 반대편으로 나온 로이드는 몸을 닦고 주머니 속에서 제일 좋은 옷을 꺼내 입었다. 거울을 들여다보며 한창 빗질을 하는 그를 힐끗 돌아본 태진이 뺨을 부풀렸다.

"남자면서 여자보다 더 멋을 부리잖아."

"무슨 말씀입니까? 이 정도는 기본이지요. 원래 남자든 여자든 사랑하는 사람에겐 최고의 모습을 보여주고 싶은 법입니다."

거울로 다시 한 번 제 모습을 점검한 로이드가 태진을 향해 웃었다.

"좀 부족하지만, 이 정도면 된 것 같군요. 어떻습니까, 아내 걱정에 잠도 못 이루며 수척해진 남자 같지 않나요?"

"아니. 그냥 빼질빼질한 남자 같아."

"저런. 제 아내가 절 보고 불쌍해서 눈물을 흘리며 따라오게 해야 하는데."

로이드는 한탄하며 주머니에 빗과 거울을 챙겨 넣었다. 팔짱을 끼고 그를 노려보던 태진이 고개를 절레절레 저었다.

"아란선인은 대체 네 어디가 좋은 거지? 정말 이해가 안 돼."

태진은 동주를 끝까지 오른 로이드가 이야기책에 나오는 젊은 영웅 같을 줄 알았다. 그래서 능글거리는 그의 언행에 무척 실망했다. 대체 이런 여우의 어디가 좋아서 아란이 목을 매는지 의문이었다.

그녀의 투덜거림에 로이드가 싱긋 웃으며 말했다.

"이런, 제 매력은 제 아내만이 아는 극비랍니다. 다른 사람이 알게 되면 큰일이지요."

"헛소리는 이제 질렸어. 아란선인을 만나게 해줄 테니까 빨리 따라오기나 해."

팩 몸을 돌린 태진이 앞서 걸어갔다. 로이드는 재빨리 그녀의 뒤를 쫓았다.

두 사람은 기화요초가 심어진 화단을 지나 이름 모를 숲으로 들어섰다. 향긋한 냄새와 함께 가슴이 뻥 뚫릴 정도로 상쾌한 바람이 불었다. 태진은 숲 안쪽의 조그마한 공터에서 걸음을 멈췄다.

풍성한 황금색 나뭇잎이 달린 가지 사이로 재잘거리는 새소리가 들렸다. 태진이 길게 휘파람을 불자 거기에 답하듯 푸드덕거리는 날갯짓 소리가 들려왔다. 잠시 후 로이드의 주변에 백 마리에 가까운 새들이 내려앉았다. 모두 선명한 푸른 깃을 가진 파랑새였다.

태진이 조금 심술궂은 표정으로 로이드를 보며 말했다.

"자, 이중 한 마리가 아란선인이야. 누가 선인인지 맞히면 데려가게 해줄게."

로이드는 신중하게 새들을 살폈다. 모두 찍어낸 것처럼 똑같이 생긴 파랑새였다. 기억에 의지해 찾아보려고 했지만, 이래서야 진짜를 구분해낼 수 있을 리가 없었다.

"아란?"

혹시나 해서 부르자 모든 새들이 재잘거리며 대답했다. 자기가 진짜라는 것처럼 다급하게 날개를 파닥거리는 새도 있었다. 로이드는 난감하게 이마를 긁적였다.

"그런데 제가 왜 이런 시험을 받아야 하는 겁니까?"

"그럼 오자마자 데려갈 수 있을 줄 알았어? 아란선인은 영수들의 친구라고. 난 모든 영수를 대표해서 네가 선인에게 어울리는 상대인지 시험하고 있는 거야. 신중하게 선택해."

태진이 뽀로퉁하게 말했다. 다시 말해 이건 아란의 친구들이 내린 시험인 셈이었다. 로이드는 조금 난처하게 웃었다. 태진이 톡 쏘아붙이듯 덧붙였다.

"못 찾겠으면 포기해도 좋아."

"그럴 리가요. 포기는 절대 안 합니다."

로이드는 신중하게 파랑새 한 마리 한 마리를 살폈다. 하지만 그의 사랑이 부족해서인지 딱 눈에 짚이는 새는 없었다. 한숨을 쉰 그가 태진을 향해 물었다.

"아란을 찾아내기 위해 제가 말을 걸거나 뭔가를 해도 되는 겁니까?"

"만지는 건 안 돼. 여기 새들은 모두 선인이니까 수작 부릴 생각 하지 마."

만지는 것 외엔 해도 된다는 소리였다. 고개를 끄떡인 로이드가 냉큼 제자리에 주저앉았다. 그는 태진에게 부탁해서 새들이 자신을 중심으로 부채꼴로 모이게 했다. 빽빽이 모인 파랑새들을 보나 피식 웃음이 나왔다.

"여기 모인 새들은 다들 정말 귀엽군요. 꼭 제 아내를 보는 것 같습니다."

로이드의 말에 새들이 짧게 재재거렸다. 웃는 소리 같았다. 로이드는 한결 편안해진 얼굴로 말했다.

"이건 비밀인데, 사실 여러분 중에는 제 아내가 숨어 있답니다. 아, 제가 찾아낼 테니 굳이 가르쳐주지 않으셔도 됩니다. 다들 날개 내리세요."

새들이 다시 웃었다. 로이드는 슬쩍 목소리를 낮추며 속삭이듯 말했다.

"아내를 찾기 전에 제가 아주 재미있는 이야기를 해드리죠. 바로 제가 아내에게 첫눈에 반했을 때의 일입니다."

새들이 눈을 반짝였다. 그들은 모두 서왕모의 밑에서 일하는 선인들로 동주를 타고 올라온 로이드에게 호감을 느끼고 있었다. 그렇게 간절하게 사랑받는 아란에 대한 부러움도 컸다. 그래서 두 사람이 어떻게 만나 사랑에 빠졌는지 궁금해했다.

"부끄럽게도 아내를 만나기 전, 저는 무척 방탕한 생활을 했습니다. 매일 밤을 술로 지새웠죠. 그날도 술에 취해 잠들어 있다가 창문을 두드리는 소리에 눈을 떴습니다. 짜증이 나서 '누구야!' 하고 소리를 지르며 창문을 열었더니, 웬 선녀님이 학을 타고 위풍당당하게 제 방으로 들어오는 게 아니겠습니까. 바로 제 아내였지요."

새들이 무어라 재잘거렸다. 하지만 그들의 말을 알아듣지 못한 로이드는 그대로 이야기를 이었다.

"멋모르던 저는 아내를 보고도 제 운명이라는 것을 깨닫지 못했습니다. 그래서 '아니, 웬 어린애지?' 하고 말했지요. 그러자 아내가 학에서 성큼 내려서며 제 뺨을 쫙쫙 양쪽으로 후려갈겼습니다. 그러고는 '어리다고 깔보지 마라. 이 몸은 위대한 아란선인이시다!'

하고 외쳤지요.”

새들의 눈이 동그래졌다. 로이드는 꿈꾸는 소녀처럼 양손을 모으며 말했다.

“바로 그 순간, 저는 사랑에 빠졌습니다. 아주 강렬하고 운명적인 사랑이었죠.”

지저귀는 소리가 멎었다. 숨소리까지 들릴 정도로 조용한 숲 속에선 바람이 나뭇잎에 스치는 소리만 들렸다. 로이드는 더욱 열정적으로 말했다.

“저는 제 아내 앞에 털썩 무릎을 꿇고 애원했습니다. ‘아름다운 선녀님, 첫눈에 반했습니다. 부디 저와 결혼해주십시오.’ 그러자 매섭게 코웃음을 친 아내가 제 뺨을 다시 철썩 때리며 말했습니다. ‘이 음탕한 여우 놈, 오늘부터 천천히 길들여주지!’ 저는 너무 좋아서 울면서 고개를 끄덕였지요. ‘네, 저를 길들여주세요. 선녀님.’”

새들의 부리가 멍하게 벌어졌다. 넋을 잃은 그들 앞에서 로이드는 한껏 신이 나서 말했다.

“그러자 제 아내는 제 머리채를 확 휘어잡더니, 조그마한 발을 들어서 제 허벅지를 밟……, 컥!”

총알처럼 날아온 파랑새 한 마리가 로이드의 턱을 강타했다. 로이드의 고개가 뒤로 휙 젖혀졌다. 새는 연신 째재잭거리며 로이드를 쪼았다. 머리를 흔들어 정신을 차린 로이드는 웃으며 새를 양손으로 감싸 쥐었다.

“찾았습니다, 아란. 제가 당신을 찾았어요.”

새가 더 큰 소리로 째짹거리며 그의 손을 쪼았다. 로이드는 웃으며 새의 조그마한 머리에 쪽쪽 입을 맞췄다.

"저도 사랑합니다. 정말 보고 싶었습니다."

"무슨 말인지나 알고 말하는 거야? 아란은 지금 널 뻔뻔한 거짓말쟁이라고 욕하고 있는데?"

태진이 한심하다는 얼굴로 말했다. 로이드가 웃으며 말했다.

"제 아내의 입에서 나오는 모든 말은 절 사랑한다는 뜻이랍니다. 그렇죠, 아란?"

새가 작게 짹 하고 울더니 입을 다물었다. 그리고는 로이드의 손에 부리를 비볐다. 로이드는 다시 새에게 입을 맞췄다.

"당신이 없어서 죽는 줄 알았습니다. 숨을 쉴 수도 없었어요. 두 번 다시 제 옆을 떠나지 마십시오. 당신 여우는 당신이 없으면 안 된답니다."

새가 삐이 하고 부드러운 소리를 냈다. 로이드는 그것을 긍정의 대답이라고 생각하기로 했다.

그때 누군가 그를 불렀다.

"저기요, 그 뒤는 어떻게 됐어요?"

"아란선인이 허벅지를 밟았다면서요? 그리고요?"

색색의 옷을 입은 소녀들이 그의 주변을 둘러싸고 있었다. 순간 움찔한 로이드는 그들이 다른 파랑새들이었다는 사실을 깨달았다. 로이드의 손 뒤에 숨은 새가 날개로 얼굴을 가렸다. 창피한 모양이었다. 로이드가 어색하게 웃으며 말했다.

"죄송합니다, 예쁜 아가씨들. 전 아내의 허락 없이는 예쁜 여자와 말하지 못하게 되어 있답니다. 그 뒷이야기는 아란이 허락하면 계속해드리겠습니다."

"……에이."

선인들이 대놓고 실망한 표정을 지었다. 태진이 신경질적으로 말했다.

"뭐야! 나랑은 잘만 이야기했으면서. 나는 예쁘지 않다는 거야?"

"태진 아가씨는 예쁜 게 아니라 아름다우신 거죠. 아란도 태진 아가씨와 말하는 건 혼내지 않을 겁니다. 그렇죠?"

로이드가 새의 머리를 살살 어루만지며 말했다. 태진의 눈치를 보던 새가 고개를 끄떡였다. 태진이 뺨을 풍하게 부풀렸다.

로이드가 싱긋 웃으며 말했다.

"자, 태진 아가씨. 인정해주십시오. 저는 정답을 맞혔습니다."

"안 돼. 아란은 나와 한 약속을 어겼어. 네가 찾아낼 때까진 움직이지도 말하지도 않겠다고 약속했단 말이야. 하지만 움직였으니까 이번 시험은 무효야."

"태진, 그만해라. 억지 부리는 것이 보기 흉하구나."

그때 누군가의 목소리가 끼어들었다. 돌아보자 황금관을 쓴 여인을 선두로 하여 한 무리의 사람들이 공터로 들어서고 있었다. 관을 쓴 여인 옆에 깃털로 된 머리카락을 늘어뜨린 구천현녀가 서 있었다.

"왕모님을 뵙습니다."

선인들이 재빨리 한쪽 무릎을 꿇고 예를 취했다. 태진이 뽀로통한 얼굴로 반박했다.

"억지가 아니에요. 선인은 약속을 어겼다고요. 천신이라도 절대 있을 수 있는 일이에요!"

"저런, 왕부인. 그런 말을 듣고도 가만히 있을 여자는 없답니다. 자비를 베푸세요."

현녀가 부드러운 목소리로 아란의 편을 들었다. 태진의 표정이 더욱 뚱해지자 왕모가 그녀를 꾸짖었다.

"동주에 오른 자가 네 시험을 받을 이유는 없다. 네 억지에 어울려준 것을 고맙게 여겨야지."

"치."

태진이 두고 보자는 듯 로이드를 흘겨봤다. 싱긋 미소 지은 로이드가 왕모 앞으로 다가갔다. 그는 아란을 제 어깨에 올려놓고는 무릎을 꿇고 정중하게 예를 올렸다.

"왕모님. 왕모님의 신실한 신도, 로이드 헤센타인이 인사 올립니다. 이렇게 뵙게 되어 일생의 영광입니다."

"내 신도라고?"

왕모가 재미있다는 듯이 물었다. 로이드는 더욱 깊게 머리를 조아렸다.

"그렇습니다. 저는 아침부터 저녁까지 왕모님을 찬양하며, 세상에 왕모님의 거룩한 뜻이 이루어지기만을 기도하는 열렬한 신도입니다. 제게 아란을 보내주셔서 정말로 감사드립니다."

로이드는 얼른 주머니 속에서 화병을 꺼냈다. 꽃이 흐드러지게 핀 복숭아 가지가 모습을 드러냈다. 그것을 왕모의 앞에 내려놓은 로이드가 다시 절을 했다.

"그리고 저와 아란의 혼인을 허락해주셔서 감사합니다."

현녀가 못 말린다는 듯이 고개를 저었다. 왕모는 웃으며 로이드에게 손을 내밀었다.

"어서 일어나거라. 동주에 오르며 얼마나 고생이 심했을꼬. 그대는 내가 선택한 아란의 부군이니라. 내가 인정했으니 선계가 그대를 인정할 것이다."

"감사합니다, 왕모님."

로이드는 공손하게 왕모의 손을 잡고 몸을 일으켰다. 왕모가 그를 지그시 바라보며 말했다.

"그대는 요선에 적합하지 않다. 하늘을 찌르는 그 뻔뻔함과 후안무치함에는 선기도, 선도도 어울리지 않지. 백 년이 아니라 천 년이 지나도 요선이 되긴 어려울 것이야."

"이런. 큰일이군요. 전 꼭 요선이 되어서 천년만년 아란의 옆에 붙어 있어야 하는데 말입니다."

로이드가 더욱 뻔뻔하게 말했다. 그의 어깨에 앉은 새가 삐이, 하고 가느다란 울음소리를 냈다.

왕모가 픽 웃었다.

"하지만 천신에는 퍽 적합한 재능이니라. 어떠냐. 천신이 되어 이곳에 남지 않겠는가?"

로이드는 눈을 크게 떴다. 잠깐 망설이던 그가 이내 깊게 절을 했다.

"그렇게 말씀해주셔서 감사합니다, 왕모님. 하지만 지위가 탐난다고 제가 돌보고 있는 것들을 버린다면 결코 좋은 천신이 되진 못할 겁니다. 그런 책임감 없는 신은 제가 먼저 사양하고 싶습니다."

"과연 혓바닥 하나는 명불허전이로다."

왕모가 혀를 차며 말했다. 로이드는 말없이 웃어 보였다. 왕모가 이내 짓궂은 표정을 지었다.

"지금은 놓아주마. 허나 하늘의 그물은 느슨한 것 같아도 결코 빠져나갈 수 없는 법. 그대는 결국 이곳으로 돌아오게 될 것이다."

"그때가 되면 저도 기쁘게 모든 것을 정리한 후 아란의 손을 잡고 오겠습니다. 아란도 이곳이 더 살기 편할 테니까요."

로이드가 새의 목을 간질이며 말했다. 태자가 아란을 포기하지 않겠다고 한 이상 천신이 되는 것도 좋은 방법일 것이다. 하지만 이렇게 간섭과 감시가 심한 곳에서 즐거운 신혼생활을 보낼 수 있을 것 같지가 않았다. 그는 도망칠 수 있는 곳까지는 도망치기로 했다.

새가 수줍은 듯이 삐루루 소리를 냈다. 로이드가 궁금한 얼굴로 물었다.

"그런데 아란, 왜 계속 새의 모습으로 있는 겁니까?"

"태진."

왕모가 엄한 목소리로 태진을 불렀다. 여전히 부루퉁한 얼굴의 태진이 손을 휘저었다. 그러자 새가 포르르 날아오르더니 미녀의 모습으로 변했다.

아란은 달처럼 새하얀 피부를 가진 미인이 되어 있었다. 깊은 눈매에는 슬픔이 담긴 듯하고 반듯한 이마와 입술에선 단호한 성품이 엿보였다. 둥근 뺨에는 부드러운 생기가 감돌아 한 번쯤 손으로 쓸어보고 싶게 했다. 이전의 아란도 아름다웠지만, 지금은 눈이 부시다는 말이 어울렸다. 로이드는 깜짝 놀란 얼굴로 그녀의 손을 잡았다.

"세상에, 대체 무슨 일이 있었던 겁니까? 왜 이렇게 예뻐졌어요?"

"……왕모님께서 새로운 몸을 주셨어요. 그래서 봉인도 풀렸고요."

아란이 조금 수줍은 듯이 말했다. 로이드가 그녀를 번쩍 들어 한바퀴를 빙글 돌렸다.

"맙소사. 당신 진짜 너무 예쁩니다. 함부로 웃지 마세요. 제 심장이 터질지도 모릅니다."

로이드의 감탄에 아란이 작게 웃었다. 로이드가 컥 하고 신음소리를 내며 가슴을 부여잡았다. 깜짝 놀란 아란이 그를 부축했다.

"괜찮으세요?"

"헉, 진짜 숨이……."

쓰러지는 것처럼 고개를 숙인 로이드가 그녀의 입술에 쪽 입 맞췄다. 그는 언제 아픈 척했냐는 듯이 몸을 펴며 웃었다.

"이제 괜찮습니다. 역시 당신의 키스는 만병통치약이군요."

"배, 백작님."

아란의 얼굴이 홍당무가 되었다. 왕모는 혀를 차며 고개를 저었고 현녀는 난처하게 웃었다. 눈을 동그랗게 뜬 선인들이 재잘거렸다.

"세상에, 망측해라. 부끄러움도 모르나 봐."

"하계 남자들은 다 저렇게 뻔뻔한가?"

"나는 좋은데. 왠지 낭만적이야."

빨개진 얼굴로 로이드를 노려보던 아란이 그를 꼭 껴안았다. 그녀는 그의 가슴에 얼굴을 묻으며 말했다.

"저를 찾으러 와주셨어요."

"당신이 없으면 살아갈 수가 없으니까요."

"백작님은, 정말 제 영웅이세요."

고개를 든 아란이 떨리는 목소리로 말했다. 로이드가 웃으며 그녀의 이마에 입 맞췄다.

"전 그냥 당신의 남편일 뿐입니다. 하지만 당신을 위해서라면 바다를 건너고 하늘을 오를 수 있답니다. 당신을 너무나 사랑하니까요."

아란의 눈에 눈물이 가득 고였다. 그녀는 애써 울지 않고 말했다.

"저도 백작님을 사랑해요. 너무 보고 싶었어요."

로이드가 그녀의 뺨을 어루만지며 무어라 말하려는 순간이었다. 퍼뜩 뒤를 돌아본 아란이 그를 옆으로 밀어냈다. 로이드는 산발한 여자가 자신을 향해 달려드는 것을 보았다. 아란이 그녀를 막으려고 했지만, 여자는 너무도 가볍게 아란을 쳐내고 로이드에게 달려들었다. 다음 순간 여자의 주먹이 로이드의 가슴을 쳤다.

"컥!"

로이드는 가슴이 통째로 뭉개지는 것 같은 고통을 느꼈다. 그의 몸은 깃털 베개처럼 뒤로 휙 날아가 나무에 부딪혔다. 아란이 "백작님!" 하고 비명을 지르며 그에게 달려갔다. 그것을 본 왕모가 호통을 쳤다.

"능파선! 감히 뉘 앞에서 행패냐!"

쩌렁쩌렁한 목소리가 공기를 울렸다. 다시 로이드에게 달려들려던 여자가 그것에 짓눌려 털썩 무릎을 꿇었다. 그녀는 바로 아란의 어머니인 용궁공주 능파선이었다. 능파선은 사라진 딸을 찾다가 북해낭랑과 시비가 붙어 한바탕 싸운 뒤였다.

북해낭랑에게 쥐어뜯겨 엉망이 된 머리를 바닥에 늘어뜨린 그녀가 외쳤다.

"왕모님, 억울하옵니다! 어찌 하찮은 인간에게 제 딸을 보내라고 하십니까!"

"닥쳐라! 지금까지 네가 한 짓을 모를 줄 알았더냐. 사윗감이 마음에 들지 않는다는 이유로 밤마다 고획조를 보내고 선경으로 향하는 다리까지 없애버렸지. 그것이 어디 천신이 할 짓인가!"

왕모의 추궁에 능파선은 부들부들 떨며 고개를 숙였다. 왕모가 노여운 얼굴로 말을 이었다.

"네 사위는 네가 내린 시험을 이겨냈다. 뿐이냐. 나의 시험도, 태진의 시험까지 모두 통과했다. 세 천신의 시험을 통과한 남자가 네 사위로 부족한가. 어디 한번 대답해보아라!"

"그래도 저는 인정 못 합니다! 인정할 수 없습니다! 제 딸, 우리 란아를 어찌 키웠는데!"

능파선이 번쩍 고개를 들며 외쳤다. 벌겋게 핏대가 선 눈은 억울함으로 가득했다. 부들부들 떨리는 몸은 분기를 이기지 못해서였다.

한숨을 내쉰 왕모가 말했다.

"능파선. 저 아이는 78년 전, 네 잘못된 판단이 틈이 되어 희생당한 반요선이다. 그때도 네 딸과 이어질 인연이었던 것을 다시 환생하여 만난 것이다. 네가 이 질긴 인연을 막을 수 있겠느냐?"

"……."

"저 아이는 단순히 동주를 올라온 것이 아니다. 아내에 대한 사랑, 물러서지 않는 용기, 상대에 대한 신뢰, 약자에 대한 자비. 그 모든 것이 하나하나의 걸음이 되어 그를 이곳으로 이끈 것이다. 저 아이가 이곳에 온 것 또한 하늘의 뜻이니라. 너는 결코 그를 막을 수 없다."

준엄한 왕모의 선언에 능파선은 바닥에 이마를 박고 울음을 터트렸다. 가슴을 찢는 것 같은 통곡이었다.

그때 로이드가 아란의 부축을 받으며 능파선의 앞으로 다가왔다.

"장모님."

번쩍 고개를 든 능파선이 눈물 젖은 눈으로 그를 노려보며 외쳤다.

"나는 인정 못 해! 하늘이 너를 인정해도 나는 너를 인정 못 한다!"

"저도 지금 당장 인정해달라고 조를 생각은 없었습니다. 이제야 저와 만나지 않으셨습니까."

웃으며 말한 로이드가 능파선의 앞에 무릎을 꿇었다. 그는 능파선이 후려친 곳을 부여잡으며 신음했다.

"과연 장모님의 주먹은 다릅니다. 아란이 누구를 닮았는지 궁금했는데, 바로 장모님이셨군요. 정말 존경합니다."

"무슨 헛소리야!"

발끈한 능파선이 화를 냈다. 로이드가 저를 후려치려는 그녀의 손을 덥석 잡으며 말했다.

"장모님, 부디 저희와 함께 하계로 가주십시오!"

"……뭐?"

능파선의 눈이 동그래졌다. 로이드가 자신만만하게 말했다.

"제가 어떤 놈인지 낱낱이 파헤쳐서 확인하셔야죠. 소중한 따님을 맡길 놈인지 확인하려면 하루 이틀로는 충분하지 않을 겁니다. 두고두고 옆에서 물고 뜯고 맛보면서 시험해보십시오. 저는 이미 장모님의 시험을 이겨낼 모든 준비가 되어 있습니다."

"……."

"그리고 아란이 하계에서 어떻게 살고 있는지도 확인하셔야죠. 귀한 따님을 모시기엔 누추한 집이지만, 정성을 다해 쓸고 닦고 가꾸고 있습니다. 장모님께서 직접 오셔서 요모조모 뜯어보시고 부족한 점을 짚어주신다면 아란이 지내기 한결 편해지지 않겠습니까?"

능파선의 눈이 흔들렸다. 그녀는 어찌할 바를 몰라 하며 로이드와 아란을 번갈아 보았다.

로이드가 다시 재촉했다.

"장모님, 물론 하계로 가는 게 내키지 않으시다는 것은 저도 잘 압니다. 그래도 소중한 따님을 위해서 다시 한 번 생각해주십시오."

"이거, 이거 놔라! 이렇게 붙잡고 있으면 생각할 수가 없잖아!"

능파선이 로이드의 손을 뿌리치며 화를 냈다. 서둘러 자리에서 일어서는 그녀를 아란이 얼른 부축했다. 능파선은 딸의 손을 꽉 붙잡으며 혼란스러운 눈으로 로이드를 내려다봤다. 딸을 훔쳐가려는 줄 알았던 도둑놈이 느닷없이 같이 가자고 떼를 쓰니 정신이 없는 것도 당연했다.

로이드가 다시 매끄럽게 혓바닥을 놀렸다.

"지금 장인어른께선 멀리 출정을 가셨다 들었습니다. 아란도 없이 장모님 혼자 집을 지키시다니, 이 사위의 마음이 편하지 않습니다. 부디 함께 하계로 내려가셔서 새로운 것도 보고 색다른 문화도 즐기시는 게 어떻습니까. 서대륙엔 아주 재미있는 것들이 많답니다."

도둑질도 할수록 는다더니, 갈수록 혓바닥이 유들유들해지는 그였다. 이러다가 혀에만 의지하는 습관이 들까 봐 걱정될 정도였다.

"백작님의 말이 맞아요, 어머니. 서대륙은 정말 재미있는 곳이에요. 사람들도 다 친절하고요."

아란이 남편의 편을 들고 나섰다. 그것에 선인들이 호기심을 보였다. 그녀들은 로이드의 주변을 둘러싸고 물었다.

"서대륙은 여기와 많이 다른가요?"

"어떤 사람들이 사나요?"

"사람들이 다들 당신처럼 뻔뻔한가요?"

쏟아지는 질문에 로이드가 잠깐만 기다려달라고 부탁했다. 그는 주머니에서 커다란 금장을 꺼내 왕모에게 바쳤다. 금장의 양쪽 손

잔이에는 섬세하게 세공된 여신의 모습이 조각되어 있었다. 잔의 앞뒤에는 둥글게 은을 입혀 사람들에게 칭송받는 여신의 형상을 새겨 넣었다. 왕모에게 바치는 예술품이었다.

이어서 그는 똑같은 크기의 금잔을 꺼내 능파선에게 바쳤다. 이번 잔에는 용이 새겨져 있다는 것만 달랐다. 아란에게 들은 대로 새겨넣은 용은 동대륙의 용보다는 드래곤을 닮았으나 섬세하고 아름다웠다.

능파선은 조금 떨떠름한 얼굴로 잔을 받았다.

"서대륙에서는 장모님께 금잔을 바쳐 존경의 뜻을 나타냅니다. 두 분은 모두 아란의 어머니시라 들었습니다. 부디 제 존경을 받아주십시오."

이어서 그는 구천현녀에게 은으로 공작을 새겨넣은 금팔찌를, 태진에겐 붉은 루비가 박힌 금발찌를 바쳤다. 그리고 다른 사람들에게도 골고루 서대륙에게 가져온 선물 겸 뇌물을 뿌렸다.

"와, 이거 정말 맛있어요!"

"세상에. 이런 건 처음 먹어봐요!"

초콜릿을 맛본 선인들이 환성을 질렀다. 그녀들은 로이드가 꺼낸 레이스나 리본, 처음 보는 옷감에도 관심을 보이며 어떻게 사용하는 것인지 물어보기 바빴다. 그들은 로이드가 늘어놓는 서대륙 이야기에 흠뻑 빠졌다. 눈치 빠른 몇몇은 능파선에게 붙어 조르기 시작했다.

"소혜왕비님, 하계로 내려갈 때 저를 데려가주세요. 제가 왕비님의 시중을 들게요."

"저도 같이 데려가주세요. 말썽부리지 않을게요."

사방에서 달라붙는 선인들 때문에 능파선은 얼떨떨한 표정을 지었다. 하지만 딱히 싫은 얼굴은 아니었다. 서대륙에 가보고 싶다고 난리를 치는 선인들을 본 왕모가 웃었다.

"여우 녀석이 내 선인들을 다 꼬여내는구나. 이러다 선인들을 죄다 하계에 뺏기게 생겼어."

현녀는 왕모를 따라 웃었다. 그녀가 듣기에도 로이드의 입담은 뛰어났다. 어찌나 말을 잘하는지 지금 당장 서대륙에 가지 않으면 큰 손해를 볼 것 같은 느낌이었다. 현녀가 그러했으니 어린 선인들이야 말할 것도 없었다. 심지어 내내 입을 삐쭉거리던 태진마저 능파선의 근처를 기웃거렸다.

그 사이 로이드는 옆으로 슬쩍 빠져나와 아란을 품에 안고 있었다. 아란이 걱정스럽게 그의 가슴을 쓰다듬었다.

"정말 괜찮으세요?"

용의 주먹에 정통으로 얻어맞았으니, 보통은 가슴이 내려앉아 즉사해야 했다. 하지만 로이드는 뒤로 튕겨 나가 굴렀을 뿐 아주 멀쩡했다. 동주에 오르면서 극에 달한 빙정의 재생력 때문이었다. 로이드가 웃으며 속삭였다.

"당신이 만져주니 하나도 아프지 않은데요. 이 손으로 쓰다듬으면 분명 죽은 사람도 부활할 겁니다."

"……백작님은 정말 절 부끄럽게 하세요."

아란이 붉어진 얼굴로 투덜거렸다. 로이드가 "그래서 싫습니까?" 하고 물었다.

입술을 깨문 아란이 고개를 저었다.

"아뇨, 이것마저 너무나 그리웠어요."

그녀는 로이드의 목을 끌어안고 입술을 겹쳤다. 뜻밖의 행운에 로이드는 얼른 눈을 감고 아란을 껴안았다. 서대륙에 대한 기대로 재잘거리던 선인들이 그걸 보고 놀라 입을 떡 벌렸다. 손으로 눈을 가리고 손가락 사이로 훔쳐보는 선인도 있었다.

선계의 풍습은 동대륙과 비슷했다. 남녀가 손만 잡고 다녀도 남세스럽다는 평가를 받는 곳에서 두 사람의 키스는 그야말로 파격적인 장면이었다. 모두가 숨을 죽이고 지켜보고 있었다.

잠시 뒤 입술이 떨어지자 로이드가 놀란 듯이 중얼거렸다.

"와, 정말 환상적이군요. 죽었다가 되살아난 기분입니다."

아란이 웃으며 그의 입술을 살짝 깨문 후 놓아주었다. 로이드는 두 손으로 그녀의 뺨을 어루만졌다. 그렇게 해야만 그녀가 눈앞에 있다는 것을 믿을 수 있는 사람처럼.

"당신이 꽃잎으로 흩어지는 것을 보았을 때는, 제 심장이 통째로 뜯겨나가는 기분이었습니다. 저는 그동안 내내 죽어 있었습니다. 이렇게 만나서 당신의 목소리를 듣고, 당신의 키스를 받고, 당신의 얼굴을 만지니, 이제야 살아있는 기분이 드는군요."

"죄송해요. 제가 미리 알았다면 좋았을 텐데."

아란이 죄책감 가득한 얼굴로 사과했다. 로이드는 싱긋 웃으며 그녀의 코끝에 키스했다.

"이렇게 살아 있는 것만으로도 당신에게 얼마나 감사한지 모릅니다. 앞으로 평생 감사하며 살 겁니다."

"저도, 백작님이 동주에 오르셨다는 말을 듣고 얼마나 무서웠는지 몰라요. 백작님을 잃을까 봐 너무 고통스러웠어요. 무사하셔서 너무나 감사하고, 기쁘고 또 감사해요."

아란이 작게 속삭였다. 서로를 꼭 껴안은 품에서 기쁨과 감사가 넘쳐났다. 로이드는 짝을 되찾은 기쁨을 마음껏 누렸다. 지금 이 순간 그는 세상에서 제일 행복한 사람이었다.

"그리고 어머니를 말리지 못해서 죄송해요. 제가 어머니를 좀 더 잘 설득했더라면 이런 일은 없었을 거예요."

아란이 로이드의 가슴을 다시 어루만지며 말했다. 로이드가 아니라고 고개를 저었다.

"제가 장모님이라도 이렇게 고운 딸을 훔쳐가는 놈은 곱게 안 보였을 겁니다. 이제야 얼굴을 들이밀었으니 더욱 화가 나실 만도 하죠. 그나마 장인어른이 지금 안 계셔서 다행입니다."

"저, 백작님. 미처 말씀드리지 못했는데, 아버지가 출정에서 돌아오셨어요."

아란의 말에 로이드의 얼굴에서 핏기가 싹 가셨다.

"그게 정말입니까? 장인어른은 지금 어디에 계시죠?"

"지금은 자미궁에 계세요. 얼마 전에 새로운 천제께서 즉위하셔서 굉장히 바쁘시거든요."

"……이런."

로이드가 탄식하듯 중얼거렸다. 그는 어리둥절해하는 아란의 팔을 꼭 붙잡고 말했다.

"아란, 저는 동주를 오르면서 당신을 빼앗으려는 이들과 맞서 싸울 계획을 세웠습니다. 천제와 싸운다고 해도 이길 자신이 있지만, 장인어른께는 못 이깁니다. 지금의 저로서는 장인어른을 설득할 방법이 없습니다."

"그럼…… 그럼 어떡하죠?"

아란이 조금 겁먹은 얼굴로 말했다. 잠깐 뭔가를 생각하던 로이드가 고개를 저었다.

"일단 장모님을 모시고 도망갑시다. 작전상 후퇴를 해서 새로운 계획을 세워야겠습니다."

로이드의 생각으로는 능파선보다 청원진군이 더 무서운 상대였다. 그는 묵림과 무라의 친우였고 셋의 구심점이기도 했다. 절대 만만한 사람이 아닐 것이다.

같은 편이라면 좋았겠지만, 로이드는 그의 금지옥엽을 낚아채려는 도둑놈이었다. 진군은 철저하게 그를 박살내려고 들 것이다. 지금으로선 서대륙으로 도망쳐서 무라와 묵림의 비호를 받는 것이 최선이었다. 그 사이 능파선을 설득해서 사위로 인정받는 게 목표였다.

로이드의 계획을 들은 아란이 고개를 끄떡였다.

"어머니는 제가 설득할게요. 아버지 몰래 하계로 내려가자고 말씀드리겠어요."

"그럼 제가 왕모님을 설득해서 빠르게 하계로 내려가는 방법을 얻겠습니다."

천신인 능파선을 하계로 데리고 가려면 왕모의 협조가 필요했다. 의기투합한 부부는 각자의 목표를 향해 달려갔다. 그들은 이미 일심동체였다.

한 마리의 청룡이 하늘을 빠르게 가로질렀다. 청룡의 이마에는 왕모의 사자임을 나타내는 황금색 인장이 있었다. 그리고 머리 위에는 아란과 로이드를 태웠다.

─ 칠칠치 못하기는. 그렇게 급한 일이 있으면 선계에 오르기 전에 미리 해결하고 왔어야지!

청룡이 화가 난 목소리로 투덜거렸다. 그건 바로 능파선의 본신이었다. 빨리 서대륙으로 돌아가지 않으면 목숨이 위태롭다는 사위의 호소에 원래의 모습으로 변한 것이다.

"정말 죄송합니다. 장모님. 드릴 말씀이 없습니다."

로이드가 송구하다는 얼굴로 굽실거렸다. 능파선은 더욱 날카롭게 말했다.

─ 시종 하나 거느리지 않고 하계로 가다니. 이래서야 유배당하는 것과 뭐가 달라.

"어머니, 유배가 아니에요. 왕모께서 저희를 하계의 사자로 임명하신 걸요. 굉장히 영광스러운 일이에요. 아마 다들 부러워할 거예요."

아란이 부드러운 목소리로 그녀를 설득했다. 능파선이 어린애처럼 투덜거렸다.

─ 그래도 쫓겨나듯이 하계로 내려가는 건 마음에 안 들어.

"제 집은 금와가 돌보고 있으니 많이 불편하진 않으실 겁니다. 시종을 거느리고 가는 것이나 다름없죠. 그리고 제가 최선을 다해 장모님을 모시겠습니다. 믿어주십시오."

꿀떡 같은 로이드의 대답에 만족한 능파선이 입을 다물었다. 겉으로는 투덜거렸지만, 사실 많이 언짢은 것은 아니었다. 선인들이 함께 데려가달라고 매달리는 것은 좋았으나 한편으론 귀찮기도 했다. 혼자 서대륙을 여행하고 돌아가서 남들에게 자랑하고 싶은 마음도 강했다. 그래서 셋이서 빨리 돌아가자는 딸의 간청에 고개를 끄떡였던 것이다.

그리고 무심한 남편에 대한 복수심도 있었다.

'어디 나 없이 혼자 잘해보라지.'

자신만 없어지면 시큰둥할지도 모르지만, 딸과 한꺼번에 사라지면 아마 까무러치게 놀랄 것이다. 비뚤어진 미소를 지은 능파선이 꼬리를 휘저었다. 구름이 한 번에 뒤로 밀려나며 청해의 풍경이 가까워졌다.

"아, 저기 비회 님이 보입니다!"

로이드가 항구 근처에 둥실둥실 떠다니는 거북을 가리키며 말했다. 오랜만에 만난 오라비의 모습에 반가워진 능파선이 더욱 속도를 냈다. 거북의 등에 타고 있던 묵림이 그것을 보고 미간을 찌푸렸다.

"멍청한 놈, 골칫덩어리를 붙이고 오는군."

그는 함께 있자고 매달리는 영초를 뿌리치고 항구로 돌아와 있었다. 로이드가 잘 해낼 것을 믿어 의심치 않았기에 여기서 기다리기로 한 것이다. 그런데 선계에서 제일 가는 재앙 덩어리를 몰고 오고 있으니 속이 터지지 않을 수가 없었다. 그는 먼 북쪽 하늘을 바라보며 고개를 저었다.

"한바탕 태풍이 불겠어."

묵림을 발견한 로이드가 손을 크게 흔들었다. 그가 떨어질까 봐 걱정되는지 옆에서 꼭 붙잡고 있는 아란도 보였다. 어쨌거나 다정한 한 쌍의 모습에 묵림의 입가에 미소가 걸렸다.

해가 아주 쨍쨍했다. 바다를 건너기 좋은 날이었다.

에필로그

로이드 헤센타인은 선선대 왕의 사생아였다.

그는 동대륙 황녀와 혼인하여 '서성왕'에 봉해졌으며, 동대륙과의 무역에서 핵심인물로 떠올랐다. 올해 즉위한 찰스 왕이 그를 가리켜 '내 가장 믿을 만한 신하이자 오른팔'이라 칭한 것으로도 유명했다.

사람들은 로이드를 '나라 제일의 부자', '왕의 가장 총애받는 충신', '미녀를 차지한 행운아'라고 부르며 부러워했다. 그러나 여기에서 예외가 있었으니, 바로 찰스 왕의 신하들이었다. 그들은 로이드를 '◆새끼', '◆◆새끼', '◆◆ 같은 새끼'라는 별칭으로 불렀다. 로이드가 동대륙에서 데리고 온 '여신 능파선' 때문이었다.

능파선은 좁아터진 로이드의 저택에 싫증을 내고 제게 어울리는 장소를 찾기 시작했다. 그녀는 호수를 옆에 끼고 있는 백합궁의 모습에 반해버리고 말았다. 능파선은 당연하다는 듯 캐서린을 쫓아내고 백합궁을 차지했다.

백합궁에 들어앉은 용궁공주는 찰스 왕의 가장 큰 근심거리였다. 허구한 날 사고를 치는 능파선 때문에 스트레스를 받은 그의 머리는 하루가 다르게 헐거워졌다. 이러다간 즉위한 지 몇 년 지나지 않아 대머리가 될 듯했다.

이런 사태에 책임을 져야 할 로이드는 바쁘다는 핑계로 이리저리 도망다니며 왕에게 모든 것을 떠넘겼다. 왕의 충신들이 죽도록 로이드를 미워하는 것도 어쩔 수 없는 일이었다.

왕도 가만히 있지만은 않았다. 틈만 나면 로이드에게 전령을 보내 어떻게 좀 해달라고 닦달했다. 물론 로이드는 대부분의 경우 뻔뻔한 혓바닥을 놀려 빠져나갔다. 그래서 왕은 그를 상대할 수 있는 전령을 찾아 보내느라 골머리를 앓곤 했다.

"전하께서 꼭 읽는 모습까지 보고 오라고 하셨습니다!"

집사를 밀쳐내고 로이드의 집무실까지 쳐들어온 전령이 서신을 내밀며 말했다. 로이드는 어깨를 으쓱하며 인장을 뜯어 편지를 꺼냈다.

안에는 딱 한 줄이 적혀 있었다.

: 사……ㄹ……려줘.

"이건 대체 뭐지, 다잉메시지?"

로이드가 어처구니없다는 듯이 물었다. 전령이 굳은 얼굴로 말했다.

"전하의 절절한 마음입니다."

"아직 이런 거 보낼 정신도 있고 아주 멀쩡하신 것 같은데."

"당신이 그러고도 인간이야?!"

발끈해서 소리친 전령이 아차 하는 표정을 지었다. 너무 화가 난 나머지 왕의 사촌인 백작을 모욕한 것이다. 새파랗게 질린 그를 보고 턱을 긁적인 로이드가 말했다.

"하긴, 요즘은 내가 생각해도 별로 인간 같지 않으니까."

잠들면 여우로 변신하는 데다가 칼로 찔러도 상처 하나 나지 않는다. 누가 봐도 훌륭한 비인간 상태였다. 모욕에도 덤덤한 로이드에게 당황한 전령이 더듬거리며 말했다.

"어, 어쨌든 여신님이 힘들면, 그분의 남편이라도 좀 어떻게 해 주십시오!"

"음? 장인어른이 오셨나? 언제 오셨지?"

"지금 막 오셨습니다. 두 분이서 백합궁을 때려 부수면서 싸우는 중입니다."

전령이 당장 울 것 같은 목소리로 말했다.

청원진군은 왕의 또 다른 골칫거리였다. 그는 로이드가 서대륙에 돌아온 지 한 달 뒤에 나타났다. 고위 천신이라 내려오기 힘든 것도 있지만, 그가 도망가면 일할 사람이 없어 북제가 놓아주질 않았다.

천신만고 끝에 서대륙에 도착한 진군은 곧장 로이드의 저택으로 들이닥쳤다. 아내와 딸을 한 번에 빼앗긴 천신의 분노는 어마어마했다. 당장 로이드를 동강 내려는 그의 앞을 묵림이 막아섰다. 그는 면목 없다는 얼굴로 고개를 깊게 숙였다.

「미안하다. 전부 내가 잘못 가르친 탓이야. 아들이 죽는 꼴을 또 볼 수는 없으니, 치려면 날 먼저 쳐라.」

「묵림! 당장 비켜!」

진군은 길길이 날뛰었으나 아들과 함께 죽겠다는 묵림을 차마 내리치진 못했다. 두 사람이 몸싸움을 벌이는 사이 로이드의 구조요청을 받은 능파선이 달려왔다. 그녀는 노기등등한 목소리로 외쳤다.

「이게 대체 무슨 행패야! 당신이 뭔데 내 사위를 핍박해!」

「뭐? 내 사위라니? 설마 저놈을 인정한 건 아니지?」

아내의 변심에 당황한 진군이 로이드를 삿대질하며 물었다. 하지만 로이드는 온갖 로비로 능파선을 제 편으로 만든 뒤였다. 그는 훌쩍거리며 능파선의 치맛자락에 매달렸다.

「장모님, 살려주십시오. 제가 죽으면 우리 아란은 어쩝니까.」

「에잇, 사내가 돼서 왜 그리 자주 눈물을 보이는 거야! 어서 뚝 그쳐!」

「장인어른이 너무 무서워요.」

「내가 알아서 할 테니 자네는 어서 란아에게 가봐.」

능파선은 로이드를 등 뒤로 감추며 말했다. 우는 척하며 고개를 끄떡인 로이드가 묵림을 끌고 대피했다. 기가 막혔던 진군이 "허!" 소리를 냈다. 하지만 능파선이 오히려 그에게 눈을 부라렸다.

「이제야 나타나서 행패 부릴 거면 그냥 이혼해!」

진군은 너무 기가 막혀서 할 말을 잃었다. 인간 따위에게 딸을 주느니 죽겠다고 난리 칠 때는 언제고, 이제 와서 사위를 핍박한다고 이혼을 하잔다. 아내가 제정신인가 싶었다.

「이혼? 지금 무슨 말을 하는지 알고는 있는 거야?」

「왜? 나는 당신한테 이혼하자고 하면 안 돼?」

능파선이 억울한 목소리로 외쳤다. 78년 전에 있었던 잘못으로 그녀는 살아도 죽은 듯이 숨죽여 살았다. 남편에게 사랑받는 것도 포기하고 그저 딸을 키우는 재미로 세월을 보냈다. 딸이 성장하자 남편은 더욱 무심해져서 집에 있는 날보다 없는 날이 더 많았다. 그래도 행복하다고 되뇌며 살았지만, 사실은 아니었다. 능파선은 그것을 서대륙에 오면서 절절히 깨달았다.

로이드는 모녀를 데리고 극장과 무도회장, 살롱과 가든파티, 카페와 박물관을 바쁘게 돌아다녔다. 능파선은 색다른 문화와 음식, 친절한 사람들에게 흠뻑 빠져들었다. 하지만 그녀에게 가장 인상적으로 다가온 것은 바로 사위인 로이드였다.

로이드는 누구의 눈도 신경 쓰지 않았다. 그는 언제 어느 때라도 아란을 사랑하는 것을 당당하게 표현했다. 자유롭고 거침없는 그의 방식은 능파선에겐 엄청난 문화충격이었다.

그리고 그는 진심으로 아란을 사랑했다. 능파선의 생각처럼 어린애에게 욕정하는 변태 따위가 아니었다. 그는 아란의 어떤 모습이라도 이해하고 사랑하려 노력하는 남자였다. 뭐든 좋은 것이 있으면 아란의 손에 먼저 쥐여주었고, 아란을 웃게 하려고 여우로 변해 애교를 떠는 짓도 서슴지 않았다. 체면에 목숨을 거는 천신이었다면 상상할 수도 없는 일이었다.

'귀한 내 딸을 데려왔으니 저 정도는 해야지.'

처음엔 입을 삐쭉이던 능파선도 차츰 마음으로부터 사위를 인정하게 되었다. 무엇보다 아란이 너무나 행복해 보였다. 항상 조용하고 얌전하던 아이가 로이드가 옆에 있으면 활짝 웃었다.

우울한 일이 있을 때도 로이드가 뭐라고 속삭이거나 손을 맞잡으면 거짓말처럼 웃음이 돌아왔다. 그렇게 환하게 빛나는 딸의 얼굴은 능파선도 처음 보는 것이었다.

'……사랑. 저런 게 바로 사랑인가?'

능파선은 사랑에 대해 다시 생각하게 되었다. 딸아이가 간절히 호소하던 사랑은 그녀가 생각했던 것과는 다른 색채였다. 훨씬 따스하고 온화하며 반짝이는 빛으로 이루어져 있었다. 그런 것이 사랑이라면, 자신은 사랑한 적도 사랑받은 적도 없는 것 같았다.

능파선은 두 사람과 함께 있는 것이 점점 불편해졌다. 그녀는 딸을 사랑했고 행복해하는 딸을 보고 흐뭇했지만, 그것과 별개로 괴로워지는 마음이 있었다.

여자로서의 질투는 아니었다. 지금까지 이룬 게 아무것도 없는 것 같은, 삶을 헛되이 살았다는 후회와 허무함이 밀려왔다. 그것을 눈치챈 아란은 어머니를 위로하기 위해 최선을 다했다. 로이드 역시 능파선을 즐겁게 해주기 위해 전보다 더 많은 시간을 냈다.

능파선은 더 이상 딸의 행복을 방해하고 싶지 않았다. 그래서 그녀는 백합궁을 골라 거처를 옮기고 사교생활을 하며 바쁘게 보냈다. 하지만 마음 한구석을 차지한 괴로움과 박탈감은 점점 커졌다. 그것이 한 달 만에 나타난 진군을 향해 터졌다. 자신을 사랑하진 않아도 아내로 생각했다면 이제야 나타나선 안 되었다. 그동안의 서운함과 억울함이 한꺼번에 폭발했다.

「내 딸도, 내 사위도, 하계 인간들까지 나를 존중하는데. 정작 남편이라는 인간이 나를 끈 떨어진 신처럼 하찮게 여기다니! 더 이상은 못 참아. 이혼해!」

진군의 눈이 휘둥그레졌다. 그에게 있어서 능파선의 이혼선언은 마른하늘에 날벼락이었다. 이제야 상제를 정리하고 잘 살아보나 했더니, 딸은 도둑놈이 훔쳐가고 아내는 이혼하자고 난리였다. 충격을 받은 그는 해선 안 될 말을 입에 담고 말았다.

「아니, 대체 뭐가 불만이야? 내가 뭐 잘못했어?」

능파선은 분노했다. 그녀는 주변을 다 부숴버릴 기세로 날뛰었다. 그것이 찰스 왕의 머리숱을 절반으로 줄여버린 부부싸움의 서막이었다.

그 뒤로 청원진군은 틈만 나면 하계로 달려왔다. 도둑놈이 꿀꺽한 딸은 어쩔 수 없다 쳐도 뒤늦은 이혼만은 막아보려는 몸부림이었다. 그럴 때마다 엄청난 규모의 부부싸움이 벌어졌고, 죄 없는 찰스 왕은 고통받았다.

이런 사태를 예견한 것처럼 왕위를 내려놓고 해외여행을 떠난 선왕은 코빼기도 비추지 않았다. 찰스 왕은 몇 번이고 절절한 서신을 보내 본국으로 돌아와달라고 애원했으나 무시당했다.

"장인어른이 오셨다면 어쩔 수 없지. 슬슬 가볼까?"

로이드는 느긋하게 몸을 일으켰다. 이럴 때라도 부지런히 얼굴도장을 찍어놔야 뒤탈이 없었다. 그는 아내에게 물어뜯기고 실의에 빠진 진군에게 접근해서 술을 바치는 등의 밑작업을 하는 중이었다. 전령은 로이드의 마음이 바뀔세라 서둘러 앞장섰다.

백합궁으로 다가가자 부부싸움이 한창 진행 중인지 천둥번개가 치고 있었다. 쿵쿵 소리와 함께 지진이라도 난 것처럼 땅이 흔들렸다. 로이드는 이제 익숙하게 흔들림을 견디며 백합궁 안으로 들어갔다. 멀리서부터 능파선이 악쓰는 소리가 들렸다. 와장창 거리며 뭔가가 깨지는 소리는 덤이었다.

"이혼해! 이혼하자니까 왜 이렇게 귀찮게 달라붙는 거야!"

"매번 그렇게 화만 내지 말고 뭐가 문제인지 대화를 좀 하자고!"

"대화해서 바뀔 거면 진작 바뀌었지! 당신은 글렀어. 안 될 사람이라고!"

"아니, 내가 뭘 그렇게 잘못했어! 말을 좀 해보라고!"

"당신이 뭘 잘못했는지 진짜 몰라?"

급기야 남자가 가장 무서워하는 질문이 등장했다. 로이드는 이쯤에서 불쌍한 장인을 구해주기로 마음먹었다. 그는 열린 문으로 들어가며 "장인어른! 장모님! 저 왔습니다!" 하고 기운차게 외쳤다. 벌게진 얼굴로 싸우던 두 사람이 동시에 로이드를 돌아보았다. 능파선이 억울한 얼굴로 부르짖었다.

"자네가 대신 좀 말해봐. 내가 진짜 기가 막히고 억울해서 살 수가 없어!"

"그러니까 뭐가 그렇게 기가 막히고 억울한데?"

"그걸 모른다는 게 당신이 나쁜……, 우읍!"

능파선이 갑자기 입을 틀어막으며 헛구역질을 했다. 남자들의 눈이 동그래졌다. 미간을 찌푸린 능파선이 손을 내저었다.

"갑자기 속이 좀…… 우욱!"

능파선이 욕실로 달려갔다. 로이드가 당황하는 진군의 등을 밀며 속삭였다.

"뭐 하십니까. 빨리 따라가셔야죠."

"그, 그래. 흠, 으흠!"

얼떨결에 대답했다가 못마땅한 눈으로 로이드를 노려본 진군이 능파선을 따라갔다. 욕실에선 능파선이 토하는 소리가 이어졌다. 로이드는 닥터 브래드모어를 급히 불러오게 했다.

검진 결과는 임신이었다. 달수를 보니 무려 하계에서 생긴 아기였다. 로이드는 갑자기 죄인이 된 장인, 장모를 앞에 앉혀두고 심각하게 말했다.

"정말로 축하드릴 일입니다만, 어떻게 된 일인지 여쭤봐도 되겠습니까. 제 기억으로는 그때도 두 분께서는 한창 부부싸움 중이셨는데 말입니다."

능파선과 진군은 꿀 먹은 벙어리가 되었다. 둘 다 속으로 술이 원수라고 외치고 있으나 입 밖으로 나오지는 않았다. 두 사람에게 칠십 노인도 늦둥이를 본다는 술을 잔뜩 퍼먹였던 로이드는 뻔뻔하게도 배신당한 표정을 짓고 있었다.

"아란과 제가 두 분을 화해시키기 위해 얼마나 노력했는지 아시죠?"

"……."

"뭐, 이렇게라도 기회가 생겨서 다행입니다. 이제 싸우지 말고 천천히 대화해보세요. 시간은 많으니까요."

할 말이 없었던 진군은 고개를 끄떡였다. 아내가 그동안 예민하게 굴었던 것도 임신 때문이라고 생각하니 마음이 편했다.

하지만 능파선은 달랐다. 그녀는 어린애처럼 왁 울음을 터트렸다.

"싫어! 난 이렇게는 못 살아! 애가 생기든 말든 이혼할 거야!"

"아니, 이 여자가! 지금 무슨 말을 하는 거야!"

화가 난 진군이 버럭 소리를 질렀다. 그러자 능파선은 쿠션에 얼굴을 묻고 엉엉 울기 시작했다. 뭐라 더 소리치려는 진군을 로이드가 확 잡아당겼다. 그는 도저히 믿을 수 없다는 얼굴로 말했다.

"장인어른, 지금 뭐 하시는 겁니까. 왜 임신한 장모님께 소리를 지르세요?"

로이드가 편을 들어주자 능파선은 더욱 크게 엉엉 울기 시작했다. 로이드는 진군을 떠밀면서 말했다.

"지금 화내고 계실 때가 아니잖습니까. 빨리 장모님을 꼭 안아주세요. 그리고 '내 아이를 가져줘서 고맙다, 감사한다, 정말 사랑한다.' 하고 말씀하셔야죠."

"……뭐?"

낯 뜨거운 소리에 진군의 얼굴이 벌게졌다. 하지만 로이드는 오히려 뭐가 문제냐는 듯이 그의 어깨를 쿡쿡 찌르며 재촉했다.

"뭐라니요? 당연한 거 아닙니까. 빨리 하십시오."

로이드는 '지금 당장 안 하면 당신은 나쁜 놈이다'라는 눈으로 진군을 쳐다봤다. 진군은 어쩔 수 없이 엉거주춤 아내를 끌어안았다.

엉엉 울던 능파선이 못 이기는 척 그의 품에 안겼다. 진군이 벌게진 얼굴로 더듬더듬 말했다.

"고, 고마워. 그리고 음, 당신에게 정말 감사하고."

"사랑한다는 말은 안 하십니까?"

로이드가 얄밉게 재촉했다. 그를 쏘아본 진군이 멋쩍게 헛기침을 했다. 그러자 능파선이 쿠션으로 그의 머리를 후려쳤다. 그녀가 바락 악을 썼다.

"나쁜 놈! 고맙기는 뭐가 고마워. 도로 주저앉힐 수 있어서 고맙겠지. 날 사랑하지도 않으면서!"

"당신 진짜 왜 이래! 내가 사랑하지도 않는 여자랑 50년 동안 애 키우면서 살았겠냐고!"

진군의 외침에 능파선의 눈이 동그래졌다. 진군이 씩씩거리면서 로이드를 삿대질했다.

"나는 저놈처럼 낯 뜨거운 말은 잘 못 해. 그런데 말 안 한다고 내가 당신을 안 사랑하는 건 아니잖아! 그동안 한이불 덮고 잤으면 그 정도는 알아차려야 하는 거 아냐!"

"말 안 하는데 어떻게 압니까. 말 안 하고 상대가 알아주길 원하는 게 더 이기적인 거죠."

로이드가 시큰둥한 얼굴로 반박했다. 능파선이 쿠션을 꼭 껴안으며 고개를 끄떡였다. 진군이 당장 폭발할 것 같은 얼굴로 로이드를 노려봤다. 로이드는 절레절레 고개를 저었다.

"아이고, 안 되겠네요. 특별한 처방이 필요할 것 같습니다. 두 분은 이제 하루에 열 번씩 서로에게 사랑한다고 말씀하십시오."

"뭐? 나도?"

능파선이 놀란 얼굴로 말했다. 로이드는 당연하지 않냐는 표정을 지었다. 부루퉁하게 입을 다문 능파선과 달리 진군은 화를 냈다.

"웃기지 마라. 내가 왜 네 말을 따라야 하지?"

"약속하시면 장모님도 이제 이혼하자는 소리는 안 하실 겁니다. 그렇죠, 장모님?"

로이드의 말에 잠시 망설이던 능파선이 고개를 끄떡였다. 진군은 기가 막힌 표정을 지었다. 하지만 결국 이혼에서 벗어날 수 있다는 생각으로 동의했다.

만족한 로이드가 손바닥을 맞비볐다.

"자, 그럼 저는 아란에게 이 기쁜 소식을 알리러 가겠습니다."

"잠깐, 방금 뭐가 생각났는데……."

진군이 복잡한 표정으로 말했다.

"그때의 그 술도 네가 준 것 같은데 내 착각인가?"

"네? 무슨 말씀인지 전혀 모르겠는데요. 좀 더 자세히 설명해주시겠습니까."

로이드가 뻔뻔하게 되물었다. 진군은 미간을 찌푸린 채 그를 노려보다가 한숨을 쉬었다. 모든 것이 여우 놈의 수작이라고 해도 이제 와 되돌릴 방법은 없었다.

로이드는 휘파람을 불고 싶은 것을 참으며 돌아섰다. 그는 몹시 떳떳했다. 몇백 년이나 생기지 않던 아이가 술 먹고 한번 실수했다고 생긴 것은 하늘의 뜻이었다. 왕모를 만난 후 로이드는 여기저기에 하늘의 뜻을 끌어다 썼다.

　동생이 생겼다는 소식을 들은 아란은 무척 기뻐했다. 하지만 동생의 탄생을 옆에서 지켜볼 수는 없게 되었다. 하계의 공기와 물이 태아에게 안 좋은 영향을 줄 수 있다는 의견에 능파선의 거처를 용궁으로 옮기기로 한 것이다.

　로이드는 시원섭섭한 얼굴로 장인과 장모를 배웅했다. 아이 때문에 서대륙을 떠나게 된 능파선은 시무룩해져 있었다. 로이드는 그녀의 손을 덥석 잡으며 말했다.

　"장모님, 다음엔 꼭 세 분이서 함께 놀러 오십시오. 이 사위는 장모님이 오시기만을 기다리겠습니다."

　"됐어. 신혼부부를 더 방해해서 무슨 욕을 들으려고. 자네도 그동안 내 비위 맞춘다고 고생 많았어."

　"그게 무슨 서운한 말씀입니까? 제가 장모님을 얼마나 의지하는지 아시잖아요."

　잠시 로이드의 얼굴을 바라보던 능파선이 딸의 손을 잡아 그의 손에 포개었다. 성장한 딸의 손이 사위의 손 위에 겹쳐진 모습이 그렇게 보기 좋을 수가 없었다. 그녀는 흐뭇한 얼굴로 말했다.

　"내 딸을 잘 부탁하네. 부족한 게 많은 아이지만, 지금처럼 예쁘게 봐줘."

　"어머니."

　아란이 감격한 얼굴로 능파선을 불렀다. 능파선은 웃으며 그녀의 뺨을 쓰다듬었다.

"란아, 네 말이 맞았다. 네게 맞는 짝이야 네가 더 잘 알아보는 거지. 어미가 되어 자식의 마음을 아프게 하다니. 정말 미안하구나."

"아니에요, 어머니. 백작님을 인정해주셔서 감사해요."

"원 애도. 언제까지 네 서방을 백작님이라 부를 거야? 하다못해 낭군님이라고 부르렴."

농담인지 진담인지 모를 말을 남긴 능파선이 휙 몸을 돌렸다. 아란이 빨개진 얼굴로 고개를 숙였다. 불편한 얼굴로 로이드를 쳐다본 진군이 헛기침을 했다.

"자네는 나중에 나랑 따로 면담 좀 하지."

"예, 장인어른."

'너'에서 '자네'로 변한 호칭에 로이드는 얼른 고개를 숙이며 대답했다. 못마땅한 눈으로 그를 노려보던 진군이 아란을 향해 다정하게 말했다.

"란아, 아빠 간다. 몸 건강하게 잘 있고, 응?"

"네, 아버지."

딸에게 애정 어린 시선을 보낸 진군이 급히 능파선의 뒤를 쫓아갔다. 능파선이 몸을 풀고 나면 망할 사위 놈부터 족칠 생각이었다.

하지만 사위를 혼쭐내겠다는 그의 야망은 실현되지 못했다. 능파선의 뱃속에 있는 아이는 서대륙식 입맛을 가졌던 것이다. 결국, 그는 '사위, 미안하지만 구림부리래와 과일개이구, 마구롱, 초고래를 여기로 좀 부쳐주게. 능파선이 먹고 싶다고 하는데 여기선 구할 수가 없군.' 하고 아쉬운 소리를 해야 했다.

로이드는 쟝을 용궁에 출장 보내는 것으로 장인어른의 점수를 톡톡히 땄다.

'여신 능파선'이 사라진 뒤, 가장 살맛이 난 것은 찰스 왕이었다. 그는 신하들과 함께 국가를 부르며 해방의 기쁨을 만끽했다. 찰스 왕의 서기관도 '오늘 전하께선 10년은 젊어지신 것 같다.' 하고 일지를 남겼다.

하지만 기쁨은 오래가지 않았다. 일주일 뒤, 붉은 옷을 입은 소녀를 선두로 해서 수십 명의 선인이 왕궁으로 쳐들어온 것이다. 넋이 빠진 찰스 왕에게 소녀가 말했다.

"난 태진왕부인이야. 여기 능파선 님의 거처가 있다고 들었어. 서대륙을 구경하는 동안 잠깐 신세 좀 질게."

찰스 왕의 수난은 계속될 예정이었다.

로이드는 아란과 오붓한 시간을 즐겼다. 이제 그를 방해할 사람은 아무도 없었다. 마침내 모든 천적을 몰아내고 짝을 차지하게 된 것이다. 기쁨에 들뜬 그는 아란의 머리카락에 쪽쪽 입을 맞췄다.

"음, 좋은 냄새. 누구 부인이기에 이렇게 향기도 좋을까요."

"백작님의 부인이에요."

아란이 수줍게 얼굴을 붉히며 말했다. 로이드는 그녀의 귀여움에 무너지지 않기 위해 애쓰며 속삭였다.

"에이, 제 이름은 백작님이 아니잖습니까. 제가 누구죠?"

부끄러워서 손을 꼼지락거리던 아란이 "로, 로이 님." 하고 말했다. 로이드가 초롱초롱하게 눈을 빛냈다.

"좋아요, 이제 님만 빼면 되겠습니다."

"……로이."

간신히 그의 이름을 부른 아란이 양손으로 얼굴을 가렸다. 로이드는 빨개진 그녀를 품에 안고 가려지지 않은 곳에 쪽쪽 입 맞췄다. 그는 감격에 찬 얼굴로 말했다.

"제가 지금 얼마나 행복한지 당신이 알면 좋겠습니다."

"알고 있어요. 저도 너무나 행복하니까요."

아란이 꿈꾸는 것 같은 얼굴로 로이드의 얼굴을 쓰다듬었다. 로이드는 웃으며 그녀에게 입 맞췄다. 아란의 봉인이 풀린 후 남들의 눈치 보지 않고 마음껏 키스할 수 있다는 사실이 제일 좋았다. 물론 더 좋은 건 따로 있었지만, 그건 단순히 '좋다'라고 말할 수 있는 수준이 아니었으므로 슬쩍 넘겼다.

"백작님, 궁금한 게 있어요."

"로이라고 부르면 당신이 원하는 건 뭐든 말해줄 겁니다."

"……로이."

아란이 수줍게 웃으며 말했다. 로이드는 그녀의 입술에 쪽쪽 키스했다.

"벌써 대답하고 싶어서 미칠 것 같군요. 어서 말해주십시오."

"저와 처음 만났을 때를 기억하세요?"

로이드가 움찔했다. 그때의 일을 생각하면 너무 창피해서 기억에서 지워버리고 싶었다. 눈만 데굴데굴 굴리는 그를 훔쳐본 아란이 말을 이었다.

"그때 말씀하셨잖아요. 백…… 아니, 로이의 소원은 신이라고 해도 들어줄 수 없는 거라고요."

"……."

"그게 무슨 소원인지 계속 궁금했어요. 말해주실 수 있나요?"

로이드는 난처한 얼굴로 눈을 피했다. 아란이 "곤란하게 하려고 한 건 아니었어요." 하고 급히 취소하려고 했다. 고개를 저어 그녀를 막은 로이드가 말했다.

"너무 바보 같은 소원이라 들으면 웃을 겁니다."

"그럴 리가 없잖아요."

아란이 단호하게 말했다. 로이드는 쓰게 웃었다.

"그때의 저는, 정신적으로 궁지에 몰려 있었기 때문에 바보 같은 생각을 했습니다. 사생아로 태어난 제가 부끄러웠고, 제 존재를 없애버리고 싶은 심정이었죠."

단순히 공주의 손에 놀아난 것이 문제는 아니었다. 로이드는 아무리 노력해봤자 주변인이 될 수밖에 없는 자신의 존재에 염증을 느꼈다.

"그래서 음, 처음부터 태어나지 않았으면 좋겠다고. 그런 소원을 생각했습니다."

로이드는 자신을 낳은 어머니를 원망하지는 못했다. 그냥 멋모르고 태어난 제가 원망스러웠다. 처음부터 자신이 생기지 않았으면 모두가 행복해졌을 것 같았다.

"……그랬군요."

아란이 눈을 내리깔며 말했다. 로이드는 급히 덧붙였다.

"지금은 아닙니다. 지금은 그때 그런 생각을 한 것도 부끄럽게 여기고 있습니다."

그는 아란의 손을 붙잡으며 말했다.

"저는 항상 변두리에 있었습니다. 다른 사람의 인정을 받길 원하면서, 그들의 틈에 끼이고 싶어서 주변을 맴돌고 있었죠. 하지만 당신을 만난 순간부터 모든 것이 바뀌었습니다."

아란은 로이드에게 찾아온 또 다른 세상이었다. 그녀는 로이드가 갇혀 있는 틀을 부수고, 그가 속하고 싶어 하는 세상이 얼마나 좁은 곳인지 보여주었다.

로이드를 이룬 세상은 한순간에 부서졌다가 다시 세워졌다. 단지 더 넓은 곳을 바라보게 됐을 뿐인데 그는 더 이상 주변인이 아니었다. 새롭게 구축된 세상은 그를 중심으로 돌고 있었다. 거기에는 단 한 사람의 인정이 필요했을 뿐이었다.

"아란, 당신을 사랑하고 당신에게 사랑받는 순간부터 저는 제 인생의 주인이 되었습니다."

"저도 그랬어요."

아란은 놀란 듯이 로이드를 바라보며 말했다. 그녀는 웃으며 말을 이었다.

"저는 인간도 아니고 선인도 아니었으니까, 항상 어디에도 끼지 못하는 외톨이 같았어요. 하지만 백작님을 사랑하고 백작님이 저를 사랑해주신 뒤부터는, 저는 그냥 저였어요. 누구도 아닌 저요."

당신을 만난 순간부터 모든 것이 변했다. 그 이상의 진실이 깃든 말이었다. 로이드는 아란이 무슨 말을 하고 싶은지 알 수 있었다. 그도 똑같은 것을 느끼고 있었으니까.

그들은 서로의 손을 꼭 맞잡았다. 아란이 속삭이듯 말했다.

"사랑해요."

"저도 누구보다 당신을 사랑하고 있습니다."

로이드의 고백에 아란이 다시 웃었다. 로이드는 이끌리듯 그녀에게 키스했다. 부드러운 꽃향기가 그들을 감싸 안았다.

로이드는 더 이상 아란이 날아가는 것이 두렵지 않았다. 그는 그녀였고, 그녀는 그였다. 그들은 둘이서 하나였다. 로이드가 인간이든, 요선이든, 천신이든 아란은 그의 옆에 있을 것이다. 그가 아란의 옆에 있듯이.

그것이 그들이 찾은 사랑이었다.

and 1

요정의
공주님

릴리언은 찰스 왕의 두 번째 공주였다.

그녀에겐 일곱 살 위인 언니 마가릿과 두 살 아래인 남동생 아서가 있었다. 선명한 금발과 푸른 눈을 지닌 마가릿은 어릴 때부터 미인 소리를 들었다.

그러나 갈색 곱슬머리와 초록색 눈의 릴리언을 예쁘다고 말하는 이는 거의 없었다. 조용하고 말수 적은 릴리언은 주목받지 못하는 아이였다.

하지만 몇몇 사람들은 릴리언을 아주 특별하다고 생각했다. 릴리언의 유모도 그중 하나였다.

그녀는 틈만 나면 이런 말을 하곤 했다.

"공주님은 요정의 수호를 받고 있지요. 요정들은 녹색 눈을 아주 귀하게 여겨서 그런 눈을 가진 아기가 태어나면 옆에서 지켜준답니다."

사람들은 유모의 말을 비웃었지만, 릴리언은 굳게 믿었다. 그녀는 자신의 수호요정을 본 적이 있었으니까.

그건 그녀가 좀 더 어렸을 때의 일이었다.

릴리언은 정원에서 혼자 공을 갖고 놀고 있었다. 왜 혼자 놀고 있었는지는 기억나지 않는다. 생각나는 것은 제멋대로 굴러가는 공을 쫓아 달리던 일이었다. 도중 뭔가가 그녀의 무릎을 스치고 지나갔고 릴리언은 곧바로 넘어져 울음을 터트렸다.

그때 첨벙 하고 뭔가가 빠지는 소리가 들렸다. 고개를 든 릴리언은 바로 앞에 연못이 있다는 것을 깨달았다. 새까만 여우가 참방참방 물소리를 내며 연못에 빠진 공을 물 밖으로 밀어냈다. 연못가로 나와서 부르르 몸을 턴 여우는 코끝으로 공을 밀어서 릴리언 쪽으로 보냈다.

릴리언은 눈을 동그랗게 뜨고 여우를 바라봤다. 머리부터 발끝까지 까만 여우였다. 유일하게 검지 않은 건 이마에 박힌 하얀 별뿐이었다. 그것이 이상할 정도로 마음을 끌었다.

릴리언은 공을 버려둔 채 자리에서 일어났다. 여우는 그녀가 다가가도 도망가지 않았다. 물에 젖은 꼬리를 한번 살랑 흔들었을 뿐이다. 잠시 주저하던 릴리언이 여우를 양손으로 꽉 잡고 들어 올렸다. 어린아이의 우악스러운 손길에도 여우는 가만히 있었다. 릴리언은 여우를 인형처럼 꽉 끌어안았다.

얌전히 안겨 있던 여우는 멀리서 "공주님!" 하고 부르는 소리가 들리자 쏙 빠져나갔다. 그리고는 붙잡을 틈도 없이 덤불 사이로 사라져버렸다.

여우를 놓친 릴리언은 엉엉 울기 시작했다. 왠지 모르게 서럽고

분해서 울음을 그칠 수가 없었다. 그녀는 유모가 달려와 안아줄 때까지 계속 울었다.

릴리언의 이야기를 들은 유모는 이렇게 말했다.

「공주님, 그건 요정이랍니다. 공주님이 아주 어릴 때 사나운 사냥개와 마주친 적이 있었는데, 그때도 여우가 나타나서 개를 쫓아 버렸지요. 요정이 공주님을 지켜주는 게 틀림없어요.」

유모는 하늘이 붉게 물들던 날에 나타난 금개구리와 남몰래 찾아온 표범의 요정이 릴리언을 축복한 이야기를 들려주었다.

하지만 릴리언은 개구리나 표범보다는 여우의 이야기가 더 듣고 싶었다. 여우에 대해 말해달라고 조르자 유모 역시 단 한 번밖에 본 적이 없다고 했다.

릴리언은 무척 실망했다.

「내 요정인데 왜 내 옆에 있어주지 않아요?」

「요정은 항상 공주님의 옆에 있어요. 눈에 보이지 않을 뿐이죠.」

유모의 달램에 릴리언은 마지못해 고개를 끄떡였다. 그녀는 요정이 뭘 좋아하는지, 어떻게 해야 다시 볼 수 있는지 궁금해졌다. 그날부터 릴리언은 매일 밤 데운 우유 한 잔과 사탕을 침대 옆에 놓아두고 잤다. 모두 요정이 좋아한다고 알려진 것들이었다. 하지만 우유와 사탕은 한 번도 줄어들지 않았다.

릴리언이 다시 여우를 만난 것은 그로부터 2년 뒤였다. 그녀는 귀찮게 구는 사람들을 피해서 나무 밑에서 책을 읽고 있었다. 아름다운 삽화가 들어간 동화책은 그녀의 숙부인 로이드가 선물한 것이었다.

로이드는 다른 조카들에겐 시큰둥한 태도를 보였지만, 릴리언만 큼은 무척 애지중지했다. 그는 동대륙에서 가져온 아름다운 옷감과 진기한 선물, 신기한 장난감을 쏟아붓듯이 보냈다. 나라에서 손꼽히는 부자인 숙부는 선물의 규모 또한 남달랐다. 동생에게 관심이 없는 마가릿도 숙부가 왔다는 소식을 들으면 괜히 릴리언의 궁에 얼쩡거리곤 했다.

요정에 대한 동화를 읽던 릴리언은 바스락 소리에 고개를 들었다. 가까운 덤불에서 새까만 여우가 머리를 내밀고 있었다. 이마에 찍힌 흰 별이 눈에 띄었다.

릴리언은 자리에서 벌떡 일어섰다. 그 사이 덤불에서 빠져나온 여우가 꼬리를 살랑 흔들었다. 릴리언은 책이 떨어지는 것도 모르고 여우에게 다가갔다.

그녀를 기다리듯 가만히 있던 여우가 갑자기 몸을 돌려 어디론가 달려갔다.

「기다려! 가지 마!」

릴리언은 서둘러 여우의 뒤를 쫓았다. 그때였다. 우지끈하고 뭔가 부러지는 소리가 나더니 조금 전까지 그녀가 앉아 있었던 나무가 앞으로 쓰러졌다. 며칠 전에 내린 비로 지반이 약해져 있었던 것이다.

깜짝 놀란 릴리언은 제자리에 멈춰 섰다. 그녀가 떨어뜨린 동화책은 나무 밑에 깔려 흔적도 보이지 않았다. 계속 나무 아래 앉아 있었다면 릴리언 역시 똑같은 신세가 되었을 것이다. 넋을 놓고 있던 그녀는 퍼뜩 정신을 차리고 주변을 둘러보았다. 여우는 흔적도 보이지 않았다.

릴리언은 자신도 모르는 사이에 악명을 쌓고 있었다. 그녀의 주변에는 크고 작은 사고가 줄지어 일어났고, 거기 휘말려 다친 사람도 꽤 많았다.

한번은 릴리언이 걸어가는 바로 앞에 샹들리에가 떨어진 적도 있었다. 동행한 시녀는 깨어진 파편에 큰 상처를 입었지만, 릴리언은 생채기 하나 없이 멀쩡했다. 이런 일이 계속되자 릴리언은 '불행을 부르는 공주'라는 별명을 얻게 되었다. 누구의 입에서 나왔는지 큰 사고가 일어나기 전에 반드시 나타난다는 검은 여우에 대한 괴담도 널리 퍼졌다.

서대륙에서 검은 여우는 재앙과 불운의 상징이었다. 검은 여우는 사실 악마의 화신으로 공주 대신 다른 이의 영혼을 가져간다는 소문이 파다했다. 사고에 휘말려 다친 사람은 있어도 죽은 사람은 없었지만, 원래 왜곡된 소문일수록 멀리 퍼지는 법이었다.

찰스 왕은 소문에 무척 불쾌해하며 입단속을 명했으나 뒤에서 몰래 수군거리는 것까지 막을 순 없었다. 일이 이렇게 되다 보니 누구도 릴리언의 궁에서 일하고 싶어 하지 않았다. 원래 있던 사람들도 다른 궁으로 옮겨가거나 일을 그만두곤 했다. 보다 못한 로이드가 웃돈까지 얹어 시녀를 구해 궁에 밀어 넣을 정도였다. 그래도 항상 일할 사람이 부족했다.

릴리언으로 말하자면, 그녀는 사실 아무래도 좋았다. 릴리언은 몽상가였고 책을 읽거나 자신의 세계에 틀어박혀 시간을 보냈다.

그래서 시중드는 사람이 적어도 별 불편함을 느끼지 못했다. 오히려 방해하는 사람이 적어져 홀가분한 기분이었다.

릴리언이 아홉 살이 되었을 때 언니인 마가릿 공주의 약혼이 결정됐다. 두 사람은 썩 친한 자매 사이는 아니었다. 우선 일곱 살이나 나이 차이가 났고 성격 또한 너무 달랐다. 항상 활기차고 발랄한 마가릿에 비해 릴리언은 조용하고 혼자 있기 좋아하는 아이였다. 마가릿은 릴리언이 무슨 생각을 하는지 모르겠다며 불평하곤 했다. 그래도 약혼 같은 큰일을 무시하고 넘어갈 정도로 사이가 나쁘진 않았다.

릴리언은 언니에게 줄 선물을 사기 위해 마차를 타고 외출했다. 외출이라고 해봤자 로이드의 상단에 가는 것이었고, 숙부가 엄선한 물건 중 마음에 드는 것을 고르는 정도였다. 하지만 오랜만의 외출에 조금 들뜬 기분이 들었다.

사고가 일어난 것은 돌아오는 길이었다. 산 것은 빗 하나였지만, 로이드는 몇 배나 되는 선물을 마차에 가득 실어주었다. 무거운 짐 때문이었을까. 갑자기 바퀴가 부러지면서 마차가 그대로 주저앉았다. 거기서 끝났으면 좋았을 것을, 부러지는 소리에 놀란 말들이 마차를 비탈로 끌고 갔다. 분리된 마차는 비탈길 아래로 뚝 떨어졌다.

릴리언은 유모의 비명을 들으며 정신을 잃었다. 기절하기 전, 새까만 여우가 마차 창문으로 뛰어드는 장면을 본 것 같았다.

"……괜찮아. 크게 다친 곳도 없고. 그래도 해마다 이러는 건 문제가 있지. 천칙이 풀릴 때 어딘가에서 운이 꼬였다고 볼 수밖에."

릴리언은 낯선 목소리를 들으며 깨어났다. 그녀는 누군가의 품에 안겨 있었다. 넓고 따뜻한 품에서는 기분 좋은 냄새가 났다. 나른한 남자의 목소리가 말했다.

"내가 올린 청원소가 천서성에 잘 전달되었는지 좀 알아봐."

잠시 시간이 흐른 뒤 낮은 웃음소리가 들렸다. 릴리언은 오싹 소름이 돋는 것을 느꼈다. 왠지 모르게 가슴이 쿵쾅쿵쾅 뛰었다.

"아니, 그쪽은 아예 기대를 안 하고 있다. 그분이라면 분명 천제가 되어도 놀러 다니느라 바쁠 테니까. 상소를 대신 처리하는 이가 있을 테니 그게 누군지도 확인해주고."

남자는 누군가와 대화 중인 것 같았다. 릴리언은 살며시 눈을 떴다. 제일 먼저 보인 것은 하얗고 긴 머리였다. 조심스럽게 고개를 든 그녀는 남자와 눈이 딱 마주쳤다. 남자의 얼굴에서 웃음이 사라졌다.

"아이가 깼어. 나중에 또 연락하자, 무라."

남자가 가볍게 손을 내저었다. 뭔가가 꺼지는 것처럼 훅 소리가 들렸다. 하지만 릴리언은 남자의 얼굴에서 눈을 돌릴 수가 없었다. 그는 그녀가 보아온 누구와도 달랐다. 그늘진 꽃처럼 아름다운 얼굴이었다.

"생각보다 일찍 깨어났구나. 다시 눈을 뜨면 궁에 있을 거다. 조금만 자렴."

남자가 그녀의 얼굴로 손을 뻗었다. 릴리언은 반사적으로 그의 손목을 붙잡았다.

"당신은…… 당신은 내 요정이죠?"

더듬거리는 릴리언을 보고 남자가 미소했다. 그다지 즐거운 웃음은 아니었다.

"아니."

"그럼요?"

"나에 대해 알 필요는 없어. 이제 그만 자거라."

냉정하게 말한 남자가 릴리언의 이마를 짚었다. 릴리언은 그대로 의식을 잃었다. 다시 눈을 떴을 때는 침대 위였다. 유모가 걱정스러운 얼굴로 그녀를 들여다보고 있었다. 릴리언은 저도 모르게 울음을 터트렸다. 여우를 놓쳤을 때처럼 서럽고 분했다.

마차 사고 이후 릴리언은 한동안 시무룩하게 보냈다. 유모가 무슨 일인지 물었지만, 아무 말도 하지 않았다. 남자를 만났던 일은 그녀 혼자 간직하고 싶었다.

릴리언은 남자의 정체를 고심하며 대부분의 시간을 보냈다. 남자는 요정이 아니라고 했지만, 어쩌면 자신이 요정임을 깨닫지 못한 것일 수도 있었다. 정신을 잃기 전 릴리언은 분명 새까만 여우를 보았던 것이다. 그건 그녀의 수호요정이었다. 그래서 릴리언은 여우가 남자로 변했다고 믿었다.

'다시 만나면 당신은 내 요정이라고 말해주고, 내 옆에 있으라고 해야지.'

목표를 세운 릴리언은 기운을 되찾았다. 그녀는 제 요정을 찾기 위해서 궁 주변을 열심히 돌아다녔다. 하지만 여우도 남자도 코빼

기조차 보이지 않았다.

　허무하게 일주일을 날려버린 릴리언은 다시 계획을 세웠다. 요정을 찾는 게 아니라 요정이 찾아오게 해야 했다. 그것을 위해 그녀는 한밤중이 될 때까지 기다렸다. 잠자리에 들 시간이 지나자 너무나 졸렸지만, 팔을 꼬집어가며 애써 버텼다.

　요정이 나타난다는 자정이 되자 릴리언은 서둘러 창문을 열었다. 낮은 의자를 밟고 창틀로 올라간 그녀는 주저 없이 아래로 폴짝 뛰어내렸다. 몸이 빠르게 떨어지더니 다음 순간 위로 붕 떠올랐다. 릴리언은 따뜻한 황금빛에 휘감긴 채로 허공에 둥실둥실 떠다녔다. 신기했지만, 놀랍지는 않았다. 요정의 마법일 테니까.

　"이게 무슨 짓이야?"

　어느새 나타난 남자가 화난 얼굴로 말했다. 릴리언은 그에게 손을 뻗었지만, 멀어서 닿지 않았다. 그녀는 남자가 가버리기 전에 서둘러 말했다.

　"당신은 내 요정이에요. 지금은 기억나지 않아도 함께 있으면 생각날 거예요."

　"전에도 그러더니, 대체 무슨 엉뚱한 생각을 하는 건지."

　남자가 긴 한숨을 쉬었다. 답답해진 릴리언은 팔다리를 버둥거렸다. 내려달라는 뜻이었다. 고개를 저은 남자가 말했다.

　"난 그냥 여우다. 이유가 있어서 널 지키고 있을 뿐이지 네 요정 같은 게 아니야."

　"당신이 여우면 내 요정이 맞잖아요."

　릴리언은 한층 더 억울해졌다. 평범한 여우는 사람으로 변할 수가 없었다. 만약 변하는 여우가 있다면 그건 요정이다. 그런데 남자는 자신이 요정이라는 것도 잊어버린 모양이었다.

"릴리언."

남자가 그녀의 이름을 불렀다. 릴리언은 저도 모르게 발버둥을 멈췄다. 남자가 부드럽게 말을 이었다.

"네 운명은 곧 정상적으로 돌아올 거다. 더는 사고가 일어나지도 않을 거고, 혼자 외롭게 있을 필요도 없어. 많은 사람이 네 옆에 모이면 요정 같은 것을 찾지도 않겠지."

"왜, 왜 그런 말을 해요?"

릴리언은 울먹였다. 그녀는 본능적으로 남자가 제 옆을 떠나려는 것을 느꼈다. 싫다고 도리질 치는 그녀를 보고 남자가 웃었다. 역시 즐거운 웃음은 아니었다.

"네가 행복하길 원하니까."

"그런데 왜요?"

릴리언은 남자의 말이 이해가 되지 않았다. 자신이 행복하길 원하면 옆에 있어야 했다. 하지만 남자는 떠나려고 하고 있었다.

"가지 마! 싫어!"

릴리언은 저를 가두고 있는 빛을 두드리며 소리쳤다. 빛은 사라지지 않고, 남자를 붙잡을 수도 없었다. 답답해진 그녀는 결국 울음을 터트렸다. 그녀가 울면 대부분의 사람은 못 이기는 척 뜻대로 해주었다. 릴리언은 남자가 전처럼 품에 안아주길 바라며 손을 내밀었다. 하지만 남자는 그녀에게 다가오지 않았다. 냉정한 얼굴로 가만히 서 있기만 했다. 결국, 울다 지친 릴리언은 그대로 잠들어버리고 말았다.

눈을 떴을 때는 늦은 아침이 되어 있었다. 유모가 웬일로 늦잠을 잤느냐고 놀리며 따스한 세숫물을 가져다주었다. 릴리언은 뚱하게 입을 내민 채로 세수했다. 굳게 닫힌 창문도, 제자리로 돌아온 의자도 그녀를 놀리는 것만 같았다.

'나쁜 요정이야.'

가지 말라고 했는데 이번에도 사라져버렸다. 릴리언은 오늘 밤에 요정을 만나서 단단히 화를 내겠다고 다짐했다. 시녀가 정성 들여 그녀의 머리를 빗길 때쯤이었다. 아래에서 소란한 소리가 들려왔다. 유모가 무슨 일인지 알아보라고 시녀 하나를 내보냈다.

잠시 후 돌아온 시녀가 난처한 얼굴로 필립의 방문을 알렸다. 필립은 릴리언의 사촌오빠였다. 갑자기 찾아온 사촌에게 놀란 릴리언은 서둘러 옷을 갈아입고 아래층으로 내려갔다.

아래층은 이상한 분위기였다. 릴리언의 궁에서 일하는 모든 시중인들이 홀에 끌려 나와 고개를 숙이고 있었다. 잔뜩 화가 난 얼굴로 그들을 노려보던 필립이 들고 있던 것을 던졌다. 바닥에 툭 떨어진 것은 새카만 여우였다.

"똑똑히 봐라! 여우는 죽었어. 또다시 릴리언에 대한 헛소문을 퍼트리는 놈이 있다면 절대 가만히 두지 않을 거다!"

조금 잠잠하나 싶더니 또 터진 마차 사고로 모두가 술렁거리고 있었다. 과연 '불행을 부르는 공주'라며 떠드는 소리가 그치질 않았다. 릴리언에 대한 모욕에 화가 난 필립은 숲 전체를 뒤져 검은 여우를 잡았다. 검은색 여우는 워낙 희귀해서 찾아내는 것도 어려웠다. 그래도 죽은 여우를 봤으니, 이제 악마의 짓이니 뭐니 하는 헛소리는 나오지 않을 것이다.

그때였다.

"……아."

릴리언이 시중인들 사이로 비틀거리며 걸어 나왔다. 핼쑥해진 사촌동생의 얼굴에 필립은 이제 걱정하지 말라는 말을 꺼내려 했다. 하지만 바닥에 떨어진 여우의 사체를 본 릴리언은 그대로 까무러쳤다.

쓰러진 릴리언은 열을 펄펄 내며 앓기 시작했다. 닥터 브래드모어가 약을 처방했지만, 먹이는 족족 토해내기 바빴다. 어린 딸이 사경을 헤맨다는 소리를 들은 찰스 왕이 급히 달려왔다.

"릴리언, 이게 대체 무슨 일이냐?"

"……아바마마, 요정이…… 내 요정이 죽었어요."

간신히 눈을 뜬 릴리언이 속삭이듯 말했다. 딸이 헛소리를 한다고 생각한 찰스 왕은 눈물을 글썽였다. 계속된 마음고생으로 왕은 젊은 나이에도 머리가 훌러덩 벗겨져 있었다. 이번 일로 남은 머리털까지 위협받는 중이었다. 릴리언이 하얗게 들뜬 입술로 중얼거렸다.

"가지 말라고 했는데…… 옆에 있으라고 했는데. 죽어버렸어요. 어떡해요?"

"아가, 내가 요정이든 뭐든 구해주마. 그러니 어서 기운을 차려라. 응?"

"……싫어. 그 요정이어야 해요. 내 요정. 다른 요정은 싫어."

"그래, 알았다. 네 요정을 데려오마. 울지 마라."

릴리언은 거짓말처럼 울음을 그쳤다. 열에 들뜬 초록색 눈이 매달리듯 왕을 쳐다보았다. 코를 훌쩍인 왕이 전령을 불렀다.

"가서 로이드를 데려오게. 릴리언이 아프다고 하면 바로 올 거야."

왕의 말대로 로이드는 곧장 달려왔다. 그는 끙끙 앓고 있는 릴리언의 이마를 짚어보더니 굳은 얼굴로 물었다.

"언제부터 이랬습니까?"

"열이 오른 지는 반나절 정도 지났네. 아까부터 요정을 데려와달라는데, 도대체 무슨 말인지도 모르겠고. 이러다 제 어미처럼 훌쩍 떠나버릴까 걱정이야."

릴리언의 어머니인 조피는 셋째인 아서를 낳고 얼마 뒤에 열병에 걸려 세상을 떠났다. 왕은 어린 딸마저 아내처럼 죽어버릴까 공포에 떨고 있었다.

한숨을 쉰 로이드가 말했다.

"진작 저를 부르셨어야죠."

"로이, 어떻게 좀 해주게. 어미도 없는 저 불쌍한 것을 어쩌면 좋나."

왕은 기다렸다는 듯이 징징거리며 매달렸다. 닥터 브래드모어도 손을 놓고 있는 지금, 믿을 수 있는 것은 로이드뿐이었다. 그의 사촌은 불가능해 보이는 일들도 척척 해내곤 했다. 가끔은 인간이 아니라고 의심되는 부분까지 있었다.

"전하, 걱정하지 마시고 잠깐 나가 계십시오. 제가 알아서 하겠습니다."

로이드는 어서 나가라며 왕의 등을 떠밀었다. 왕은 몇 번이나 침대를 돌아보며 밖으로 나갔다. 이어서 시중인들까지 모두 쫓아낸 로이드가 다시 릴리언의 옆에 앉았다. 그는 릴리언의 이마에 손을 얹고 빙정의 기운을 흘려 넣었다. 열에 들뜬 아이의 얼굴이 한결 편안해졌다. 눈을 뜬 릴리언이 로이드를 불렀다.

"……숙부님?"

"릴리언, 괜찮습니까?"

"안 괜찮아요. 내 요정이 죽었어요. 가지 말라고 했는데 가서 죽어버렸어요."

릴리언이 울먹이며 말했다. 새파랗게 질린 필립에게서 대강의 사정을 들은 로이드가 웃었다. 그는 목소리를 낮춰 조그맣게 속삭였다.

"비밀 하나 이야기해드리죠, 공주님. 요정은 그깟 화살 좀 맞았다고 죽지 않는답니다. 필립이 잡은 건 가짜 요정이에요. 그러니 그만 기운 차리고 일어나십시오."

릴리언은 눈을 깜빡였다. 그녀는 손을 들어 로이드의 소매를 꼭 붙잡았다.

"숙부님, 내 요정이 자꾸 도망가려고 해요. 어떻게 해야 해요?"

"워낙 고집불통 요정이라 그렇습니다. 잡으려면 무척 힘들 거예요."

"그래도 잡고 싶어요."

릴리언이 입을 삐쭉이며 말했다. 싱긋 웃은 로이드가 그녀의 손을 쥐었다.

"그럼 하나만 대답해주십시오. 혹시 너무 외로워서 죽고 싶다고 생각한 적이 있습니까?"

"아뇨, 없어요."

"그럴 줄 알았습니다. 정말 제멋대로 생각하는 영감이라니까요. 괜히 여우로 나타나서 당신을 힘들게 했다고, 어서 떠나야겠다는 말이나 하고 있으니."

"……내 요정이 그랬어요? 나는, 나는 그가 여우라도 좋아요. 없어지는 건 싫어요."

"그럼 왜 창문에서 뛰어내렸는지 말해주겠습니까?"

그래서 릴리언은 솔직하게 대답했다. 요정이 찾아오게 하려고 그랬다는 설명을 들은 로이드가 절레절레 고개를 저었다.

"릴리언, 당신의 여우는 정말 바보군요."

"아닌데. 바보 아니에요."

릴리언이 불만스럽게 말했다. 싱긋 웃은 로이드가 대꾸했다.

"바보 여우에게 당신을 데려가주려고 했는데 안 되겠네요."

"바보 여우 맞아요."

릴리언이 냉큼 대답을 고쳤다. 만족한 로이드가 담요를 가져와 그녀를 감싸 안아 올렸다.

"자, 그럼 여우를 잡으러 갑시다."

로이드는 릴리언을 자신의 저택으로 데려갔다. 요정의 왕국이나 다른 새로운 장소를 생각하던 릴리언은 조금 실망했다. 그런데 숙부의 품에 안겨 마차에서 내리자 거짓말처럼 남자가 서 있었다. 릴리언의 눈이 커다래졌다.

로이드가 남자를 놀리듯이 말했다.

"제가 이미 늦었다고 말했잖습니까. 얼굴을 들켰을 때 이미 게임 끝난 거라고요."

"시끄러워."

남자가 험악하게 대꾸했다. 로이드는 그에게 떠넘기듯 릴리언을 안겨주었다. 릴리언은 얼른 남자의 목을 끌어안았다. 절대 떨어지지 않겠다는 기세에 남자가 난처한 표정을 지었다. 로이드가 얄밉게 말했다.

"쓸데없는 고집부리지 말고 잘해주십시오. 괜히 애 울리지 말고요."

"아직 멋모르는 어린애라 이렇지, 조금만 크면 잊어버릴 텐데 왜 일을 크게 만드는 거냐."

"그게 바로 혼자만의 착각인 겁니다. 릴리언이 조금만 더 컸어도 아버지는 벌써 끌려가서 침실에 감금당했을걸요. 이만하길 다행이라고 생각하세요."

"무슨 헛소리야?"

남자가 어이없다는 듯이 말했다. 로이드는 어깨를 으쓱하며 저택으로 들어가버렸다. 한숨을 쉰 남자가 목에 달라붙은 릴리언을 떼어냈다. 그와 눈이 마주친 릴리언은 얼른 말했다.

"좋아해요. 그러니까 옆에 있어줘요."

숙부가 가르쳐준 요정을 붙잡는 주문이었다. 과연 효과가 있을까 싶어서 가슴이 쿵쾅쿵쾅 뛰었다. 픽 웃은 남자가 그녀의 이마를 콩 쥐어박았다. 놀란 릴리언이 제 이마를 감싸 쥐었다.

"어린게 못 하는 말이 없어."

무심한 남자의 말에 릴리언은 울음을 터트렸다. 분하고 창피하고 억울했다. 자신은 전혀 어리지 않다고, 언니는 벌써 약혼까지 했다고 항변하고 싶었지만, 이상하게 눈물이 먼저 쏟아졌다. 당황한 남자가 그녀를 달랬다.

"그렇게 세게 때리진 않았는데……. 대체 왜 우는 거냐?"

릴리언은 더욱 악을 쓰고 울었다. 남자가 자신을 어린애처럼 둥개둥개 하는 것이 서러웠다. 결국, 울다가 지쳐버린 그녀는 훌쩍거리며 남자의 품에 달라붙었다. 다시 열꽃이 피는 릴리언의 이마를 짚어본 남자가 깊은 한숨을 쉬었다.

"못 말리는 아이구나."

계속된 애 취급에 릴리언이 입을 삐쭉였다. 남자는 그녀를 저택 안으로 데려가 묽은 수프와 뭔지 모를 약을 먹였다. 그리고 열이 내릴 때까지 품에 안고 다독여주었다. 남자의 품을 차지한 릴리언은 만족했다. 그리고 절대 떨어지지 않겠다는 것처럼 그의 머리카락을 손에 꼭 쥐고 잠이 들었다.

묵림은 같이 살자고 떼를 쓰는 릴리언에게 졌다.

밤톨만 한 것이 왜 그리 고집이 센지. 뜻대로 안 해주면 숨이 넘어갈 때까지 울어대니 별수가 없었다. 결국, 그는 릴리언의 호위기사로 그녀의 궁에서 살게 되었다. 그렇게 될 때까지 로이드가 다방면으로 손을 썼다.

찰스 왕에게 기사 서임을 받은 묵림이 한숨을 쉬었다. 아무리 형식상이라지만, 인간의 신하가 되다니 귀왕 체면이 말이 아니었다.

"그것도 기사라니, 이때까지 검 한번 잡아본 적도 없다."

"한 손으로 기사 때려잡을 분이 웬 엄살입니까?"

로이드가 싱긋 웃으며 말했다. 고개를 휘저은 묵림이 궁 쪽으로 터벅터벅 걸어갔다. 릴리언이 병아리처럼 그의 뒤로 졸졸 따라붙었다. 묵림을 붙잡아둔 것이 기쁜지, 조그마한 어깨가 으쓱해져 있었다.

릴리언을 마중 나온 시녀들이 묵림을 보고 눈이 휘둥그레졌다. 공주가 떼를 써서 데려온 기사라기에 어떤 사람인가 했더니, 상상 이상의 미남자였다.

홍조를 띤 그들의 얼굴을 본 릴리언의 눈이 날카로워졌다. 급히 앞으로 나서려던 그녀는 그만 치맛자락에 걸려 엎어지고 말았다.

"이런."

릴리언이 어떤 반응을 보이기도 전에 묵림이 그녀를 안아 들었다. 얼룩진 치맛자락을 들어 까진 무릎을 확인한 그가 말했다.

"많이 다치진 않았구나. 울지 마라. 착하지?"

릴리언의 얼굴이 새빨개졌다. 맨 무릎을 보인 것이 부끄러운데, 처음 듣는 다정한 목소리에 화를 낼 수가 없었다. 그녀는 묵림의 가슴에 얼굴을 묻으며 히잉 소리를 냈다. 묵림이 피식 웃으며 그녀의 등을 다독였다.

"또 울려고. 울면 못난진다."

"……안 울면 예뻐요?"

"그럼, 예쁘지."

무심한 대답에 릴리언의 가슴이 콩콩 뛰기 시작했다. 그녀는 묵림의 가슴팍을 꽉 붙잡았다.

의아한 눈으로 그것을 내려다본 묵림이 릴리언을 품에 안은 채로 궁 안으로 들어갔다.

바로 뒤에서 그들을 지켜본 로이드가 뺨을 긁적였다.

"음, 괜찮겠지?"

로이드는 여자들이 묵림에게 왜 집착하는지 조금 알 것 같았다. 무심하려면 그냥 무심하든가. 무심한 것 같으면서도 다정하고, 내 것이 되어줄 것 같으면서도 도망을 치니 상대의 입장에선 미치고 환장하는 거다. 거기에 눈치 없음까지 겸비해서 줄줄 흘리고 다니면서도 자각이 전혀 없었다.

"처신이 너무 나쁘잖아요, 아버지."

로이드는 릴리언이 고생 좀 하겠다고 생각하며 고개를 저었다. 묵림은 릴리언이 고집불통 떼쟁이라고 생각하는 모양이지만, 로이드가 볼 때는 전혀 아니었다. 그걸 떼라고 생각하는 점에서 이미 글러먹었다.

'저러다가 잡아먹히지.'

쯧쯧 혀를 찬 로이드는 누구에게 향하는지 모를 애도를 보내며 돌아섰다.

그가 떠나고 나자 궁의 문은 굳게 닫혔다. 마치 안에 들어간 검은 여우를 가두듯이.

묵림이 릴리언의 궁에 살게 된 뒤로 원인 모를 사고는 줄어들었다. 소문도 점차 사라져서 릴리언을 '불행을 부르는 공주'라고 부르는 이들도 없어졌다.

시간이 갈수록 릴리언은 보는 사람이 놀랄 정도로 아름다운 소녀로 성장했다. 특히 꿈꾸는 것 같은 커다란 녹색 눈동자는 왕실의 보석이라고 불리며 칭송받았다. 그녀는 서대륙에서도 손꼽히는 미인이 되었다.

릴리언이 열여섯 살이 된 뒤로는 각국에서 쏟아지는 청혼으로 왕실이 몸살을 앓을 정도였다. 개중 용기 있는 자들은 릴리언 앞에 직접 몸을 내던지며 청혼하기도 했다.

하지만 릴리언은 자신은 이미 혼인할 상대가 있다며 단칼에 거절했다.

당황한 찰스 왕이 딸을 불러 묻자 그녀는 자신의 요정과 혼인할 거라고 답했다.

"아홉 살 때부터 정했어요. 전 그 사람이 아니면 누구하고도 혼인하지 않을 거예요."

찰스 왕은 할 말을 잃었다. 아홉 살 때야 요정 같은 말을 해도 통하지만, 열여섯 살의 소녀가 하기엔 심하게 어린 말이었다. 그는 딸이 당장 결혼하고 싶지 않다는 뜻으로 받아들였다.

하지만 왕의 생각과는 다르게 릴리언은 혼인하고 싶은 마음으로 가득했다. 상대가 허락만 해주면 당장 살림을 차릴 생각이었다. 아직 저항이 거세지만, 함락을 위해 차곡차곡 준비하고 있기도 했다.

릴리언이 혼인을 준비한 것은 열세 살 때부터였다. 처음 그녀는 용돈을 모았다. 공주궁에 지급되는 예산은 많았고, 여기저기서 들어오는 선물은 더 많았다. 왕과 숙부에게 잘 보이기 위해 보내는 선물이었다. 덧붙여 릴리언은 책 외의 사치품은 거의 사지 않았다. 그래서 얼마 지나지 않아 저금통이 꽉 찰 정도의 돈을 모을 수 있었다.

릴리언은 그것을 숙부에게 들고 갔다.

"숙부님, 이걸로 동대륙의 작위를 사주세요. 높을수록 좋아요."

"……네? 작위요? 동대륙의 작위는 갑자기 왜?"

로이드는 나라에서 손꼽히는 부자이자, 돈만 내면 뭐든 구해준다는 거대상단의 주인이었다. 릴리언은 그에게 부탁하면 동대륙의 작위쯤은 얼마든지 살 수 있다고 믿었다.

"그걸 사서 내 요정에게 줄 거예요. 그리고 동대륙으로 시집갈 거예요."

릴리언은 야심차게 자신의 계획을 밝혔다. 그녀는 자신이 공주라서 기사인 묵림과 혼인하기 어렵다는 것쯤은 알고 있었다. 하지만 크게 걱정하지는 않았다. 작위가 없는 게 문제라면 잔뜩 사주고 시집가면 된다고 생각했다. 떡 줄 사람은 생각도 않는데 김칫국부터 열심히 마시고 있었다.

숙부가 안쓰러운 눈으로 그녀에게 말했다.

"릴리언, 그건 정공법입니다. 그리고 당신의 여우에게 정공법은 안 통해요."

"왜요?"

"당신이 혼인하자고 말하는 순간, 그 여우는 멀리 도망가버릴 거거든요."

"⋯⋯."

릴리언은 충격을 받았다. 로이드는 그녀가 혼인을 원해도 묵림은 그럴 생각이 전혀 없으며 앞으로 없을 거라는 절망적인 이야기를 들려주었다. 릴리언은 세상이 제 뜻대로 돌아가지 않는다는 쓰디쓴 진실을 맛봤다.

"그럼 어떡해요?"

"숙녀답게 포기하라고 말하고 싶지만, 역시 안 되겠죠?"

릴리언은 크게 고개를 끄떡였다. 난처한 얼굴로 턱을 긁적인 로이드가 말했다.

"전 이 문제에 대해선 도움을 줄 수가 없습니다. 하지만 힌트를 하나 드리죠. 한번 통한 방법은 또 통한다는 겁니다. 잘 생각해보세요."

릴리언은 고개를 갸웃했다. 무슨 뜻인지 알쏭달쏭한 말이었다. 결국, 그녀는 저금통을 안고 궁으로 돌아와야 했다. 돌아오자마자 몰래 외출했다는 이유로 묵림에게 혼쭐이 났다.

어딜 갔었냐는 추궁을 받은 릴리언은 슬쩍 작위와 혼인에 대한 이야기를 흘렸다. 숙부의 말과 달리 묵림이 응해주지 않을까 하는 작은 기대 때문이었다. 하지만 코웃음을 친 묵림은 그녀의 머리를 콩 쥐어박았다.

"쪼그만 게 못 하는 말이 없어."

"……!"

처음 쥐어박힌 뒤로 4년이나 지났지만, 또다시 어린애 취급을 당한 릴리언은 충격을 받았다. 하지만 이어진 말에 비하면 그건 아무것도 아니었다.

"난 벌써 혼인했다."

"네? 누구랑 했어요?!"

누가 나 몰래 내 요정을 가로챘단 말인가. 놀라 눈이 두 배로 커진 릴리언을 보고 쓰게 웃은 묵림이 말했다.

"아주 예전의 일이라 그녀는 이미 흙으로 돌아갔어. 하지만 내 아내는 그 사람뿐이고, 다시 혼인할 마음은 없다."

"그럼 나는요? 나는 당신에게 뭐예요?"

억울해진 릴리언이 따지듯이 물었다. 무심한 눈으로 그녀를 바라보던 묵림이 조금 고민하며 말했다.

"……손녀?"

"…….."

"아니, 나이로 따지면 증손녀인가."

릴리언은 뭔가가 쨍그랑 깨어지는 것을 느꼈다. 여자로서의 자존심이었다. 그날 밤 그녀는 베갯잇을 물어뜯으며 다짐했다. 반드시 묵림을 함락시키고야 말겠다고.

충격에서 벗어난 릴리언은 생각을 정리했다. 숙부의 힌트는 그녀에게 새로운 목표가 되었다.

'한번 통한 방법은 또 통한다.'

그건 묵림의 아내가 쓴 방법을 사용하면 그를 쓰러뜨릴 수도 있다는 말이었다. 릴리언은 잠시 질투심을 접어두고 그녀를 선배로 모시기로 했다.

'일단 방법을 알아내자.'

릴리언은 시간을 들여 조금씩 정보를 모았다. 자신에게 상냥한 숙부나 숙모로는 부족했다. 특히 숙부는 작은 힌트를 주면서도 결정적인 단서는 주지 않았다. 1년이 지나도 별다른 성과를 얻지 못한 릴리언은 아주 가끔 찾아오는 묵림의 친우, 무라부터 공략하기로 했다.

무라와 친해지기까지는 2년이 넘게 걸렸다. 릴리언은 원하는 답을 듣기 위해 열심히 머리를 굴렸다. 무라는 순진했고, 묵림보다 더 눈치가 없었다.

그래서 릴리언에게 넘어가 해선 안 될 말을 흘리고 말았다.

「그때의 일만 아니었어도 천신으로 승승장구했을 텐데, 그놈의 술이 원수지.」

릴리언은 매일 일기장에 그날 얻은 성과를 기록했다. 묵림은 그녀의 사적인 물건을 건드리지 않았기에 일기장은 최고의 계획서였다. 그녀는 꼼꼼히 기록한 단서 아래 또박또박 한 줄을 적어넣었다.

꽃잎으로 담근 술에 약함☆☆☆☆☆

릴리언은 밑줄을 두 개 치고 별도 다섯 개나 단 후에야 만족하고 다음 페이지로 넘어갔다.

"네? 풀리지 않는 끈이요?"

릴리언의 부탁을 받은 아란은 어리둥절해했다. 릴리언은 얼른 준비된 변명을 꺼냈다. 숙부에게 그런 끈이 있다는 말을 우연히 들었는데, 만들어주면 호신용으로만 쓸 생각이라는 이야기였다. 아란은 그녀의 말을 썩 믿는 눈치는 아니었으나 고개를 끄떡였다.

"로이와 약속했어요. 릴리언이 뭔가 부탁하면 한 가지는 들어주겠다고요. 이걸로 괜찮나요?"

언제나 소녀 같은 모습의 숙모가 물었다. 릴리언은 얼른 고개를 끄떡였다. 한없이 부드럽고 상냥해 보이는 숙모는 사실 꽤 엄하고 무서운 사람이었다. 릴리언은 숙모가 제 계획을 알아채고 막을까 봐 조마조마했다.

잠시 후 끈을 만들 재료를 갖고 돌아온 아란이 웃었다.

"릴리언, 누구에게 이걸 쓸 건지 물어봐도 되나요?"

"아무에게도요."

"로이처럼 거짓말에 익숙해지면 못써요."

부드럽게 타이른 아란이 끈을 만들어 건네주었다. 붉은 비단에 금빛 글자가 새겨진 끈이었다. 그리 튼튼해 보이진 않았지만, 숙모가 만든 것이니 믿을 수밖에 없었다.

"매듭을 짓고 나면 당신 외엔 풀 수 없을 거예요. 신중하게 사용하세요."

릴리언은 끈을 소중히 품에 챙겨 넣었다. 마지막 준비가 끝났다.

릴리언은 거사일을 신중하게 선택했다. 숙부의 귀띔에 따르면 여우의 힘은 보름에 가장 강해진다고 했다. 그래서 그녀는 그믐달이 뜨는 날을 골랐다.

기다리던 날이 되자 릴리언은 새벽부터 일어나 목욕을 했다. 온몸을 꼼꼼하게 씻고 향유 마사지도 받았다. 자청해서 몸단장을 하는 그녀를 보고 시녀들은 의아해했지만, 이내 신이 나서 손을 빌려주었다.

몇 시간 동안 공을 들인 효과는 굉장했다. 반짝반짝 윤이 나는 피부를 거울에 비춰본 릴리언은 만족스럽게 고개를 끄떡였다. 특별한 날이니만큼 옅게 화장도 하고 연지를 발랐다. 옷은 벗기 쉽고 보기 좋은 것으로 진작 골라두었다.

단장을 마친 그녀를 보고 시녀들이 박수까지 치며 찬양했다.

"너무나 아름다워요, 공주님. 매일 이렇게 다니시면 얼마나 좋을까."

"누구든 공주님을 보면 사랑에 빠질 거예요."

"정말?"

릴리언은 다시 한 번 거울에 제 모습을 비춰보았다. 제 눈으로 보아도 오늘의 모습은 썩 근사한 것 같았다. 그녀는 두근거리는 마음으로 방 밖으로 나갔다. 하지만 그녀를 본 묵림의 반응은 영 떨떠름했다.

"그렇게 입고 나가면 감기 걸릴 텐데?"

"······."

입을 뚱하게 내민 릴리언이 그를 노려봤다. 묵림은 아무렇지도 않게 그녀의 시선을 넘기며 시녀에게 말했다.

"뭔가 위에 걸칠 것을······."

"외출 안 해요!"

릴리언은 재빨리 그의 말을 잘랐다. 묵림이 의아한 듯 물었다.

"외출도 안 하는데 몇 시간 동안 준비했다고?"

"그냥, 그냥 오늘은 좀 꾸미고 싶어서······."

울상이 된 릴리언이 중얼거렸다. 그제야 그녀의 화장을 눈치챈 묵림이 "아." 하고 깨달은 소리를 냈다. 그는 싱긋 웃으며 말했다.

"예쁘구나."

릴리언의 얼굴이 절로 빨개졌다. 그녀는 묵림이 얄밉다고 생각했다. 차라리 미워하면 속이라도 편할 텐데, 결정적인 순간마다 그럴 수 없게 만들었다. 정말 나쁜 여우였다.

"이제 정말 다 컸어."

묵림은 흐뭇한 얼굴을 하고 있었다. 릴리언이 기대한 반응과는 좀 달랐지만, 자신을 다 컸다고 인정하는 것은 기뻤다. 릴리언은 얼른 묵림의 팔에 달라붙었다. 그녀를 의자 쪽으로 데려간 묵림이 말했다.

"그러고 보니 왕이 네 혼인상대에 대해 묻던데."

"아바마마가요?"

"그땐 어린애한테 무슨 소리인가 싶었는데, 이제 슬슬 할 때도 된 것 같구나."

릴리언은 눈을 반짝였다. 하필 오늘 이런 말을 듣다니, 이게 바로 숙부가 말하던 하늘의 뜻인 것 같았다. 그녀의 반응에 조금 놀란 묵림이 웃었다.

"혼인 이야기에 이렇게 좋아하니, 말 안 했으면 큰일 날 뻔했군."

이끄는 대로 의자에 앉은 릴리언이 묵림의 팔을 꼭 붙잡았다.

"묵림, 만약에요. 내가 원하는 상대를 아바마마가 반대해도 당신은 내 편을 들어줄 거죠?"

"누군데?"

"아직 누구라고 정해진 건 없어요. 그래도 정략혼인은 싫어요. 내가 원하는 상대랑 혼인하고 싶은걸요. 그때 내 편이 되어준다고 약속해줄 수 있어요?"

잠시 고민하던 묵림이 고개를 저었다.

"약속하긴 어렵지만, 노력은 해보마."

"약속해줘요. 당신은 내 편이 되어줘야 해요. 내 요정이잖아요."

"그놈의 요정 소리."

묵림이 혀를 찼다. 릴리언은 어린애처럼 입을 삐쭉이며 그를 올려다보았다. 한숨을 쉰 묵림이 마지못해 고개를 끄떡였다. 릴리언의 얼굴이 환해졌다. 본인도 승낙했으니 이제 정말 거칠 것이 없었다.

믿음직한 숙부는 릴리언이 부탁한 시간에 맞춰 술 항아리를 가져다줬다. 휴가도 없이 고생하는 묵림에게 보내는 선물이라는 꼬리표까지 달려 있었다.

"웬 술이지?"

묵림은 조금 의아해했지만, 딱히 의심하는 눈치는 아니었다. 사실 그는 로이드를 무척 신뢰했다. 로이드 역시 그에게 이런저런 장난을 걸거나 진지한 의논을 하곤 했다. 릴리언은 두 사람의 관계가 늘 궁금했지만, 묵림이 제 손에 들어오면 물어보려고 뒤로 미루었다.

"이건 제법 귀한 술이구나. 20년은 된 것 같은데. 어디서 구했을까?"

항아리의 봉인을 뜯은 묵림이 조금 놀란 듯이 말했다. 릴리언은 괜히 그의 옆을 얼쩡거리며 물었다.

"맛있는 거예요? 나도 먹어봐도 돼요?"

"글쎄, 어린애에겐 너무 독할 텐데."

"이제 어린애 아니라고 했잖아요."

부루퉁한 릴리언의 반응에 묵림은 할 수 없다는 듯이 고개를 끄떡였다. 국자로 퍼 올린 액체는 아름다운 붉은색이었다. 묵림은 그것을 작은 잔에 담아 내밀었다.

"조금만 맛보렴."

릴리언은 살짝 혀끝만 대어보았다. 확 올라오는 독기에 얼굴을 찌푸리자 묵림이 웃었다.

"선인도 취하는 술이니 인간에겐 많이 독하지. 지금은 넣어두고 나중에 마셔야겠구나."

"지금 마셔요!"

릴리언이 서둘러 외쳤다. 묵림이 의아한 표정을 지었다.

"휴가 줄게요. 지금 마셔도 돼요. 나도 같이 먹어보고 싶어요."

덧붙인 말에 묵림은 그녀가 술을 탐낸다고 생각하는 듯했다. 픽 웃은 그가 고개를 끄떡였다.

"이번 기회에 술을 배우는 것도 나쁘지 않지."

그리하여 작은 술상이 응접실에 차려졌다. 묵림은 과일즙을 타서 희석한 술을 릴리언의 잔에 따라주었다. 자신의 잔에는 희석하지 않은 술을 따랐다.

"첫 잔은 거절하지 않고 다 마시는 게 예의지만, 이번에는 입술만 적셔도 된단다."

심호흡을 한 릴리언이 단숨에 잔을 비웠다. 그녀의 머릿속엔 묵림이 술을 많이 먹게 해야 한다는 생각만 있었다. 자신은 희석된 술이고 묵림은 그냥 술이니, 먹다 보면 묵림이 빨리 취할 것 같았다. 하지만 첫 잔을 비우자마자 머리가 핑 돌았다.

"급하게 먹지 말고."

타이르듯 말한 묵림이 자신의 잔을 비웠다. 릴리언은 안주를 와작와작 씹으며 그를 노려봤다. 아직 첫 잔이라선지 취하는 기미가 없었다. 다섯 잔은 먹여야 효과가 있을 것 같았다. 그녀는 얼른 다시 채워진 잔을 입에 털어 넣었다. 넉 잔은 더 비워야 한다는 사실에 마음이 급했다. 하지만 릴리언이 생각할 수 있었던 것은 거기까지였다. 두 번째 잔을 마신 그녀는 눈앞이 깜깜해지는 것을 느끼며 테이블 위로 쓰러졌다.

눈을 떴을 때는 침대였다. 물론 릴리언 혼자였고, 잠옷으로 갈아

입은 상태였다. 몸을 일으키자 머리가 깨어질 것처럼 아팠다. 끙끙거리며 이마를 짚은 그녀는 차가운 물 한 잔을 마시고서야 진정했다.

"……너무해."

몇 년을 준비한 계획인데 이런 식으로 망치다니. 너무 속상해서 눈물을 글썽이자 머리가 더 지끈거렸다. 한숨을 푸욱 쉰 그녀는 부석부석한 얼굴을 문지르며 가운을 걸쳤다. 잠이 더 올 것 같지도 않고, 묵림이 어디 있는지 확인할 생각이었다.

슬리퍼에 발을 꿰며 방 밖으로 나선 그녀는 응접실 문이 조금 열려 있는 것을 발견했다. 안을 엿보자 어둠 속에서도 반짝이는 하얀 머리카락이 보였다. 활짝 열린 창문 아래 앉은 묵림이 밖을 보며 술을 마시고 있었다.

"깼구나."

기척을 느꼈는지, 뒤를 돌아본 묵림이 말했다. 릴리언은 조금 쭈뼛거리며 그에게 다가갔다. 묵림이 걱정스럽게 물었다.

"머리는 아프지 않고?"

"아파요."

투덜거리듯 대답하자 잔을 내려놓은 묵림이 손을 내밀었다. 릴리언은 얼른 그의 품으로 기어들어갔다. 어릴 때 그랬던 것처럼 그녀를 앞에 앉힌 묵림이 이마를 살살 쓸어주었다.

"아직 어린데, 너무 독한 술을 먹었군."

"아닌데. 나 안 어린데."

"그래, 내가 잘못했다."

묵림이 그녀를 다독였다. 릴리언은 뒤돌아 그의 얼굴을 훔쳐보았다. 자신이 기절하고도 계속 술을 마신 것 같은데, 아주 멀쩡한 얼굴이었다.

'무라 님, 거짓말쟁이.'

릴리언의 입술이 뿌루퉁하게 튀어나왔다. 술에 약하긴 뭐가 약해. 다음에 만나면 단단히 따져야겠다고 생각한 릴리언은 묵림의 품에 기댔다. 계획은 실패했지만, 이렇게 품에 안겨 있는 것만으로도 좋았다.

릴리언을 다독이던 손이 천천히 느려졌다. 의아하게 돌아본 그녀는 꾸벅꾸벅 졸고 있는 묵림을 발견했다. 술기운에 더해진 릴리언의 체온 때문이었다. 뜻밖의 행운에 릴리언의 눈이 커다래졌다.

"묵림? 자요?"

숨죽여 물어도 대답이 없었다. 릴리언은 조심조심 그를 바닥에 눕혔다. 마른침을 꿀꺽 삼킨 그녀는 서둘러 옷을 벗어 던졌다. 뽀얀 나신이 어둠 속에서도 빛을 냈다.

'아, 먼저 묶어야 하는데.'

릴리언이 끈이 있는 방 쪽을 바라봤다. 하지만 다시 옷을 입고 방에 갔다가 묵림을 놓쳐버릴까 봐 걱정이 되었다. 완전히 잠에 빠진 모습을 보면 굳이 묶지 않아도 될 것 같았다. 그래서 그녀는 바로 다음 작업에 착수했다. 묵림의 옷을 벗기기 시작한 것이다. 낯선 형식이라 좀 헤매긴 했지만, 한번 매듭을 푸는 데 성공하자 다음은 일사천리였다.

"다 됐다!"

신이 나서 소리친 릴리언은 합하고 입을 다물었다. 그녀는 서둘러 묵림의 옆에 누워 그를 꼭 껴안았다. 알몸으로 누워 있자니 좀 추워서 묵림의 옷을 끌어다 위에 덮었다. 아무것도 모르고 잠든 묵림의 입술에 쪽 입 맞춘 릴리언이 헤헤 웃었다.

"당신은 이제 내 거예요."

유감스럽게도 그녀는 성적으로 거의 무지했다. 그녀가 읽은 책에서는 남녀가 옷을 벗고 침대에 들어갔다는 구절뿐이었다. 그래서 릴리언은 밤에 옷 벗고 같이 자면 아기가 생기는 줄 알았다. 할 일을 마쳤다는 생각에 행복해진 그녀는 이내 곤히 잠들었다.

새벽에 깨어난 묵림은 알몸으로 제게 안겨 있는 릴리언을 보고 기겁했다. 덩달아 눈을 뜬 릴리언은 허옇게 질린 그를 보고 생긋 웃었다.

"걱정하지 말아요. 내가 책임질게요."

"……."

묵림은 그녀에게 옷을 입힌 다음 엉덩이를 때렸다. 영문을 모르는 릴리언은 엉엉 울면서 대들었다. 책임지겠다는데 뭐가 문제냐고 따지는 그녀를 보고 묵림은 한숨을 푹푹 쉬었다.

"사랑해요. 그러니까 나랑 결혼해줘요."

릴리언은 그의 목에 매달리며 고백했다. 내 편이 되어주기로 약속했지 않느냐고 떼도 썼다. 난감해하던 묵림은 진지하게 생각해보겠다고 약속했다. 어디까지나 '생각해보겠다'였지만, 그것만으로도 릴리언은 만족했다.

아침이 되자마자 끌려온 로이드는 릴리언 몫까지 두 배로 혼났다. 찬 바닥에서 잠든 릴리언이 감기에 걸린 탓이었다.

부루퉁해진 로이드는 자신만의 방식으로 복수했다. 열이 올라 끙끙 앓고 있는 릴리언에게 금단의 선물을 건넨 것이다. 바로 16년 전에 로이드가 친구 기드온에게서 받은 책, '좋은 부부가 되는 법'이었다.

한 권의 책이 사람의 인생을 바꾼다고 한다. 릴리언에게 '좋은 부부가 되는 법'은 새로운 세계를 열어주었다. 그녀는 자신의 방법이 왜 실패했는지 깨달았고, 새로운 계획을 짜기 시작했다. 그녀의 손에는 아란에게 받은 끈이 꼭 쥐어져 있었다.

역사는 반복되는 법이었다.

결과적으로 말하자면 릴리언은 성공했다. 그녀는 첫날밤에 임신이라는 엄청난 업적까지 달성했다. 미혼의 공주를 임신시킨 묵림은 도저히 수습이 안 되는 상황에 머리를 쥐어뜯었다.

소식을 듣고 달려온 로이드는 "결국 당하셨군요. 이게 바로 인과응보인가?" 하고 감탄했다가 괜히 화풀이를 당했다. 남편이 두들겨 맞는 것을 본 아란은 뿌루퉁해졌지만, 이내 어쩔 수 없다는 표정을 지었다. 묵림이 얼마나 당황했는지 그녀에게도 느껴졌던 것이다.

"이게 대체 무슨 일이지. 왜 이런 일이 또…….."

묵림은 멍하게 중얼거렸다. 묶여서 당했다고 변명할 생각은 없었다. 그는 귀왕이었고 고작 끈 하나에 꼼짝도 못 하는 존재가 아니었다. 육탄돌격이라는 열정적인 구애에 홀라당 넘어간 거나 마찬가지였다. 문제는 또 한 번에 아이가 들어선 것이다.

"포기하세요. 포기하면 편합니다."

로이드가 그의 어깨를 두드리며 위로인지 아닌지 모를 소리를 했다. 결국, 네 사람은 앞으로 어떻게 해야 할지 의논하기 시작했다. 같은 시각, 먼 선계의 북제가 기쁨의 축하연을 열었다는 것은 아는 사람만 아는 비밀이었다.

얼마 뒤, 릴리언의 사망 소식이 나라 전체를 뒤흔들었다. 그녀는 누구와도 결혼하지 않은 채 젊은 나이로 죽었다. 갑작스러운 죽음에 그녀를 흠모하던 이들은 무척 슬퍼했다. 특히 찰스 왕은 딸의 장례식장에서 남은 머리털을 모조리 뽑을 기세로 통곡했다.

"이 도둑놈이…… 믿고 맡겼더니 내 딸을! 이제 겨우 열여섯 살인데! 으흐으흐응!"

손수건을 물어뜯는 왕의 말을 알아들은 것은 옆에 선 로이드뿐이었다. 왕이 무슨 말을 하는지 듣지 못한 사람들은 딸을 잃은 그의 슬픔에 함께 눈물지었다.

하지만 몇몇 사람들은 릴리언의 죽음을 믿지 않았다. 릴리언의 유모도 그중 하나였다. 그녀는 너무도 아름다웠던 공주를 요정들이 데려갔다고 생각했다.

"요정들은 녹색 눈을 아주 귀하게 여겨서 그런 눈을 가진 아기가 태어나면 옆에서 지켜준답니다. 그리고 다 자라면 자신들의 왕국으로 데려가지요. 공주님은 요정의 나라로 가셨어요. 저는 그걸 분명히 지켜봤답니다."

유모는 하늘에서 빛이 내려오더니 가마를 든 요정들이 나타났다고 말했다. 릴리언은 이제 혼인을 하러 가야 한다며 유모를 한번 안아주고 가마에 올라탔다. 그리고 빛과 함께 가마가 하늘로 사라졌다. 사람들이 미친 소리라고 비웃었지만, 유모는 자신의 주장을 굽히지 않았다.

"다음 날 침실로 가보니 차갑게 굳은 공주님의 시신이 있었지요. 하지만 나는 그걸 믿지 않았죠. 요정들이 인간을 데려갈 때는 딱딱한 통나무나 돌과 바꿔치기하니까요. 분명 그건 공주님으로 꾸민 통나무였을 거예요. 가엾은 전하, 딸이 죽었다고 믿다니."

한 무명의 시인이 그녀의 이야기를 시로 남겼다. 유명한 음악가가 그것을 노래로 만들었고, 그것은 민요가 되어 사람들의 입에서 입으로 전해졌다.

세월이 지남에 따라 릴리언은 요정이 데려간 공주로 기억되었다. 그녀는 '찰스 왕에겐 아름다운 딸이 있어…….'로 시작되는 노래 속에서 불멸의 미녀로 남겨졌다.

and 2

하늘의
그물

달이 떴다. 크고 아름다운 보름달이었다.

로이드는 식사 중인 아내를 지그시 바라봤다. 아란은 봉인이 풀린 뒤에도 과일이나 채소 위주로 먹었다. 친숙한 음식이라 그런 것같았다. 로이드는 아내가 좀 더 여러 가지를 맛볼 수 있도록 옆에 붙어 이것저것을 권하곤 했다. 그의 노력을 제임스는 '식사 때까지 황녀님께 치대려는 수작'으로 평했다. 물론 로이드는 아주 떳떳했다.

"아란, 오늘은 보름입니다."

사과 한 조각을 오물오물 먹고 있던 아란이 멈칫했다. 사르르 붉어지는 뺨을 본 로이드가 좀 더 목소리를 낮춰 속삭였다.

"전 오늘 구석구석 깨끗하게 씻었습니다. 얼마나 깨끗한지 궁금하지 않습니까?"

더러운 수작질에 아란의 뺨이 완전히 빨개졌다. 그녀는 조금 머뭇거리며 말했다.

"제가, 나중에 로이 방으로 갈게요."

"정말이죠?"

신이 난 로이드의 머리에서 여우 귀가 퐁 튀어나왔다. 결혼 9년 차임에도 여전히 철이 없는 남편을 보고 아란이 수줍게 웃었다. 죄 없는 시종들만 영원히 계속되는 염장질에 고통받았다.

뽀득뽀득 소리가 날 때까지 양치질한 로이드가 잠옷을 점검했다. 모든 것이 완벽하다는 것을 확인한 그는 환한 달을 향해 두 손을 모아 기도했다.

'달님, 오늘 제가 힘을 낼 수 있게 도와주십시오.'

기도하는 로이드의 모습은 진지하다 못해 경건했다. 9년 전, 정확히는 첫날밤 이후로 그는 매일매일 두 손을 모아 기도하고 있었다.

아란은 월선이었다.

그것이 무슨 의미인지 로이드는 첫날밤에 뼈저리게 느껴야 했다.

그는 침대 위에서 주마등을 봤다. 어떻게든 주인을 도우려던 빙정은 '미안하다, 난 여기까지인가 봐.' 하고 뻗었고, 이어서 로이드도 기절해버렸다.

다음 날 눈을 뜨자 옆에서 아란이 울고 있었다. 그녀는 '죄송해요, 제가 너무 흥분해서…….' 하고 사과했다. 그동안 이론과 실기만 수련했던 그녀는 실전에 대한 기대와 욕심이 컸다. 그래서 그만 초보자나 다름없는 로이드를 사정없이 몰아붙여 빈사 상태로 만들어버린 것이다.

첫날밤에 기절이라는 충격적인 사건에 이어 눈물의 사과까지 받은 로이드는 넋이 나갔다. 하지만 그는 이내 정신을 차리고 아란의 손을 잡았다.

「미안합니다. 아란. 저도 이제 열심히 공부하겠습니다. 침대에서도 좋은 파트너가 될 수 있게 최선을 다할게요.」

로이드는 아란에게 '음양법'을 전수받기로 결심했다. 여러 가지 이유는 많았지만, 무엇보다 첫날밤의 경험이 엄청나게 좋았기 때문이다. 비록 아란의 공세를 견디지 못하고 기절하긴 했으나 동시에 천국에 있는 것 같은 쾌락을 맛봤다. 그동안 이런 즐거움을 모르고 살았다니 억울할 정도였다.

'내가 알고 있었던 건 정말 아무것도 아니었어!'

왜 월선과 자고 나면 고자가 된다고 하는지 알 것 같았다. 이런 밤을 보내고 나서 예전의 것에 만족할 수 있을 리가 없었다. 그는 용감하게 신세계에 발을 들였다.

그때부터 로이드는 아란의 제자가 되어 '음양법'을 공부했다. 배울 것은 끝이 없었고 매일이 실전이었다. 로이드의 실력은 빠르게 늘었다. 하지만 아직 고수인 아내를 따라가려면 한참 멀었다. 빨리 '음양법'의 대가가 되어 마음 놓고 밤을 즐기는 것이 그의 꿈이었다.

'음양법'에서 음은 여자를, 양은 남자를 나타낸다. 음양법은 결국 여자와 남자가 올바르게 화합하는 법을 말했다. 음은 물과 같고

양은 불과 같아서, 음이 강성하면 양은 쇠약해져 버린다. 타오르는 불에 차가운 물을 끼얹는 것과 같은 이치였다.

그래서 음양법은 여성을 만족하게 하는 것을 첫 번째 도라고 보았다. 만족하지 못한 음은 양을 해치지만, 만족한 음은 양을 도와 기력을 북돋고 몸을 회복시킨다. 두 번째 도는 바로 절제였다. 즐기되 너무 얽매이지 말라는 것이었다.

9년이 넘는 시간 동안 로이드는 첫 번째 도에는 통달하였으나, 두 번째 도에서는 낙제생에 가까웠다. 좋으면 그냥 좋은 거지, 즐기면서 어떻게 평정을 이루라는 것인지 이해할 수가 없었다. 너무 몰두하는 그를 보다 못한 아란이 잠자리에 제한을 둘 정도였다.

보통 결혼한 지 10년이 가까우면 권태기가 온다는데, 로이드는 해가 갈수록 목이 말랐다. 그는 매일 술탄의 간택을 기다리는 후궁처럼 꽃단장을 하고 아란의 앞을 기웃거렸다. 아란은 그를 꼼꼼히 살피고 몸 상태가 괜찮을 때만 침대에 들였다. 자신이 기절할까 봐 걱정하는 마음이 느껴져서 차마 원망할 수도 없었다. 대신 열심히 운동하며 몸 관리를 했다.

'장가를 갔는데 왜 마음껏 할 수가 없니.'

다행히 보름은 여우의 힘이 강해지는 때였다. 그때만큼은 아란도 로이드가 들러붙는 것을 너그럽게 봐주었다. 그래서 로이드는 보름이 오기만을 손꼽아 기다렸다.

"오래 기다리셨어요?"

달칵 문이 열리며 아란이 들어왔다. 방금 목욕을 했는지 촉촉하게 젖은 머리에 발그레하게 생기가 도는 뺨을 하고 있었다. 가운 대신 희고 얇은 옷 한 벌을 걸쳤는데, 어찌나 얇은지 살결이 그대로 비쳐 보였다. 로이드는 멍하게 고개를 끄떡였다.

"……네, 평생을 기다린 것 같습니다."

아란이 수줍게 웃으며 다가왔다. 로이드는 황홀한 눈으로 그녀를 바라봤다. 아란은 해가 갈수록 아름다워졌다. 혼자 내버려두면 누가 훔쳐갈 것 같아서 걱정될 정도였다. 로이드는 제 뺨을 어루만지는 그녀를 보고 웃었다.

"누구 부인이기에 이렇게 예쁜 걸까요?"

"백작님의 부인이에요."

아란이 장난스럽게 대답했다. 오랜만에 듣는 백작님 소리에 화르르 타오른 로이드는 그녀를 덥석 안아 침대에 눕혔다. 놀란 표정을 지었던 아란이 이내 까르르 웃었다. 로이드가 그녀의 입술에 키스하며 속삭였다.

"백작님이라고 부르니, 신혼 때로 돌아온 것 같군요."

"지금은 신혼이 아닌가요?"

"신혼이지요."

싱긋 웃은 로이드가 그녀의 옷으로 손을 뻗었다. 사락사락 소리를 내며 벗겨진 옷이 침대 아래로 흘러내렸다.

번쩍 눈을 뜬 로이드는 익숙한 풍경을 보았다. 바닥에는 보송보송한 금빛 풀이 나 있고, 하늘에는 오색의 구름이 둥실둥실 떠다녔다. 뾰족하면서도 둥그스름한 바위와 그 위에 돋은 기묘한 꽃들도 눈에 익었다. 줄기차게 봐서 익숙해진 선계의 풍경이었다. 하지만 지금 이 순간 보여선 안 되는 것이기도 했다.

"으아아악!"

"아이쿠, 깜짝이야!"

로이드의 비명에 살금살금 다가오던 북제가 기겁했다. 뒤에서 놀래려다가 그만 본전도 못 찾았다. 머리를 쥐어뜯던 로이드가 갑자기 자리에서 벌떡 일어나 그의 멱살을 잡았다.

"왜! 왜 하필 지금인데!"

"어, 이놈 좀 봐라. 야! 나 천제야!"

"천제고 나발이고 왜 지금 부릅니까! 왜냐고!"

로이드가 북제의 멱살을 탈탈 털었다. 울 것처럼 눈물이 글썽한 그를 보고 북제도 민망한 듯 헛기침을 했다. 하지만 이내 뻔뻔하게 로이드의 손을 뿌리치며 말했다.

"아, 그때가 아니면 선계로 데려올 수가 없는데 어쩌라고!"

"데려오지 마! 데려오지 말라고!"

로이드가 악을 쓰며 외쳤다. 음양법도 선도 중 하나이기에 수련하는 중에는 몸도 마음도 선계에 가까워졌다. 북제는 그것을 노려 로이드가 가장 선계에 가까워졌을 때 낚아채 끌어올렸다. 물론 정신만 데려오는 것이다. 육신은 덩그러니 지상에 남아 있었다.

"자꾸 기절하니까 아란이 제가 허약한 줄 알잖습니까! 제 자존심! 제 체면 어쩔 거냐고요!"

"네놈이 허약한 건 사실이잖아!"

"보름이 아니면 마음대로 못 하게 하는데, 이제 보름에도 못 하게 할 거라고요!"

"거참, 9년이나 줄기차게 해먹었으면 됐지. 사내자식이 맨날 마누라 치마폭에 매달려서 부끄럽지도 않냐!"

"안 부끄러우니까 그냥 내버려두란 말입니다!"

로이드는 진짜 억울해서 죽을 것 같았다. 첫날밤의 기절이야 할 말이 없었지만, 그 뒤로는 죄다 북제의 짓이었다. 그런데 이걸 해명하자니 너무나 구차하고 면목이 안 섰다. 끙끙 앓는 그를 보고 북제가 소심하게 말했다.

"오늘은 진짜 할 말이 있어서 불렀다니까."

"별거 아니면 가만히 안 둘 겁니다."

로이드가 부득부득 이를 갈며 말했다. 북제가 흠흠 헛기침을 했다.

"내가 말이야, 왕모를 이겼어!"

"……뭐라고요?"

"투리투래를 해서 왕모를 이겼다니까. 내가 그 여편네를 이기다니, 오래 살다 보니 이런 날도 다 있더라고."

북제가 신이 나서 자랑했다. 로이드가 그에게 전파한 트릭트랙 게임은 선계에서도 큰 인기를 끌었다. 트릭트랙은 '서양쌍륙'이나 '투리투래'라는 이름으로 바뀌어 모든 선인이 즐기는 놀이가 되었다. 천제인 북제가 심취한 놀이이다 보니 너도나도 따라 하기 시작해서 널리 퍼진 것이다.

"설마 그거 자랑하려고 절 부르신 건 아니겠죠?"

로이드가 싸늘한 얼굴로 물었다. 사실 자랑하려고 불렀던 북제는 그를 삿대질했다.

"에잇, 어쨌든 나도 이제 투리투래 제법 한다 이거야. 그러니 어서 내 도전을 받아라!"

한숨을 쉰 로이드가 휙 몸을 돌렸다.

"싫습니다. 어서 집으로 돌려보내주세요. 달이 지기 전에 돌아가야 합니다."

"그냥 가면 후회할 텐데?"

북제가 품속에서 두루마리 하나를 꺼냈다. 그는 은근한 목소리로 말했다.

"이게 뭔지 아냐? 네 아비인 묵림이 천서성에 올린 청원소다. 내가 슬쩍 빼돌렸지."

"뭐라고요?"

"가끔 말이야 천수를 누리지 못하고 단명하는 인간이 있거든. 삼태성이 정한 운명이 꼬여버릴 때 그런 일이 생기지. 천칙이 풀릴 때 뭐가 잘못됐는지 네 어미의 운이 비비 꼬였나 보더라고. 네 아비는 그걸 풀어달라고 청원을 올렸고 말이야."

로이드는 까맣게 몰랐던 이야기였다. 최근 릴리언 주변에 자꾸 사고가 생겨 걱정이 되던 참이었다. 운명이 꼬인 탓이라니 생각지도 못했다. 북제가 심술궂게 말했다.

"천서성엔 매일 엄청난 수의 상소가 모이거든. 이렇게 작은 일은 처리하려면 얼마나 시간이 걸릴지 몰라. 그렇지만 네가 나를 이기면 지금 당장 처리해주마."

북제의 지위를 생각하면 아주 귀여운 횡포였다. 로이드는 난감한 기분으로 뺨을 긁적였다. 조금 귀찮지만, 릴리언의 안위가 달린 일이었다. 어머니의 환생이라서인지 로이드는 그녀를 나이 터울 많이 나는 동생처럼 느꼈다. 한숨을 쉰 그가 말했다.

"빨리 처리하는 것 말고 다른 보상도 좀 거시죠?"

"좋다. 네가 이기면 네 어미의 운명은 내가 손수 다림질하듯 쫙쫙 펴주마. 원하는 건 무엇이든 손에 넣고 잘 먹고 잘 살게 될 거다. 대신 지면 넌 내 밑에서 일하기로 약속하는 거다?"

"뭐, 좋습니다. 하지만 이번엔 봐드리지 않을 겁니다."

그렇게 해서 다시 판이 벌어졌다. 북제는 자신만만하게 주사위를 던졌다. 왕모를 이긴 그는 자신이 '투리투래'에 완벽하게 통달했다고 믿었다.

하지만 착각이었다.

갑자기 끌려와서 화가 난 로이드는 사정없이 판을 몰아쳤다. 결국, 북제는 단 하나의 말도 빼내지 못하고 그에게 패배했다. 넋 나간 눈으로 게임판을 보던 북제가 "으아아, 이건 거짓말이야!" 하고 머리를 쥐어뜯었다. 로이드는 어깨를 으쓱했다.

"이번엔 안 봐드린다고 했죠?"

"너 이놈! 속임수 썼지? 아니면 이렇게 될 리가 없어!"

"당연하죠. 이미 알고 계셨잖습니까?"

로이드가 뻔뻔하게 말했다. 할 말을 잃은 북제를 본 그는 자리에서 일어났다.

"다음에는 이런 일로 부르시면 안 됩니다."

"야! 어딜 도망가냐! 한 판 더 해!"

북제가 노발대발해서 외쳤다. 로이드는 어깨를 으쓱해 보였다.

얄미운 여우를 노려본 북제가 품에서 작은 상자를 꺼내 내려놓았다.

"만년화리의 내단이다. 이번에도 날 이기면 이걸 주지."

"그게 뭡니까?"

로이드의 무식함에 잠시 당황하던 북제가 흠흠 헛기침을 했다.

"영물의 내단(內丹)이란 말이다. 만년화리는 만년을 산 잉어를 말하는데 양기가 아주 강한 놈이야. 놈의 정기가 모인 내단 역시 남자에게 무척 좋지. 특히 밤일에 그냥 끝내줘."

저도 모르게 솔깃한 로이드가 도로 자리에 앉았다. 그는 두 눈을 반짝이며 말했다.

"이번 판에서 저는 단 세 번의 속임수를 쓰겠습니다. 게임에서 지거나 속임수를 쓸 때 한 번이라도 맞히면 제가 패배한 것으로 하죠. 대신 맞히는 기회도 세 번 드리겠습니다."

"흠, 좋다."

잠시 고민하던 북제가 고개를 끄덕였다. 게임이 시작되자 그는 두 눈을 부릅뜨고 로이드가 언제 속임수를 쓰는지 살폈다. 그것 때문에 집중이 흐트러져 그는 처음보다 더 빨리 지고 말았다. 좌절하는 북제에게 로이드는 언제 속임수를 썼는지 가르쳐주었다.

"주사위 눈을 속인 건 처음 어르신이 속임수를 썼다고 지적한 바로 다음번이었습니다. 그리고 어르신의 말과 제 말의 위치를 바꿨습니다."

로이드가 바꾼 것이 자신이 더 유리한 위치였기에 미처 눈치채지 못했다. 당황한 북제가 머리를 긁적였다.

"그럼 마지막 한 번은?"

"속임수는 두 개였습니다. 단 세 번을 쓴다고 한 게 속임수였죠."

"……."

넋이 나간 북제를 보고 개운한 표정을 지은 로이드가 내단이 든 상자를 낚아챘다. 그는 싱긋 웃으며 "감사합니다." 하고 인사했다. 부루퉁하게 입을 내민 북제가 말했다.

"이번에는 그냥 물러서지만, 다음번엔 어림도 없어!"

"알고 있습니다. 어르신은 둘도 없는 제 호적수니까요."

아부 섞인 말에 무어라 투덜거린 북제가 손을 휙휙 내저었다. 다음 순간 로이드는 추락하는 것 같은 기분을 느꼈다. 정신을 차리자 어느새 침실이었다. 그는 깨끗이 정돈된 침대에 잠옷까지 곱게 입고 누워 있었다. 괜히 억울한 기분에 눈물이 날 것 같았다.

"오늘 진짜 분위기 좋았는데……."

도중에 기절했으니 당분간 밤공부는 글렀다. 열정적인 학생인 로이드는 학업이 중단당한 아픔에 괴로워했다. 한숨을 푹푹 쉬던 그는 문득 오른손에 쥐어진 상자를 쳐다봤다. 열어보니 안에 진한 황금색의 구슬이 들어 있었다. 만년화리의 내단이었다.

'잠깐, 이걸 먹고 가면 아란도 좀 봐주지 않을까?'

잠시 고민하던 로이드는 내단을 꼴깍 삼켰다. 뱃속에 들어간 내단은 금방 따뜻한 기운이 되어 몸 구석구석으로 퍼졌다. 벌써 기운이 나는 것 같았다.

"와, 효과 좋은데?"

신이 난 로이드는 이불을 박차고 일어났다. 아란의 방으로 가려던 그는 갑자기 배를 쿡 찌르는 통증을 느꼈다. 다음 순간 통증이 엄청난 고통으로 변했다. 로이드는 비명도 못 지르고 털썩 무릎을 꿇었다.

"로이?"

때를 맞춘 것처럼 복도 쪽의 문이 열리며 아란이 들어왔다. 약 같은 것을 들고 있던 그녀는 끙끙대는 로이드를 보고 잔까지 놓치며 달려왔다. 식은땀 범벅이 된 그의 이마를 짚어본 아란이 급히 물었다.

"어디가, 어디가 아파요?"

"배가…… 아프…….."

끙끙대는 소리를 간신히 알아들은 아란이 그를 번쩍 들어 침대로 옮겼다. 로이드의 배를 짚어본 그녀가 곤란한 듯이 말했다.

"뭔가가 여기 있는데, 정체를 모르겠어요."

"내, 내단을 먹었더니……."

"내단이요?"

아란의 손에서 흘러들어온 기운이 고통을 줄여주었다. 겨우 정신을 차린 로이드가 자초지종을 설명했다. 북제에게 받은 만년화리의 내단을 먹었다는 말에 아란의 얼굴이 창백해졌다.

"이건 제 힘으론 안 되겠어요. 귀왕님께 부탁드리고 올게요. 조금만 참으세요."

울상을 지은 로이드가 고개를 끄떡였다. 아란은 급히 릴리언의 궁으로 금와를 보냈다. 사정을 들은 묵림은 한걸음에 달려왔다. 그의 품에는 꾸벅꾸벅 조는 릴리언이 안겨 있었다. 다 죽어가는 로이드를 본 묵림이 화를 냈다.

"멍청한 놈, 뭔지도 모를 것을 왜 집어 먹어!"

"저 아픕니다. 야단치시려면 나은 뒤에 야단치세요."

로이드의 투덜거림에 묵림이 한숨을 쉬었다.

"일단 여우로 변해라. 그편이 견디기 쉬울 거다."

로이드가 여우로 변하자 묵림은 그의 몸에 침을 꽂기 시작했다. 칼도 들어가지 않는 로이드의 몸을 찌를 수 있게 고안한 것으로, 쇠보다는 뾰족하게 다듬은 기운에 가까웠다. 여우가 고슴도치처럼 보일 정도로 침을 꽂은 후에야 만족한 묵림이 손을 뗐다.

"인간은 음양의 중간에 있지만, 여우는 음에 가깝다. 너는 빙정을 흡수해서 더욱 음에 가깝지. 만년화리처럼 극양의 기운을 품은 내단은 너한테 독이야. 그런 걸 덥석 집어 먹다니. 빙정이 아니었다면 즉사했을 거다."

─ 그런 말은 못 들었는데…….

"빙정도 제대로 소화 못 시키는 놈이 왜 내단까지 욕심을 내?"

─ 그냥 남자에게 좋다고 해서 먹었죠.

뻔뻔한 대답에 묵림이 뒷목을 잡았다. 자식이라고 있는 놈이 보양식을 찾다 죽을 뻔했으니 기가 막힐 만도 했다.

묵림 대신 릴리언을 안고 있던 아란이 걱정스럽게 물었다.

"지금이라도 내단을 빼내면 안 될까요?"

"이미 몸에 흡수돼서 빼내는 것도 힘들다. 이대로 녹여서 흡수시키는 수밖에. 정말 골치 아픈 녀석이구나."

연이어 핀잔을 들은 로이드가 꼬리로 침대를 탁탁 내리쳤다. 묵림은 꼼짝도 하지 말라고 경고한 후에 하얀 천을 가져와서 뭔가를 쓰기 시작했다.

아란이 시무룩하게 말했다.

"죄송해요. 제가 막지 못한 탓이에요."

"아니다. 내가 정말…… 널 볼 면목이 없구나. 어쩌자고 저렇게 무식한지."

묵림은 한숨을 푹푹 쉬며 빠르게 붉은 글자를 써내려갔다. 로이드는 두 배로 뿌루퉁해졌다.

잠시 후 붓을 내려놓은 묵림이 로이드의 몸에 박힌 침을 모조리 빼냈다. 대신 완성된 천을 머리부터 꼬리까지 칭칭 감았다. 묵림이 손을 떼자마자 천이 로이드의 몸에 철썩 달라붙었다.

─ 으악, 이거 기분 이상합니다!

"기분 좋아지라고 붙인 게 아니니까 참아라."

─ 하지만 이건, 이건 뭔가 이상해! 이상하다니까요!

버둥거리는 로이드의 머리를 아란이 부드럽게 쓰다듬었다. 곧바로 얌전해진 로이드가 끙끙거리며 주둥이를 들이댔다.

그때 아란의 품에 안겨 있던 릴리언이 눈을 떴다. 졸린 눈을 비비던 아이가 로이드를 보고 반색했다.

"앗, 여우다! 예쁜 여우!"

"안 돼요."

아란이 로이드에게 뻗어진 릴리언의 손을 막았다. 그녀는 단호한 얼굴로 말했다.

"이 여우는 제 거예요. 남의 여우에 욕심내면 못써요."

"⋯⋯."

"만지려면 릴리언의 여우를 만져야죠."

시무룩해졌던 릴리언이 이어지는 말에 반색했다. 그녀는 묵림에게 양손을 내밀며 말했다.

"나도 여우 만져보고 싶어요."

"애한테 뭘 가르치는 거냐."

난처한 얼굴이 된 묵림이 얼른 릴리언을 받아 안았다. 달래듯이 둥개둥개 하는 것에 뚱하게 입을 내민 릴리언이 빽 소리쳤다.

"나도 여우 만지고 싶어!"

"릴리언."

"여우 만질래! 나도 묵림을 만ス⋯⋯."

"쉿, 착하지. 그런 말 하면 못쓴다."

묵림이 재빨리 릴리언의 입을 틀어막았다. 그러자 울먹거리던 릴리언이 울음을 터트렸다. 묵림이 자지러질 듯 우는 아이의 등을 다독이며 말했다.

"이만 가봐야겠다. 천이 저절로 떨어질 때까지 두면 된다. 나머지는 빙정이 알아서 할 테니."

"네, 도와주셔서 감사드려요."

안쓰러운 눈으로 아란을 바라본 묵림이 궁으로 돌아갔다. 그의 목에는 만지게 해달라고 징징대는 릴리언이 매달려 있었다. 두 사람을 배웅하고 돌아온 아란이 로이드에게 다가갔다. 앞발을 다소곳이 모은 로이드가 귀엽게 귀를 팔랑거렸다. 화가 난 아내에게 조금이라도 덜 혼나보려는 수작이었다. 한숨을 쉰 아란이 그의 콧등을 어루만졌다.

"대체 왜 그러셨어요?"

─ ……미안합니다. 아란. 당신에게 사랑받고 싶어서 그랬어요.

로이드가 낑낑거리는 소리를 냈다. 아란이 그를 안아 올려 꼭 끌어안았다.

"제 사랑이 부족하면 더 노력할게요. 그러니까 이런 위험한 짓은 하지 마세요."

─ 아닙니다! 그게 아니라 제가 좀 더 멋진 수컷이 되고 싶었던 겁니다.

"……."

─ 전 맨날 잠자리에서 기절이나 하고, 약한 모습만 보이니까 부끄러워서요. 당신에게 잘난 남자로 보이고 싶었습니다. 그랬는데……더 꼴사나운 모습만 보여줬군요.

로이드의 귀가 아래로 축 처졌다. 아란이 그의 코에 살짝 입을 맞췄다.

"낭군님, 당신은 제 영웅이세요. 세상에서 제일 멋진 남자고요."

로이드의 눈이 동그래졌다. 귀가 절로 위로 올라가며 꼬리가 살랑살랑 흔들렸다. 반짝거리는 금색 눈에 수줍게 미소 지은 아란이 말을 이었다.

"이렇게 멋진 남자가 제 남편이라서 너무 자랑스러워요. 전보다 더 로이를 사랑해요."

─ 아, 아란. 너무 좋아서 죽을 것 같습니다.

로이드가 몽롱한 눈으로 말했다. 해롱거리는 여우를 침대에 눕힌 아란이 장난스럽게 웃었다.

"그럼 더 기분 좋게 해드릴게요."

― 네?

천으로 꽁꽁 묶인 몸을 부드러운 손길이 쓸고 지나갔다. 로이드
는 꼼짝도 못 하는 상태로 흥앙흥앙 울 수밖에 없었다. 처음에야 좋
았으나 지나친 자극은 고통에 가까웠다. 그는 네 다리를 버둥거리
며 빌었다.

― 살려주세요. 부인님!

"얌전히 계세요. 저한테 더 사랑받고 싶다고 하셨잖아요."

― 잘못했습니다! 용서해주세요!

부인님께서 단단히 화가 났다는 것을 뒤늦게 눈치챈 그는 밤새도
록 시달려야 했다. 저택에 때아닌 여우 울음소리가 울려 퍼졌다.

기절하듯 잠든 로이드는 또다시 선계로 불려 올라갔다. 음양법
을 수행 중인 것도 아닌데 이상한 일이었지만, 잔뜩 화가 난 로이드
는 눈치채지 못했다. 가벼운 기척을 느낀 그는 북제의 멱살을 잡을
생각으로 홱 돌아섰다.

"어르신! 부작용이 있으면 그렇다고 말을 해줘야 할 것 아닙니
까!"

"저런, 천제께서 그대를 많이 놀라게 한 것 같군요."

그의 앞에 모습을 드러낸 것은 하얀 깃털을 머리카락처럼 늘어뜨
린 구천현녀였다. 놀란 로이드가 얼른 예를 취했다.

"현녀님, 오랜만에 뵙습니다. 그간 안녕하셨습니까."

"그대도 건강해 보여서 다행이군요. 갑자기 데려와서 미안해요. 왕모께서 부르십니다."

현녀가 온화한 미소를 지으며 답했다. 뜻밖의 부름에 놀란 로이드는 현녀의 뒤를 따라갈 수밖에 없었다.

현녀의 안내에 따라 정자를 오르자 황금관을 높게 쓴 왕모가 앉아 있었다. 옥을 깎아 만든 탁자 위에는 트릭트랙 게임판이 덩그러니 놓였다. 제가 여기 오게 된 사연을 짐작한 로이드가 서둘러 무릎을 꿇고 인사를 올렸다.

"왕모님의 열렬한 신도가 다시 존안을 뵙습니다. 이렇게 불러주셔서 영광입니다."

"그래, 그동안 잘 지냈는가?"

"예, 아내의 얼굴만 봐도 너무나 행복하여 세월이 가는 줄도 몰랐습니다. 제게 아내를 보내주신 왕모님의 은혜에 거듭 감사드리고 있습니다."

뻔뻔한 대답에 왕모가 웃음을 터트렸다. 만족스럽게 고개를 끄덕인 그녀가 자리를 권했다.

"앉거라. 오늘 무슨 일이 있었는지는 북제에게 들었겠지?"

냉큼 자리를 차지한 로이드가 싱긋 웃었다.

"어르신께서 우연히 승기를 얻으셨다 들었습니다."

"그래. 그럼 내가 널 왜 불렀는지도 알겠구나."

"은혜로운 왕모님께 필승의 전략을 올리게 되어 정말 기쁩니다."

그렇게 로이드는 왕모에게 사기 치는 방법에 대해 전수하기 시작했다.

사기를 치는 것은 쉬운 일이 아니다. 일단 분위기를 장악하고 상대의 마음을 흔들며 판을 좌지우지하는 대범함이 있어야 했다. 손재주와 눈썰미는 기본으로 갖춰야 하는 것이었다. 왕모를 단번에 사기의 고수로 만들 수는 없었으므로 맞춤형 강의를 했다.

"대강의 설명을 했으니 이제 어르신께서 주로 쓰는 전략부터 말씀드리겠습니다."

로이드는 북제가 주로 사용하는 전략과 말을 둘 때의 습관, 꼼수를 쓸 때 드러나는 행동에 대해 집중적으로 설명했다. 그리고 어느 상황에 적절히 사기를 쳐야 하는지도 꼼꼼히 짚었다. 한 수 한 수에 어찌나 많은 속임수가 들어가는지 받아 적는 선인이 혀를 내두를 정도였다.

이론이 끝나자 그다음은 실기였다. 로이드는 주사위를 쥐는 법부터 시작해서 원하는 숫자가 나오게 하는 요령을 보여주었다. 그다음은 그가 북제처럼 수를 두고 왕모가 그것을 막는 방식으로 수업이 진행되었다. 왕모는 성실한 학생이었고, 몇 번 판을 굴리자 로이드가 짚어주는 요령을 금방 파악했다.

로이드를 상대로 사기를 치는 것에 성공한 왕모가 웃음을 터트렸다.

"참으로 즐겁구나. 이렇게 즐거운 것이 얼마만의 일인지."

"즐거우시다니 다행입니다."

로이드가 애교를 떨며 말했다. 흡족한 얼굴로 고개를 끄떡인 왕모가 현녀를 돌아보았다. 현녀가 작은 옥함 하나를 로이드에게 내밀었다.

"왕모께서 내리시는 상입니다."

"불러주신 것만으로도 상이지만, 감사히 받겠습니다."

로이드는 사양 않고 옥함을 받아 챙겼다. 왕모가 지그시 그를 바라보며 고개를 끄떡였다.

"오늘은 이만 돌아가도 좋다. 하지만 곧 다시 볼 날이 있을 것이야."

"부르심을 기쁘게 기다리고 있겠습니다."

아부 섞인 말에 픽 웃은 왕모가 손을 내저었다. 로이드는 다시 까마득한 추락감과 함께 하계로 돌아왔다.

묵림은 옥함을 열었다. 안에는 말린 나무뿌리 같은 것이 들어 있었다. 확 밀려오는 기이한 향기에 묵림의 목에 매달려 있던 릴리언까지 고개를 갸웃거렸다. 묵림은 함을 로이드 앞에 내려놓으며 말했다.

"이건 만년하수오구나."

─ 만년하수오가 뭡니까?

날씬한 생강이라고 생각했는데, 이것 역시 이름에 만년이 들어가 있었다. 만년화리의 내단을 먹고 죽을 뻔했던 로이드의 얼굴이 절로 찌푸려졌다.

"하수오는 음기가 강한 식물의 뿌리다. 만 년을 묵은 하수오는 영약에 들어가지. 지금 먹으면 만년화리의 내단을 중화하며 둘이 동시에 네 몸에 녹아들어 갈 거다."

─ 음, 별로 맛은 없어 보이는데요.

"맛으로 먹는 게 아니니까 빨리 먹어."

묵림이 만년하수오를 집어 로이드의 입에 밀어 넣었다. 로이드가 고개를 이리저리 돌리며 반항했다.

─ 아, 잠깐! 흙이 묻었잖아요!

"원래 이런 건 가볍게 털어내고 먹는 거다."

─ 기다…… 으부웁!

결국, 로이드는 강제로 만년하수오를 섭취했다. 그의 안에서 열심히 내단과 싸우고 있던 빙정이 얼른 하수오의 기운을 끌어다 중화를 시작했다. 극과 극인 두 개의 기운이 하나가 되면서 로이드의 몸속을 휘몰아쳤다. 갑자기 몸에 과부하가 걸린 로이드는 기절하듯 잠에 빠졌다.

축 늘어진 로이드를 어루만진 아란이 말했다.

"괜찮을까요?"

"괜찮을 거다. 녀석이 견딜 만하다고 생각해서 내린 물건이니까."

만년화리의 내단을 먹은 이상 만년하수오를 먹는 것도 피할 수가 없었다. 묵림은 찜찜한 기분으로 잠든 로이드를 내려다보았다.

"큰일이군. 왕모와 북제가 단단히 눈독을 들인 모양인데."

"그럼 좋은 일 아닌가요?"

아란의 되물음에 묵림이 쓴웃음을 지었다.

"꼬마선인, 너는 선계에서 행복했나?"

아란이 당황한 듯이 입을 다물었다. 잠시 고민하던 그녀가 답했다.

“네, 저는 행복했어요.”

“하지만 그곳의 행복은 이곳과는 다르겠지.”

아란은 말없이 고개를 끄떡였다. 그녀가 선계에서 느낀 행복은 잔잔한 호수와도 같은 것이었다. 절대 변하지 않을 안정감과 고요한 평화에 가까웠다. 하지만 이곳의 행복은 잔잔하면서도 격렬한 두근거림과 같았다. 그녀의 남편은 열정적이고 활기차게 인생을 살아가는 사람이었다. 그가 심해처럼 고요한 선계에 적응할 수 있을지 미지수였다.

“로이는 선계에서 행복하기 어렵겠죠?”

“이미 녀석은 평범한 인간의 길에서 벗어났다. 평범한 선인으로도 살 수 없게 되었지. 북제와 왕모의 사랑을 받는 이상 평범한 천신으로도 살기 힘들 테고.”

“……”

“하지만 그건 네 잘못이 아니야. 그리고 녀석은 네가 옆에 있다면 어디라도 행복하다고 생각할 거다.”

묵림답지 않은 위로에 아란이 웃었다. 그녀는 다정한 손길로 로이드의 머리를 쓰다듬었다.

“그건 저 역시 마찬가지예요. 로이가 제 옆에 있다면 어디라도 행복할 거예요. 그래서 그가 행복할 수 있는 하계에 계속 있었으면 좋겠어요.”

“나도요!”

묵림에게 매달려 있던 릴리언이 끼어들었다. 아이가 반짝반짝 눈을 빛내며 말했다.

"나도 묵림 옆에 있으면 행복한데. 궁에 있어도 행복하고, 여기 있어도 행복해요."

"그래, 착하다. 얌전히 있으렴."

묵림이 릴리언을 다독이며 물러섰다.

"이만 가봐야겠구나. 무슨 일이 있으면 새를 보내다오."

묵림의 머리에서 날아오른 하얀 새가 아란의 손에 앉았다. 그것을 본 릴리언이 "나는 왜 안 줘요? 숙모만 좋아하고 나빠." 하고 떼를 쓰기 시작했다. 묵림은 서둘러 그녀를 데리고 궁으로 돌아갔다.

둘을 배웅한 아란은 다시 로이드의 옆으로 돌아왔다. 잠든 여우가 낑낑거리는 소리를 내며 앞발을 휘저었다. 아란이 그의 몸 위에 손을 얹으며 속삭였다.

"저 여기 있어요. 로이 바로 옆에요."

그러자 낑낑거리던 로이드가 거짓말처럼 잠잠해졌다. 아란은 그를 들어 품에 꼭 껴안았다. 지금 이 순간이 너무 행복해서 왠지 눈물이 날 것 같았다.

"요놈, 만년화리의 내단을 먹었으니 멀리 도망갈 수는 없을 게다."

천경으로 로이드의 모습을 비춰보던 북제가 흐뭇하게 말했다. 그의 옆에 앉아 있는 왕모가 부채로 얼굴을 가렸다. 미소 짓는 그녀의 입술은 옆에 선 현녀만 볼 수 있었다.

천경을 열심히 조작하던 사영이 슬그머니 바람을 넣었다.

"이제 슬슬 이름을 지어주는 게 어떻겠습니까. 이럴 때 못을 박아야죠."

"이름?"

"천제께서 근사한 이름을 지어 내리시면 제깟 놈이 선인이 되어야지 별수가 있겠습니까? 그런 의미에서 음란자 어떻습니까. 음란자. 저 여우에게 딱 어울리는 이름이 아닙니까?"

"호오. 음란자라."

북제가 솔깃한 얼굴로 고개를 끄떡였다. 그러자 왕모가 쯧쯧 혀를 찼다.

"북제. 여전히 손이 작군. 나는 그를 천신으로 올릴 생각이야. 고작 선인 자리를 줄 생각이라면 여기서 포기하고 빠지게."

"뭣? 아니, 포기하긴 누가 포기해! 나, 나도 천신 자리 줄 수 있다고!"

다급하게 외친 북제가 흠흠 헛기침을 하며 사영을 노려봤다. 사영이 당황한 듯이 말했다.

"그럼 음란진인이 되는 겁니까?"

"선인들이 그를 야호(冶狐)라고 부르는 것 같으니 야호진인은 어떻겠습니까."

현녀가 장난스럽게 웃으며 끼어들었다. 사영은 조금 부루퉁해졌지만 야호진인도 좋다는 생각에 가만히 있었다.

부채로 가볍게 손바닥을 툭툭 내리친 왕모가 입을 열었다.

"야호도 좋지만, 야설(冶舌)이 더 어울릴 것 같군. 그를 설명하는 것에 혀가 빠져서는 안 될 말이지."

"오, 야설! 야설 좋다. 나도 야설이 마음에 들어!"

북제가 신이 나서 박수를 쳤다. 왕모가 부드럽게 눈을 휘었다.

"북제도 마음에 든다니 다행이군. 그럼 그에게 야설진군(冶舌眞君)의 호를 내리는 게 어떤가."

"엥? 진군이라고?"

"공주의 남편이니, 당연히 군으로 봉해야지."

왕모의 미소가 갑자기 싸늘해졌다. 기세에서 밀린 북제가 어버버거렸다. 왕모가 콰득 소리가 날 정도로 거세게 부채를 움켜쥐었다.

"비록 9년이나 아란을 공주로 봉하는 걸 미루고 있지만 말이야."

"아, 그게…… 내가 미루려고 한 게 아니고."

북제는 전쟁이나 다툼 외의 일에는 별 관심이 없었다. 천제에 오른 뒤에도 최소한의 일만 하고 신나게 놀았다. 휘하의 천신들이 이러다가 선계가 망하는 게 아닐까 하고 자진해서 열심히 일할 정도였다. 그래서 선계는 전보다 활기차게 돌아가고 있었다.

하지만 천신에 봉하거나 지위를 높이는 것은 천제의 승인이 있어야 가능했다. 북제는 공신들의 임명과 인사이동만 승인하고 다른 것들은 한없이 미뤄둔 상태였다. 그래서 왕모는 북제에게 칼을 갈고 있었다.

"알면 지금 당장 자미궁으로 돌아가서 두 사람에게 제대로 된 호를 내리겠지?"

"그, 그러지 뭐."

북제가 떨떠름하게 답했다. 약속대로 자미궁으로 돌아간 북제는 아란을 선화공주(仙花公主)로, 로이드를 야설진군으로 봉했다. 부부가 나란히 천신의 호를 받은 것이다.

하늘의 그물은 로이드가 모르는 새 차근차근 좁혀지고 있었다.

로이드가 드러누웠다는 소식에 많은 사람이 문병을 왔다.

한적한 별궁에서 시간을 보내던 선왕은 물론 평소에 사이가 나쁜 대신들, 상단 관계자, 고아원과 구빈소 사람들, 선주나 일꾼들까지 짬을 내어 저택에 들렀다. 아란은 그들의 신분과 관계없이 손수 차와 음식을 대접했다.

나중에는 사자 같은 아내의 감시를 받는 기드온까지 찾아왔다. 와서 징징거리는 꼴을 보면 문병이 아니라 하소연을 하러 온 것 같았다.

우아한 독신을 주장하던 기드온은 친구의 깨가 쏟아지는 신혼에 자극을 받았다. 언제까지 저러는지 두고 보자고 씩씩거렸으나 몇 년이 가도 변함이 없자 포기했다. 그는 독신생활을 청산하고 얌전하고 수줍은 많은 영애를 골라 장가를 들었다.

하지만 기드온은 혼인 후에도 여전히 독신인 것처럼 행세했다. 매일 술과 카드놀이를 즐기며 창부들에게 선물을 사다 바쳤다. 로이드가 몇 차례 충고했으나 듣질 않았다. 마침내 참고 참던 기드온의 아내가 폭발했다. 얌전하고 수줍음 많던 아가씨는 그동안 사자도 물어죽일 것 같은 맹수로 변해 있었다. 아내의 손에 고자가 될 뻔한 기드온은 그 뒤로 숨을 쉬는 것조차 눈치를 보며 발발 기어 다녔다.

"내가, 내가 이렇게 살려고 혼인한 게 아닌데……!"

기드온은 아내의 눈꼬리가 올라가기만 해도 심장이 툭 떨어진다
며 흐느꼈다. 꼼짝도 못 하고 그가 튀기는 침을 맞아야 했던 로이드
가 투덜거렸다.

"넌 문병을 하러 온 거냐, 친정에 온 거냐?"

"야! 넌 아내랑 사이좋으니까 모르는 거야! 어제는 또 뭐 때문에
난리가 난 줄 알아? 가게 점원한테 웃었다고, 난 웃는지도 몰랐는
데 웃었다면서 달달 볶였다고!"

기드온이 즐겨 찾는 가게엔 보통 금발에 가슴이 큰 여점원이 있
었다. 안 봐도 어떻게 된 상황인지 알아챈 로이드가 혀를 찼다.

"그러게 왜 웃고 난리야?"

"뭐?"

"다른 여자 말에 웃어도 되는 건 그 여자가 내 아내를 칭찬했을
때뿐이거든. 그렇죠, 아란?"

마실 것을 들고 나타난 아내를 본 로이드가 아양을 떨었다. 난처
한 표정을 지은 아란이 부드럽게 그를 타일렀다.

"로이, 기드온 님이 오해하시겠어요."

"전 진심입니다. 결혼한 남자가 왜 밖에서 실실 웃고 다닙니까.
저렇게 몸가짐이 헤프니 부인에게 구박을 받죠."

낑낑거리며 몸을 일으킨 로이드가 기드온 몫으로 준비된 차를 홀
랑 마셔버렸다. 그는 아란이 다른 남자를 위해 손수 차를 준비하는
걸 싫어했다. 그래도 하지 말라고 할 수가 없으니 매번 이렇게 훼방
을 놓는 것이다.

"야, 이 너…… 남자의 적! 더러운 배신자!"

"배신의 꿀이 더 달콤한 걸 어쩌겠냐."

로이드가 어깨를 으쓱했다. 부들부들 떨던 기드온이 "두고 보자!" 하고 밖으로 뛰쳐나갔다.

아란이 못 말린다는 듯 웃었다.

"기드온 님을 너무 놀리지 마세요."

"저놈이 저한테 한 짓을 생각하면 이 정도는 싼 겁니다."

로이드가 뚱하게 투덜거렸다. 아란이 그의 입술에 살짝 입 맞췄다. 저도 모르게 헤실 웃던 로이드는 깊어지는 키스에 얼른 아내를 안아 들었다. 그는 뜻밖의 행운을 잡은 얼굴로 물었다.

"이건 잘 대답했다는 상입니까?"

"아뇨, 저에게 주는 상이에요."

아란의 속삭임에 로이드는 서둘러 잠옷의 끈을 풀었다. 충실한 상이 되기 위해서였다. 너무 흥분한 탓인지 귀는 물론 꼬리까지 튀어나온 남편을 보고 미소 지은 아란이 그의 얼굴을 감싸 쥐고 입술을 겹쳤다.

두고 보자며 도망친 기드온은 곧바로 찰스 왕에게 달려갔다. 그는 로이드가 아프기는커녕 뭘 처먹었는지 얼굴만 더 탱탱해졌더라고 일러바쳤다. 과중한 업무로 머리가 벗겨지고 배가 나와 중늙은이처럼 보이는 왕은 분노했다.

"그렇게 좋은 게 있으면 나눠 먹을 것이지, 혼자만 먹는단 말인가!"

점점 늙어가는 신하들 속에서 로이드의 미모는 독보적이었다.

그는 세월을 거꾸로 먹는 사람처럼 나날이 반짝이는 얼굴을 하고 있었다. 비결을 묻는 사람들에게 로이드는 항상 의뭉스러운 말만 했다.

「이게 참. 저도 말씀드리고 싶긴 한데, 도저히 그럴 수가 없는 거라. 죄송합니다.」

빙정의 힘과 매일 수련하는 음양법의 조화이니 틀린 말은 아니었다. 하지만 왕은 그가 동대륙에서 청춘의 비약이라도 가져와 먹는 게 아닌지 의심했다.

"오늘은 반드시 현장을 습격해서 비결을 알아내고야 말겠다!"

왕은 회춘을 위해 분연히 떨쳐 일어났다. 평소 로이드에게 악감정이 깊던 이들도 습격에 동참했다. 그러나 그들이 우르르 저택으로 몰려가 문을 열었을 때, 방은 이미 주인을 잃고 텅 비어 있었다. 활짝 열린 창문으로부터 서늘한 바람만 밀려들었다.

저택 위에 뭉게구름 한 조각이 둥실둥실 떠 있었다. 구름에 파묻혀 있던 로이드가 아란에게 살짝 입 맞추며 말했다.

"이런, 큰일 날 뻔했군요."

예고도 없이 방에 쳐들어오다니. 미리 알아채지 않았다면 은밀한 사생활까지 공개할 뻔했다. 로이드는 왕에게 복수를 다짐하며 아내의 얼굴을 쓰다듬었다. 미인의 홍조 띤 뺨이란 보고 있어도 더 보고 싶은 거였다. 아란이 나른하게 웃었다.

"사람들이 오는 걸 어떻게 아셨어요?"

"음, 뭔가 기분 나쁜 게 다가오는 느낌이었습니다. 침입자의 기척이랄까요?"

　여우는 자신의 굴에 다가오는 기척에 민감하다. 로이드 또한 예외가 아니라서 저택에 접근하는 움직임을 남들보다 빨리 알아채곤 했다. 그래도 이렇게 예민한 수준은 아니었는데, 영약을 두 개나 집어 먹은 탓인 것 같았다.

　'왠지 점점 인간에서 벗어나는 기분인데, 이거 괜찮은 건가?'

　이미 벗어난 지 한참이 지났는데도 쓸데없는 걱정을 하는 로이드였다. 아란이 그의 손에 뺨을 비비며 말했다.

　"만약…… 왕모님이나 천제님이 선계로 오라고 부르시면 어떡하죠?"

　"일단 가겠다고 답한 후에 시간을 끌어야죠. 시간감각 없으신 분들이라서 괜찮을 겁니다."

　뻔뻔한 대답에 아란이 웃었다. 로이드는 그녀의 입술에 쪽쪽 입맞추며 말했다.

　"선계가 싫은 건 아닙니다. 돌아가는 꼴을 보면 여기나 거기나 비슷하니까요. 하지만 선계는 간섭이 너무 심해서 당신과 이렇게 오붓하게 지내기도 힘들 것 같더군요. 전 아직 신혼을 더 즐기고 싶습니다."

　신혼만 9년째 즐기는 중이었으나 그는 아주 당당했다. 아란이 망설이듯 입을 열었다.

　"전 계속 여기에서 살고 싶어요."

　"선계보다 여기가 더 좋습니까?"

　"여기 있는 로이가 더 행복해 보이니까요. 당신이 행복해야 제가 행복할 수 있어요."

귀여운 대답에 싱긋 미소 지은 로이드가 속삭였다.

"아란, 제가 행복한 건 당신이 제 옆에 있기 때문입니다. 당신이 없을 때의 이곳은 제게 전쟁터나 마찬가지였습니다. 매일 악몽을 꾸고 괴로움에 쫓기면서 살았죠."

아란과 처음 만났을 때의 로이드는 불면증과 악몽에 시달렸다. 보다 못한 아란이 갖가지 꽃씨를 그의 머리에 심어줄 정도였다. 아란이 정원을 가꾸게 된 것도 그때의 영향이 컸다.

"하지만 당신과 함께 잠든 뒤엔 단 한 번도 악몽을 꾼 적이 없습니다. 그렇죠?"

머뭇거리던 아란이 고개를 끄떡였다. 로이드는 그녀의 손을 잡아 손바닥에 입술을 묻었다. 간지러운 듯 손을 움츠린 아란이 걱정스럽게 말했다.

"선계로 가면, 행복하지 않을 수도 있어요. 거긴 너무나 조용하고 잔잔한 곳이니까요."

"잘됐군요. 제가 거기로 가면 좀 더 활기차게 바꿔보죠."

한 번쯤 물갈이를 해야겠더라고 말한 로이드가 아란을 품에 꼭 끌어안았다. 그는 아내의 긴 머리카락을 부드럽게 쓰다듬으며 말했다.

"제 계획은 우리 아이가 생기면 선계로 가는 거였습니다. 앞으로 111년 남았군요."

9년째 아이가 생기지 않아 걱정이던 아란이 눈을 깜빡였다. 낮게 웃은 로이드가 말을 이었다.

"하지만 당신이 가고 싶다고 하면 언제든 선계로 갈 겁니다. 그러니 언제든 말해주십시오. 당신이 있는 곳이 제가 가장 행복한 곳이니까요."

아란은 천천히 로이드의 품에 얼굴을 묻었다. 로이드는 그녀의 머리에 입을 맞추다 고개를 들었다. 부드러운 황혼이 구름 사이로 내려앉고 있었다. 하늘이 주홍빛 바다처럼 변했다.

"아란, 저걸 좀 봐요."

로이드의 속삭임에 아란이 고개를 들었다. 예상치 못한 풍경에 놀란 그녀가 작게 감탄을 흘렸다. 로이드는 소리죽여 말했다.

"제가 제일 좋아하는 풍경 중 하나입니다. 물론 더 좋은 건 이 풍경 속에 당신이 있는 거죠."

아란이 황혼에서 눈을 돌려 그를 바라봤다. 너무도 아름다운, 꽃과 같은 눈동자였다. 거기 담긴 자신의 모습에 로이드는 무척 만족했다. 할 수 있다면 영원히 저곳에 있고 싶었다.

그들의 머리 위로 보랏빛의 황혼이 내려앉았다. 꼭 황금과 루비로 짠 그물 같았다. 그 속에서 로이드는 행복했다.

아란이 쌍둥이를 임신하여 두 사람이 선계로 떠나는 것은 좀 더 먼 훗날의 일이었다.

and 3

내 아내의
좋은 점

용궁공주 능파선의 귀환 소식에 선계가 들썩였다.

왕모의 사자로 하계로 내려갔던 능파선이 3년 만에 나타난 것이다. 그것도 두 살이 된 아들과 남편인 청원진군을 양쪽에 거느린 모습이었다. 선인들은 물론 천신들까지 어찌 된 일인지 궁금해했다.

얼마 뒤, 능파선은 연회를 열어 아들인 비화랑을 소개했다. 천신과 용족 사이에서 태어난 아이는 무려 날개가 달린 응룡(鷹龍)이었다. 그동안 석녀라고 불리던 능파선이 용족 중에서도 드물게 태어난다는 응룡을 낳은 것이다. 알을 깨고 나온 외손자를 본 용왕이 너무 기뻐 말을 잇지 못할 정도였다.

"두 분 정말로 축하드립니다."

"이렇게 경사가 이어지니, 하늘의 뜻이 소혜왕부와 함께하나 봅니다."

"따님도 좋은 배필을 맞으셨다고 하던데, 아드님까지 얻으셨으니 얼마나 기쁘시겠습니까."

연회에 참석한 이들은 앞다투어 축하를 했다. 순수한 축하의 말과 질투나 비꼼이 담긴 것이 섞여 있었다. 능파선의 미소가 한층 더 짙어졌다.

"왕모님의 명을 받들어 서대륙에 간 것이 큰 복이었지요."

그녀의 말에 연회장 전체가 술렁거렸다. 누군가 "서대륙은 어떤 곳인가요?"라고 묻자 다들 궁금하다는 눈빛을 보냈다. 능파선이 손에 든 부채로 입을 가리며 웃었다.

"참 좋은 곳이었답니다. 천신의 휴양지로 걸맞은 곳이에요."

"어머, 참 예쁜 부채네요."

능파선의 손에 든 부채가 모두의 시선을 끌었다. 끝에는 섬세한 레이스가 달리고 살에는 금사세공이 들어갔으며, 부채의 면에는 화려한 무도회 장면이 그려져 있었다. 독특한 옷을 입은 남녀가 춤추는 모습에 천신들이 호기심을 보였다.

"사위가 보내준 거랍니다. 처음엔 하계인이라 탐탁잖게 여겼는데, 어찌나 효심이 깊은지 몰라요. 제게 어울릴 것 같다면서 귀찮을 정도로 하계의 물건을 보내지 뭐예요? 물론 변변찮은 것들이지만, 정성이 갸륵해서 받아주고 있지요."

능파선이 독특한 장신구들을 뽐내며 말했다. 절제된 우아한 미를 크게 치는 동대륙과 달리 서대륙의 물건들은 대책 없는 화려함을 자랑했다. 손가락이 안 보일 정도로 커다란 보석 반지와 목이 부러질 정도로 주렁주렁 보석을 박은 목걸이가 대표적이었다.

쏟아지는 시선에 만족스러운 미소를 지은 능파선이 부채를 흔들었다. 대기 중이던 여관들이 재빨리 새로운 음식을 내어왔다. 달콤한 냄새에 상석에 앉아 있던 비화랑이 반응했다.

"쪼꼬! 쪼꼬!"

"안 돼. 얌전히 있어야지."

아내의 자랑질을 외면하던 진군이 재빨리 아들을 안아 들었다. 하지만 비화랑은 날개까지 퍼드덕거리며 초콜릿에 대한 갈망을 보였다.

"이건 무엇인가요?"

천신들은 처음 보는 낯선 음식에 어리둥절했다. 알록달록하거나 거무튀튀해서 도저히 먹을 것으로 보이지 않았던 것이다.

능파선이 별것 아니라는 투로 말했다.

"서대륙의 주전부리인데 맛이라도 보시라고 내어오게 했어요. 선계의 음식에 비할 것은 못 되지만, 나름대로 먹을 만하답니다."

그녀의 권유에 서대륙의 디저트를 맛본 천신들은 크게 감탄했다. 특히 달콤한 것을 좋아하는 이들에게 호평을 받았다. 이어서 능파선은 포도주와 맥주를 내놓으며 술 좋아하는 천신들을 사로잡았다. 그날의 연회는 대성황이었다.

능파선의 연회에 참석했던 이들이 소문을 내면서 서대륙에 대한 관심이 늘어났다. 후에 서풍이라고 불리는 서대륙 열풍이 시작된 것이다.

북제는 재빨리 권력을 휘둘러 진군에게서 디저트를 뜯어냈다. 천제께서 서대륙 주전부리를 잡수시고 참으로 맛이 좋다고 평하셨다는 소문이 퍼지자 너도나도 먹어보고 싶어 했다. 소혜왕부는 밀려드는 서신을 감당하기 힘들 정도가 되었다. 성공적으로 선계 귀환을 마친 능파선은 연일 싱글벙글했다. 고개를 젓던 진군도 아내의 행복한 모습에 그냥 체념해버렸다.

서대륙 열풍이 불면서 주가가 올라간 이는 하나 더 있었다. 북해낭랑이었다.

빙정의 덕을 톡톡히 본 로이드는 그녀에 대한 감사도 잊지 않았다. 나중에 선계에서 살려면 미리 기름칠을 해두어야 했다. 그래서 선계에 선물을 올릴 때 북해낭랑의 몫까지 챙겼다. 덕분에 북해낭랑도 서대륙의 장신구를 뽐내고 다닐 수 있었다. 이국적이면서도 그녀에게 잘 어울리는 머리장식과 목걸이, 팔찌와 반지 등이 보는 이의 시선을 끌었다.

북해낭랑은 북자미궁에 속한 세외의 천신이었다. 강력한 힘을 가졌지만, 그만큼 따돌려지는 경향이 있었다. 그런데 그녀가 동주에 오른 로이드를 선택하고 그를 의동생으로 삼았다는 소문이 퍼지며 다른 천신들과도 어울리게 되었다.

물론 능파선과 친해진 이유가 가장 컸다. 둘은 서로 이름만 알고 지내던 사이였으나 3년 전에 한바탕 머리를 쥐어뜯고 싸우면서 안면을 텄다. 능파선이 귀환한 후로는 공통의 화제를 가지고 친분을 쌓았다. 둘은 서대륙 유행의 중심을 주도하며 연회를 휩쓸고 다녔다.

반면 주가가 내려간 이도 있었으니, 바로 태산낭랑 벽하원군이었다. 그녀는 태산의 화신인 동악대제의 딸로 여우들의 신이기도 했다. 그런데 동주를 오른 로이드는 그녀의 힘이 아닌 북해낭랑의 손을 빌렸다. 그것만으로도 체면이 상하는데, 로이드는 지난 3년간 다른 천신에게 열심히 인사를 올리면서도 그녀를 무시했다. 벽하원군에겐 자존심에 쩍쩍 금이 가는 일이었다.

"여우는 태산낭랑의 힘이 없으면 출세도 못 하는 줄 알았는데, 꼭 그렇지도 않네."

"그 여우 녀석은 왕모님과 천제님의 눈에도 들었다고 하던데. 그럼 천호가 된 여우들보다 더 출세를 한 거 아닌가?"

"내가 여우라면 어려운 시험을 치는 것보다 다른 천신에게 기웃거려보겠어. 북해낭랑 같은 천신에 눈에 들면 팔자가 펴는 거잖아."

수군거리는 소리가 벽하원군의 귀에 들어가는 것은 금방이었다. 분을 이기지 못한 벽하원군은 아끼던 옥피리를 두 동강 내고 말았다. 그녀는 당장 움직이기로 했다.

동대륙 무역의 중심에 선 로이드는 직접 상단을 만들었다.

상단의 이름은 블루버드, 상단의 상징도 파랑새였다. 그것이 무슨 뜻인지 아는 사람들은 선명한 파랑새 마크를 볼 때마다 치를 떨었다. 하지만 로이드는 매우 떳떳했다.

당연한 일이지만, 로이드의 상단은 몹시 가파르게 성장했다. 그리고 상단의 이미지 역시 좋았다. 로이드가 상단의 모든 이들에게 최고의 대우를 했기 때문이다. 상단에 속한 짐꾼조차도 높은 보수와 일정한 휴일을 약속받았다. 너무 과하다고 우려를 표하는 제임스에게 로이드는 딱 잘라 말했다.

"아란의 이름을 건 상단이다. 내 아내를 욕되게 할 수는 없잖아?"

"그러니까 왜 그런 이름을 지어서는……."

같은 이유로 품질관리 역시 철저했다. 고가의 물건이라도 하자가 발견되면 폐기했고, 꼼꼼한 검수로 확인한 후에야 유통했다. 상단에 따로 품질을 관리하는 부서까지 설치할 정도였다.

그러자 블루버드 상단은 믿을 만하다는 소문이 나기 시작했다. 좋은 물건을 양심적인 가격에 판매한다는 이미지가 생겼다. 로이드는 인맥과 자금력을 동원하여 소문을 부채질했고, 결국 신생상단이면서도 기존의 상단들을 젖히고 동대륙 무역의 대표로 자리잡는 것에 성공했다. 사실 거기에는 숨은 조력자가 한 명 있었다.

「교역에 투자를 해보고 싶은데.」

「……네?」

불쑥 찾아온 묵림이 꺼낸 말에 로이드는 무척 당황했다. 하지만 묵림은 담담한 얼굴로 말을 이었다.

「함선 투자 쪽엔 네가 최고라고 들었다.」

「어, 상단 때문에 굴리고 있는 배가 많긴 하죠. 그런데 갑자기 투자는 왜?」

「애 키우는 데는 돈이 많이 드니까.」

「애……라면 릴리언 말씀하시는 겁니까?」

묵림은 당연하다는 듯이 고개를 끄떡였다. 그는 품속에서 작은 주머니를 꺼내 내려놓았다. 안에는 최상급의 묘안석이 가득 들어 있었다. 묘안석은 서대륙에서는 가치가 높지 않지만, 동대륙에서는 무척 귀한 보석이었다. 이어서 묵림은 세세한 목록이 적힌 종이를 꺼내놓았다.

「일단 초기자금은 이걸로, 투자품목은 이렇게 해줬으면 좋겠다.」

「진심이세요?」

로이드는 난감한 얼굴로 말했다. 함선 투자는 멀리 떨어진 곳에서 물건을 가득 실어 와서 파는 것으로 이득을 남긴다. 시장이 어떻게 형성되느냐에 따라서 크게 이득을 보거나 망하기도 했다. 일종의 도박이나 마찬가지였다. 목록을 훑어본 로이드가 고개를 저었다.

「동대륙에서 양모는 썩 환영받지 못했습니다. 그쪽은 양모보다 면사의 소비량이 더 많아요. 다른 품목들도 마찬가지입니다. 대부분 동대륙에서 판매에 실패한 물건들이군요. 그리고 차를 가져오는 것도 그렇습니다. 교역이 열리면서 차의 수입 또한 진행되고 있지만, 아직 시기가 너무 이릅니다.」

「내기할까?」

묵림이 입꼬리를 휘었다. 우아한 미소였다.

「똑같은 금액으로 투자해서 어느 쪽이 더 이윤을 남기는지 겨뤄보자. 이기는 쪽이 모든 이득을 가져가는 걸로 하지.」

「고집부리지 마세요. 이걸로는 도저히 안 된다니까요.」

「되고 안 되고는 두고 봐야지.」

그래서 두 사람은 내기를 했다. 같은 돈으로 누가 더 좋은 투자를 했는지 따져보기로 한 것이다. 로이드는 자신만만했다. 그에겐 무역의 전문가들이 붙어 있었고, 안정적인 품목과 고수익을 얻을 수 있는 물품의 비율까지 완벽하게 맞췄다. 하지만 결과는 로이드의 참패였다.

「마, 말도 안 돼. 어떻게 그 목록으로?」

심지어 절대 안 팔릴 거라고 믿었던 양모까지 불티나게 팔렸다. 그해 동대륙 전체가 이상기온으로 한파에 시달렸고, 모피의 수요가 증가하면서 양모까지 동난 것이다. 수입해 온 차 또한 음료가 아니라 두통약으로 소개되어 엄청난 이득을 거두었다.

「첫 투자치고는 이만하면 괜찮구나. 너도 애썼다.」

묵림은 가차 없이 로이드가 얻은 이익까지 뺏어갔다. 이번에 번 돈으로 아란의 목걸이를 종류별로 맞출 생각이었던 로이드는 엉엉 울며 그에게 매달렸다.

「어떻게 된 겁니까? 네? 무슨 수를 쓴 거죠? 아니면 내가 질 리가 없어!」

「못 믿겠으면 또 해볼 테냐?」

묵림이 악마처럼 웃으며 새로운 목록을 꺼냈다. 로이드는 그것을 받아 꼼꼼하게 읽기 시작했다. 몇 번이나 목록을 따져본 그가 미간을 찌푸렸다. 중간중간 이상한 것들이 끼어 있었다.

「유황에 유지, 소금에 몰약이라니. 이건 뭡니까? 어디서 병이라도 돌아요?」

「제법인데. 어떻게 알았지?」

「네? 진짜요?」

로이드의 눈이 커졌다. 묵림은 가볍게 고개를 끄떡였다. 멍하게 입을 벌렸던 로이드가 그의 소매를 붙잡았다.

「어떻게 알았는지 가르쳐주세요!」

「흠.」

「가르쳐줘요! 네? 가르쳐주려고 했잖아요. 저 다 압니다. 그러니까 빨리 말해줘요!」

로이드가 떼를 쓰자 묵림은 픽 웃어버렸다.

「별것 아니야. 그냥 점을 쳤다.」

「점이요?」

「그래. 천기를 읽는 거야 무리지만, 점을 치는 것 정도야 할 수 있으니까.」

로이드에게 점은 수정구나 카드를 펼쳐놓고 헛소리를 지껄이는 거였다. 그건 사기일 뿐, 결코 미래를 예측하는 것이 아니었다. 하지만 이미 나온 결과가 모든 반론을 눌러버렸다.

「내 목록은 이것으로 하고. 너에게는 이걸 주마. 새로 품목을 짜봐라.」

묵림이 또 다른 종이를 꺼내 로이드에게 내밀었다. 그것을 받아든 로이드는 아연했다.

「이건…… 암호문입니까?」

「점괘다. 그걸 바탕으로 어떤 상황이 올지 예측하는 거지.」

점괘는 복잡했다. 사방을 여덟 개로 나누고 각각 마다 물과 불, 바람, 흙, 금속의 어느 요소가 길하고 흉한지 평한 다음 또다시 여덟 개의 기호로 세부적인 사항을 설명하고 있었다. 예를 들어 남동쪽에서는 바람과 물이 흉하고 불과 흙, 금속은 막혀 있었다. 감이태를 침범하니 물을 통한 괴질이 번질 거라는 식이었다. 로이드가 이해하기엔 너무 난해한 정보였다.

「아니, 이걸로…… 이런 것만 보고 어떻게 알아요?」

「경험이지. 어떤 괘가 나왔을 때 어떤 일이 일어났다는 식의 경험
이 쌓이면 나중에는 대충은 짐작하게 되거든. 하지만 너처럼 경험
이 없다면 더 공부해야겠지. 오행과 팔괘에 대해서 잘 생각해보거
라.」

묵림은 숙제라며 참고할 책까지 남기고 떠났다. 로이드는 열심
히 책을 파면서 점괘와 수집한 정보를 끼워 맞춰 새로운 품목을 짰
다. 그것을 본 묵림은 초보자치고는 잘했다고 칭찬하며 새로운 숙
제를 주었다. 로이드는 조금씩 오행과 팔괘에 대한 지식을 쌓기 시
작했다.

묵림의 예측대로 동대륙의 남부지방에서 괴질이 돌았다. 로이드
는 그것에 대비한 물품을 잔뜩 실어다가 이득을 보지 않고 풀었다.
미래를 위한 투자였다. 여기저기서 감사장이 도착했고 순주자사가
황제에게 직언을 올려 상단에 큰 상을 내렸다. 동대륙 사람들도 상
단에 호의를 보이기 시작했다.

로이드는 본격적으로 상단을 성장시켰다. 투자위험을 줄여주는
서포터가 붙어 있는 이상 거칠 것이 없었다. 아예 상단에서 일해달
라고 묵림을 졸라봤지만, 매번 단칼에 거절당했다.

「나는 릴리언을 지켜야 해서 바빠. 투자 외엔 할 생각도 없다.」

「멀리서 보기만 하시는 거잖아요. 그냥 분신을 붙여두면 안 되는
겁니까?」

묵림은 꼬리가 아홉 개인 천호였다. 분신 역시 9개를 만들 수 있
으며 각각의 힘도 무척 강했다. 로이드의 생각엔 릴리언에게 분신
을 붙여두고 다른 일을 하는 것이 더 효율적이었다. 그러자 묵림이

쓴웃음을 지었다.

「그때도 분신을 붙여두고 떠났지만, 결국 잃고 말았지. 가능하면 떨어지고 싶지 않구나.」

묵림이 아내와 자식에게 붙여둔 분신은 뛰어난 무장인 여금선의 손에 간단히 당해버렸다. 또다시 그런 일이 일어날 리는 없지만, 마음이 불안했다.

로이드가 싱긋 웃었다.

「그래도 저를 위해 시간을 내주신 거군요.」

「이건 그냥 투자라고 말했을 텐데?」

「네, 압니다. 릴리언을 위한 투자죠?」

얄밉게 생글거리는 아들을 노려본 묵림이 새로운 품목과 점괘를 꺼냈다. 그것을 받아든 로이드가 말했다.

「이젠 군이 찾아오지 않으셔도 돼요. 제가 릴리언의 궁으로 가겠습니다. 주문하신 물건들도 나왔으니 갖고 가죠.」

「……그래. 고맙다.」

묵림은 릴리언이 쓰는 물건을 썩 마음에 들어 하지 않았다. 공주가 쓰기엔 너무 초라하다는 것이다. 그의 심미안은 로이드보다 더 높았다. 까다로운 아버지의 취향을 맞추기 위해 로이드는 최고의 장인들을 여기저기서 수배해야 했다. 그리고 완성된 물건들을 선물이라는 명목으로 릴리언의 궁으로 보냈다.

'뭐, 덕분에 나도 아란에게 줄 선물을 주문하고 있으니까. 좋긴하지만.'

솔직히 말하면 걱정이 되긴 했다. 릴리언은 지금도 일국의 왕이 부럽지 않은 생활을 하고 있었다. 묵림의 취향이 워낙 우아하면서도 고급스러운 쪽이라 잘 티가 나지 않을 뿐이었다.

'이렇게 키워서 대체 어디에 시집보내실 건데요?'

엄한 곳에 보내서 불행하게 만들지 않으려면 묵림이 거두는 수밖에 없어 보였다. 로이드가 볼 때 묵림은 아주 착실하게 자기 무덤을 파고 있었다. 하지만 구경하는 것도 재미있어서 그냥 내버려두기로 했다. 그 아버지에 그 아들이었다.

"백작님, 오셨어요?"

저택으로 돌아온 로이드를 아란이 반갑게 맞이했다. 마차에서 내린 로이드가 놀라 그녀의 손을 잡았다.

"맙소사. 어떻게 된 겁니까?"

아란은 서대륙식 드레스를 입고 있었다. 최신 유행에 맞춰 스커트 앞자락을 뒤로 걷어 올려 리본으로 고정시킨 버슬 스타일의 드레스였다. 선명한 물빛의 드레스에 A형으로 드러난 페티코트는 연한 살구색이었고, 리본과 스커트의 안감은 분홍색으로 멋진 대비를 이뤘다.

"가끔 이런 차림도 좋을 것 같아서요."

아란이 수줍게 웃으며 말했다. 고불고불하게 컬이 들어간 머리카락이 뺨을 감싸며 부드럽게 흘러내렸다. 뒷머리는 높게 틀어 올려 깃털장식을 꽂았다. 귀부인들은 누구나 즐겨하는 머리였으나 아란이 하니 무척 특별해 보였다.

유일하게 눈에 익은 것은 가슴에 단 브로치였다. 중앙에 박힌 커다란 보라색 사파이어는 묵림이 준 선물이었다. 아란은 이 브로치를 소중히 여겨 격식을 차리는 장소에서만 착용했다.

"감동적일 정도로 예쁩니다. 그런데 허리는 괜찮은 겁니까? 만져도 부러지지 않겠죠?"

안 그래도 날씬한 허리가 코르셋으로 졸라매자 개미처럼 가늘어져 있었다. 멋대로 끌어안았다간 뚝 부러질 것 같았다. 겁먹은 로이드를 보고 생긋 웃은 아란이 "살살 만지면요." 하고 말했다. 로이드는 아주 조심스럽게 아내를 끌어안았다.

"파티에 참석하는 요정 같군요. 이렇게 입고 어떤 사내의 가슴을 멍들게 하려고요?"

"빨리 준비하셔야 해요. 이러다 정말 늦겠어요."

아란이 걱정스럽게 말했다. 로이드는 어리둥절해졌다. 보다 못한 제임스가 "선왕께서 여신 가든파티에 참석하기로 하셨잖습니까." 하고 끼어들었다. 로이드는 그제야 오늘 약속이 있었다는 것을 떠올렸다.

"……아, 깜빡했어."

"웬일이세요? 전 가기 싫어서 늦장 부리시는 줄 알았습니다."

제임스가 의아한 얼굴이 되었다. 난처하게 머리를 쓸어 넘긴 로이드가 아내의 이마에 가볍게 입을 맞췄다.

"미안합니다. 아란. 금방 내려오겠습니다."

"전 괜찮으니 천천히 하세요."

아란이 괜찮다고 해도 그가 괜찮지 않았다. 로이드는 서둘러 위층으로 뛰어 올라가서 씻고 옷을 갈아입었다. 젖은 머리로 내려온 그를 보고 아란이 걱정스러운 표정을 지었다. 결국, 그녀는 마차를 타고 가면서 로이드의 머리를 말려주었다. 마지막으로 정성껏 빗질한 아란이 "다 됐어요." 하고 말했다. 로이드가 그녀의 손에 키스하며 속삭였다.

"정말 굉장하군요. 역시 당신의 손에는 마법이 걸려 있는 게 틀림 없습니다."

"거울도 보지 않으셨잖아요."

"거울을 볼 필요가 있나요. 당신이 꾸며준 것이 최고일 텐데요."

아란이 그다지 싫지 않은 얼굴로 웃었다. 때마침 마차가 목적지에 도착했다. 얼른 일어선 로이드가 아란을 에스코트했다. 파티장 안으로 들어서자 사람들의 시선이 일순 아란에게 쏠렸다. 대놓고 수군거리는 이들도 있었다.

'아, 이래서 보여주기 싫었는데 말이지.'

로이드는 아란의 드레스를 힐끗 봤다. 최신 유행답게 넓게 파진 드레스는 뽀얀 어깨까지 살짝 드러나 있었다. 평생 자신만 볼 줄 알았던 어깨에 남의 시선이 닿는 것이 싫었다. 하물며 적대감 어린 시선은 더욱 불쾌했다.

'눈이 달려 있으니 한 번 쳐다보는 건 봐주지. 하지만 두 번 연속으로 보면 나와 척지는 거고 세 번 쳐다보면 반드시 복수할 테다.'

속이 좁은 여우는 복수명단을 작성하고 있었다. 그때 파티의 주최자인 선왕이 그들에게 다가왔다. 그는 드레스를 차려입은 아란을 보더니 만족스러운 표정을 지었다.

"이제 정말 여기 사람 다 됐군. 무척 잘 어울리는구려."

"감사합니다."

아란이 부드럽게 웃었다. 하지만 로이드는 그녀의 얼굴에 스쳐 지나간 어두운 빛을 놓치지 않았다. 선왕은 이어서 로이드를 보고 혀를 찼다.

"넌 왜 얼굴이 반쪽이야. 일이 그렇게 힘드냐?"

"무슨 말씀이세요. 오히려 살이 쪄서 걱정입니다."

"살이 찌긴. 전보다 몸이 축났는데. 눈 밑도 아주 시커멓다."

"그게 다 숙부님 때문인 것도 알고 계시죠?"

로이드가 슬쩍 선왕을 탓했다. 그는 이번에 동대륙에서 관상용 금붕어를 대거 들여왔다. 금붕어의 화려한 매력에 홀딱 빠진 선왕 은 자신의 정원에서 놈들을 키우길 원했다. 로이드는 정원 자체를 동대륙식으로 꾸민 다음 연못에 금붕어를 잔뜩 풀고 돌다리 위에 서 감상할 수 있도록 조경했다. 지금도 한 무리의 귀부인들이 정신 없이 금붕어를 구경 중이었다.

"가든파티 때까지 맞춰야 한다고 억지 부리셔서 제가 얼마나 힘 들었는데요."

"이놈아, 그게 나 좋아지라고 한 거냐?"

"알고 있습니다. 그러니까 밤새도록 일해서 기한을 맞췄잖습니 까."

로이드가 싱긋 웃었다. 선왕의 억지는 어떻게든 조카의 상단을 도우려는 의도였다. 굳이 가든파티를 연 것도 동대륙식 정원과 금 붕어를 널리 선보이려는 것이었다. 흠흠 헛기침을 한 선왕이 아란 에게 말했다.

"로이 녀석이 요즘 일이 바빠 많이 힘든 것 같소. 이럴 때 아내가 옆에서 잘 챙겨주면 분명 큰 힘이 될 거요."

아란은 말없이 웃어 보였다. 선왕이 부드럽게 말을 이었다.

"황녀께서 좋은 일을 하고 다닌다고 칭찬이 자자하더군. 그런데 자선도 좋지만, 가정이 우선이 되어야 하지 않겠소. 좋은 아내에겐 내조가 우선이지."

로이드가 재빨리 그들의 사이에 끼어들었다.

"숙부님, 제 가신들이 들으면 기절하겠습니다."

"뭐?"

"아란이 옆에 있는데 제가 어떻게 일 따위에 집중할 수 있겠습니까. 사실 아란도 처음엔 저를 내조하려 했지만, 제 가신들이 필사적으로 뜯어말렸답니다. 제가 매일 일을 팽개치고 그녀와 놀러 다녔거든요. 그래서 아란은 할 수 없이 밖에서 봉사활동을 하는 거지요. 그녀가 지금 하는 것이 바로 저에 대한 내조입니다."

"그걸 지금 자랑이라고 하고 있냐!"

참다못한 선왕이 로이드를 두들겨 팼다. 로이드는 성의 없이 아야야 소리를 내며 어깨를 으쓱했다.

"어쩌겠습니까. 세상에서 제일 예쁜 아내와 이어주신 숙부님 탓인 것을."

"이놈이 그래도!"

벌컥 화를 내던 선왕이 뒷목을 잡았다. 아란이 재빨리 그를 부축했다. 절레절레 머리를 흔든 선왕이 깊은 한숨을 쉬었다.

"저런 놈이지만, 부디 버리지 말고 잘해주시오."

"걱정하지 마세요."

아란이 상냥하게 답했다. 안심한 듯 고개를 끄떡인 선왕이 다른 이들에게로 향했다. 로이드는 아란의 손을 끌어당겨 꼭 잡았다.

"미안합니다, 아란. 숙부님께서 걱정이 좀 과하셔서요."

"아니에요. 당연한 말씀을 하셨는걸요."

아란이 다시 웃었다. 로이드의 눈에는 썩 밝지 않은 미소였다. 그는 오늘 아란이 입은 드레스가 저 미소와 관련이 있는 게 아닌지 의심했다.

"아란, 혹시……."

"어머, 백작님. 여기 계셨군요. 여쭤보고 싶은 것이 있어요."

하지만 말을 꺼내기도 전에 누군가 끼어들었다. 금붕어를 구경하던 귀부인 중 하나였다. 그녀는 잔뜩 들뜬 얼굴로 금붕어를 자신도 기를 수 있을지 물었다. 로이드는 한숨을 삼켰다.

'이런, 여기서 꺼내선 안 될 이야기였군.'

아무리 마음이 급해도 아란을 곤란하게 만들어선 안 된다. 그는 여유로운 미소를 지으며 귀부인을 상대했다. 내일 조경 전문가를 보내겠다고 약속한 후 아란의 손을 잡고 마리아가 있는 쪽으로 향했다.

로이드는 파티 내내 아란을 관찰했다. 사람들은 그녀가 드레스를 입은 것에 관심을 보이며 잘 어울린다고 칭찬했다. 그럴 때마다 아란은 감사하다며 웃었지만, 어딘지 미묘한 얼굴이었다. 그것 외에는 별다른 점이 없었다. 마리아를 포함한 아란에게 호의적인 귀부인들도, 아란을 시기 질투하는 사람들도 평소와 비슷했다.

'단순히 심경의 변화인가, 아니면 다른 문제가 있는 걸까.'

상단일이 늘어나면서 두 사람이 함께 있는 시간도 줄었다. 로이드는 어떻게든 짬을 내어 아란의 옆에 붙어 있었지만, 전에 비하면 턱없이 모자랐다. 그래서 아란의 변화를 빠르게 잡아내지 못했다.

'무슨 일이 있어도 일을 줄이겠어. 직원 수를 두 배로 늘리는 한이 있더라도 줄일 테다.'

로이드는 자신의 어리석음에 한탄했다. 그 와중에도 입은 부지런히 움직여 금붕어와 동대륙식 정원에 관심이 있는 사람들을 홀려내고 있었다. 결국, 파티가 끝났을 때쯤에 로이드는 완전히 녹초가 되어버렸다. 마차 안에서 꾸벅꾸벅 조는 그를 아란이 꼭 끌어안았다.

로이드가 눈을 떴을 때는 이미 새벽이었다. 앞발을 쭈욱 뻗어 기지개를 켠 그는 주변을 두리번거렸다. 마차에서 잠들어 여우가 된 그를 아란이 방으로 옮긴 모양이었다. 싸늘한 옆자리를 더듬은 그가 시무룩하게 말했다.

- 아란?

"여기 있어요."

기대하지 않은 답이 돌아왔다. 활짝 열린 창문 앞에 침의를 걸친 아란이 서 있었다. 뿌연 새벽의 빛이 그녀의 얼굴을 부드럽게 빛나게 했다. 인간으로 돌아온 로이드가 가운을 걸치고 그녀에게 다가갔다.

"깨어 있었군요. 피곤하지 않습니까?"

"잠이 잘 오지 않아서요."

내뻗은 그의 손에 아란이 뺨을 비볐다. 로이드는 그녀를 꼭 끌어 안았다. 창문 앞에 오래 서 있었는지 조그마한 몸이 차가웠다. 로 이드는 자신의 체온을 전하려 애썼다.

"고민이 있으면 언제든 말씀해주십시오. 미덥지 못한 남편이지 만, 뭔가 도움이 될 수 있을지도 모릅니다."

"……."

가운 자락을 꼭 움켜쥔 아란이 고개를 들었다. 잠시 망설이던 그 녀가 말했다.

"백작님은 지금의 제게 만족하세요?"

"음. 로이라고 불러주면 더 기쁘겠지만, 그것 외엔 다 만족합니 다."

아란은 아직도 그의 이름을 부르는 것을 수줍어했다. 단둘이 있 을 때가 아니면 거의 백작님이라고 부르는 편이었다. 물론 로이드 는 그녀의 그런 점까지 귀여워 죽을 지경이었다. 머뭇거리던 아란 이 말을 이었다.

"저는 아직 많이 서툴고, 서대륙에 대해서도 자세히 몰라요. 다 른 부인들처럼 남편을 내조하지도 못하고요. 그래서 제가…… 백 작님께 어울리는 아내가 아닌 것 같아서 걱정스러워요."

"네?"

"많이 늦었지만, 지금이라도 바꿔야 하지 않을까 고민했어요. 조 금이라도 다른 부인들처럼 백작님을 도와야 하지 않을까 하고요."

아란의 몸이 가늘게 떨렸다. 로이드는 아내가 몹시 혼란스러운 상태라는 것을 알아챘다. 그는 얼른 그녀를 안아 들고 침대로 갔다. 부드러운 이불로 아내의 몸을 감싼 그가 속삭였다.

"아란, 저를 좀 안아주겠습니까."

잠시 머뭇거리던 아란이 이불 속에서 팔을 내어 그를 껴안았다. 로이드는 "더 세게요. 꼭 안아주십시오." 하고 부탁했다. 아란이 그의 몸을 꼭 끌어안았다. 로이드 역시 그녀를 꽉 끌어안은 상태로 말을 이었다.

"훨씬 낫군요. 방금은 좀 무서웠거든요."

아란이 작게 웃었다. 로이드가 세상에서 제일 좋아하는 소리였다. 그는 아란의 뒷머리를 부드럽게 어루만지며 말했다.

"저는 당신이 하는 일은 다 좋습니다. 당신이 배고픈 사람을 돕고, 병든 사람을 돌보고, 고아들을 위해 봉사하는 것도 자랑스럽습니다. 물론 당신이 자신의 직업을 갖거나 취미를 찾는다고 해도 좋을 겁니다. 당신이 하고 싶은 일을 하는 것이 저의 기쁨이니까요."

"……."

"당신이 저를 돌보고, 살림을 꾸리고, 집안을 가꾸고, 파티를 준비하고, 파티에 참석해 다른 이들과 어울리고, 그런 것에 관심이 있다면 그것도 좋습니다. 저를 내조하는 것이 당신이 하고 싶은 일이라면요."

"저는……."

무어라 말하려던 아란이 망설였다. 로이드는 그녀가 용기를 낼 때까지 기다려주었다.

"사실 잘 모르겠어요. 제가 뭘 원하는지도 혼란스러워요. 백작님을 위해서 뭔가를 하고 싶은데, 제대로 하고 있는지 자신이 없어요. 전 역시 좋은 아내가 아닌 것 같아요."

"당신은 좋은 아내입니다. 남편인 저에겐 더 이상 바랄 수 없을 정도로 완벽한 아내예요."

로이드는 아란의 등을 천천히 쓰다듬었다. 누군가 아란에게 헛소리를 지껄인 것이 분명했다. 그녀가 제대로 '부인 노릇'을 하지 않는다며 불평을 토했으리라. 로이드의 주변에도 그런 멍청이들이 있었다. 그들은 누군가의 역할을 정해두고 거기에 끼워 맞추는 것을 좋아했다. 만약 예상대로 되지 않으면 세상이 망할 것처럼 시끄럽게 굴었다.

'어떤 놈인지 잡아내서 이빨을 다 뽑아버려야겠군.'

로이드는 이번 원한을 아주 오래 가져가기로 했다. 아란의 마음에 상처를 내다니 죽어도 용서받지 못할 죄였다.

"어제의 당신은 정말 예뻤습니다. 하늘에서 내려온 천사 같았어요. 당신에겐 분명 어느 나라 옷이나 잘 어울릴 겁니다. 이런, 너무 당연한 말을 한 건가요?"

"……."

"당신이 드레스가 너무 예뻐서 입고 싶었다면 상관없습니다. 더 예쁜 드레스를 잔뜩 만들어 바칠 겁니다. 제게 더 예쁜 모습을 보여주고 싶었던 거라면 너무 행복해서 기절할지도 모르죠. 하지만 당신이 남들에게 맞추기 위해서 불편한 옷을 억지로 입은 거라면 그건 싫습니다."

아란이 고개를 들어 그를 바라봤다. 로이드가 싱긋 웃었다.

"싫다고 말해서 미안합니다. 하지만 그건 정말 싫군요. 제가 원하는 건 당신의 행복입니다. 그리고 어제의 당신은 별로 행복해 보이지 않았어요."

잠시 그를 응시하던 아란이 쓴웃음을 지었다. 그녀가 조심스럽게 고백했다.

"드레스는 예뻤어요. 한 번쯤 입어보고 싶었던 건 사실이에요. 하지만 어제 그걸 입은 건…… 다른 사람들과 비슷해 보이고 싶어서였어요. 제가 너무 다르다는 걸 숨기고 싶었거든요."

"고작 그런 드레스로 당신의 아름다움이 감춰지진…… 아야, 꼬집으면 아픕니다."

옆구리를 꼬집힌 로이드가 엄살을 떨었다. 조금 뽀로통해진 아란이 말했다.

"전 진지하게 말하고 있어요."

"저도 진지하게 말하고 있습니다. 아란, 당신은 특별해요. 제게만 특별한 게 아니라 모두에게 특별한 존재입니다. 그러니 남들과 같아지려고 애쓰지 않아도 됩니다. 같아질 수도 없고요."

입을 다문 아란이 로이드의 품에 안겼다. 위로를 구하는 것 같은 몸짓에 로이드는 그녀가 잠들 때까지 부드럽게 머리를 쓰다듬었다. 잠든 아란은 길 잃은 미아 같은 얼굴을 하고 있었다. 로이드는 속삭이듯 말했다.

"당신의 잘못이 아닙니다."

아란은 선계에서 자신의 삶을 차곡차곡 쌓아올리고 있었다. 앞으로 어떻게 살아가야 할지 꿈과 계획이 있었을 것이다. 로이드와의 혼인은 그녀가 세운 미래를 송두리째 도려낸 것이나 마찬가지였다.

"혼란스러운 것이 당연합니다. 이전과 같은 것이 하나도 없으니까."

모든 것을 새로 배우지 않으면 안 된다. 무엇을 좋아하고 무엇을 원하는지도 처음부터 다시 정해야 한다. 그런 혼란 속에서 이방인이라는 시선까지 견뎌야 하는 아내가 안쓰럽고, 그녀에게 미안했다. 로이드는 날이 밝을 때까지 잠든 아란의 얼굴을 가만히 들여다보고 있었다.

아란이 깊게 잠든 후 살금살금 방을 빠져나온 로이드는 뜻밖의 방문객을 맞았다. 묵림이 저택으로 찾아온 것이다.

예전에 지은 죄 때문인지 묵림은 아란과 마주치는 것을 꺼렸다. 저택 근처엔 얼씬도 하지 않았고 상단에서 로이드를 만나는 것까지 비밀로 했다. 아란 앞에선 아버지라 부르지 말라고 못을 박은 적도 있었다. 사실 아란은 둘이 어울리든 말든 내버려두는 쪽이었지만, 묵림은 그녀의 눈치를 보았다. 그래서 이렇게 불쑥 저택으로 찾아온 것이 놀라웠다.

"너 동대륙에 좀 가야겠다."

"네?"

"동대륙에 가서 시험을 치고 와라."

하지만 진정한 놀라움은 묵림의 용건에 있었다. 뜬금없는 말에 당황하던 로이드가 픽 웃어버렸다.

"아니, 무슨 농담을 그렇게 진지하게 하세요? 제가 얼마나 바쁜지 아시잖아요."

"어쩔 수 없어. 이번에는 네가 직접 가야 한다."

묵림이 한숨을 푹푹 쉬며 꺼낸 이야기는 이랬다.

그는 매일 새벽마다 점을 쳤는데, 얼마 전부터 계속 괘를 가로막는 뭔가를 느꼈다. 천기에 뭔가 문제가 생겼나 연결해봤더니 푸른 안개와 함께 천신의 환영이 내려왔다. 그리고 묵림에게 당장 아들을 동대륙으로 보내지 않으면 두고 보자고 화를 냈다는 것이다.

"누구라고요?"

"태산낭랑 벽하원군."

"어디서 들어본 이름인데. 기억이 잘⋯⋯."

고개를 갸웃거리는 로이드를 본 묵림이 한숨을 쉬었다. 하나를 가르치면 열을 아는 것까진 바라지도 않았다. 그런데 그의 아들은 하나를 가르쳐주면 그것마저 잊어버리곤 했다. 바보라서가 아니라 관심이 없어서였다.

"태산을 지배하는 동악대제의 딸로 여우의 수호신이다. 그 정도는 제발 기억해라."

"아, 맞아. 기억났습니다. 그런데 저와 관계없는 분이잖아요. 왜 화를 내시는 거죠?"

"여우의 수호신이라니까. 너 여우잖아."

"그렇긴 한데 어차피 만난 적도 없잖습니까. 그런 신이 있다는 것도 이제야 기억났는걸요."

"바로 그게 문제다. 네가 인사조차 올리지 않는다고 화가 났더군."

로이드로서는 어이가 없었다. 생판 본 적도 없는 사람이 '넌 건방지게 왜 인사도 안 해?' 하고 시비를 붙는 격이었다. 그는 어깨를 으쓱하며 말했다.

"그냥 무시하면 안 됩니까? 어차피 아버지도 귀왕이라 천신의 명을 들을 필요 없잖아요."

"멍청한 놈, 너 하나로 끝날 일이면 내 선에서 잘랐다. 하지만 네 자식은 어쩔 거냐. 그 애도 동주로 보낼 거냐?"

"네?"

"네 자식도 여우로 태어날 수 있어. 여우가 요선이 되려면 벽하원군의 시험을 봐야 한다. 자식의 앞날을 막을 생각이냐?"

"어, 그런 문제입니까?"

로이드는 조금 얼떨떨해졌다. 자식이라니, 그런 문제는 한 번도 생각해보지 못했다. 자신이 여우로 변한다고 2세에게까지 전해질 줄은 몰랐던 것이다. 하지만 천신인 아란과 자신의 아이가 평범한 인간일 리는 없었다.

"음, 어떡하죠?"

"어떡하긴. 동대륙으로 건너가서 시험을 쳐야지. 특별시험을 열 테니 거기서 합격하면 그동안의 무례를 용서해준다고 하더군."

"절대 무리입니다."

"나도 알아. 하지만 가서 성의를 보이는 수밖엔 없다."

묵림이 한숨을 푹푹 쉬며 말했다. 로이드도 열심히 머리를 굴렸지만, 빠져나갈 방법이 보이지 않았다.

"벽하원군도 네가 얼마나 무식한지 알면 시험에서 떨어졌다고 뭐라 하진 않을 거다. 그러니 참가에 의의를 두자."

"참가에 의의 따위 뒤봤자……."

맥없이 중얼거리던 로이드의 눈이 번쩍 뜨였다. 그는 묵림의 팔을 덥석 잡으며 "갈게요!" 하고 외쳤다. 당황한 묵림이 미간을 찌푸렸다.

"가야죠! 지금 당장 준비하겠습니다! 시험이 언제라고요?"

"한 달 뒤다."

"그동안 저 대신 상단 좀 맡아주세요. 다른 건 제임스가 다 알아서 할 테니까 투자 쪽으로 지시만 내려주시면 됩니다. 해주실 거죠?"

묵림은 몹시 의심스러운 눈으로 아들을 살폈다. 신이 난 로이드는 열심히 지껄였다.

"이건 제가 아니라 우리 집안을 위해서입니다. 나중에 제 동생이 태어날 수도 있잖아요. 그러니까 아버지도 도와주셔야…… 아야!"

"동생 같은 소리 하고 있다."

머리를 얻어맞은 로이드가 뿌루퉁한 얼굴을 했다. 한숨을 쉰 묵림이 "무역 쪽이라면 봐주마. 하지만 그 이상은 안 돼." 하고 선을 그었다. 로이드는 당장 날아갈 것 같은 표정이 되었다.

"감사합니다! 저 그럼 전하께 말씀드리고 올게요!"

로이드는 서둘러 찰스 왕을 알현하러 갔다. 아직 단잠에 빠져 있던 왕을 급하게 두들겨 깨운 그는 지금 당장 동대륙에 특사로 파견해달라고 청했다. 잠이 덜 깬 왕은 능파선보다 더 포악한 여신이 왕궁에 올 거라는 말에 겁을 먹었다. 즉위 초기부터 능파선과 태진왕 부인이라는 홍역을 치른 그는 백합궁 철거를 진지하게 고민했던 것이다.

"그래서 어떻게 하겠다는 건가?"

"제가 전하를 위해 동대륙으로 건너가겠습니다. 여신께 선물을 바치며 지금은 국정이 바쁘니 한 10년 뒤에 오시라고 빌어보겠습니다."

"기왕이면 30년으로 해줘. 그때는 내 대신 아서가 어떻게든 해줄 거야."

왕이 떨리는 목소리로 부탁했다. 로이드는 최선을 다하겠다며 고개를 끄떡였다. 그리하여 왕은 로이드를 직무에서 풀어주고 동대륙 특사로 임명했다. 물론 동대륙에서 처리해야 할 일들도 받았지만, 지금 일거리에 비하면 아무것도 아니었다. 로이드는 바쁘게 저택으로 돌아왔다. 그는 아직 곤히 잠들어 있는 아내를 키스로 깨우며 속삭였다.

"아란, 휴가를 받았습니다. 함께 동대륙으로 놀러 가지 않겠습니까?"

두 사람이 동대륙에 도착한 것은 그로부터 일주일 뒤였다.

무역전용 해로를 쓴다고 해도 2주가 넘는 거리였으나 용왕의 아들인 비회가 특별히 편의를 봐준 덕이었다. 로이드는 일찍 도착해서 많이 놀 생각에 신이 났다. 그는 아란을 무릎에 앉혀놓고 어디로 놀러 갈 것인지 의논했다.

"서호에도 들르는 게 어떨까요. 호수에서 갓 잡은 생선을 튀겨주는데 맛이 아주 기가 막힌다는군요. 그 지방에서만 나는 술을 곁들여 누각에서 달과 함께 즐기는 것이 백미라고 합니다."

"서호는 너무 멀어요. 목적지에서 한참은 내려가야 하는걸요. 서호에 갔다간 시험에 너무 늦어버릴 거예요."

지도를 든 아란이 살래살래 고개를 저었다. 시무룩해진 로이드가 책을 펴서 다른 장소를 찾기 시작했다. 아란이 지도의 위쪽을 짚었다.

"여기에 용의 계곡이라고 불리는 장소가 있대요. 아름다운 곳이라서 황제의 여름 별장도 있는 모양이에요."

"음. 나쁘진 않지만, 정말 여기 가고 싶은 게 맞습니까? 왠지 당신이 고르는 곳은 목적지에서 가까운 장소인 것 같군요."

로이드의 지적에 이번엔 아란이 시무룩한 얼굴이 되었다. 잠시 망설이던 그녀가 말했다.

"사실 시험에 늦을까 봐 걱정이 되어서요. 조금이라도 공부를 해야 하지 않을까 싶고."

"무리입니다. 다들 몇십 년씩 열심히 준비하는 시험이잖습니까. 며칠 공부하고 붙으면 그게 더 이상한 거죠."

"하지만 시험에 떨어져서 태산낭랑이 화내시면 어떡하죠?"

"어쩔 수 없죠. 실력이 안 되는데 못 붙었다고 화내면 그 사람이 이상한 겁니다."

로이드는 단호하게 말했다. 시험에 붙을 생각은 손톱만큼도 없는 남편을 보고 아란이 어쩔 수 없다는 얼굴로 웃었다. 자신의 뺨을 어루만지는 손에 싱긋 웃은 로이드가 책을 가리켰다.

"연향림이라는 곳도 풍광이 아주 멋지다고 되어 있군요. 강 위에 동글동글한 산봉우리가 모여 있는데 배를 타고 지나가면서 천천히 둘러볼 수 있나 봅니다. 석회암으로 된 동굴도 있고 아주 좋은 온천이……."

아란의 몸이 움찔하는 것을 느낀 로이드가 말을 멈췄다. 뭔가 잘못 말했는지 고민하던 그는 슬그머니 떠보았다.

"아란, 혹시 온천을 좋아합니까?"

아란의 얼굴이 빨개졌다. 거짓말을 못 하는 그녀가 조심스럽게 입을 열었다.

"한 번도 가본 적이 없어서요. 다녀온 선인들이 좋다고 자랑해서 어떤지 궁금했을 뿐이에요."

사실 선인들, 특히 선녀들은 온천이라면 사족을 못 썼다. 물이 맑고 시원한 온천을 찾아 하계를 돌아다니는 선녀들도 있었다. 하지만 아란은 소문으로만 들었지 한 번도 온천에 들어가본 적이 없다고 했다.

"진작 알았으면 온천 여행을 좀 다닐 것 그랬습니다."

"아니에요. 계속 바쁘셨잖아요."

아란이 빨개진 얼굴로 고개를 흔들었다. 바빴던 건 사실이지만, 아란이 온천에 가고 싶다고 하면 어떻게든 휴가를 냈을 것이다. 그녀는 좀처럼 욕심을 부리는 법이 없었다. 원하는 것이 있어도 상대가 곤란해질까 봐 쉽게 말을 꺼내지 못했다. 답답하다면 답답한 성격이었지만, 로이드는 그런 점까지 귀엽다고 생각했다.

"휴양하면 또 온천이죠. 사실 저도 요즘 뼈마디가 쑤셔서 온천 생각이 간절했거든요. 마침 연향림은 여기서 태산으로 가는 길목에 있습니다. 잠깐 들렀다 갈까요?"

잠시 머뭇거리던 아란이 고개를 끄떡였다. 기쁨에 반짝이는 눈동자가 얼마나 사랑스러운지, 으스러져라 껴안고 싶은 마음을 꾹 참아야 했다.

그때 입항 절차가 끝났다는 신호가 들렸다. 로이드는 서둘러 아란을 안고 자리에서 일어났다.

"자, 서두릅시다. 공주님. 온천이 우리를 기다리고 있답니다."

하지만 모든 계획이 다 그렇듯 마음먹은 대로 잘 풀리지 않는 법이었다. 바지선을 타고 서구항에 내린 로이드는 예상치 못한 환영 인파와 마주쳤다.

"상단주님, 어서 오십시오."

"……이건 뭐야?"

기껏해야 상단 지부장의 마중을 예상했던 그는 항구에 빽빽하게 몰린 사람들을 보고 경악했다. 대부분이 검은 머리에 검은 눈을 가진 동대륙인이었다. 그들은 로이드의 모습이 보이자마자 파랑새가 그려진 작은 깃발을 흔들었다.

"다들 환영하러 나온 겁니다. 요즘 상단주님의 인기가 하늘을 찌를 정도거든요."

덕분에 상단의 앞날도 순조롭다며 지부장이 싱글벙글한 얼굴로 말했다.

로이드의 인기는 절반 이상이 조작된 것이었다. 아란을 서대륙으로 팔아치운 황제는 그녀의 남편을 서대륙의 용맹한 영웅으로 포장했다. 로이드가 구호물품을 풀었을 때도 그를 의인이라 추켜세웠고, 상단에 상을 내려 치하하는 것도 잊지 않았다.

비슷한 시기에 민간에선 재미있는 이야기가 퍼졌다. 천상의 선녀가 죄를 지어 하계 황제의 딸로 태어났는데, 그녀는 절세의 미녀로 자라 먼 곳의 왕자에게 시집을 갔다. 죄를 다 갚은 선녀는 천상으로 돌아가게 되었고, 왕자는 그녀를 잊지 못하고 천상의 기둥을 타고 올라가 아내를 되찾는다는 이야기였다.

그리고 서로 다른 두 가지의 이야기를 맞물린 것은 상단이었다. 그들은 상단의 주인이 바로 선녀와 결혼한 왕자라며 열심히 소문을 냈다. 광고와 선전도 잊지 않았다. 결국, 로이드는 구국의 영웅이자 천상으로 올라가 아내를 되찾아온 왕자가 되었다.

"두 분의 이야기를 가극으로 만들어서 공연하는 곳도 있답니다."

시간이 날 때 꼭 보러 가시라는 말에 아란의 얼굴이 빨개졌다. 연극을 좋아하는 그녀였지만, 연극의 주인공이 되는 것은 좀 다른 이야기였다. 로이드는 허락도 안 받고 남의 연애담을 팔아먹는다고 투덜거렸다.

그때 누군가 빠르게 "왕야! 서성왕야!" 하고 외치는 소리가 들렸다. 지부장은 그제야 생각났다는 듯이 덧붙였다.

"아, 서주자사께서 인사를 나누기 위해 계속 기다리고 있었습니다."

황녀와 결혼하면서 '서성왕'에 봉해진 로이드는 황족에 속했다.

황제가 영웅이라 칭한 '서성왕'에게 인사 올리기 위해 수많은 관리와 그들의 수행원이 대기 중이었다. 항구가 두 배로 번잡해 보이는 이유였다. 로이드와 눈이 마주친 자들이 활짝 미소 지으며 다가왔다.

『황명이오!』

그때 다가오던 사람들이 다급히 양옆으로 갈라섰다. 푸른 관복을 입은 자가 황금빛 교지를 양손으로 높게 들고 다가오고 있었다. 사람들이 도미노가 쓰러지듯 우르르 무릎을 꿇었다.

『서성왕, 로리도는 어서 나와 황명을 받드시오!』

영문을 모르는 로이드는 어리둥절해졌다.

"뭐라는 거지?"

"황제의 명이라는데요. 어서 가서 무릎을 꿇어야 할 것 같습니다."

"뭐?"

난데없는 말에 당황한 로이드가 미간을 찌푸릴 때였다.

– 멈추어라!

허공에서 비단을 찢는 것 같은 소리가 나더니 거대한 가마가 불쑥 등장했다. 가마를 메고 있는 것은 네 마리의 거대한 박쥐였다. 햇빛 아래 끌려 나온 박쥐들은 제대로 눈도 못 뜨고 찌익찌익 소리를 내고 있었다.

– 태산낭랑의 손님을 가로채려 하다니, 이게 무슨 무엄한 짓인가!

가마를 이끄는 것은 비단옷을 입고 사람처럼 두 발로 선 커다란 여우였다. 얼마나 급히 달려왔는지 갈기가 곤두서고 꼬리가 뻑 하고 부풀어 있었다. 로이드는 여우가 몹시 놀란 것을 알아챘다. 하지만 놀라기는 항구에 몰려 있던 사람들이 더 놀랐다.

─ 이자는 낭랑의 명으로 태산에 올라야 할 자다. 하계의 황제라고 해도 감히 빼돌릴 수는 없는 일. 알았으면 어서 물러가라!

여우는 당당하게 로이드의 선점권을 주장했다. 교지를 들고 오던 자도 다른 이들도 당황해서 아무 말도 못 했다. 그 사이 여우는 가마문을 활짝 열고 로이드에게 명령했다.

─ 자. 어서 타라. 속히 도착하게끔 가마를 내어주신 태산낭랑의 은혜에 감사하도록.

"죄송합니다만, 전 따로 계획이 있어서요. 가마는 사양하겠습니다."

로이드가 어깨를 으쓱했다. 아란과 놀러 갈 마음이 가득한 그는 가마를 보내온 것이 귀찮기만 했다. 시험 참가야 자신의 선택이었지만, 강제로 끌고 가는 것까지 동의한 건 아니었다.

─ 뭣이? 지금 하계 황제 때문에 감히 낭랑의 명을 거부한다는 것이냐?!

"따로 계획이 있다고 방금 말씀드렸을 텐데요?"

로이드의 목소리가 차가워졌다. 잠깐 당황하던 여우가 품에서 긴 막대 같은 것을 꺼냈다.

─ 네 이놈, 당장 가마에 오르지 않으면 혼쭐을 낼 것이다!

그러자 아란의 눈이 날카로워졌다. 당장 앞으로 나서려는 그녀를 붙잡은 로이드가 웃었다. 그는 주머니에서 꺼내 든 총을 여우의 머리에 겨누며 말했다.

"싫다는 말 못 알아듣나?"

그것에 반응한 건 여우가 아닌 다른 사람들이었다. 나는 듯이 달려온 서주자사가 로이드의 발치에 몸을 던졌다. 그는 로이드의 다리에 매달려 외쳤다.

『왕야! 안 됩니다!』

"네?"

『태산낭랑의 명을 따라주십시오. 제발 이렇게 부탁드립니다!』

서주자사가 바닥에 쿵쿵 이마를 찧으며 외쳤다. 깨진 이마에서 피가 흐르는 것을 본 로이드가 놀라 그를 붙잡았다.

"갑자기 왜 이러는 겁니까?"

『왕야! 부탁드립니다!』

다른 관리들도 일제히 무릎을 꿇고 엎드렸다. 사실 그들이 이렇게 필사적인 이유가 있었다.

봉선제.

황위에 오른 황제가 하늘과 땅에 그것을 고하는 의식이다. 봉선제가 열리는 곳은 바로 태산이었는데, 끝나고 내려올 때 날씨로 하늘의 뜻을 점쳤다. 하늘이 황제를 어여삐 여기면 푸른 안개가 생기고 밉게 보면 비가 내리는 식이었다. 봉선제를 치른 후에 번개가 치면 반역으로 참살당한다는 말까지 있을 정도였다.

이번 황제는 아직 봉선제를 치르지 않았다. 워낙 큰 규모의 의식이라 즉위 초가 아니라 권력이 정점에 오를 때까지 천천히 준비하는 것이 보통이었다. 그런데 황제가 누구보다 잘 보여야 하는 여신, 태산을 수호하는 벽하원군의 명령을 서성왕이 뻥뻥 걷어차고 있는 것이다. 그것도 황제의 명을 먼저 따라야 한다는 이유로. 황제가 알았다면 거품을 물고 쓰러질 일이었다.

『통촉하여주시옵소서!』

『황제 폐하께서도 왕야의 충심을 이해하실 것입니다!』

"이 사람들이 뭐라고 하는지, 누가 좀 통역해줘."

점점 아비규환이 되어가는 광경을 보다 못한 로이드가 중얼거렸다.

그때 아란이 사뿐사뿐 걸음을 옮겨 앞으로 나섰다.

"왕모님을 모시는 천신이자 이곳의 황녀로서 명합니다. 모두 일어서세요."

위엄 있는 목소리에 주춤한 관리들이 서둘러 몸을 일으켰다. 공손히 읍하는 그들을 본 아란이 여우에게 시선을 돌렸다. 그녀는 차분한 어조로 말을 이었다.

"제 부군께선 왕모님의 인정을 받은 천신의 배필이세요. 태산낭랑의 명이 엄중하다 하나 제 부군을 함부로 끌고 갈 권리는 없습니다. 전 이번 일을 낭랑께 항의하겠어요."

– 아니, 저…… 그게 아니오라…….

"낭랑의 호의는 새겨둘 테니 이만 물러가세요. 제 부군께선 제때에 태산에 도착하실 테니까요."

아란의 목소리는 얼음처럼 차가웠다. 여우는 어쩔 줄 몰라 하며 당황했다.

벽하원군은 왕모와 함께 세 손가락 안에 꼽히는 여신이다. 햇병아리 천신인 아란의 말쯤이야 무시할 수 있었다. 하지만 다른 여신의 남편을 강제로 끌고 가려다가 항의 당하는 것은 성질이 달랐다. 명을 수행하려는 욕심에 일을 그르친 것을 깨달은 여우는 하얗게 질렸다.

― 소, 송구하옵니다. 이만 물러가겠습니다.

힘없이 말한 여우가 가마를 끌고 사라졌다. 멍한 눈으로 그것을 보던 서주자사가 풀썩 쓰러졌다. 과도한 충격에 그만 기절해버린 것이다. 수행원들이 황급히 그를 다른 곳으로 옮겼다.

더 딱한 것은 교지를 들고 온 관리였다. 그는 제자리에서 동상처럼 굳은 채로 이도 저도 못 하고 있었다. 지금 황제의 교지를 전했다간 정말 태산낭랑의 눈 밖에 날지도 모른다. 그로서는 감당할 수가 없는 상황이었다. 무엇보다 천신의 남편이라는 서성왕을 교지 앞에 무릎을 꿇려도 되는지 판단이 서지 않았다.

"이런, 제가 뭔가 사고를 친 것 같군요."

웅성거리는 사람들을 둘러본 로이드가 어깨를 으쓱했다. 아란이 그를 돌아보며 어색한 미소를 지었다. 로이드는 그녀가 자신에게 미안해한다는 것을 알았다. 서둘러 앞으로 나선 그는 아란을 안고 가볍게 입 맞췄다. 로이드는 놀라 눈이 튀어나올 것 같은 사람들을 무시하며 말했다.

"구해줘서 고맙습니다. 역시 제겐 부인님뿐이라니까요."

그러자 아란의 얼굴에 안도와 수줍은 미소가 걸렸다. 그녀의 뺨을 가볍게 어루만진 로이드가 관리들에게 눈을 돌렸다. 그는 단호하게 말했다.

"서로 못 본 걸로 합시다. 제가 너무 일찍 도착해서 여러분과 만나지 못하고 지나갔다고요. 아시겠죠?"

지부장이 서둘러 로이드의 말을 통역했다. 관리들은 어쩔 줄 몰라 하며 서로를 마주 봤다. 그들이 우왕좌왕하는 사이 로이드는 아란을 안아 들고 잽싸게 도망쳤다. 아내와 놀러 가겠다는 그의 의지는 태산보다 높고 굳셌다.

두 사람은 며칠 동안 구름을 타고 조금씩 이동했다. 목적지는 태산이 아니라 온천으로 유명한 연향림이었다. 시험까진 아직 여유가 있었기에 서두르지 않았다. 대신 맛있는 것과 재미있는 것을 찾는 데 집중했다.

둘은 정말 신나게 놀았다. 거리를 쏘다니며 맛있는 것을 사 먹고, 가면극을 구경하고, 찻집에 가서 이것저것을 마셔보기도 했다. 유명한 사당에 들려 점괘를 뽑고, 각자의 소원을 써서 나무에 매달고, 호수에 배를 띄워서 풍류를 즐겼다. 누가 높게 그네를 타는지 대결도 하고, 강둑을 달리며 연도 날렸다. 거의 노는 것에 원수진 사람들처럼 놀았다. 노는 것에도 이렇게 힘이 든다는 사실에 아란이 놀랄 정도였다.

"완전히 지쳤어요."

로이드의 품에 기댄 아란이 속삭였다. 로이드는 축 늘어진 아내를 보듬으며 말했다.

"이런, 기운을 내야죠. 오늘 밤엔 수중인형극을 보러 가기로 했잖습니까."

"음, 정말 못 갈 것 같아요. 아까 너무 뛰어다녔나 봐요."

"그럼 바로 여관으로 모시겠습니다."

로이드는 냉큼 아란을 안아 들었다. 작게 웃은 아란이 그의 품에 얼굴을 묻었다. 사람들의 시선이 그들을 스쳐 지나갔다.

로이드는 추격을 피하고자 동대륙식 옷을 걸쳤다. 머리에는 모자를 쓰고, 눈은 색안경으로 가렸다. 그러자 키가 크고 몹시 수상쩍어 보이는 남자가 완성됐다. 대책 없이 화려한 옷도 시선을 끌었다. 하지만 여기에 어딜 봐도 곱게 자란 아란이 끼자 이미지가 확 달라졌다. 돈 많은 백수 한량이 순진한 아가씨를 꼬여내 끌고 다니는 것 같았다. 로이드가 쉴 새 없이 아란을 희롱하는 모습도 설득력을 부여했다. 사람들은 그를 보고 혀를 차며 고개를 돌렸다. 그래서 로이드는 여유롭게 애정행각을 벌이며 거리를 쏘다닐 수 있었다.

아란이 주변을 두리번거리며 조그맣게 말했다.

"사람들이 전혀 신경을 쓰지 않네요."

"남의 일이니까요. 사실 사람들은 남에게 별 관심이 없답니다."

로이드는 몹시 뻔뻔하게 대답했다. 거기 홀랑 속아 넘어간 아란이 고개를 끄떡였다.

"신기해요. 한 번도 이런 적이 없었거든요. 왠지 굉장히 자유로워진 것 같아요."

아란은 자신을 보지 않는 사람들을 바라봤다. 그녀의 눈빛이 조금 쓸쓸해졌다.

"저는 약점이 많아서, 부모님께 흉이 될까 봐 항상 다른 사람의 시선을 의식했어요. 보는 사람이 없어도 마음대로 행동하면 안 될 것 같았거든요. 괜한 생각이라는 걸 알지만."

로이드의 옷을 꼭 잡은 아란이 활짝 웃었다.

"그래서 지금 이 순간이 꿈같아요. 백작님이 주신 꿈이요. 백작님이 없었다면 분명 아무도 저를 모른다고 해도 이렇게 마음껏 뛰어놀지는 못했을 거예요."

"저도 당신이 옆에 있어서 행복합니다."

로이드의 속삭임에 아란의 눈이 커졌다. 그녀는 홀린 듯이 그의 눈을 바라보며 말했다.

"……네, 정말 행복해요."

로이드가 급하게 그녀의 입술을 훔쳤다. 아란이 그의 목을 끌어안으며 매달렸다. 갑자기 펼쳐진 낯 뜨거운 장면에 멈칫한 사람들이 황급히 걸음을 옮겼다. 모두 아무것도 보지 못한 척하느라 필사적이었다.

두 사람은 어린애처럼 소리죽여 웃으며 여관으로 돌아왔다. 그들의 숙소는 본채에서 멀리 떨어진 호화로운 별채였다. 신혼의 낭만을 위한 곳에서 둘은 어른들만의 은밀한 놀이를 즐겼다. 그리고 어린 강아지들처럼 몸을 딱 붙인 채로 잠이 들었다.

아란이 눈을 뜬 것은 한밤중이었다. 그녀는 제 품에 파고든 여우를 한번 쓰다듬은 후에 침상에서 몸을 일으켰다. 침의 위에 덧옷까지 꼼꼼히 걸친 그녀는 흐트러진 머리를 가지런히 묶은 후 밖으로 나갔다. 별채 정원은 어느새 푸른 안개로 가득 차 있었다.

– 갑자기 불러내서 미안하구나. 네 남편이 잠시도 네 옆에서 떨어지지 않으니 달리 방법이 없어서 말이야.

"낭랑, 오랜만에 뵈어요."

아란은 공손히 두 손을 모으며 절을 했다. 푸른빛이 감도는 머리 위에 구름관을 쓴 벽하원군은 지적인 느낌의 미녀였다. 차분한 백의의 소매가 날갯깃 모양인 것이 눈에 띄었다.

- 내 심부름꾼이 무례를 저질렀다지. 그럴 의도는 아니었단다. 태산까지 오려면 시간이 촉박할까 봐 일부러 가마를 보낸 것이었지. 정말 미안하구나.

사실 벽하원군은 로이드가 아란을 데려올 줄 몰랐다. 그녀의 시험은 신성한 것이라 다들 목욕재계를 하고 경건한 마음으로 산에 오르기 마련이다. 하물며 직접 명령까지 내린 여우가 아내까지 옆에 끼고 희희낙락할 줄 누가 알았으랴.

"그렇게 말씀해주셔서 감사해요. 백작님은 아직 선계에 대해 잘 모르세요. 낭랑께 무례를 저지를 생각은 아니었으니 너그럽게 용서해주세요."

- 이미 충분히 알고 있다.

며칠 로이드를 관찰하면서 깨달은 사실이었다. 벽하원군은 속삭이듯 말했다.

- 그는 불신자야.

아란의 어깨가 움찔했다. 하지만 충격받은 표정은 아니었다. 차분히 갈무리된 그녀의 얼굴에 벽하원군은 아란이 이미 알고 있음을, 하지만 받아들였다는 것을 깨달았다.

- 가끔 그런 인간이 있지. 자신조차 신뢰하지 않는 인간이. 신조차 도구로 생각하고 편리함 이상으로는 여기지 않는 자가.

"……"

─ 모든 것을 유연하게 받아들이는 것 같지만, 사실은 믿음을 갖고 있지 않아 바꾸기 쉬울 뿐이야. 네가 왜 저런 인간을 택했는지 잘 모르겠구나.

벽하원군을 응시하던 아란이 차분히 입을 열었다.

"백작님이 불신자라면, 저 역시 불신자예요. 그분과 저는 닮은꼴이니까요."

─ 네가? 그자와?

벽하원군이 낮은 웃음소리를 냈다. 그녀의 움직임에 따라 푸른 안개가 일렁거렸다.

─ 똑똑한 네가 왜 그런 말을 하는지 모르겠구나. 사랑이 그렇게까지 네 눈을 멀게 했던가? 왕모께서 가장 아끼는 선인인 네가 정말 그자와 닮았다고 생각하는 거니?

"저는, 더 이상 선인이 아닐지도 몰라요."

아란이 머뭇거리며 말했다.

"예전처럼 순수한 마음으로 선을 행하지도 못하고, 저 자신의 도를 구할 수도 없어요. 천신이 되지 않았다면 진작 타락했을 거예요. 저는 길을 잃었어요, 낭랑."

고뇌가 깃든 목소리였다. 벽하원군이 대놓고 한숨을 쉬었다.

─ 배고픈 자를 먹이고, 병든 자를 돌보고, 노인과 고아를 보살피는 것으로 타락하는 선인은 없단다. 그게 비록 남편의 죄를 대신 갚기 위한 선업이라고 해도 말이야.

아란은 매일 남편의 죄가 용서받길 빌며 선행을 베풀었다. 그녀는 거짓말을 하는 로이드를 애써 바꾸려 하지 않았다. 그가 악한 마음으로 행하지 않는다는 것을 알고 있어서였다. 거짓말은 로이드의 일부나 마찬가지였고, 아란은 그를 존중해주고 싶었다.

하지만 천률을 어긴 대가는 눈덩이처럼 불어났다. 그래서 아란은 열심히 눈덩이를 주워 모았다. 조금이라도 남편의 업보가 깎이길 바라며 궂은일도 마다치 않았다. 매번 로이드의 업보를 고쳐 기록해야 하는 흑관이 넌더리를 낼 정도였다.

— 내가 네 고민을 덜어줄 수 있을 것 같구나.

잠시 생각에 잠겼던 벽하원군이 말했다.

— 시험까진 아직 2주가 남았다. 너와 네 남편은 앞으로 일주일은 더 노닥거린 후에 남은 일주일 동안 시험장으로 올 생각이었겠지. 굳이 그러겠다면 반대하진 않겠다.

아란의 얼굴이 빨개졌다. 벽하원군은 그것을 못 본 척하며 말을 이었다.

— 하지만 네가 다음주까지 태산 앞에 도착해 남편을 내려놓고, 그가 산을 올라 시험을 치는 동안 묘봉산에서 기도를 올린다면 내가 남은 죄를 모두 씻어주마.

"그런⋯⋯."

태산은 동쪽에서 가장 거대하고 높은 산이다. 여우들의 시험장이 있는 곳까지 걸어 올라가려면 일주일도 빠듯했다. 꼭대기에 있는 시험장까지 로이드를 데려다 줄 생각이었던 아란의 얼굴에 낭패가 서렸다.

— 물론 쉬운 일은 아닐 거다. 기도하는 동안에 단 한 번이라도 자

리를 떠선 안 된다. 잘 생각해보고 결정하렴.

말을 마친 벽하원군은 용건이 끝났다는 듯이 몸을 돌렸다. 여신의 모습이 순식간에 푸른 안개 속으로 사라졌다. 아란은 그녀의 뒷모습에 대고 예를 올렸다. 고개를 든 얼굴이 수심으로 물들어 있었다.

태산은 하늘을 찌를 것 같은 위용을 자랑했다. 꼭대기는 구름에 뒤덮여 제대로 보이지도 않았다. 그나마 다행인 건 역대 황제들이 '봉선제'를 준비하며 열심히 길을 닦았다는 것이다. 끝도 없는 계단을 한 무리의 사람들이 오르고 있었다. 태산낭랑의 사당에 참배하기 위한 행렬이다. 곧 로이드도 그들과 합류할 예정이었다.

"정말 죄송해요."

아란은 다시 한 번 사과했다. 이곳으로 오는 내내 이어진 사과에 로이드는 고개를 저었다.

"괜찮습니다. 저 혼자 올라갈 수 있으니 너무 신경 쓰지 마세요."

아주 아쉽지 않은 건 아니었다. 목표인 연향림을 코앞에 두고 태산으로 발길을 돌릴 때는 시험이고 뭐고 다 때려치울까 싶었다. 아란의 얼굴이 이렇게 어둡지만 않았다면 더 놀자고 떼라도 썼을 것이다.

아란은 '급한 일'이 생겨서 그를 시험장까지 데려다 줄 수 없게 되었다고 했다. '급한 일'이 무엇인지는 말하지 않았지만, 대충 짐작은 갔다. 가마를 거절당한 태산낭랑이 노닥거리는 그를 벌주려고 손을 쓴 게 분명했다. 덕분에 로이드는 일주일 동안 꼬박 등산해야 할 처지가 되었다.

'치사하긴. 하여튼 선계 인간들은 남 좋은 꼴을 못 본다니까.'

속으로 투덜거린 로이드가 아란의 뺨을 어루만졌다.

"일주일이나 못 본다니, 보고 싶어서 어떡하죠?"

"저도 백작님이 보고 싶을 거예요."

아란이 쓸쓸한 얼굴로 말했다. 로이드는 그녀를 꽉 껴안고 몇 번이고 입을 맞췄다. 눈이 휘둥그레진 참배객들이 그들을 슬슬 피해 갔다. 그러거나 말거나 로이드는 아란의 입술이 부르트도록 물고 빤 뒤에야 놓아주었다. 얼굴이 분홍빛이 된 아란이 뭔가를 내밀었다.

"구운 떡을 좋아하셔서 좀 만들어봤어요. 올라가다 출출하실 때 드세요."

조그마한 바구니엔 노릇노릇하게 구워 예쁜 잎으로 감싼 떡이 담겨 있었다. 새벽부터 분주하게 움직이더니, 이걸 만들었던 모양이다. 코끝이 찡해진 로이드는 바구니를 소중히 챙겼다.

"고맙습니다. 아란. 잘 먹을게요."

"부디 몸조심하세요."

아란은 몇 번이나 로이드의 옷을 쓸어 정리한 후에 뒤로 물러섰다. 잘 다녀오시라는 인사에 싱긋 웃어 보인 로이드가 계단으로 향했다. 그는 몇 번이나 뒤를 돌아보며 계단을 올랐다. 몇 번을 돌아보아도 아란은 계속 그 자리에 서 있었다. 로이드는 무거운 마음을 추스르며 걸음을 재촉했다. 빨리 시험을 치고 아란에게 돌아가고 싶었다.

'어차피 떨어지겠지만!'

동주에 올랐을 때와는 좀 달랐다. 그때는 아란에게 가까워지기 위해 위로 올랐지만, 이번에는 위로 올라갈수록 아란과 멀어지고 있다. 로이드는 의욕 없이 태산을 올랐다.

태산이 아무리 높다 한들 하늘 아래 있는 산이었다.

아침 일찍 출발한 로이드는 해가 뉘엿뉘엿 저물어갈 때쯤에 꼭대기인 옥황봉에 도착했다. 공간이 협소해서인지 사당의 크기는 무척 작았다. 참배객들이 마구 피워댄 향으로 불이 난 것처럼 연기가 자욱했다. 사당 옆에 있는 조그마한 샘에는 옥을 깎아 만든 태산낭랑의 신상이 서 있었다. 그 앞에 엎드려 절하는 사람들로 발 디딜 틈이 없다.

'일주일 걸린다더니, 하루 만에 다 올라왔잖아?'

로이드는 뻐근한 다리를 두드리며 주변을 둘러보았다. 시험장을 찾아봤지만, 그럴싸한 곳은 보이지 않았다.

'잘못 온 건가?'

잠시 고민하던 로이드는 앉을 곳을 찾기 시작했다. 일단 쉬고 나서 생각을 정리하려 했다. 하지만 옥황봉은 공간도 협소한 데다 사람이 너무 많아서 앉을 곳도 없었다. 그는 결국 다시 계단을 타고 내려와서 나무와 바위틈에 자리 잡았다.

"이렇게 많이 걸어본 것도 오랜만이네."

콧등을 짓누르는 안경과 모자까지 벗어 던진 로이드는 발을 쭉 뻗었다. 한숨을 돌리고 나자 출출했다. 그는 주머니 속에 넣어둔 바구니를 꺼냈다. 여관에서 온갖 음식을 싸왔지만, 이것보다 특별한 건 없었다.

"그것참 맛있어 보이네요."

느닷없는 여자의 목소리에 놀란 로이드가 고개를 들었다. 눈처럼 새하얀 옷을 입은 여자가 생글생글 웃으며 서 있었다. 지적이고 현명해 보이는 미인이었다. 로이드는 싱긋 웃었다.

"보는 눈이 있으시군요. 이건 제 아내가 저를 위해 특별히 만들어준 거랍니다. 아마 세상에서 제일 맛있는 떡일 겁니다."

"흐응, 그렇게 맛있는 떡이라니 먹어보고 싶은데요. 나한테 주지 않겠어요?"

여자가 장난스럽게 말했다. 로이드는 입을 다물고 그녀를 바라봤다. 여자가 말을 이었다.

"물론 그냥 달라는 건 아니에요. 그걸 주면 당신이 원하는 것도 줄 수 있는데, 어때요?"

여자의 목소리가 유혹적으로 변했다. 상당히 야릇하게 들리는 어조였다. 로이드는 한숨을 쉬며 말했다.

"이런, 아가씨. 저는 오늘 열 시간도 넘게 쉬지 않고 산을 올라왔습니다. 그런데 이렇게 지치고 불쌍한 남자의 떡을 빼앗으려 하시다니. 예쁘다고 다 용서되는 게 아닙니다."

여자의 얼굴이 싸늘해졌다. 그녀는 언제 웃었냐는 듯이 차가운 얼굴로 말했다.

"이렇게 눈치 없는 놈이라고는 생각하지 않았는데?"

"무슨 말인지 전혀 모르겠군요. 어쨌든 이 떡은 절대 못 드립니다. 저 혼자 다 먹을 거예요."

로이드가 얄밉게 웃었다. 그는 보란 듯이 떡을 하나 집어서 냠냠 먹기 시작했다. 그를 지그시 노려보던 여자가 말했다.

"지금이라도 떡을 주면 시험에 합격시켜주지."

"시험이요? 이런, 무슨 소리입니까. 저는 태산낭랑의 사당에 참배하러 온 사람이랍니다."

로이드가 한쪽 눈을 찡긋 감았다 떴다. 여자가 코웃음을 쳤다.

"네 아내도 그걸 내게 주고 합격하길 바라지 않을까?"

"물론 아란이라면 그렇게 말할 겁니다. 이런 건 얼른 줘버리고 원하는 걸 얻으라고요. 하지만 여기 담긴 건 제 아내의 마음입니다. 제게 가장 귀한 것을 다른 사람에게 줄 순 없잖습니까. 치사하다고 생각하셔도 좋습니다."

떡 한 개를 다 먹은 로이드가 뚜껑을 덮었다. 그는 어깨를 으쓱했다.

"다른 음식은 얼마든지 드릴 수 있습니다. 하지만 아가씨가 그걸 원할 것 같진 않군요."

"소문대로 유난스러운 놈이군. 네 사랑이 그렇게 특별하단 말이냐?"

여자가 비꼬듯이 말했다. 그녀를 빤히 쳐다보던 로이드가 웃으며 자리에서 일어났다.

"무슨 대답을 기대하시는지 모르겠지만, 아마 아닐 겁니다. 저는 길거리에 나가면 발에 차일 정도로 흔하고 흔한 놈입니다. 제 사랑도 그만큼 널리고 널린 보잘것없는 거겠지요."

그는 벗어둔 모자를 쓰고 안경을 코에 걸쳤다. 얼른 도망가버리겠다는 그의 속셈을 읽은 여자가 로이드의 앞을 가로막았다.

"남들은 네가 전설이 될 정도로 아내를 사랑한다고 지껄이던데, 그게 아니라는 소리냐?"

끈질기게 물고 늘어지는 여자를 본 로이드가 뺨을 긁적였다. 귀찮은 기색을 읽은 여자가 조금 욱했다. 지금까지 그녀 앞에서 이런 식으로 행동하는 여우는 없었던 것이다. 로이드는 할 수 없다는 듯이 말했다.

"제가 진정으로 아내를 사랑했다면, 여기 있지도 않았을 겁니다. 아마 지금쯤 선계에 있지 않았을까요?"

누구의 간섭도 없이 신혼을 즐기고 싶다는 말은 진심이었지만, 그게 전부는 아니었다.

"저는 제 세상에 아란을 끌어들였습니다. 그리고 기회가 왔음에도 그녀의 세상으로 건너가는 것을 거부했죠. 왜냐하면…… 비교당하는 것이 두려웠기 때문입니다. 선계엔 저보다 잘난 수컷들이 우글우글하니까요."

태자만 해도 로이드의 힘으로는 도저히 이길 수 없는 상대였다. 묵림은 물론, 무라나 진군도 그가 감당할 수 없는 힘을 지녔다. 선계에는 그런 이들이 수도 없이 많을 것이다.

"아란은 착하니까, 저와 그들을 비교하지 않을 겁니다. 하지만 저는 제가 얼마나 얄팍하고 속이 좁은지 알고 있습니다. 분명 주변과 저를 비교해가면서, 아란이 그들을 더 좋아하지 않나 질투하고 열등감을 느낄 겁니다."

침울한 목소리에 여자의 얼굴이 조금 놀란 것처럼 변했다. 한숨을 푹 쉰 로이드는 차라리 잘됐다는 투로 말해버렸다.

"저는 아란이 저를 사랑하지 않는 것 이상으로 제 마음이 변질될까 봐 두려웠습니다. 제 사랑은 제가 유리한 곳에서야 간신히 유지되는 얄팍한 것이니까요. 자, 어떻습니까. 예상했던 답을 들어서 속이 시원하시죠?"

미간을 좁히고 그를 노려보던 여자가 고개를 저었다.

"네가 바보라는 건 확실히 알겠구나."

"제 아버지랑 똑같은 말씀을 하시네요. 이제 보니 두 분이 좀 닮은 것 같기도……."

여자의 얼굴이 확 일그러졌다. 로이드는 머쓱하게 말했다.

"화내지 마세요. 제 아버지는 꽤 미남이시란 말입니다."

"……묵림의 자식이 이런 놈일 줄이야."

"아, 그런 문제라면 어쩔 수 없죠. 아무래도 아버지가 전생에 죄를 많이 지으셨나 봅니다."

뻔뻔한 대답에 여자가 픽 웃어버렸다. 그녀를 따라 웃던 로이드가 뭔가를 깨달은 것처럼 미간을 찌푸렸다. 그는 난감하다는 듯이 말했다.

"곤란하군요. 전 이렇게 입이 싼 남자가 아닌데, 왠지 아가씨 앞에선 뭐든 술술 불게 되는 것 같습니다."

"당연하지. 네가 여우인 이상 너는 내 권속이다. 그런데도 넌 건방지게……."

"앗, 그건 반칙입니다. 이렇게 나타났을 땐 자기 입으로 정체를 밝히는 게 아니라고요. 신비감이 사라지잖습니까.”

로이드가 그녀의 말을 싹둑 잘랐다. 여자는 다소 불만스러운 것 같았지만, 더 말을 하지는 않았다. 새치름한 눈으로 로이드를 노려 본 그녀가 위쪽을 가리켰다.

“어쨌든 여기까지 왔으니 도망갈 생각하지 말고 어서 시험을 치러 가렴.”

“음, 위에 올라가봤는데 시험장 같은 건 없었는데요?”

“인간의 길로 오르니 그렇지. 여우의 길은 저쪽이야. 시험장소는 옥황봉이 아니라 성황봉이다. 어서 서둘러라.”

여자가 가리킨 곳을 보자 작은 오솔길 같은 것이 나 있었다. 인간의 눈에는 잘 띄지 않는 여우의 길이었다. 로이드가 무어라 말하려고 돌아보자 여자는 이미 사라진 뒤였다. 난감해진 그는 한숨을 쉬었다.

‘정말 어떻게든 시험을 치게 하려나 본데…….’

그대로 산에서 내려갈 것 같으니 뛰쳐나올 정도로 마음이 급했던 모양이다. 모른 척 도망가면 화가 난 여신이 무슨 짓을 저지를지 알 수 없다. 로이드는 제 신세가 어쩌다가 이렇게 되었는지 한탄하며 터벅터벅 오솔길을 걷기 시작했다.

태산에서 멀리 떨어진 묘봉산 꼭대기에는 태산낭랑의 또 다른 사당이 있었다.

구름을 타고 묘봉산에 도착한 아란은 인기척이 없는 바위 위에 자리 잡았다. 그녀는 깨끗한 옥그릇에 샘물을 담고 촛불을 켰다.

'백작님은 잘하고 계실까?'

태산을 오르느라 고생할 로이드를 떠올린 아란의 얼굴이 어두워졌다. 그녀는 흐트러지는 마음을 다잡으며 향을 살랐다. 앞으로 일주일 동안 쉬지 않고 기도를 올려야 했다. 아란은 잡념이 끼어들지 않도록 마음을 가다듬었다.

"원시천존[1]이시여, 제 남편의 죄를 사해주십시오."

간절한 기도가 그녀의 입에서 흘러나왔다. 주변을 맴돌던 바람이 천천히 잦아들었다. 말 없는 바위와 나무도, 떠도는 바람과 구름도 아란의 목소리에 귀를 기울였다. 기도 소리는 밤이 깊어지고 날이 새도록 계속되었다.

로이드는 한 무리의 여우들과 마주쳤다.

얼마 전에 본 태산낭랑의 심부름꾼처럼 옷을 입고 두 발로 걸어 다니는 모습이었다. 오솔길에서 불쑥 나타난 로이드를 보고 여우들이 우렁찬 비명을 질렀다.

ㅡ 으아아악! 인간이다!

"진정하세요, 저도 여우입니다."

로이드가 얼른 모자를 벗고 여우 귀를 꺼내 보여주었다. 온몸의 털이 부숭부숭 솟아오른 여우들이 가슴을 쓸어내렸다.

ㅡ 길도 아닌 곳에서 튀어나오니 깜짝 놀랐잖아!

---

1 신선들이 숭상하는 최고신. 우주의 창조자이며 만물의 어버이 같은 존재다.

─ 간 떨어지게 왜 그런 모양새로 돌아다녀!

"길을 잃어서요. 죄송합니다."

로이드는 연신 굽실거리며 슬그머니 여우들 틈에 끼였다. 다행히 여우들은 샐쭉한 얼굴로 노려볼 뿐 그를 쫓아내려 하지 않았다. 로이드의 옆에 서게 된 여우가 물었다.

─ 자네는 참 특이하게 생겼군. 말도 좀 다른 것 같은데, 어디에서 왔나?

"워낙 시골이라 말씀드려도 모르실 겁니다. 사실 여기 온 것도 처음입니다."

답답한 색안경을 벗은 로이드가 싱긋 웃었다. 금색 눈을 확인한 여우가 한층 더 호감 어린 목소리로 말했다.

─ 초행인 모양이지? 그래도 용케 시험이 열린다는 것을 알았군. 이번 시험은 정말 갑자기 열린 것이라 미처 오지 못한 서생들도 많거든.

"아버지께서 꼭 쳐야 한다고 알려주셨습니다. 어차피 떨어지겠지만, 참여하는 데 의의를 두라고 하시더군요."

로이드는 붙임성 있게 대답했다. 그에게 말을 건 여우는 붉은색이 감도는 갈색의 털을 가졌는데, 나이가 많은지 입가의 털이 희끗희끗 세어 있었다.

─ 부끄럽지만 나는 이번이 일곱 번째라네. 혹시 시험에 대해 궁금한 게 있으면 물어봐도 좋아.

"저, 제가 어떻게 불러야 할지."

─ 아 참, 나는 홍유라네. 그냥 홍 형이라고 부르게. 자네 이름은 뭔

가.

잠깐 망설이던 로이드가 말했다.

"은동이입니다."

ㅡ……음, 춘부장께서 자넬 많이 아끼신 모양이야.

"제가 워낙 늘그막에 본 아들이거든요."

로이드가 어색하게 머리를 긁적였다. 홍유는 알겠다는 얼굴로 고개를 끄떡였다. 보통 시험에 합격하지 못한 야호(野狐)들은 늦게 혼인하기 마련이다.

ㅡ그럼 춘부장께서는 지금 무얼 하시나?

"몸이 안 좋으셔서 쉬고 계십니다. 가끔 제가 장사하는 것도 좀 봐주시고요."

ㅡ그렇군. 은동이 자네에게 거는 기대가 크시겠어.

"전 정말 일자무식이라 별 기대도 안 하실 겁니다. 이번에는 그냥 분위기나 살피라고 보내신 거죠. 그래도 이렇게 형님을 만나서 다행입니다."

로이드에게 형님 소리를 들은 홍유는 기쁜 표정을 지었다. 두 여우는 화기애애한 대화를 나누며 걸음을 옮겼다. 하지만 다른 여우들은 달랐다. 그들은 연신 뭔가를 중얼거리거나 글자가 빽빽하게 적힌 종이를 읽으면서 걸었다.

"다들 열심히 하는군요."

ㅡ태산낭랑의 시험은 어렵기로 소문났거든. 아무리 열심히 해도 떨어지는 놈은 떨어지지.

홍유가 씁쓸하게 말했다. 로이드는 말없이 눈을 굴렸다. 그렇게 어려운 시험이라면 자신은 무슨 짓을 해도 떨어질 것이 뻔했다. 여신이 대체 무슨 생각으로 시험을 치라고 고집을 부리는지 모를 일이다.

─ 아, 저기 쉼터가 있네. 잠시 쉬면서 밥이나 먹자고.

홍유가 로이드를 공터로 끌고 갔다. 형님 소리를 들은 탓인지 그는 정말 동생처럼 로이드를 챙겼다. 요선 지망생답게 참으로 순진했다. 그것이 싫지 않았던 로이드는 싱긋 웃었다.

─ 자네, 음식은 많이 싸왔나? 꼭대기까지 가려면 앞으로 한참은 남았거든.

홍유가 없으면 나눠주겠다는 얼굴로 말했다. 댓잎에 싼 주먹밥을 꺼내려는 그를 막은 로이드가 자신의 도시락을 꺼냈다.

"넉넉하게 챙겨왔습니다. 혼자서는 다 못 먹을 양이니 형님도 함께 드시죠."

홍유는 호화로운 도시락보다 로이드의 주머니에 더 놀란 것 같았다. 로이드는 "가보입니다." 하고 간단히 설명했다. 아란의 선물이 곧 그의 보물이니 틀린 말은 아니었다. 홍유는 억지로 납득하는 표정을 지었다.

─ 아, 가보. 그렇군.

"자, 어서 드십시오. 반주도 하시겠습니까?"

로이드는 얼른 술병을 하나 꺼내 홍유에게 따라주었다. 얼떨결에 잔을 받은 홍유가 향긋한 냄새에 이끌려 입을 댔다. 한잔을 쭉 들이켠 그는 감탄 어린 얼굴을 했다.

─ 세상에. 이렇게 맛있는 술은 생전 처음 마셔보네.

"다행입니다."

두 사람은 사이좋게 도시락과 술 한 병을 나눠 먹었다. 기분이 좋아진 홍유는 이런저런 이야기를 했다. 술기운이 오르자 마지막은 거의 넋두리가 되었다.

─ ……그래서 내 아내가 고생을 참 많이 했어. 어서 합격해야 호강을 시켜줄 텐데.

태산낭랑의 시험은 3년에 한 번씩 치러진다. 하지만 선계의 일로 바빠지면 열리지 않을 때도 있었다. 홍유는 운이 없어서 30년도 넘게 시험에 응시 중이었다. 사정을 들은 로이드는 진지하게 고개를 끄떡였다.

"형님은 잘하실 겁니다."

─ 그렇게 말해줘서 고마우이.

홍유가 기쁜 듯이 귀를 쫑긋거렸다. 여우들은 그를 만년재수생이라며 무시했다. 재수가 옴 붙는다면서 대놓고 피해 다니는 이도 있었다. 로이드처럼 형님이라고 부르며 깍듯이 대하는 여우는 처음이었다. 순진한 홍유의 반응에 로이드가 씨익 웃었다. 배를 채운 둘은 다시 도란도란 이야기를 나누며 산을 올랐다.

시비가 걸린 것은 산을 오른 지 사흘째 되는 날이었다. 사실 전부터 조금씩 전조는 있었다. 처음 보는 여우들이 더러운 눈매로 로이드를 노려보거나 삼삼오오 모여서 무어라 수군거리기 시작한 것이다. 로이드는 힐끗 홍유를 쳐다봤다.

'지금이라도 떼어버릴까?'

— 왜 그러나?

지그시 바라보는 시선에 홍유가 의아한 듯 물었다. 로이드는 아무것도 아니라며 웃었다. 안심한 홍유가 무어라 말을 꺼내려는 순간이었다.

— 거기 너!

날카로운 부름과 함께 한 무리의 여우가 다가왔다. 가장 앞에 선 놈은 새까만 여우였다. 묵림과 같은 색에 로이드는 기분이 조금 묘해졌다.

— 왜 계속 그런 모습을 하고 있냐?

"무슨 말씀이신지?"

— 호리정(狐狸精)이 아니라 인간 모습으로 돌아다니는 이유가 뭐냐고!

로이드는 호리정이 뭔지 몰랐지만 대충 두 발로 걸어다니는 여우의 모습이라고 짐작했다. 그는 어깨를 으쓱했다.

"전 이런 모습밖에 할 줄 모릅니다."

그러자 여우들이 한차례 술렁거렸다. 검은 여우가 화가 난 목소리로 추궁했다.

— 은색 털에 금색 눈, 그리고 역겨운 인간 냄새까지. 네 녀석이 동주를 오른 로리도냐?

"……."

로이드는 여우를 한 대 칠 뻔했다. 남의 이름을 이상하게 바꿔 부르는 것이 마음에 안 들었다.

그때 홍유가 로이드를 감싸듯이 앞으로 나섰다.

- 다들 오해일세. 이 친구의 이름은 은동이야. 아주 멀리서 와서 좀 낯선 생김새일 뿐이지, 아주 착하고 건실한 친구라네.

- 영감, 바보 같은 소리 좀 하지 마. 저놈이 그놈인 게 틀림없다고!

- 맞아. 서역 말을 쓰고 있잖아. 소문이랑 똑같은데 뭘 아니라는 거야?

여우들이 아우성을 치자 홍유가 움찔했다. 로이드는 그를 옆으로 홱 밀쳤다. 바닥에 쓰러진 홍유가 어이쿠 소리를 냈다. 로이드가 악당처럼 웃으며 말했다.

"들켰으니 어쩔 수 없군. 좀 편하게 가보려고 이용했더니, 괜한 짓이었나."

- 네 이놈, 드디어 본색을 드러냈구나!

검은 여우가 길길이 날뛰며 외쳤다. 로이드는 팔짱을 끼고 그를 쳐다봤다.

"그래, 내가 동주를 오른 여우다. 그게 뭐?"

- 너는 태산에 오를 자격이 없다! 태산낭랑을 능멸한 주제에 무슨 염치로 이곳에 발을 들인단 말이냐!

"내가 언제?"

- 여우 주제에 북해낭랑에게 알랑거려서 태산의 이름에 먹칠을 했잖아! 네놈과 같은 여우라는 것이 부끄러울 지경이다!

로이드는 그제야 돌아가는 상황을 알 것 같았다. 물론 아는 것과 이해는 별개였다.

차갑게 코웃음을 친 그가 말했다.

"그래서 어쩌라고? 불만이 있으면 태산낭랑에게 직접 따져. 내게 시험을 치러 오라고 명하신 것도 그분이니까.”

— 거짓말! 더 이상 낭랑을 모욕하게 내버려두지 않겠다!

검은 여우가 펄쩍 뛰며 달려들었다. 로이드는 그의 돌격을 가볍게 피하며 수도로 목젖이 있는 곳을 후려쳤다. 목을 움켜쥔 여우가 컥컥거리며 쓰러졌다. 로이드는 그를 밀어버린 후에 다른 여우의 배를 걷어찼다. 이어서 달려드는 놈의 꼬리를 뽑을 것처럼 움켜쥐고 휘둘렀다. 대부분 방구석에서 책만 읽은 여우들이라 날뛰는 로이드에게 속수무책으로 당하고 있었다.

— 네 이놈!

주술을 익힌 여우가 황급히 불덩이를 만들어 던졌다. 하지만 동주의 열기까지 이겨낸 로이드의 피부는 끄떡도 없었다.

“이 새끼가!”

시커멓게 타들어간 비단옷을 본 로이드가 여우의 주둥이를 세게 후려쳤다. 그는 깨갱 소리를 내며 쓰러진 여우를 퍽퍽 걷어차며 화를 냈다.

“옷을 태우면 아란에게 들키잖아. 죽고 싶어?”

악귀가 따로 없었다. 여우들도 열심히 반항했지만, 용의 주먹도 막아내는 몸뚱이엔 손톱조차 들어가지 않았다. 로이드를 어떻게 할 수준이라면 이미 천신이었다. 요선도 안 되는 여우는 한주먹거리도 되지 못했다. 결국, 괜히 나섰다가 신나게 얻어터진 여우들은 낑낑거리며 구석에 처박혔다.

“나도 좋아서 온 거 아니거든. 괜히 참고 있는 사람 건드리지 마라.”

로이드는 훌쩍훌쩍 우는 여우들에게 경고했다.

그때 허공에서 비단 찢는 소리가 나더니 황금색 옷을 입은 여우가 불쑥 튀어나왔다. 태산낭랑의 심부름꾼이었다.

– 멈추어라! 태산에서 이게 무슨…… 엇?!

예상과 다른 상황에 심부름꾼이 멈칫했다. 로이드는 손을 휙휙 내저었다.

"별일 아니니까 가세요. 가."

그때였다. 쓰러져 있던 검은 여우가 벌떡 일어나더니 태산을 위해 돌격! 하고 외쳤다. 그러자 다른 여우들도 벌떡 일어나 우르르 로이드에게 달려들었다. 로이드는 몸을 피하려 했지만, 길은 좁고 달려드는 여우는 너무 많았다. 그는 순식간에 여우들에게 떠밀려 길 너머의 낭떠러지로 떨어졌다. 놀란 홍유가 은동이! 하고 외치는 소리가 산허리에 메아리쳤다.

– 큰일이다!

심부름꾼의 얼굴이 사색이 되었다. 홍유가 심부름꾼에게 황급히 외쳤다.

– 어서, 어서 구해주십시오. 아직 살아 있을지도 모릅니다!

– 이미 죽었을 거야. 그리고 살아 있다고 해도 죽을 테고. 저 아래에는 인면지주(人面蜘蛛)가 산단 말이다!

심부름꾼이 사색이 되어 고개를 저었다. 인면지주는 몸통에 사람의 얼굴 같은 무늬가 있는 거대한 거미였다. 오래 살면 요괴로 변하는 데다 맹독이 있어서 웬만한 선인이 아니면 상대할 엄두도 내지 못했다. 심부름꾼과 같은 여우가 상대하기엔 역부족이었다.

— 어, 어떡하지?

사고를 친 여우들도 사색이 되었다. 로이드에게 두들겨 맞고 너무 화가 나서 충동적으로 일을 쳤는데 수습이 되지 않았다. 어쩔 줄 몰라 하는 그들에게 심부름꾼이 으름장을 놓았다.

— 일단 태산낭랑께 보고를 해야겠다. 너희들도 각오해라!

"우와아악!"

로이드는 아래로 하염없이 추락했다. 그의 몸은 돌멩이처럼 뚝 떨어져 낭떠러지 틈새의 동굴로 들어갔다. 뭔가 물컹한 것 위로 떨어진 그는 통 튕겨 나가 바닥을 굴렀다. 금강불괴인 로이드는 까진 상처 하나 없이 멀쩡했다. 대신 어디선가 키에엑 하는 비명이 들렸다.

— 아파! 아프다고!

울부짖는 소리에 놀란 로이드가 고개를 들었다. 그의 눈에 비친 것은 인간의 상체에 거대한 거미의 하반신을 가진 요괴였다. 놀란 로이드가 비명을 질렀다. 그것에 뒤를 돌아본 거미가 사납게 으르렁거렸다.

— 인간, 죽여버리겠다!

거미의 눈이 살기로 번뜩였다. 긴 검은 머리를 늘어뜨리고 화려한 비단옷을 입은 거미는 머리에 세 쌍의 화려한 비녀를 꽂고 있었다. 로이드는 비명처럼 소리쳤다.

"오른쪽 세 번째 비녀, 보석 빠졌어!"

— 으아아악!

이번에는 거미가 비명을 질렀다. 로이드는 그에게 경고했다.

"세로로 쪼개지는 보석 같은데 밟으면 끝장이야. 내가 찾아볼 테니 넌 꼼짝도 하지 마."

당황한 거미가 고개를 끄떡였다. 로이드는 등잔까지 꺼내 들고 주변을 샅샅이 뒤졌다. 거미의 앞다리 근처에서 보석을 찾아낸 그는 미간을 찌푸렸다.

"이런, 금이 갔군. 품질이 별로 좋진 않은데, 어디서 샀냐?"

─비싸게 주고 산 건데.

거미가 침울하게 중얼거렸다. 로이드는 보석을 그에게 내밀며 고개를 저었다.

"이건 수리해도 안 될 것 같다. 미안. 어떻게든 보상해줄게."

─……넌 좀 이상한 인간이군. 아니, 여우인가?

보석을 받아든 거미가 로이드를 힐끔거렸다. 보통 인간이나 짐승은 그를 만나기 무섭게 독기에 질식해서 죽거나 비명을 지르며 도망치곤 했다. 하지만 이 여우는 그의 몸 위에 떨어졌음에도 죽지 않고, 무서워하지도 않았다. 거미에겐 신선한 충격이었다. 로이드는 주머니 속에서 작은 함을 꺼내며 답했다.

"여우인데 아버지가 요괴야. 그리고 장사꾼이지."

함 속에는 나비 모양으로 만든 비녀가 들어 있었다. 황금으로 나비의 날개를 만들고 꽃 모양으로 보석을 박아 넣은 화려한 물건이었다. 지금 꽂고 있는 것과는 비교도 안 되는 귀물에 거미의 눈이 동그래졌다.

─우와, 멋진데?

"황실에 납품할 생각으로 만들었거든. 이거라면 보상으로 충분할까?"

원래는 상단 지부장에게 넘겼어야 할 물건이었다. 하지만 아란을 들고 도망치느라 다른 것들과 함께 주머니 속에 남게 되었다. 만드는 데 꽤 공을 들인 물건이지만, 별로 아깝지는 않았다. 황제의 귀비보단 이 거미에게 더 잘 어울릴 것 같았다.

─ 진짜? 이걸 준다고?

거미의 창백한 얼굴에 화색이 돌았다. 로이드가 함을 잡고 위로 들어 올렸다. 그러자 단이 분리되며 똑같은 모양에 보석만 다르게 박힌 비녀가 나왔다.

"이건 한 쌍인데, 하나만 갖긴 좀 그렇겠지?"

거미가 홀린 듯이 고개를 끄떡였다. 로이드가 장난스럽게 웃었다.

"내 부탁 하나만 들어주면 둘 다 줄게."

─ 뭔데?

"날 저 위로 좀 데려다 줘. 무슨 일이 있어도 성황봉까지 올라가야 하거든."

생각보다 쉬운 부탁이라 생각했는지 거미의 얼굴이 누그러졌다.

─ 성황봉? 아, 너 시험 치러 가는 여우구나. 그런데 어쩌다가 여기 떨어진 거야?

"다른 여우들이 집어 던졌어. 서대륙에서 온 여우라서 마음에 안 들었나 봐."

로이드의 투덜거림에 거미가 픽 웃었다. 그는 비녀를 집어 자신의 머리에 대어보았다. 로이드는 얼른 거울을 꺼내 비춰주는 친절을 베풀었다. 거미가 신이 나서 말했다.

- 꽤 괜찮은데? 이거라면 암컷들도 좋아하겠어.

긴가민가했는데 역시 거미는 수컷이었다. 곤충은 수컷이 더 화려하다더니, 거미의 경우도 그런 모양이었다. 로이드는 그의 환심을 사기 위해 최신 유행의 머리 모양을 가르쳐주었다. 새로운 스타일로 나비 비녀를 꽂은 거미는 무척 만족했다.

- 이것도 인연이니 성황봉까지 데려다 줄게. 여기서부터 걸어 올라갔다간 도저히 시간을 맞추지 못할 거야.

그는 로이드를 등에 태우고 태산을 올랐다. 거미줄을 쏘아서 주르륵 타고 올라가는, 빠르고 편한 방법이었다. 지금도 낑낑대며 힘들게 걸어가는 여우들이 알면 꽤 배 아파할 것 같았다.

거미는 꽤 좋은 대화상대였다. 그는 홍유와는 다른 의미로 순진했고 색다른 시선을 갖고 있었다. 예를 들면 이런 것이었다.

- 내 꿈은 엄청 크고 멋진 암컷을 만나는 거야. 이왕이면 배에 털도 많았으면 좋겠어. 난 배 털이 많은 암컷이 좋거든.

"와, 멋진데."

- 그런 멋진 암컷과 일생일대의 짝짓기를 하고, 그녀에게 뜯어먹혀서 새끼들의 영양분이 되는 거지. 정말 황홀할 것 같지 않아?

"……좋네."

이해할 수 없는 꿈이었지만, 로이드는 그를 존중하기로 했다. 거미는 로이드가 꺼내준 쥐고기를 아주 좋아했고, 그것만으로 존중

받을 가치가 있었다. 둘은 화기애애하게 산을 올랐다. 성황봉에 도착한 것은 시험을 하루 앞둔 저녁이었다.

─ 끄아아아악!

─ 으아아악! 인면지주다!

미리 시험장에 도착해서 마음을 가다듬던 여우들은 혼비백산하며 도망쳤다. 그러거나 말거나 신경 쓰지 않고 거미의 등에서 내린 로이드가 통통한 몸통을 툭툭 쳤다.

"고맙다. 이 은혜는 잊지 않을게."

─ 별것도 아니었는데 뭐. 나도 재미있었어.

거미가 씩 웃으며 말했다. 그래도 이틀이나 고생시킨 것이 미안했던 로이드는 남은 쥐고기를 챙겨주었다. 생각지도 못한 수확을 얻은 거미는 신이 나서 손을 흔들었다.

─ 시험 잘 쳐!

"그래, 너도 잘 지내라."

거미를 배웅한 로이드는 몸을 돌렸다. 갑자기 등장한 인면지주 때문에 시험장은 초토화 상태였다. 겁에 질린 여우들 사이에서 누군가 불쑥 튀어나왔다.

─ 은동이! 자네 무사했군! 다행일세, 다행이야!

홍유가 눈물까지 글썽이며 로이드의 손을 붙잡았다. 뜻밖의 환대에 당황한 로이드가 어색하게 웃었다. 홍유는 그가 멀쩡한 것을 확인하고 고개를 끄떡였다.

─ 원시천존께서 자네를 보우하셨군. 도와주지 못해 미안하이.

"순식간에 일어난 일인걸요. 그런데 이렇게 절 아는 척해도 괜찮습니까?"

홍유가 손해를 볼까 봐 바닥에 밀쳐 쓰러뜨리기까지 했는데, 이
렇게 친한 척을 하면 아무 소용도 없었다.

로이드의 걱정에 홍유가 싱긋 웃었다.

─ 어린 친구가 쓸데없는 걱정을 하는군. 나야 늘 따돌림당하는 놈
이라 자네와 친하다고 해서 손해 볼 것도 없어.

본인이 그렇게 말하는데 밀어내는 것도 도리는 아니었다. 로이
드는 꾸벅 고개를 숙였다.

"밀쳐서 정말 죄송합니다, 형님."

─ 아닐세, 아니야. 이렇게 무사히 돌아와서 얼마나 기쁜지 모르
네. 낭랑을 뵙고 자네에 대해 고할 생각이었는데, 쓸데없는 생각이
었군. 인면지주를 타고 올 줄은 꿈에도 생각 못 했네.

"친절한 녀석이었습니다. 제 사정을 듣더니 시험은 꼭 쳐야 한다
고 등에 태워주던걸요."

─ 오, 태산에 사는 것들은 모두 도를 안다더니 거미마저 그렇군.

홍유는 무척 감격한 얼굴로 고개를 끄떡였다. 로이드는 그의 순
진함에 빙긋 웃으며 다른 여우들을 힐끗 쳐다보았다. 여우들은 감
히 그와 눈을 마주치지 못하고 꼬리를 말았다.

"시험은 여기서 치는 겁니까?"

─ 아, 그래. 자리부터 확인해야지. 내가 자네 자리까지 봐뒀지만,
혹시 모르니까 같이 가서 다시 확인해보세.

홍유는 로이드의 손을 끌며 앞으로 나아갔다. 로이드는 부산한
움직임에 이끌리듯 걸음을 옮겼다. 여우들의 시선이 그의 등으로

따라붙었다.

    드디어 시험 날이 밝았다.

    응시자들은 긴장된 표정으로 자리에 앉아 있었다. 중얼거리며 방금 암기한 것을 확인하는 여우, 기도하듯 손을 모은 여우, 사시나무 떨듯 떠는 여우 등 제각각이었다. 유일하게 로이드만 아무 생각이 없었다. 아는 것이 없으니 긴장할 이유도 없었던 탓이다.

    잠시 후 황금색 비단옷을 입은 여우들이 나타났다. 태산낭랑의 권속들이자 시험 감독관이었다. 혹시 여신을 뵐 수 있을까 하고 목을 쭉 뺀 응시자들은 태산낭랑의 옥좌가 채워지지 않는 것에 실망했다.

    감독관 중 하나가 종이뭉치를 들고 와 허공에 던졌다. 새처럼 파라락 날아오른 종이가 응시자의 자리를 찾아 내려앉았다. 로이드의 앞에도 종이 한 장이 놓였다. 무엇으로 만들었는지 얇고 비단처럼 질긴 재질이었다. 로이드는 들고 있던 펜을 종이 위에 가볍게 직 그어보고는 만족했다.

    '붓으로 써야 하나 걱정했는데 번지지 않아서 다행이네.'

    정 쓸 것이 없으면 대학시절처럼 반성문을 빙자한 편지를 쓰고 있을 생각이었다. 잠시 후 거대한 옥판이 응시자들 쪽으로 돌려졌다. 마른침 넘어가는 소리가 요란하게 울려 퍼졌다.

    ─ 출제!

    감독관 여우가 들고 있던 막대로 옥판을 툭툭 쳤다. 그러자 옥판 위에 저절로 글자가 새겨지기 시작했다. 신기하게도 로이드 역시 그 뜻을 이해할 수 있었다.

: 아내가 있어 좋은 점에 대해 **쓰라.**

여기저기서 붓 떨어뜨리는 소리가 들렸다. 혹시 문제를 잘못 봤나 하고 두 눈을 비비는 여우도 있었다. 미혼의 여우들은 털색까지 허옇게 질렸다.

그때였다.

"잠깐만요!"

로이드가 자리에서 벌떡 일어났다. 여우들의 시선이 일제히 그에게 쏠렸다. 반은 그의 용기에 감탄하고 반은 응원하는 눈빛이었다. 감독관 여우가 조금 귀찮은 듯이 물었다.

– 무슨 문제라도 있나?

자신들 대신 항의해달라는 시선 속에서 로이드는 또박또박 말했다.

"종이가 너무 작습니다."

– ……뭐?

"답안지가 너무 작아서 여기에 다 못 쓸 것 같습니다. 더 큰 종이로 주십시오."

시험장이 조용해졌다. 넋 나간 시선 속에서도 로이드는 떳떳했다. 잠시 침묵하던 감독관이 손을 내저었다. 두 장의 종이가 로이드에게 날아갔다.

– 모자라면 더 줄 테니 언제든 말하게.

"감사합니다."

만족한 로이드가 자리에 앉아 열심히 쓰기 시작했다. 일분일초가 아깝다는 듯이 펜을 놀리는 그를 보고 여우들도 급히 붓을 들었다. 하지만 선뜻 글자를 쓰지 못하고 머뭇거렸다.

─ 원시천존이시여.

옥판을 보고 지그시 눈을 감았던 홍유가 붓을 들었다. 그는 경건한 자세로 앉아 종이에 붓을 댔다. 우아하고 힘찬 글체가 '사모곡'이라는 제목을 써내려갔다.

후에 전설로 남을 두 개의 답안지가 작성되기 시작했다.

아란은 눈을 떴다.

기도는 오늘로 일주일째였다. 이제 조금만 있으면 로이드의 시험이 끝난다. 그녀는 흐트러지려는 마음을 다잡으며 더 간절하게 기도를 올렸다. 자신의 기도로 남편의 죄를 씻을 수 있다는 사실에 가슴이 벅차올랐다.

"원시천존이시여, 부디 제 남편의 죄를……."

비명이 들려온 건 그때였다. "어머니!" 하고 부르짖는 여자의 목소리, 그리고 놀란 아이들의 울음소리가 들렸다. 도움을 청하는 소리였다. 반사적으로 고개를 돌릴 뻔했던 아란은 주먹을 꽉 쥐었다.

'지금은 안 돼.'

조금만 더 있으면 로이드의 죄를 씻을 수 있다. 일주일 동안 그것만 바라면서 기도를 해왔다. 자신의 일이라면 당장 포기하고 달려나갔겠지만, 지금은 누구보다 사랑하는 남편의 안위가 달려 있다.

괴로워도 참아야 했다.

'지금은······.'

"도와주세요, 제발!"

흐느끼는 여자의 음성이 말했다. 아란은 채찍이라도 맞은 것처럼 비틀거리며 자리에서 일어났다. 멍하게 옥그릇을 바라보던 그녀는 눈을 질끈 감고 몸을 돌렸다. 그리고 외침이 들리는 곳으로 달리기 시작했다.

'난 정말 바보야.'

아란의 뺨으로 눈물이 흘러내렸다. 조금만 참으면, 그럼 행복해질 수 있는데. 고작 그것을 참지 못하는 제가 너무 어리석게 느껴졌다.

"어머니, 정신 차리세요!"

중년의 여인이 바닥에 쓰러져 있는 것이 보였다. 넘어질 때 돌에 부딪혔는지 이마 한쪽이 피로 물들어 있었다. 딸로 보이는 여자가 여인을 일으키기 위해 애쓰는 중이었다. 손자로 보이는 아이들은 옆에서 울고 있었다. 아란은 서둘러 입을 열었다.

"제가 도와드릴게요. 일단 의원에게 데려가야겠어요."

놀라 고개를 든 여자가 "가, 감사합니다." 하고 울먹였다. 아란은 서둘러 구름을 펼쳐 기절한 여인을 태웠다. 그제야 아란이 선인이라는 것을 깨달은 여자가 바닥에 무릎을 꿇고 절을 했다. 멀리서 구경만 하던 사람들이 우르르 다가오기 시작했다.

그들을 발견한 아란은 허탈함을 느꼈다. 이렇게 많은 사람이 있는데 아무도 도움의 손길을 내밀지 않았다. 그런데 자신은 무엇보다 중요한 일을 팽개치고 달려와 있었다.

'하지만 외면할 수가 없었어.'

아란은 여인의 몸이 흔들리지 않게 조심하며 빠르게 산 아래로 내려갔다. 구름을 타고 내려온 선녀가 의원을 찾자 사람들은 당장 의원을 잡아 대령했다.

다행히 여인은 쓰러질 때 머리를 부딪친 충격으로 기절했을 뿐 이상이 없었다. 이마의 상처를 꿰매고 약을 바르는 것으로 처치가 끝났다. 깨어나서 두통과 어지럼증을 호소할 수는 있지만, 곧 나아질 거라는 말에 아란은 안도의 한숨을 쉬었다.

그녀는 의원에게 여인을 잠시 맡기고 가족을 찾아 데려왔다. 어머니의 무사함을 확인한 여자가 울면서 절을 했다.

"감사합니다. 선녀님. 정말로 감사합니다."

"아니에요. 그런 상황에선 누구라도 그랬을 거예요."

손을 내저어 인사를 사양한 아란이 구름을 타고 날아올랐다. 그녀는 거짓말을 했다고는 생각하지 않았다. 누구라도 그런 상황에선 남을 도왔을 것이다. 다급한 사정이 있는 사람만 빼고.

다시 묘봉산으로 돌아온 아란은 쓸쓸한 얼굴로 기도하던 곳을 정리했다. 옥그릇에 담긴 물을 버리던 그녀는 어느새 흘러내린 눈물을 닦았다.

그때 부드러운 목소리가 들렸다.

— 이제 알았겠지. 너는 선인이야.

푸른 안개에 휩싸인 벽하원군이 말했다. 아란은 쓰게 웃었다.

"네, 저는 여전히 선인이었어요. 선인밖에 되지 못했어요."

- 무슨 말인지 모르겠구나.

벽하원군이 의아한 듯 말했다. 아란이 괴로운 얼굴로 말을 이었다.

"예전에도 제 이기적인 고집 때문에 백작님을 아프게 한 적이 있었어요. 그런데도 그분은 제 모든 것을 이해하고 감싸주셨죠. 그래서 저도 그렇게 하겠다고, 백작님께 정말 좋은 아내가 되겠다고 다짐했었어요."

- …….

"그런데 이번에도 똑같은 짓을 했어요. 제가 참지 않으면 백작님이 다치는데도, 그걸 알면서도 결국은 손을 놓아버렸어요. 저는 백작님께 아무것도 해드리지 못했는데……."

두 손으로 얼굴을 감싼 아란이 서럽게 울었다. 그녀의 슬픔에 반응하듯 부슬비가 내리기 시작했다. 벽하원군은 곤혹스러운 표정을 짓고 있었다.

- 어쩜 이렇게 둘 다 바보 같을까. 부부라서 그런지 바보 같은 면까지 닮았구나.

멈칫한 아란이 눈물 젖은 눈으로 그녀를 바라봤다. 벽하원군이 손을 내밀어 아란의 뺨을 닦아냈다.

- 네 남편은 네게 무엇을 줬지?

잠시 머뭇거리던 아란이 이내 단호하게 말했다.

"모든 것을, 그리고 행복까지 주셨어요."

- 그에게 물어보면 똑같이 답할 것 같구나. 물론 그는 아무것도 못 줬다면서 슬퍼하지 않겠지. 자신이 이기적이라고 자책하며 전전긍

긍하는 건 같지만.

"……네?"

아란이 어리둥절한 표정을 지었다. 벽하원군이 웃으며 머리를 흔들었다.

– 사랑받는 것을 당연히 여겨선 안 되겠지. 상대에게 무엇을 해줄까 고민하는 건 좋은 일이야. 하지만 아무것도 주지 못했다고 슬퍼하는 건 아니지. 그건 자기기만이란다.

"……."

– 너는 잘하고 있어. 방황하고 고민해도 좋단다. 하지만 슬퍼하거나 자책하지는 말렴.

아란의 뺨이 붉어졌다. 벽하원군은 뒤로 물러서며 말했다.

– 선해지려는 마음은 때로는 기도를 능가하는 법이지. 너는 선한 의지로 기도를 대신했고, 나는 그것을 인정하겠다. 네 남편의 죄를 씻어주마. 모두 씻는다고 해도 또다시 태산처럼 불어날 테지만.

"낭랑!"

아란의 얼굴이 기쁨으로 물들었다. 벽하원군은 그것을 모른 척 몸을 돌리며 덧붙였다.

– 고민이 있으면 남편에게 말하렴. 그런 것쯤은 수용할 수 있는 남자 같더구나.

아란은 푸른 안개 속으로 사라지는 여신에게 깊게 절했다. 이상하게도 다른 것보다 로이드를 인정해주는 말이 가장 기뻤다.

로이드가 제출한 '내 아내의 좋은 점'은 당당히 장원을 차지했다.

막힘없이 이어지는 유려한 전개와 아름다운 문장이 높은 평가를 받았다. 홍유의 '사모곡'은 차석이었다. 아내에 대한 절절한 마음과 미안함이 읽는 사람들의 심금을 울렸다.

그들을 포함하여 서른세 마리의 여우가 합격했다. 그들은 이제 '진사'가 되어 지선(地仙)과 동격으로 대우받으며 선계에서 열리는 행사에 참석할 자격을 얻었다. 천호가 되려면 여기서 두 번의 상급 시험을 쳐서 통과해야 했다.

2단계인 복시는 거의 50년에 한 번, 3단계인 전시는 200년에 한 번꼴로 치러진다. 묵림은 운 좋게도 복시와 전시가 열리는 시기가 잘 겹쳐서 100년 만에 해치운 경우였다.

'아버지는 세 번의 시험에서 다 1등으로 통과한 거였구나.'

새삼 묵림의 괴물 같음을 깨달은 로이드는 머리를 절레절레 저었다. 그의 장원과 묵림의 장원이 같은 것일 리가 없었다.

이번에는 부정시험이라고 생각될 정도로 문제가 딱 맞춰 나왔으니까.

─ 내가, 내가 차석이라니. 차석이라니. 세상에 이런 일이!

홍유는 여전히 정신을 차리지 못했다. 그는 수염까지 뽑아가면서 이게 꿈이 아니라는 사실을 거듭 확인했다. 로이드는 그의 등을 두드리며 웃었다.

"이런, 아쉽군요. 이번 시험에서 떨어지시면 제 장사를 도와달라고 부탁할 생각이었는데."

─ 내가 차석이라니. 말도 안 돼. 다들 짜고 날 놀리는 건 아니겠지? 응?

홍유는 눈물까지 글썽거리며 기뻐했다. 활짝 웃는 여우의 얼굴에 로이드는 저도 모르게 따라 웃어버렸다. 고작 며칠 만에 이 순진한 여우에게 정이 든 것 같았다. 아는 천신들을 소개해줘야겠다고 생각하던 로이드가 멈칫했다.

'꼭 악어 떼에게 생닭을 던지는 기분인데, 괜찮을까?'

잠시 고민하던 그는 좋은 게 좋은 거겠지, 하고 빠르게 깜빡이는 적색등을 넘겨버렸다.

홍유의 앞날에 먹구름이 끼었다.

바로 '그 여우'가 태산낭랑의 시험에서 장원을 차지했다는 소식에 선계가 술렁거렸다.

믿을 수 없다는 사람이 반, 무슨 답안을 냈는지 궁금하다는 사람이 반이었다. 그것을 예상한 것처럼 태산낭랑은 '내 아내의 좋은 점'을 책자로 만들어서 아는 천신들에게 돌렸다. 그것을 들은 이들이 여기저기서 책자를 빌려 갔다. 필사를 해서 친구와 나누기도 했다.

그렇게 조금씩 '내 아내의 좋은 점'은 선계를 잠식했다. 반응은 극과 극이었다. 낯간지럽고 유치해서 못 보겠다는 평가와 너무 아름다운 글에 감동했다는 평가가 대립했다. 후자는 대부분 여성이었다. 특히 한창 크는 나이의 선인들에게 인기가 좋았다.

홍유의 '사모곡'도 인기를 끌었다. 나이 지긋한 남자들은 '사모곡'이 더 명문이라 추켜세우며 왜 차석인지 모르겠다고 쑥덕거렸다. 더불어 홍유의 인기도 폭발했다. 늦깎이 재수생이던 그는 사방에서 쏟아지는 러브콜에 영문을 몰라 허둥거리게 되었다.

여기에 북제까지 가세를 했는데 로이드가 '함께 일해보고 싶은 형님'이라는 쓸데없는 소개를 붙인 덕이었다. 북제는 그것을 '형님을 데리고 있으면 함께 일할지도?'라는 뜻으로 받아들였다. 죄 없는 홍유는 고통받았다.

한편 벽하원군을 비웃는 소리는 쑥 들어갔다. 과거를 묻어두고 로이드를 합격시킨 그녀의 공정함을 칭송하는 소리가 높아졌다. 벽하원군은 다시 연회에 참석해 자신의 건재함을 뽐냈다. 그런 그녀에게 능파선과 북해낭랑이 다가왔다.

"낭랑, 보내주신 책자는 잘 받았어요. 우리 사위가 이런 글재주가 있는지는 몰랐네요."

능파선이 곱게 눈웃음을 지으며 말했다. 북해낭랑이 고개를 끄떡이며 맞장구를 쳤다.

"벽하원군은 녀석의 재주를 알아볼 줄 알았어요. 누구보다 현명한 천신이니까."

"별말씀을요. 저도 새로운 인재를 찾게 되어 무척 기쁘답니다."

벽하원군이 겸양하는 척하며 생긋 웃었다. 셋은 은밀한 시선을 주고받았다.

서대륙 열풍의 새로운 멤버가 탄생하는 순간이었다.

"이게 뭐야!"

로이드는 제 뒤에서 팔랑거리는 꼬리를 보며 경악하고 있었다. 목욕을 마친 아란을 앞에 두고 있으니, 흥분해서 꼬리가 튀어나온 것은 당연한 일이었다.

문제는 꼬리의 수가 두 개라는 거였다.

"왜지? 설마 건조해서 갈라진 건 아니겠죠? 아니면 온천물에 익었나?"

충격에 빠진 로이드는 제자리에서 빙글빙글 돌았다. 보다 못한 아란이 그를 잡아 멈추게 했다. 로이드는 다시 두 개가 된 꼬리를 쳐다보고 고개를 흔들었다. 현실을 부정하고 싶은 것 같았다. 아란이 차분하게 설명했다.

"진사로 임명되면서 꼬리 개수도 늘었나 봐요. 도력을 많이 모아서 꼬리가 아홉 개가 되면 천호가 되거든요."

"여기서 더 늘어난다고요?"

"네, 귀왕님처럼요."

생긋 웃는 아란을 보고 맥없이 납득한 로이드가 새로 생긴 꼬리를 움직였다. 아무리 봐도 제 꼬리 같지가 않은데 자유자재로 움직이니 기분이 이상했다.

"대체 이런 걸 왜 주는지 모르겠네요. 꼬리가 늘어서 좋은 게 뭐가 있다고. 앉는 것도 불편하고 균형 잡는 것도 불편하고 눕는 것도 불편하고."

투덜거리는 로이드의 얼굴을 잡아당긴 아란이 입을 맞췄다. 로이드는 두 꼬리의 끝을 둥글게 말아서 하트 모양으로 만들었다.

"그래도 이렇게 할 수 있는 건 좋군요."

"백작님."

아란이 못 말린다는 얼굴로 웃었다. 그녀의 뺨을 어루만진 로이드는 한층 더 매끈매끈해진 피부에 감격했다.

'와, 온천 최고!'

그들은 온천을 즐기러 연향림에 와 있었다. 로이드는 아란과 같은 탕에 들어가고 싶었지만, 무정한 주인은 천금을 줘도 그런 문란한 모습은 못 본다며 거절했다. 로이드는 뿌득뿌득 이를 갈며 전용 온천을 장만하겠다고 다짐했다.

'그때는 같은 탕에 꽃잎 띄워놓고 놀아야지.'

로이드의 흑심에 반응한 꼬리가 살랑살랑 움직였다. 수줍은 미소를 지으며 그를 올려다보던 아란이 말했다.

"백작님, 부탁이 있어요."

"네, 뭐든 명령해주십시오."

로이드가 몽롱한 목소리로 중얼거렸다. 따끈따끈 보들보들한 아내가 품에 안겨 있으니, 세상에 부러울 것이 하나도 없었다. 잠시 머뭇거리던 아란이 말했다.

"저는 남을 돕는 게 좋아요. 그동안 다른 이유 때문이라고 생각했는데, 사실 제가 좋아서 돕는 거였어요. 백작님을 돕지 않고 남을 위해 봉사하는 건 이기적인 일일 거예요. 하지만 가능하다면 계속하고 싶어요."

"당신이 하고 싶은 일을 버려두고 저를 위해 시간을 쓰라는 게 더 이기적인 겁니다. 좋아하는 일을 찾아서 정말 기쁘군요."

로이드는 진심으로 말했다. '백작 부인 노릇'은 다른 사람들이 대신하면 된다. 그는 그럴 만한 재력과 권력이 있었다. 귀족의 체면 때문에 아란이 하고 싶은 일을 못 한다면 그냥 작위를 반납해버릴 생각이었다. 그의 행복은 작위나 출세에 달려 있는 것이 아니었으니까.

"그래도 당신이 험한 곳에서 일하는 것은 싫으니까. 일단 고아원부터 몇 개 짓고 그 후에는 재단을 마련해서……."

"아니에요! 저 때문에 그러실 필요는 없어요."

놀란 아란이 고개를 저었다. 로이드는 어깨를 으쓱했다.

"아무리 이득을 추구하는 상단이라지만, 너무 돈만 밝히는 모습을 보이면 이미지가 나빠집니다. 이쯤에서 사회에 봉사하고 환원하는 것도 좋은 방법일 것 같군요. 걱정하지 마세요. 당신의 여우가 그 정도는 생각하고 있답니다."

잠시 멍해졌던 아란이 웃었다. 그녀는 로이드를 꼭 끌어안으며 "백작님은 정말, 제 예상을 뛰어넘으세요." 하고 속삭였다. 로이드는 덩달아 목소리를 낮춰 "뻔한 남자가 아니라서 좋다는 뜻이죠?" 하고 물었다.

아란이 살짝 눈을 흘겼다. 로이드는 그녀의 입술에 입 맞추며 말했다.

"다른 명령은 없으신가요, 공주님? 지금은 정말 절호의 기회랍니다. 당신이 원하면 전 간이고 쓸개고 다 빼어드릴 준비가 되어 있습니다."

마치 평소에는 안 그랬던 것 같은 말이었다. 아란이 용기를 내어 말했다.

"철없는 소리라는 건 알아요. 그렇지만 저녁에는 백작님의 얼굴을 보면서 함께 식사하고 싶어요. 매일이 힘들면 가끔이라도 좋아요."

"그렇게 하겠습니다."

로이드는 곧바로 대답했다. 아란이 안도 어린 미소를 지었다. 로이드의 옷을 만지작거리던 그녀는 기어들어가는 목소리로 말했다.

"사실 백작님께 사과드릴 일이 있어요."

"네?"

"저는 태산낭랑에게 인사드려야 한다는 걸 알고 있었어요. 이런 일이 생길 줄은 몰랐지만, 그래도 여우의 신이시니까 인사드리는 게 더 좋을 것 같다고 생각했어요. 그런데, 그런데 일부러 말하지 않았어요."

뜻밖의 말에 로이드의 눈이 동그래졌다. 아란은 그의 옷자락을 꽉 붙잡으며 말을 이었다.

"말하면, 백작님은 태산낭랑에게도 선물을 주실 거니까요. 왕모님이나 어머니께 드리는 건 상관없어요. 하지만 북해낭랑께 목걸이를 주신 건 속상했어요."

로이드는 아란에게 북해낭랑의 외모에 대해 세세히 묻고 거기에 맞춰 패물을 올렸다. 아란은 거기에 속이 상했던 모양이었다. 그녀는 당장 울 것 같은 얼굴로 말했다.

"백작님에게 목걸이가 어떤 의미인지 아니까. 그런 뜻이 아니라고 해도 질투가 났어요. 다른 여자를 위해서 목걸이를 고르고 어떤 게 더 어울릴지 고민하는 게 싫었어요."

아란에게 목걸이는 특별했다. 로이드가 처음 선물로 준 것도 목걸이였고, 그가 마음을 고백할 때도 목걸이를 받았다. 공주가 가짜 로이드가 준 목걸이를 걸고 그녀를 자극하기도 했다. 그래서 아란은 로이드가 주는 목걸이를 정표로서 소중하게 생각했다. 그래서 북해낭랑에게 어떤 목걸이가 어울릴지 고민하는 그의 모습에 속이 상했던 것이다.

"다른 건 괜찮아요. 하지만 목걸이는 백작님이 직접 고르지 않으셨으면 좋겠어요."

아란은 이것만은 절대 양보 못 한다는 얼굴로 말했다. 멍하게 있던 로이드가 그녀의 뺨을 감싸 쥐었다.

"제가 잘못했습니다, 아란. 정말 눈치가 없었군요."

"……."

"속상하게 해서 미안합니다. 앞으로 절대 다른 여자를 위해서 목걸이를 고르지 않겠습니다."

로이드의 약속에 아란의 얼굴이 환해졌다. 그녀는 로이드의 손에 뺨을 비비며 속삭였다.

"바보 같은 투정을 부려서 죄송해요."

"투정이라니요. 이럴 땐 못된 여우라고 혼내야 하는 겁니다."

로이드는 아란을 번쩍 안아 올렸다. 그의 아내는 여전히 자그맣고, 예쁘고, 상냥하고, 귀엽고 그리고 스스로에게 엄격했다. 투정은커녕 어리광도 잘 부리지 못하는 모습이 안쓰럽고 또 사랑스러웠다.

"저는 당신의 여우입니다. 당신에게 길들여지고 싶은 여우지요."

아란은 어쩔 줄 몰라 하며 로이드를 바라보고 있었다. 싱긋 미소 지은 로이드가 말했다.

"저를 붙잡고 명령하고 싶어 하는 이는 많습니다. 하지만 제가 붙잡히고 싶은 건 당신뿐입니다. 저에게 바꾸라고 명령할 수 있는 것도 당신뿐이지요. 그러니 좀 더 욕심을 내주십시오."

"하지만 저는……."

"예, 압니다. 당신이 저를 존중하고 있는 그대로 사랑해주려는 것을. 하지만 함께 하는 이상 변하지 않는 쪽이 이상한 겁니다. 그러니 저를 좀 더 강하게 붙잡고 명령해주십시오. 당신을 위해 바꿔라고 말해주세요. 그럼 저는 기쁘게 변할 겁니다."

아란은 조심스럽게 손을 뻗었다. 보드라운 꽃잎 같은 손길이 로이드의 얼굴을 감싸고 어루만졌다. 손길만으로도 취할 것 같아 로이드는 가만히 눈을 감았다. 아란이 그의 이마에 입 맞추며 말했다.

"저는, 앞으로도 겁을 낼 것 같아요. 어떻게 해야 할지 망설이고, 이렇게 해도 되는지 고민할 거예요. 백작님에게 제 방식을 강요해도 될지 몰라서 조금 무서워요."

그건 강요가 아니었다. 서로를 끌어안기 위한 변화였다. 하지만 로이드는 애써 설명하려 하지 않았다. 지금 그가 알고 있는 것을 아내 역시 알게 될 거라고 믿었기 때문이다. 아란이 조금 망설이듯 물었다.

"그래도 괜찮을까요. 조금만 천천히 가도요."

"천천히 길들여지는 게 제 취향인 건 또 어떻게 아시고."

눈을 뜬 로이드가 장난스럽게 말했다. 아란이 뺨을 살짝 붉히며 웃었다.

로이드는 그녀의 입술을 훔치며 속삭였다.

"아무쪼록, 당신이 원하는 대로 길들여주십시오. 기대하겠습니다."

and 4

Ever
After

아란이 아직 아장아장 걸어다니는 꼬마였을 때다. 그때의 능파선은 아직 심병이 다 낫지 않은 상태였다. 그녀는 진군이 멀리 원정을 떠나면 하루 종일 누워서 끙끙 앓곤 했다. 그럼 아란도 평소보다 풀이 죽은 채로 지냈다.

아란에게 금을 가르치던 묘음천은 가엾은 제자를 두고 보지 못했다. 그녀는 지나가듯 마음병에는 영수의 백각이 특효라는 말을 해주었다. 소혜왕부의 위세가 대단하니 그깟 백각 하나 구하지 못하겠냐는 생각에서였다.

그러나 아란이 택한 방법은 영수들을 찾아가 눈물로 호소하는 것이었다. 아란의 효심에 감동한 수사슴 백록은 자신의 한쪽 뿔을 뚝 꺾어 그녀에게 주었다. 신수인 백록의 뿔을 달여 먹은 능파선은 눈에 띄게 좋아졌다. 문제는 백록이 수노인이 가장 아끼는 사슴이라는 것에 있었다.

수노인은 짝 뿔이 된 백록을 보고, 제 수염이 잘린 것처럼 분노했다. 하지만 효심으로 행동한 아이에게 화를 낼 수가 없었다. 대신 그는 백각 이야기를 한 묘음천을 복수의 대상으로 삼았다.

기회를 노리던 수노인은 새해 인사를 온 아란에게 백공작의 깃털로 만든 방석을 갖는 것이 평생의 소원이라는 말을 흘렸다.

아란은 그날부터 백공작이 좋아하는 영초를 가지고 숲을 드나들었다. 도도한 백공작이 함락되는 데엔 딱 한 달이 걸렸다. 사랑하는 공작새의 꽁지깃이 모조리 뽑힌 것을 본 묘음천은 눈이 돌아가서 수노인의 멱살을 잡았다. 두 천신이 어찌나 요란스럽게 싸우는지 삼태산이 그대로 무너질 뻔했다. 아란이 일으킨 첫 번째 대형사고였다.

– 그건 아란의 잘못이 아니잖습니까?

로이드가 어이없다는 듯이 말했다. 이야기를 들려주던 비회가 웃으며 말했다.

– 항상 그런 식이라네. 란아는 좋은 의도로 행동하는데 결과가 좀 꼬인다고 할까.

아란을 하계로 귀양 오게 한 흑기린 사건도 그랬다.

천 년에 한번 태어날까 말까 한 흑기린의 탄생에 상제는 몹시 기꺼워했다. 왕모는 아란이 상제에게 트집잡힐까 경계하여 흑기린의 옆에도 가지 말라고 주의를 시켰다. 성실한 아란은 착실히 왕모의 명을 따랐다.

문제는 아란이 영수들과 무척 친했다는 것에 있었다. 태진왕부인의 말처럼 그녀는 '영수들의 친구'였다. 그런 아란이 흑기린을 외면하자 다른 영수들까지 따라 했다. 죄도 없이 따돌림을 당한 흑기린은 아란과 친해지기 위해 애썼다. 아란과 친하게 지내면 다른 영수들과도 친구가 될 수 있을 거라 생각한 것이다.

흑기린은 아란이 능파선에게 약한 점을 공략했다. 형악봉에 길상천화가 피었는데 함께 보러 가지 않겠냐고 유혹한 것이다. 형악봉은 아란의 선술로는 며칠이 넘게 걸리는 거리에 있었다. 하지만 하루에 삼만 리를 달리는 기린에겐 눈 깜짝할 사이에 닿을 수 있는 곳이었다. 어머니에게 예쁜 꽃을 선물하고 싶었던 아란은 그만 고개를 끄떡이고 말았다.

흑기린은 아란을 등에 태우고 형악봉을 올랐다. 그뿐만 아니라 그녀를 태운 채 선계를 한 바퀴 돌기까지 했다. 다른 영수들에게 과시하기 위한 행동이었으나 너무 무리한 탓에 탈이 나고 말았다. 허리를 삐끗해서 드러누운 흑기린을 본 상제는 불처럼 분노했다. 결국, 아란은 그 일로 트집이 잡혀 하계로 쫓겨났다.

― 전 그런 것도 모르고 놈에게 직접 바나나까지 따서 바쳤다고요. 그런 일이 있으면 진작 좀 말씀해주시지.

흑기린이 놀러 올 때마다 정성을 다해 대접했던 로이드가 툴툴거렸다. 비회는 껄껄 웃었다.

― 그래도 흑기린 덕분에 아란과 혼인하지 않았나. 앞으로 더 잘해주게나.

― 끄응, 아야야!

불만스럽게 꼬리를 움직이던 로이드가 비명을 질렀다. 그에게 달린 세 개의 꼬리는 땋은 머리처럼 하나로 둘둘 말려 있었다. 아란의 짓이었다.

음양법으로 수행이 쌓이면서 꼬리가 세 개로 늘어난 로이드는 불편함을 호소했다. 다른 여우들은 꼬리가 늘어난 것을 자랑스럽게 여기지만, 천호가 목표가 아닌 그는 새로운 꼬리를 짐처럼 여겼다.

보다 못한 아란이 로이드를 돕기 위해 나섰다. 작은 반지 속에 큰 반지를 넣은 것처럼 꼬리 속에 다른 꼬리를 넣어 편하게 해주려고 한 것이다. 그런데 중간에서 무슨 문제가 생겼는지, 양옆의 꼬리가 구불구불해지며 하나로 뭉쳐버렸다. 로이드는 엄청난 고통에 비명을 질렀다. 놀란 아란이 그를 들고 켈빈 강에 있는 비회에게 달려온 것이다.

─ 그러니까 내가 경고하지 않았나. 말썽쟁이 녀석을 그대로 내버려두면 후회할 거라고.

─ 이건 그냥 실수라니까요. 아란을 말썽쟁이라고 하지 마십시오.

로이드는 다 죽어가면서도 고집스럽게 말했다. 비회가 절레절레 머리를 저었다. 잠시 후 멀리서 파랑새 한 마리가 포르르 날아왔다. 강가에 내려앉은 새는 아란의 모습으로 변했다. 그녀는 양손에 든 풀뿌리를 내밀었다.

"외백부님, 말씀하신 약초를 캐 왔어요."

─ 오, 마침 잘됐군. 통증을 줄여주는 약초니 어서 먹게. 내가 아주 심혈을 기울여서 자네의 꼬리를 쫙쫙 펴줄 테니까.

─ 물리적인 방법 말고 주술 같은 건 없을까요?

로이드가 회의적인 목소리로 말했다. 비회는 한쪽 눈을 찡긋했다.

─ 묵림이라면 달리 방법이 있었겠지만, 나로서는 이것이 최선이라네. 싫으면 묵림이 돌아올 때까지 이대로 살 텐가?

"······아뇨, 잘 펴주십시오."

묵림은 임신한 릴리언을 데리고 선계로 향했다. 임신한 아이가 요괴로 태어나면 어떻게 하냐며, 올라와서 방법을 찾아보자고 북제가 유혹한 탓이다. 고뇌하던 묵림은 아이까지 요괴로 만들 수는 없다는 생각에 자신의 미래를 저당 잡히기로 했다.

가끔 선계에서 잘 지내고 있다는 릴리언의 편지가 저택으로 날아들었다. 올해 여름에는 딸을 낳았다는 소식까지 전해졌다. 묵림처럼 검은 여우로 태어난 아기는 이마에 박힌 무늬 때문에 하얀별이라는 이름을 얻었다. 세 사람이 돌아올 때까진 아직 많은 시간이 걸릴 터였다.

"로이, 정말 미안해요."

약초를 우걱우걱 씹는 여우를 본 아란이 기어들어가는 목소리로 말했다. 쓰고 아린 맛에 눈물 콧물을 빼던 로이드는 얼른 갈기를 푸르르 털며 말했다.

─ 괜찮습니다. 꼬리가 세 개나 되면 꼬이고 그럴 수도 있죠. 부러지지도 않은걸요.

"······."

─ 그래도 좀 무서우니 안아주십시오. 되도록 꼭 안아주세요.

아란은 얼른 로이드를 품에 꼭 껴안았다. 로이드는 킹킹거리며 그녀의 가슴에 얼굴을 묻었다. 심술궂은 얼굴로 그것을 지켜보던 비회가 고개를 까딱했다.

─ 자, 그럼 이제 펴겠네.

─ 앗, 잠깐만요. 아직 마음의 준비가······!

깨갱거리는 여우 울음소리가 요란하게 강가에 울려 퍼졌다.

시장은 활기찼다.

동대륙과의 무역이 활성화됨에 따라 시장에도 이국풍의 물건들
이 넘쳐났다. 그것을 사러 온 사람들과 구경하러 온 사람들로 발 디
딜 틈이 없었다. 정신없이 구경하며 걷던 남자가 누군가와 거세게
부딪혔다. 상대가 신경질적으로 외쳤다.

"거, 앞 좀 보고 다녀야지!"

"죄, 죄송합니다."

당황한 남자가 고개 숙여 사과했다. 상대가 무어라 투덜거리며
걸어갔다. 머쓱한 표정을 지은 남자가 다른 곳으로 가려는 순간이
었다. 퍽 하는 굉장한 소리와 함께 그와 부딪쳤던 사람이 휙 날아와
바닥에 털썩 쓰러졌다. 놀란 행인들이 사사삭 옆으로 비켜섰다.

"어디 할 짓이 없어서!"

날카롭게 외친 사람은 머리를 양옆으로 틀어 올린 젊은 여자였
다. 처음 보는 독특한 옷과 독특한 머리장식을 꽂고 있었다. 그녀
는 남자를 향해 "이봐요!" 하고 외쳤다. 당황한 남자가 "네?" 하고
대답하자 뭔가가 휙 날아왔다. 엉겁결에 받아든 남자는 그것이 자
신의 지갑이라는 것을 알았다.

"바보처럼 소매치기나 당하지 말고 어서 집에나 들어가요."

차갑게 말한 여자가 휙 돌아섰다. 그녀는 비슷한 차림의 처녀들
의 무리에 합류했다. 새처럼 재잘재잘 떠드는 소리가 들렸다.

"빈세토가 새로운 디저트를 개발했대."

"어머, 기대된다. 저번에 먹은 애규래어도 굉장히 좋았거든."

"그런데 한정수량만 판다고 하더라고. 꾸물거리다간 다 팔릴지도 몰라."

"앗, 그럼 빨리 가자!"

우르르 몰려가는 처녀들을 멍하게 바라보던 남자가 지갑을 꼭 쥐었다. 누군가 그의 등을 툭 치며 말했다.

"포기해. 선인이야."

선인이 뭔지 몰랐던 남자는 여자의 이름이 '선인'인 줄 알았다. 그는 멍하게 "선인 님." 하고 중얼거렸다.

"저런, 또 멀쩡한 청년 하나가 신세를 망치게 생겼군."

멀리서 그걸 보던 과일가게 주인이 머리를 흔들었다. 그는 후드를 눌러쓴 손님에게 수다스럽게 말했다.

"동대륙에서 온 아가씨들은 쾌활하고 예쁘지만, 변덕스럽고 속마음을 알기가 어렵거든. 어제까진 웃고 떠들다가 오늘은 갑자기 헤어지자고 말하지. 꼭 요정 같다니까."

남자 여럿이 인생을 말아먹었다고 말한 주인이 손을 쭉 뻗어 저편의 건물을 가리켰다. 커다란 건물 위에 파랑새가 그려진 깃발이 팔락거리고 있었다.

"저기 보이오? 저기 상단주가 백작인데 동대륙에서 온 황녀랑 혼인했어. 내가 알기로 동대륙 여자랑 혼인해서 성공한 사람은 저 사람이 유일해. 아내를 아주 금쪽같이 아낀다더군."

주인은 손님이 주문한 과일을 부지런히 담으며 말을 이었다.

"그런데 황녀님이 얼마나 마음씨가 고우신지, 불쌍한 사람이 있으면 그냥 내버려두질 못한다더군. 거지며 고아며 가리지 않고 돌보는데, 금쪽같은 아내가 그러니 백작도 쫓아다니면서 돈을 뿌리지. 그래서 좋은 일도 참 많이 했어."

– 무슨 좋은 일을 했소?

"그거야 셀 수도 없지. 최근에 동부에 가뭄이 들었을 때도 사람들이 많이 굶어 죽었잖소. 황녀님이 그걸 듣고 울면서 밥을 못 먹었다는 거야. 그러니까 백작이 내 아내가 굶어 죽게 생겼다고 쌈짓돈까지 풀어서 식량을 마구 뿌렸지. 그걸 먹고 살아남은 사람들은 저 깃발만 보면 절을 한다더군."

주인의 입에서 나온 것은 상단에서 듣기 좋게 만든 이야기였다. 동부의 구휼 작업은 계획적이고 체계적으로 이뤄졌다. 하지만 그런 진실보단 재미있고 웃긴 미담이 더 기억에 남는 법이다. 상단은 마음씨 곱고 가난한 자들에게 베푸는 황녀님과 그녀의 말이라면 뭐든 들어주는 백작의 이야기를 열심히 퍼트렸다. 사람들은 자기만 아는 재미있는 이야기라고 생각하며 남들에게 전했다. 그들은 그것을 듣고 말할 때마다 상단에 친근감을 느꼈다. 지금도 주인의 얼굴엔 뿌듯함이 떠올라 있었다.

"나도 그래서 물건을 살 때는 저 깃발이 있는 곳에서 사지. 그럼 내 돈이 좋은 일에 쓰일 것 같거든. 저렇게 퍼주다가 망할까 봐 걱정이 되기도 하고. 얼마 안 되는 돈이지만, 조금이라도 도움이 되겠지."

– 그렇군, 잘 들었소.

주인의 손에서 과일바구니를 받아든 손님이 씩 웃었다. 하얗게 드러난 송곳니가 햇빛에 반짝였다. 후드 아래 감춰진 표범의 머리를 본 주인은 놀란 표정을 지었지만, 이내 평온한 얼굴로 돌아왔다.

"아, 동대륙에서 오신 분이었구먼."

– 오랜만에 왔더니 여기도 많이 변했군.

"앞으로도 많이 변할 거요. 좋은 쪽으로 말이야."

무라가 고개를 끄떡이며 값을 치르고 가게를 나섰다. 활기찬 사람들의 얼굴과 파랑새 깃발을 번갈아 본 그는 싱긋 웃었다.

– 정말 녀석다운 변화야.

현원태자는 북제의 아들이었다.

북제가 천제가 된 뒤에는 태자가 그를 대신해 북천을 맡을 예정이었다. 하지만 모두의 예상과 달리 태자는 새롭게 얻은 자신의 궁에 칩거해버렸다. 누구의 부름에도 응하지 않고, 겨울잠을 자는 동물처럼 몸을 웅크린 채로 나서지 않았다.

처음엔 의아하게 여기던 사람들도 20년이 넘는 세월 동안 익숙해졌다. 전장의 악귀처럼 날뛰던 과거조차 희미해져서 태자를 폐인이라 여기는 이들까지 생겼다. 그게 아니라고 주장하는 사람은 태자의 보좌관인 한마뿐이었다.

"태자님."

한마의 부름에 태자가 눈을 떴다. 그는 정원의 연못 옆에 비스듬히 누워 있었다. 제멋대로 풀어헤친 머리가 정원의 풀과 흙 사이에 길게 늘어져 있었다. 귀찮음이 가득한 태자의 시선에 한마가 서둘러 말했다.

"천제께서 부르십니다. 이만 일어나십시오."

"……."

대답은 없었다. 태자는 아무것도 듣지 못했다는 것처럼 눈을 감아버렸다. 한마는 답답한 마음을 꾹 눌러 참았다.

"이번에도 안 가시면 천제께서 크게 노여워하실 겁니다."

"차라리 유폐 당하면 좋을 텐데."

닫혀 있던 입술에서 잠긴 목소리가 흘러나왔다. 한마는 한쪽 무릎을 꿇고 태자의 얼굴을 들여다보았다.

"현원 님."

어릴 때나 들을 수 있었던 부름에 태자가 눈을 떴다. 언제나 무심한 한마의 얼굴이 살짝 일그러져 있었다. 태자는 그것이 안타까움이라는 것을 알았다. 예전엔 몰랐지만, 이제는 알게 된 것 중 하나였다.

"무엇이 문제입니까? 말씀해주시면 어떻게든 도와드리겠습니다."

"아무것도."

중얼거리듯이 말한 태자가 픽 웃었다.

"바로 그게 문제지."

귀찮은 듯 돌아눕는 태자를 본 한마가 한숨을 쉬었다. 그는 깊게 고개를 숙여 예를 표한 후에 천제에게 보고를 하러 갔다. 태자는 다시 눈을 감았다.

아무런 문제도 없다. 모든 것이 귀찮을 뿐이었다.

처음에는 화를 냈다. 자신을 둘러싼 모든 것들을 분노하고 미워했다. 이렇게 태어나서 이런 식으로 살 수밖에 없는 자신을 원망하고 저주했다. 그러다 차츰 아무것도 바뀌지 않는다는 사실을 깨달았다.

달라지려고 해봤자 그는 현무였고 광기로 생을 불태우며 전장을 누빌 운명이었다. 그것에서 벗어난 삶을 살 수 없었다.

너무 미약한 힘을 타고난 이도 운명을 바꾸지 못하지만, 너무 거대한 힘을 타고난 자도 마찬가지였다. 규격 외의 삶을 살아갈 수는 없다.

그래서 그는 아무것도 하지 않기로 했다.

'거기로는 돌아갈 수 없으니까.'

모두가 웃고 있는, 평화롭고 평온한 일상으로는.

그때 바스락 소리와 함께 덤불이 흔들렸다. 반사적으로 눈을 뜬 태자가 소리가 난 곳을 쳐다봤다. 와삭와삭 소리가 더욱 커지더니 조그마한 머리통이 불쑥 튀어나왔다. 별처럼 반짝이는 눈동자가 태자를 향했다.

"아우부?"

"……?"

처음 보는 아이였다. 까만 머리카락 위에 커다란 여우 귀가 달려 있었다. 귀를 쫑긋거리던 아이는 개처럼 네발로 태자에게 달려왔다. 태자는 피할 틈도 없이 덮쳐졌다. 조그마한 몸뚱이가 태자의 가슴 위에 올라탔다. 질질 흘러내리는 침은 덤이었다.

"뿌우, 뿌!"

태자는 제 가슴에 침이 떨어지기 전에 서둘러 일어났다. 그의 몸에서 굴러떨어진 아이가 울 것처럼 얼굴을 일그러뜨렸다. 태자는 황급히 아이를 집어 들었다.

"이건 뭐지?"

커다란 귀에 꼬리까지 달려 있었다. 인간과의 혼혈을 처음 보는 태자는 해괴한 모양새에 경악했다.

아이가 몸을 파닥거리며 "아바바!" 소리를 냈다.

"……더러워."

침을 질질 흘리는 아이의 목에는 손수건 같은 것이 감겨 있었다. 이미 질척해진 그것을 손끝으로 들어 올린 태자가 아이의 침을 대충 닦아냈다. 미간을 찌푸린 그를 보고 아이가 반짝 양팔을 들어올렸다. 안아달라는 뜻이었다.

태자는 입꼬리를 비틀었다.

"더러운 놈 주제에."

"뿌!"

태자는 아이의 항의를 무시하고 걸음을 옮겼다. 적당한 곳에 던져놓을 생각이었다. 목덜미를 잡혀 대롱대롱 들려가던 아이가 팔다리를 파닥거렸다. 태자는 그것을 별것 아닌 저항이라고 여기고 신경 쓰지 않았다.

그때 어디선가 빠득빠득 소리가 들리더니 아이의 몸이 튀어 올랐다. 양팔과 양다리로 태자의 팔에 덥석 매달린 아이가 태자의 손을 야무지게 물었다. 콱 소리와 함께 태자는 끔찍한 고통을 느꼈다. 어떤 전장에서도 느껴보지 못한 아픔이었다.

"악!"

반사적으로 팔을 뿌리치자 아이가 가볍게 바닥에 내려앉았다. 꼬리를 휙휙 휘두른 녀석이 몸을 홱 돌려 어디론가 달려갔다.

태자는 자신의 손바닥을 내려다보았다. 선명한 잇자국이 찍혀 있었다.

"말도 안 돼."

그는 멍하게 중얼거렸다. 최강의 방어력을 자랑하는 현무의 살갗에 자국을 내다니. 보통 꼬마가 아니다. 그는 주먹을 꾹 쥐고 아이를 찾기 위해 두리번거렸다. 작은 흔적을 따라 담벼락으로 간 태자는 조그마한 개구멍을 발견했다. 여기로 침입한 모양이었다.

"별이야, 대체 어디 갔었어!"

어린 여자의 목소리가 들려왔다. 대답하듯 "아우!" 하는 소리도 들려왔다. 발칙한 꼬마가 분명했다. 태자는 가볍게 담 위로 뛰어올랐다. 긴 갈색 머리를 늘어뜨린 여자의 뒷모습과 그녀에게 안겨 있는 아이가 보였다.

그와 눈이 마주친 아이가 "뿌!" 하고 소리를 냈다.

"안 돼, 지금은 인형 없어. 빨리 아빠한테 가자."

아이를 간질이며 말한 여자가 걸음을 옮겼다. 태자는 그녀를 불러 세워야 할지 고민했다. 그가 담 아래로 뛰어내린 순간, 멀리서 낯익은 남자가 달려오는 것이 보였다. 아이가 팔다리를 버둥거리며 "빠!" 하고 외쳤다. 뒤를 이어 여자가 반갑게 소리쳤다.

"묵림! 여기 있었어요. 어떻게 혼자 여기까지 왔담."

"찾았구나. 다행이다."

서둘러 다가온 묵림이 여자와 아이를 끌어안았다. 아이를 받아 안은 그가 문득 고개를 돌려 태자를 바라봤다. 두 사람의 시선이 마주쳤다.

　뭔가를 생각하던 묵림이 가볍게 눈인사를 건넸다. 태자는 조금 엉거주춤하게 답했다.

　"묵림, 왜 그래요?"

　여자의 부름에 묵림은 아무것도 아니라는 듯 말했다.

　"이제 돌아가자. 왕부에서도 찾고 있으니까. 가서 말해줘야지."

　"별이, 이 말썽꾸러기. 너 이거 어떡할 거야. 응?"

　"아부우!"

　여자와 거기 대꾸하는 아이의 목소리가 멀어졌다.

　떠나는 그들의 뒷모습을 가만히 지켜보던 태자가 자신의 손을 내려다보았다. 상처가 난 것도 아니니 잇자국은 얼마 못 가 사라질 것이다. 영문을 몰라 따라오긴 했지만, 그렇게 신경 쓸 일은 아니었다.

　선명한 자국을 지우려는 것처럼 옷에 문지른 태자는 무심히 돌아섰다. 하지만 그의 생각과 달리 여우의 영역표시는 쉽게 사라지는 것이 아니었다.

　두 사람이 하계에서 다시 만날 때까지 그의 손바닥에 찍힌 자국은 남아 있었다.

– fin.

작가 후기

하나의 글을 마무리할 때는 생각이 많아집니다.

그중 제일 많이 드는 생각은 역시 '이 글을 재미있게 봐주실까?' 하는 걱정인 것 같아요.

마이 페어리 레이디는 남자 주인공인 로이드를 중심으로 흘러가는 이야기입니다.

매력적인 여주인공들이 넘쳐나는 곳에서 남자가 중심인 사랑 이야기라니. 게다가 진중하고 멋진 남자주인공도 아니라 팔랑거리는 여우 같은 남자라니. 쓰기 전부터 '괜찮을까? 재미있게 봐주실까?' 하는 걱정이 들었습니다. 쓰고 싶은 마음을 참을 수가 없어 덜컥 써 버리고 말았지만요.

이렇게 고민이 많은 글이었지만, 사랑해주신 독자님 덕에 책으로 찾아뵙게 되었습니다.

정말 감사드립니다.

소소하고 복작복작해도 주인공들은 아주 진지한 글을 쓰고 싶었습니다. 보고 있으면 즐거워지고 가끔 생각나서 책장에서 꺼내볼 수 있는 그런 글이요.

  이 글을 보신 분들이 "아, 재미있었다." 하고 생각하셨으면 좋겠습니다.

12월의 마지막 주에

김지우 드림